O SÂNDALO

Elle Newmark

O SÂNDALO

Tradução de Márcia Frazão

Título original
THE SANDALWOOD TREE

Este livro é uma obra de ficção. Nomes, personagens, lugares e incidentes são produtos da imaginação da autora ou foram usados de forma fictícia. Qualquer semelhança com acontecimentos reais ou localidades ou pessoas, vivas ou não, é mera coincidência.

Copyright © 2011 by Elle Newmark, Inc.

Todos os direitos reservados. Nenhuma parte desta obra pode ser reproduzida no todo ou em partes sob qualquer forma, sem a permissão escrita do editor.

Direitos para a língua portuguesa reservados com exclusividade para o Brasil à
EDITORA ROCCO LTDA.
Av. Presidente Wilson, 231 — 8º andar
20030-021 — Rio de Janeiro — RJ
Tel.: (21) 3525-2000 — Fax: (21) 3525-2001
rocco@rocco.com.br /_www.rocco.com.br

Printed in Brazil/Impresso no Brasil

preparação de originais
SONIA PEÇANHA

CIP-Brasil. Catalogação na fonte.
Sindicato Nacional dos Editores de Livros, RJ.

N462s   Newmark, Elle
       O sândalo / Elle Newmark; tradução de Márcia Frazão.
       Rio de Janeiro: Rocco, 2012.

       Tradução de: The sandalwood tree
       ISBN 978-85-325-2740-0

       1. Ficção norte-americana. I. Frazão, Márcia. II. Título.

11-8631   CDD– 813
                                                      CDU– 821.111(73)-3

Para Jess, minha filha.

"... a morte tudo rouba, menos nossas histórias."
Adela Winfield

CAPÍTULO 1

1947

Nosso trem passou rapidamente por uma linda mulher com tornozeleiras douradas e sári cor de manga, que, em meio à sujeira, modelava rodelas de estrume de vaca para servir como combustível para o fogo do fogão. Uma mecha de cabelos negros lhe cobria o rosto, e ela nem se deu ao trabalho de erguer os olhos quando o trem passou e fez o chão trepidar debaixo de seus pés descalços. O trem serpenteava por entre aldeias ensolaradas e arrasadas e, à medida que nos afastávamos de Nova Délhi, aumentava o número de animais que seguiam infindáveis ajuntamentos de gente: camelos arrogantes, vacas corcundas, carroças de bois, bodes, macacos e cachorros suicidas. As multidões caminhavam em passos lentos, equilibrando vasos à cabeça e trouxas às costas, e eu observava aquilo com a rudeza de um turista e um pouco envergonhada da minha bisbilhotice — tratava-se de gente comum, que cuidava da própria vida, e certamente me desagradaria muito se fosse bisbilhotada na minha própria terra, em Chicago, como uma criatura bizarra exposta. Mas a verdade é que eu não desviava os olhos.

Uma vaca nos trilhos fez o trem parar e um leproso de aspecto dilacerado surgiu à janela, estendendo as mãos sem dedos. Meu marido, Martin, passou uma moeda pela janela, e tratei de distrair Billy com uma repentina brincadeira de cócegas. Coloquei-me de costas para a janela para bloquear a visão do leproso, e sorri com coragem, enquanto meu filho encolhia o corpo às gargalhadas.

— Isso não vale — reclamou ele, quase sem fôlego de tanto rir. — Você não me avisou.

— Avisar? — enfiei dois dedos por entre sua suave axila e o fiz gemer de rir. — Avisar? — repeti. — Que graça teria, se eu avisasse?

Continuamos a brincar até que, alguns minutos depois, o trem entrou em movimento e a brincadeira terminou, deixando para trás o leproso em vestes cinzentas e esfarrapadas, curvando-se seguidamente em reverência.

No ano anterior, ali pelo início de 1946, o senador Fulbright anunciara um programa de bolsas de estudo no exterior para alunos graduados, e Martin era um historiador com tese de Ph.D sobre a política da moderna Índia que ganhara uma bolsa para documentar o término do Raj Britânico. Chegamos a Nova Délhi no final de março de 1947, cerca de um ano antes da data determinada pelos ingleses para sua retirada definitiva da Índia. Depois de mais de dois séculos do Raj, o império se vira confrontado por um homenzinho raquítico chamado Gandhi e finalmente os ingleses se preparavam para partir. Antes da partida, porém, eles delimitaram novas fronteiras, linhas arbitrárias que dividiam o país entre hindus e muçulmanos e fariam nascer uma nova nação, chamada Paquistão. Tema fascinante para qualquer historiador.

Claro que apreciava o nobre propósito por trás de Fulbright — promover uma comunidade global — e compreendia a seriedade da divisão, mas, secretamente, eu sonhava com seis meses de cenas extraídas do filme *Noites da Arábia*. Estava excitada pela perspectiva de romance e aventura e de um novo começo para mim e Martin, alheia à sombria realidade da pobreza, dos fogões aquecidos por estrume e dos leprosos — em pleno século XX?

Mesmo assim, não me arrependi de ter vindo; queria testemunhar o espetáculo da terra dos indianos e desvendar o mistério de sua resistência. O que me intrigava era como a Índia conservara a identidade, apesar do contínuo fluxo de conquistadores estrangeiros que entraram por suas selvas e montanhas com novos deuses e novas regras, estabelecendo-se na terra por séculos a fio. Martin e eu mal sustentávamos o "nós" em nosso casamento, depois de uma única guerra...

Eu observava pela janela aberta, flagrando cada detalhe por trás das lentes verde-escuras de meus novos óculos de sol com armação de tartaruga. Martin usava os óculos de sempre, que o faziam apertar os olhos sob o escaldante sol indiano, mas dizia que não se incomodava com isso e se recusava a usar chapéu; para mim, isso era tolice, mas ele não me ouvia. Os óculos escuros e o chapéu largo me davam sensação de proteção, para onde quer que fosse.

Passamos por templos hindus rosados e brancas mesquitas de mármore e, a cada vez, eu acionava minha nova câmera Kodak, sem conseguir perceber qualquer indício da antiga tensão entre hindus e muçulmanos — não ainda —, somente a impressão de que todos estavam lutando para sobreviver. Atravessamos aldeias de choupanas de barro, inexplicáveis pilhas de tijolos abandonados, abrigos cobertos por lonas presas com varas de bambu, e campos de painço perdidos em meio à névoa.

O ar cheirava a fumaça, suor e especiarias e, quando a poeira arenosa invadiu nosso compartimento, fechei a janela, peguei uma escova de cabelo, um pano de limpeza e uma solução de álcool na bagagem de mão e me voltei para Billy. Ele se sentou quietinho, enquanto eu sacudia suas roupas, limpava-lhe o rosto e escovava seu cabelo até fazê-lo brilhar. Àquela altura, ele já se acostumara à minha neurótica mania de limpeza, e, se porventura você entende as lunáticas nuances envolvidas na obsessão em manter as aparências, por certo entenderá por que desperdicei uma quantidade insana de tempo no combate à poeira e à sujeira na Índia.

Peguei essa mania de Martin. Ele voltou da guerra na Alemanha com a obsessão de sossego e organização e, quando nos arrastou meio mundo afora até chegarmos a esse subcontinente desarrumado, eu me tornara uma limpadora compulsiva, afogando a inquietude em água e removendo o descontentamento em água sanitária e outros alvejantes. Logo que chegamos a Délhi, sacudi a roupa de cama de linho na pequena sacada do hotel e só depois deixei que meu fatigado marido e meu filho se deitassem para dormir. Tapava o nariz, com nojo do fedor de lixo e urina das estreitas vielas da Velha Délhi apinhadas de gente, de riquixás e de vacas errantes, e suplicava para que Martin nos levasse de volta ao hotel. Lá, fazia um exame minucioso debaixo da cama e nos cantos à procura de aranhas. E quando as encontrava, esmagava-as sem dó nem piedade — era muito acúmulo de carma.

No embarque do trem para o norte, tratei de limpar as cadeiras do nosso compartimento com meu inseparável paninho antes que Martin e Billy se sentassem. Martin me olhou como se dissesse "agora você está sendo ridícula". Mas nada explica o absolutismo tirânico da obsessão. Em cada parada, *chai-wallahs*, portadores de água e vendedores de comida pulavam para dentro do trem e o percorriam, oferecendo biscoitos, chás, água de coco, *dhal*, *pakoras* e *chapatis*; eu me esquivava deles, com um braço protegendo Billy e um olhar de advertência para Martin.

Nas primeiras paradas, o cheiro de gordura e suor que impregnava o ar tornava a comida um pensamento insuportável. Mas, depois de muitas horas de estômago vazio, Martin sugeriu que tentássemos comer alguma coisa. Na mesma hora, dei-lhe um dos sanduíches preparados no hotel em Délhi, e só me dispus a comprar três copos de *masala chai* — um maravilhoso chá cremoso temperado com cravo-da-índia e cardamomo — porque sabia que havia sido fervido. Comi o sanduíche de bacon e tomei o chá, sentindo-me a salvo e à parte — a Índia seria observada e entendida por mim sem que ela própria pudesse me envolver. Enquanto mastigava e olhava pela janela, meu coração disparou com a visão de um pesado elefante no horizonte. Um cornaca escarranchado no pescoço maciço do animal tocava-o para a frente com os pés descalços; assisti à cena estranhamente entorpecida, até que eles sumiram de vista, deixando um rastro de poeira vermelha.

Billy observou algumas mulheres que perambulavam ao longo do caminho, com jarros de bronze equilibrados à cabeça, ao lado de homens arqueados debaixo de enormes sacos de grãos. Eles quase sempre eram seguidos por crianças em andrajos, exaustas e esquálidas.

— Essa gente é pobre, mamãe? — perguntou ele com um fiapo de voz.

— Não se pode dizer que são ricos.

— Não devíamos ajudá-los?

— É muita gente, meu querido.

Ele balançou a cabeça como se entendesse e voltou a olhar pela janela.

No primeiro dia em Masoorla, abri de imediato todas as venezianas azuis do bangalô que tínhamos alugado e espanei freneticamente os tapetes *dhurrie*, depois poli todos aqueles móveis velhos. Lavei cada centímetro do piso dos dois quartos com sabão carbólico e gastei um quarto de galão do desinfetante Jeyes na limpeza do banheiro. Martin havia sugerido que contratasse uma faxineira, mas como podia confiar a limpeza da minha casa a uma mulher que passava metade do tempo em meio ao estrume? Eu mesma faria a faxina. Não sabia como endireitar meu casamento, mas sabia como limpar. A negação é o primeiro refúgio dos medrosos, e sempre *é* possível fugir de si mesma esfregando, organizando e abafando o cheiro de *curry* e de estrume com desinfetante. Isso dá certo... por algum tempo.

Tinha acabado de limpar a janela da cozinha quando deparei com algumas cartas escondidas. Tinha me distanciado um pouco com a esponja na mão para examinar o trabalho com olhos críticos. O sári amarelo transformado em cortina emoldurava o azul do céu e o distante pico do Himalaia, que já podiam ser vistos pelo vidro impecavelmente limpo da janela. Mas um raio de sol do fim de tarde iluminou um tijolo imundo atrás do velho fogão inglês. Era um tijolo vermelho, enegrecido por um século da fumaça engordurada de frituras e, num piscar de olhos, arregacei as mangas para esfregá-lo. A única incumbência de Rashmi, a aia da casa, era tirar a mesa e varrer o chão com uma vassoura de ramos de acácia; nunca lhe pediria para enfrentar fuligem incrustada na parede. Era o tipo de trabalho destinado a uma casta inferior à da nossa aia, e ela teria o direito de sair da casa se eu lhe pedisse.

A universidade nos havia oferecido um bangalô com a cozinha dentro de casa e não fora, como era habitual. Gostei do lugar assim que entrei na propriedade cheia de mato emaranhado, pés de fícus, figueiras sagradas e trepadeiras enroscadas em seus galhos. Um muro baixo de tijolinhos, tomado pela mimosa do Himalaia, cercava o espaço do bangalô avarandado, que tinha à frente uma velha árvore de sândalo com ramagens vermelhas de folhas oblongas. O lugar emanava uma atmosfera antiga e desgastada pelo tempo, e me fez perguntar que vidas teriam vivido ali.

Um caminho ladeado por cerca viva, numa das laterais da casa, conduzia à área dos criados, uma fileira de cabanas dilapidadas, em número maior do que o necessário para abrigar nossa pequena equipe. Um estábulo abandonado em meio a uma clareira de cedros do Himalaia no final da ala dos criados deu a Martin a ideia de transformá-lo em garagem para o nosso carro durante as monções. Ele comprara um Packard conversível vermelho desbotado, caindo aos pedaços, que fora novo e elegante em 1935, mas agora exibia as marcas de umas doze monções e muitas estações de completa negligência. Mesmo assim, o calhambeque andava. Eu tinha uma bicicleta. Billy tinha uma vagoneta vermelha. Era tudo de que precisávamos.

As ruínas da velha cozinha do lado de fora ainda jaziam de um pé de *neem* nos fundos da casa: um barraco vazio com chão de terra, uma prateleira bamba e um quadrado de tijolos com um buraco no centro para se pôr madeira ou carvão. Os indianos não cozinhavam no interior das casas coloniais — precaução contra incêndios e para seguir regras complicadas que tinham a ver com religião ou castas. Somente um colono pouco convencional teria inserido uma cozinha com fogão dentro da casa principal. Graças aos céus.

Incumbi-me de contratar os criados entre um exército de candidatos enfileirados para a entrevista. A maioria não falava inglês e apresentava referências sem se dar conta de que aqueles papéis, à venda em qualquer bazar, podiam estar assinados pela rainha Vitória, ou Winston Churchill, ou Punch e Judy. O único papel que reconheci como autêntico dizia: "Este é o cozinheiro mais preguiçoso de toda a Índia. Usa o próprio *dhoti* para coar o leite, e você será roubado se não ficar de olho."

No final das entrevistas, dispúnhamos de uma equipe escandalosamente reduzida de um cozinheiro, uma aia e uma *dhobi*, que uma vez por semana pegava nossa roupa suja em silencioso anonimato. No início, também tínhamos um jardineiro, uma arrumadeira e um copeiro — uma típica e quase completa equipe. Mas eu me sentia supérflua com o número excessivo de criados.

Pessoalmente, não gostava de ter copeiro, uma espécie de mordomo que zanzava ao meu redor, cumprindo minhas ordens ou passando-as aos outros criados. Eu me sentia inútil, como a caricatura de uma *memsahib*, uma patroa do século XIX, deitada sobre um canapé. Nosso copeiro, treinado por famílias britânicas, nos acordava de manhã com a tradição do chamado "chá na cama". Na primeira vez que acordei com aquele homem moreno, de turbante, com uma bandeja à minha frente, fiquei realmente assustada. Ele também servia as refeições, plantando-se atrás da mesa, enquanto comíamos; era como se estivéssemos sentados em um restaurante, sob os olhares atentos de um garçom, e dolorosamente conscientes com relação às nossas conversas e nossas maneiras à mesa. Em pouco tempo me vi limpando os cantinhos da boca com sutileza e sentando com a coluna ereta. Claro que Martin também sentia o mesmo, e logo nossas refeições se tornaram insuportáveis.

Eu não queria o tal "chá na cama". Não queria um copeiro — sempre a postos, sempre rondando — e gostava de me sentir útil. Passei então a manter a casa limpa e regar as plantas da varanda por conta própria. Gostava da atmosfera selvagem em torno do bangalô, e a ideia de manter um jardineiro me pareceu absurda. Martin argumentou que o número reduzido dos nossos criados deixava atônita a comunidade de estrangeiros.

— E daí? — retruquei.

Mantive Habib, o cozinheiro, primeiro porque não conhecia metade das coisas das barracas do mercado, e depois porque, como não sabia falar hindi, o preço de tudo simplesmente triplicaria. E também mantive Rashmi, a aia, porque gostava dela e ela sabia falar inglês.

Quando nos conhecemos, Rashmi me cumprimentou com uma reverência formal de cabeça e as mãos unidas.

— *Namastê* — disse, rindo e batendo palmas com as pulseiras douradas a balançar em seus braços roliços. — De que país a senhora vem? — perguntou.

— América — respondi, imaginando se a pergunta escondia alguma armadilha.

— Oooh. Amérrrica! Que bom! — O rubi cintilou na narina esquerda de Rashmi.

Era visível que ela desaprovava uma casa com tão poucos criados. Cada vez que me via batendo um tapete ou limpando o banheiro, segurava o próprio rosto e sacudia a cabeça, com os olhos redondos tomados pelo espanto.

— *Arey Ram!* O que madame está fazendo?

Tentava explicar que gostava de me manter ocupada, mas Rashmi saía pela casa embirrada, resmungando e balançando a cabeça em sinal de desaprovação. Certa vez, pronunciou "amerrricana" como se se tratasse de um diagnóstico. Começou a varrer o lixo com a vassoura de ramos de acácia para fora da casa. Eu não fazia a menor ideia de onde o colocava, mas ela parecia feliz por fazer isso. Cada vez que lhe agradecia por qualquer coisa, ela fazia um gesto de cabeça e dizia com prazer:

— É a minha obrigação, madame.

Nessas horas, passava-me pela cabeça que Martin e eu devíamos aceitar nosso quinhão com a mesma serenidade.

Meu maravilhoso Martin voltara da guerra com um lado esquisito e caótico; passara a organizar a casa como um quartel. Sei que era apenas uma necessidade de controle, mas ele me enlouquecia quando catava fiapos imaginários na minha roupa e alinhava nossos sapatos, lado a lado, no piso do armário, como soldados de prontidão. A princípio, obedeci e mantive tudo em ordem, simplesmente porque ainda não precisávamos de mais um motivo para brigas. Mas, passado algum tempo, me descobri tomada pela mesma sensação de controle, ao arrumar a mobília e eliminar a poeira — e isso tinha a ver com Martin. Sentia-me reconfortada em poder impor meus padrões antissépticos na Índia e em manter aquele meu cantinho do universo tão previsível quanto a gravidade.

Martin voltara transtornado da Alemanha; endireitava os livros da estante e polia os sapatos até fazê-los ranger; depois, passou a reclamar de um gosto metálico na boca, que o fazia escovar os dentes cinco vezes ao dia. Claro que eu não podia atinar que gosto era esse, mas conhecia bem de perto os pesadelos de meu marido. Ele tinha um sono agitado e balbuciava coisas desconexas com "esqueletos" no meio da frase, chamando por pessoas desconhecidas. Às vezes, gritava durante a noite, fazendo-me acordar em choque e aterrorizada. Eu puxava o lençol e enxugava o suor que escorria por seu rosto, e lhe beijava a palma das mãos para que ele recuperasse o fôlego e meu coração voltasse ao normal.

Martin tremia e suava da cabeça aos pés, enquanto o acalentava em meus braços e sussurrava em seus ouvidos.

— Está tudo bem, estou aqui. — Algum tempo depois, ele serenava e eu pedia: — Querido, fale comigo. Por favor.

Às vezes, ele contava algo, apenas sobre o idioma e a paisagem da Alemanha ou sobre os rapazes de sua tropa. Dizia que se incomodava com a língua alemã porque era muito parecida com o ídiche de seus avós, e logo sacudia a cabeça, como se tentasse entender alguma coisa.

Ele me contou que a Alemanha tinha castelos de um extremo ao outro e aldeias que pareciam saídas de contos de fadas, e que tudo isso tinha ido pelos ares. Segundo ele, os soldados da tropa não passavam de um bando de homens diferentes entre si, unidos pela guerra, mas que jamais teriam se conhecido em outras circunstâncias. Martin era um historiador em começo de carreira, que dividira o beliche com um mecânico tagarela de Detroit chamado Casino. Na mesma barraca, alojavam-se um indígena norte-americano chamado William Não Respeita Ninguém e um samoano chamado Naikelekele, que o resto da tropa chamava de Ukelele. Eram uns caras legais, dizia Martin, exceto um contador do Queens chamado Polanski — a tropa o chamava de Ski — que se escondia por trás de uma cara larga e da frieza dos olhos azuis, para não mostrar indiferença pelos muitos *pogroms* sofridos pelos judeus. Martin tinha que ficar se lembrando de que lutavam do mesmo lado.

Como se não bastasse, Ski também trapaceava no jogo de cartas e deixava transparecer um nascente traço antissemita.

— Com tantos caras decentes na tropa, vi-me obrigado a arrastar o Ski até um hospital no campo de batalha, enquanto os cadáveres de outros homens bem melhores do que ele se espalhavam por todos os lados — contou Martin.

A ambivalência por ter salvado Ski o assombrava, mas não era só isso que o corroía por dentro como ácido.

Uma noite, deitado na cama depois de ter tomado alguns copos de vinho durante o jantar, ele enlaçou os dedos atrás da cabeça e começou a falar de Pete McCoy, um sargento trapalhão das montanhas dos Apalaches, que produzia aguardente com açúcar, fermento e pêssegos em lata roubados. Pete tinha sido aprendiz informal do pai num alambique enfurnado nas matas de West Virginia; e, num dos seus raros momentos de desconcentração, Martin imitou a fala arastada do amigo de um modo soberbo.

— Sei que não é legal. Mas, assim que o velho tiver uma chance, ele cai fora.

— Então, os pesadelos não têm a ver com a aguardente do Pete McCoy — comentei.

— Você diz isso porque nunca a provou. Aquela coisa descia goela abaixo queimando como fogo. — Ele pareceu evasivo. — Mas, às vezes, a aguardente era necessária, como naquela vez em que Tommie... Bem, de um jeito ou de outro, McCoy era como um médico aplicando morfina.

— Quem era Tommie? — perguntei.

Martin desviou os olhos.

— Você não vai querer ouvir isso.

— Quero, sim. Conte. Por favor.

Ele hesitou por alguns segundos.

— Não. É melhor você dormir — deu uma palmadinha na minha mão e se virou para o outro lado, na cama.

Os veteranos da Segunda Guerra Mundial eram ícones de heroísmo e bravura libertadora, mas quase todos eles se dariam por satisfeitos se tivessem enterrado o terror debaixo de alguma pedra no campo de batalha e retomado a vida normal, ou pelo menos boa parte dela. Mas Martin havia voltado com feridas invisíveis, e a normalidade de nossa vida ficara tão arruinada quanto a Alemanha. Eu queria entender, por isso, durante dois anos, implorei para que ele se abrisse comigo, mas ele não o fez. Não me deixava ajudá-lo, e eu me sentia um trapo por tentar.

Doía muito quando ele se virava de costas na cama, mas quando chegamos à Índia eu também já estava fazendo isso. Minha frustração se igualava ao desespero dele, e ambos guardávamos a dor dentro do próprio peito. Cada um de nós ficava escondido em seu canto, até que algo nos tirava de lá, prontos para a briga. Já que não podia arrumar nosso mundo interior, eu arrumava o mundo à nossa volta. Zanzava pela casa à procura de ácaros para exterminar, de mofo para eliminar e de manchas para apagar. A sujeira e a desordem precisavam ser suprimidas a qualquer preço, e isso ajudava, um pouco.

Na manhã em que encontrei as cartas, meu balde tinha água quente e sabão até a borda, e eu investia contra os tijolos imundos por trás do velho fogão com insana determinação. Fazia círculos de espuma na parede com um escovão quando... o quê? Um tijolo se moveu. Que estranho. Naquela casa nada poderia rachar ou se soltar; os colonizadores ingleses que a construíram pretendiam permanecer na Índia para sempre. Larguei o escovão, raspei a argamassa da fissura que contornava o tijolo solto, e com cuidado forcei-o para a frente e para trás, até soltá-lo. Puxei o tijolo e fui tomada pelo frenesi da descoberta, quando uma pilha de folhas de papel, amarradas por uma fita azul puída e desbotada, escondida dentro da parede, surgiu à minha frente.

Aquele maço de cartas cheirava a segredos longínquos e perdidos, e fez um sorriso erguer um canto da minha boca. Deixei o tijolo sujo no chão e me estiquei para tirar as cartas de dentro do buraco na parede. Mas, num segundo momento, caminhei até a pia para lavar as mãos.

Retirei o maço do esconderijo com as mãos limpas e enxutas, soprei o pó, coloquei-o em cima da mesa e desamarrei a fita. Abri a primeira folha e as dobras do papel envelhecido pelo tempo pareceram ranger. Ao alisar a folha com todo o cuidado sobre a mesa, pude sentir a sua fragilidade. Uma folha antiga e quebradiça, com as extremidades onduladas e manchadas de água. Era uma carta redigida em caligrafia feminina de pontas onduladas e floreadas, sobre um pergaminho fino e granulado. Fora escrita em inglês, e o fato de estar escondida na parede indicava uma intriga vitoriana.

Ajeitei-me na cadeira para ler.

CAPÍTULO 2

de... Adela Winfield...
... Yorkshire... Ingl...
Setembro de 1855

Querida Felicity,
... meu coração dói ao me despedir...
... viagem perigosa...   ... tempestades no mar...
... Mamãe persiste em... esses homens...   ... todos cretinos...
... sinto terrivelmente as...
  Irmã... alegria
  Adela

Décadas de umidade haviam arruinado boa parte da página. Olhei a data, impressionada com o fato de que haviam se passado quase cem anos. E os nomes próprios — Felicity e Adela — tinham requinte vitoriano. Pelo que pude entender, Felicity vivera na Índia (no nosso bangalô?) e Adela havia escrito da Inglaterra.

Olhei de relance por cima do ombro, e ri da minha própria tolice. Não faria diferença alguma se Martin ou qualquer outra pessoa me visse lendo uma velha carta. As cartas escondidas no buraco daquela parede de tijolos me deixaram com a sensação de ser um pirata em um saque ilícito.

De qualquer forma, eu estava sozinha. Habib ainda não tinha chegado para preparar o jantar e Rashmi fofocava com um vendedor ambulante, nos fundos da casa. Apenas a voz inocente de Billy quebrava o silêncio da casa. Billy — o meu agitado garotinho de cinco anos de idade — puxava Spike pela varanda, confortavelmente acomodado na vagonete vermelha.

Spike era um cachorro de pelúcia, vestido de caubói, que Billy ganhara de presente no aniversário de cinco anos, no lugar do cachorro de verdade que ele havia pedido. Nosso prédio em Chicago não admitia bichos de estimação, e havíamos prometido que lhe daríamos Spike. Martin e eu escolhemos o cachorro de brinquedo mais bonito que encontramos — um alegre Yorkshire terrier com olhos de vidro vivazes e um chapéu de caubói de feltro negro. Spike vestia camisa xadrez vermelha e calça jeans, e calçava quatro botas de couro de bico fino. Billy o adorava.

Mas, em Masoorla, o espalhafatoso caubói tornou-se um símbolo do estilo de vida americana que subtraíramos de Billy, e, por isso, sempre o olhava com uma pontada de culpa. A Índia era solitária — pode acreditar, mesmo que não se espere isso de um país com quase meio bilhão de habitantes — e Spike era o único amigo de Billy. Ele conversava com o cachorro como se fosse um animal de verdade, o que deixava Martin preocupado, porque talvez não fosse muito saudável. Mesmo que tivéssemos coragem de tirar Spike de Billy, isso poderia acarretar outros problemas mais tarde.

Abri uma outra folha retirada da parede: a aquarela de uma mulher vestida com saia de montaria e chapéu de amazona, a cavalo, uma perna de cada lado. Martin já havia me falado que, nos anos de 1800, as inglesas montavam de lado; então, fiquei imaginando se aquele desenho seria uma espécie de caricatura, ou se aquela mulher era uma das poucas que ousavam afrontar a sociedade. Analisei o desenho. Uma mulher de rosto jovem e comum, mas que sorria como se soubesse de alguma coisa ignorada pelo resto dos mortais. Segurava as rédeas com mãos firmes. A aba do chapéu sombreava seus olhos e apenas o sorriso, o queixo empinado e a roupa atrevida davam uma pista de sua personalidade. Peguei mais algumas folhas, e todas as cartas apresentavam diferentes graus de avaria, embora fosse possível pescar uma frase aqui e outra ali.

  de... ... Ad... Winfield
  ...shire... Inglaterra
  Setembro de 1855

  Querida Felicity,
  ... na noite passada... ... um homenzinho sem queixo...
  ... entediado...
  ... um bom choro...
  ... tarefa para você... ... mas a sua saúde...
  ... intrépida Fanny Parks... não destruidora...
  ... preocupada com você...

Eram cartas pessoais, e a tentativa de preencher os espaços em branco me deu a sensação de estar bisbilhotando a vida alheia sem permissão. Depois de me confrontar com um acesso de culpa, me dei conta de que as cartas datavam de 1855 e que as pessoas envolvidas já estavam mortas e não se incomodariam com a minha intromissão. Mesmo assim, desviei os olhos para a porta dos fundos. O sisudo Martin e a despreocupada da Rashmi não se importariam com as cartas, mas Habib era uma esfinge indiana que não sabia falar inglês e por isso não se podia saber o que se passava em sua cabeça. Para mim, parecia um tanto desequilibrado, mas era um cozinheiro confiável e até então ninguém havia se intoxicado com os pratos apimentados que fazia.

Apesar da minha relutância com as refeições suspeitas oferecidas no trem, Martin e eu nos decidimos por uma alimentação nativa em nossa própria casa. Fazia tempo que os cozinheiros indianos preparavam refeições inglesas — eles debochavam, chamando-as de comida de doente. Mas Martin me convenceu de que seria bem mais interessante nos alimentarmos de refogados à base de *curry* do que ensinar um indiano a fazer bolo de carne.

— Ou você se obriga a ensinar culinária a um cozinheiro que não fala inglês, ou se conforma em comer torta de carne de carneiro e manjar todo dia — disse, com um sorriso.

Concordei, e ele ratificou o que dissera com uma observação bastante razoável.

— Serão os mesmos ingredientes, adquiridos nos mesmos mercados e preparados da mesma maneira, a despeito dos temperos e de como estejam na panela.

Infelizmente, os pratos preparados por Habib eram tão apimentados que os sabores se perdiam em meio aos temperos. Segundo Martin, grande incentivador da gastronomia local, as refeições servidas em nossa casa não eram consumidas, mas resistiam. Uma noite ele fixou os olhos no prato de guisado de bode e coçou a barriga.

— Ok — disse, meio sem jeito. — Sei que tínhamos concordado, mas... — suspirou. — Será que toda refeição por aqui tem que causar alergia?

Balancei a cabeça, resignada. A essa altura, ambos nos daríamos por satisfeitos com um pouco da insossa comida inglesa.

Tentei cortar essa mania de pimenta de Habib; abanava a boca de maneira escandalosa e tomava um copo d'água atrás do outro após as refeições. Mas o homenzinho silencioso, com chapéu de cozinheiro e olhos inexpressivos, se limitava a sacudir a cabeça de um lado para o outro, um gesto ambíguo cujo significado nenhum ocidental é capaz de decifrar inteiramente: o balançar de cabeça dos indianos. Um gesto que tanto pode significar "sim" ou "não", como "talvez" ou "estou encantado" ou "não dou a mínima"; às vezes também pode ser uma resposta automática, que simplesmente quer dizer: "Ok, já ouvi." Aparentemente, uma peculiaridade do contexto.

Peguei as cartas e investiguei uma outra folha, cuja escrita tinha sido danificada pelo tempo e pelo clima, irritada tanto com a carta quanto com o lugar que a havia arruinado. Tinha esperança de que o isolamento cultural me reconciliaria com Martin, mas a Índia não nos reconciliara. O país era de uma complexidade incompreensível e, longe de ser uma fonte de sabedoria antiga, mostrava-se como um poço de serpentes entrelaçadas em um nó de contradições culturais e religiosas.

E por falar em contradições, pelo que parecia, a Índia tornara Martin ao mesmo tempo paranoico e negligente. Ele ainda não usava chapéu e descartava a pomada de calêndula que lhe oferecia para passar na pele avermelhada e descascada. O trabalho de historiador o obrigava a entrevistar os indianos sobre a tão sonhada independência da Grã-Bretanha, prestes a ocorrer, e isso implicava percorrer os bairros de Simla e dirigir o Packard conversível por estradas de terra esburacadas até aldeias remotas nas montanhas. Eu lhe pedia para ser cuidadoso, e ele respondia com um sorriso.

— Sou veterano de guerra. Acho que sei cuidar de mim mesmo. — E saía de casa assoviando.

Mas de manhã, ao fazer a nossa cama, eu espanava as cicatrizes que seus pesadelos deixavam no lençol, como aranhas esmagadas. Não sabia se ele sonhava com a Índia ou com a Alemanha, mas sabia que não estava tão tranquilo quanto fingia estar.

Outro efeito da ansiedade de Martin era uma irritante dubiedade. Por um lado, ele vagava à vontade pelo país, por outro, me dizia que eu não devia me afastar de casa. Isso me aborrecia. Eu o enfrentava porque não gosto que me digam o que devo fazer. Erguia o queixo e dizia que estávamos na Índia e não nos campos de guerra da Alemanha, mas ele também erguia o queixo e argumentava que eu não sabia do que estava falando. Qualquer menção à Alemanha gerava um tom de ameaça em sua voz, e eu encolhia o queixo e deixava passar.

Quase perdi o fôlego quando abri as últimas folhas de pergaminho. A letra estava intacta. Algumas folhas haviam sido salvas dos danos provocados pela umidade e as palavras estavam preservadas por entre as absorventes camadas de papel que as envolviam.

Da caneta de Felicity Chadwick
Calcutá, Índia
Janeiro de 1856

Querida Adela,

Bobinha! Agora você já recebeu minhas cartas de Gibraltar e Alexandria e já sabe que não pereci em alto-mar. Sinto muita falta de você, mas é bom estar de volta à Índia. Como desejo que você se junte a mim.

Chegar aqui no auge da temporada tem sido um aborrecimento colossal — dias e dias dentro de salas de estar apinhadas de gente, inúmeros jantares e danças com os mesmos horripilantes ritos de flerte entre as mesmas mulheres desesperadas e os mesmos homens solitários, todos idiotizados pelo ponche romano. Faço questão de dizer aos maçantes cavalheiros que gosto de fumar e beber, e, para os indecentes, que sou devotada aos meus estudos da Bíblia. Isso a choca? Mamãe certamente ficaria horrorizada, mas é assim que me esquivo das propostas eventuais, e isso evidencia que meu plano está funcionando. Mamãe e papai não conseguem entender por que não me fazem propostas e fico calada; finjo que também não entendo e espero pelo momento de nossa ida às montanhas por volta de março. Só então poderei escapar para a liberdade do *mofussil* — o campo. Ouvi dizer que há um aprazível vilarejo chamado Masoorla e estou sentindo cheiro de liberdade.

Estou feliz por meu retorno à Índia, mas a multidão de criados que nos servem a todo instante me trouxe uma lembrança. Um dia, ali pelos meus seis anos de idade, escapuli até a cozinha úmida de nossa casa em Calcutá e lá estava Yasmin, a minha aia, frente a uma panela no fogo. Foi uma surpresa e tanto para mim, porque Yasmin era hindu e não esperava que ela estivesse na cozinha, que considerava impura, o lugar em que nosso cozinheiro maometano preparava carne de vaca. Mesmo assim, lá estava Yasmin.

Eu tinha ido à cozinha atrás de um pouco de *guava chaat* e a flagrei bem no momento em que tirava a mão de dentro de uma urna de pedra. Ela virou a cabeça devagar e me fitou — sua *chota mem*, sua pequena lady — enquanto tirava um pouquinho de cinzas da urna. Alguns hindus sentimentais preservam pequenas quantidades das cinzas dos entes queridos, e, na semana anterior, eu tinha visto aquela mesma urna nas mãos de Yasmin, que voltara aos prantos da cremação de Vikram. Vikram era um dos nossos muitos copeiros, e lembro de ter visto o corpo dele na ala dos empregados, coberto de malmequeres e rosas, pronto para a cremação. Olhei com um ar inquisitivo para Yasmin, cuja mão pendia sobre a panela de ensopado com um pouquinho das cinzas do Vikram entre os dedos.

Sabendo que jamais seria traída por mim, minha amada Yasmin polvilhou as cinzas de Vikram no ensopado do nosso jantar, e depois ficou olhando o revolver das cinzas dentro da panela do ensopado. Ela sorriu para mim e sorri de volta. Era ela que me acordava de manhã com um beijo e que cantava à noite para me fazer dormir. Foi ela que me deu a colcha de retalhos feita com pedaços de sári que levei comigo para a Inglaterra. A colcha cheirava a patchuli e a óleo de coco, o mesmo cheiro de Yasmin. Você se lembra de como sua mãe se enfureceu quando escondi a colcha para não ser lavada? Eu não podia perder aqueles aromas com uma lavada de sabão; seria como perder Yasmin mais uma vez.

Fiquei observando enquanto Yasmin mexia o ensopado profanado com uma colher comprida e depois ela piscou afetuosamente para mim e me deu um pouco de *guava chaat*.

Aquele era o nosso segredo, e fiquei feliz por partilhá-lo com ela, mesmo sem entender direito. Afinal, eu tinha seis anos e era solitária, e estava acostumada a não entender. Não entendia por que as vacas controlavam o tráfego nas ruas, ou por que papai colocava uma luva de pelica branca para beliscar os criados quando estava zangado. Também não entendia a estranha mania de mamãe castigar os criados com uma dose de óleo de rícino ou a sua regra para que se mantivessem a um metro de distância dela.

Certa vez, ela se esqueceu da regra e se apoiou no ombro de Vikram para subir no palanquim, mas na mesma hora se sentiu enojada, retirou a mão como se a retirasse do fogo e subiu sozinha. Vikram pareceu não ter notado, mas Yasmin amarrou a cara e, algumas semanas mais tarde, após a morte súbita de Vikram, achei que ela estava pregando uma peça em mamãe, ao jogar as cinzas dele na nossa comida.

No jantar daquela noite, o copeiro serviu pratos de arroz perfumado, acompanhado de uma porção de ensopado de perdizes.

Mamãe e papai levaram uma garfada do ensopado maculado à boca e o mastigaram com polidez. Mamãe limpou discretamente os cantinhos da boca, como sempre, e papai limpou o bigode com um guardanapo cor de damasco.

Lembro que levei uma garfada à boca, tentando identificar com a língua alguma textura arenosa ou algum sabor desagradável, mas não senti nada. Sabia que Vikram fazia parte do meu jantar, mas eu só tinha seis anos e não liguei. Ele era meu copeiro predileto; adorava quando fazia malabarismos com bananas no jardim, com um sorriso dentuço e o turbante quase despencando. Não sabia por que ele tinha morrido, mas Yasmin me contou que ele havia virado uma libélula, e que guardava um pouco das cinzas na urna de selenita para tê-lo como companhia. Só mais tarde é que me dei conta de que talvez ele fosse seu marido.

Enquanto jantava, tentava adivinhar que parte do corpo de Vikram eu mastigava. Pensei no lóbulo de sua orelha furada, em seu dedo mindinho torto e em seu nariz aquilino. Talvez a pitada de cinzas que Yasmin tirou da urna só tivesse um pedaço da mortalha, embora eu torcesse para que não fosse o caso. Queria comer um pouco do Vikram porque sentia saudade dele.

Adela, você me considera um monstro? Vikram foi um dos homens que escoltaram a mim e a mamãe quando nos mudamos de uma pequena casa para uma bem maior na Garden Reach Road. Lembro que abri a cortina do nosso palanquim para sentir o cheiro das ruas da Índia — de fumaça e especiarias, e de algo mais, que não pude identificar — e pela primeira vez me perguntei que ingredientes tornavam aquele cheiro tão peculiar. Mais tarde, no portão da casa nova, olhei para mamãe e crispei o nariz. Ela franziu os lábios com um ar mesquinho e balançou a cabeça. "De cócoras", disse com um ar enojado. "Mulheres cozinhando de cócoras no meio da sujeira." Depois, empinou o nariz para inalar o ar infecto. "Você já devia saber que essa gente prefere viver na rua".

Não era apenas um cheiro de comida no fogo, Adela, mas também cheiro de estrume de vaca queimado e de piras funerárias — um cheiro de pobreza e sofrimento. Todo dia, os andores percorriam as ruas, carregando cadáveres esquálidos cobertos de flores. Papai se esquivava das procissões funerárias. "Pobres mestiços", dizia com um sorriso cruel. "De qualquer forma, não faz sentido que essa gente tenha uma vida terrivelmente longa."

Você não acha isso triste? Eles viviam e morriam, e isso não nos importava nem um pouco. Não éramos capazes nem de percebê-los em nossa comida. Mas eles sabiam! Desde que retornei à Índia, ouço rumores sobre cozinheiros que despejam vidro moído na comida dos amos. Eles sabiam.

Havia deixado na memória a "brincadeira" de Yasmin até que voltei para a Índia e certa noite me deparei com um ensopado de perdiz no jantar. Na primeira garfada, a lembrança do gosto de outro ensopado temperado com cinzas humanas fez aflorar impacto visceral. Percorri a sala com os olhos e os copeiros perfilavam-se atrás de cada um de nós, eretos e impassíveis. Não se consegue enxergar por trás das feições desse povo, nem mesmo quando papai fala de política — dos feudos religiosos e do descontentamento dos cipaios.

Bem, ainda que papai arranque os cabelos, amo a Índia e pretendo viver aqui do meu jeito. Não quero me casar; quero ser útil. Recebo minha anuidade e alugarei um bangalô humilde perto de Masoorla quando chegarmos às montanhas. Minha fluência no hindustâni está de volta e serei tão selvagem aos olhos de mamãe que ela não vai querer mais nada comigo.

Mal posso esperar!

Sua irmã na alegria,

Felicity

A carta jamais fora enviada. Deixei-a de lado enquanto matutava... restos humanos no ensopado? Lembrei-me de um artigo da *National Geographic* sobre canibalismo ritual, que concluía interpretando-o como profundamente espiritual, uma vez que envolvia a crença na transferência de poder e na continuidade da existência. Somente o canibalismo pela sobrevivência implicava relutância e pesar. Claro que o comportamento de Yasmin não se enquadrava exatamente em canibalismo, mas em algo parecido para o qual não me ocorria a palavra. Pelo que entendi, cinzas humanas no ensopado era um gesto comparável ao de escravos quando cuspiam na comida do amo.

Canibalismo ou não, a crença de que o alimento ingerido transcende o plano físico está enraizada na psique humana. O ritual de canibalismo expressa a necessidade ancestral do homem em consumir aquilo que ele deseja — um impulso atávico como o barulho do mar — e as religiões que ingerem o corpo e bebem o sangue de forma simbólica refletem tais costumes primitivos. É natural que simplesmente se deseje ingerir o poder, o amor, a redenção e tudo mais que há de desejável. Se Martin estivesse prestes a morrer, talvez pudesse passar pela minha cabeça a ideia de colocar uma pitada de suas cinzas em minha comida como consolo.

— Você não era um monstro, Felicity — murmurei comigo mesma.

Sondei a Índia do ano de 1856 em meu arquivo mental. A tensão entre hindus e muçulmanos estava longe de ser resolvida, mas a menção ao "descontentamento dos cipaios" me trouxe uma vaga lembrança das aulas de história mundial, de algo relacionado ao sentimento antibritânico. Os detalhes me escapavam.

Fui até a parede e olhei naquele buraco escuro em busca de alguma coisa que tivesse deixado para trás. Estava inteiramente vazio.

Inspecionei a parede em busca de algum outro tijolo solto.

Nada.

Fiquei plantada no centro da cozinha, com a carta na mão e os olhos fixos nos reluzentes vidros da janela. O sol se escondia por trás dos picos nevados do Himalaia, que logo se tornariam acobreados e depois assumiriam uma tonalidade lavanda escura. Era uma cena que agradava demais aos meus olhos, mas acabava em poucos minutos; a noite cai muito depressa na Índia. Talvez, num outro dia, aquele mesmo breve espetáculo me fizesse pensar na transitoriedade, na fugacidade da vida, mas, naquele dia, as cartas vitorianas desafiavam qualquer transitoriedade.

Enquanto dobrava e reatava a pilha de cartas, planejei guardá-la no armário da cozinha, mas isso me soou banal demais, quase desrespeitoso. Pensei, então, guardá-la na gaveta de uma mesinha da sala de estar, mas o lugar me pareceu visível demais.

Lá se ia o tempo que antecedeu a guerra, em que eu deixava as cartas espalhadas na mesa da cozinha para que Martin as visse. Lembrei que, naquela época, a nossa alegria era tão natural quanto o ato de respirar, e que eu achava que o nosso casamento seria sempre assim. Mas, depois da guerra, ele se tornara intratável, e, naquele momento, a primeira coisa que me passou pela cabeça foi esconder as cartas. Não queria que ele estragasse minha excitação. Quando ele estava por perto, eu me sentia sugada por um ímã até um lugar escuro; já estava cansada de vê-lo destruir o meu entusiasmo, e ainda mais cansada de tanto que me esforçava para abrir uma brecha em sua morbidez. Era um solo fértil para fazer germinar a semente da amargura e, apesar de toda a minha resistência, a semente germinou. Assim, passei a guardar segredos e desenvolvi o hábito irracional de guardar tudo dentro de mim para não o desequilibrar.

Acabei enfiando as cartas em minha gaveta de lingerie, acolchoadas entre calcinhas de seda e sutiãs de cetim. Aquelas cartas representavam minha intimidade. Ainda não sabia quem eram Adela e Felicity, mas precisava mantê-las pertinho de mim para protegê-las. Guardei o segredo e fechei a gaveta. Mesmo que Martin arrancasse os cabelos, aquelas cartas eram *minhas*.

CAPÍTULO 3

1844 — 1850

Aos oito anos de idade, Felicity Chadwick se viu debruçada na amurada do convés do navio, enquanto a Índia ficava para trás. Ao longe, de pé no caos do porto, Yasmin acenava, enquanto enxugava os olhos com a ponta de um sári branco.

Antes do embarque, Felicity agarrou-se às pernas de Yasmin e foi puxada por lady Chadwick.

— Pelo amor de Deus, menina. Pare já com isso. — Como Felicity não parava de soluçar, lady Chadwick curvou-se e pegou-a pelo queixo com força. — Você não pode crescer aqui na Índia. Ficaria magricela e delicada. E com um sotaque irritante. — Ela amarrou a cara. — Nós não queremos isso, não é mesmo? — Mas a menina continuou chorando e lady Chadwick sacudiu-a com vigor pelos ombros. — Pare já com essa choradeira. Isso é para o seu próprio bem, e trate de guardar seus sentimentos.

Felicity tentou sufocar os soluços quando a mãe entregou-a aos Perth-Macintyres, que retornavam à Inglaterra e eram seus acompanhantes na viagem.

Agora, ao lado de Felicity na amurada do navio, a senhora Perth-Macintyre lhe assegurava que ela *adoraria* a Inglaterra. Afinal, era sua *pátria*, embora Felicity nunca tivesse pisado lá, uma vez que a família inteira servira na East India Company. Uma família adotiva na Inglaterra era a solução mais adequada a uma criança como Felicity.

— Não se preocupe, menina — disse a senhora Perth-Macintyre. — Nós tiraremos a Índia de dentro de você mais rápido do que pensa.

O navio se afastou e Felicity continuou de olhos grudados em Yasmin, que a essa altura chorava abertamente e parecia diminuir cada vez mais de tamanho, no cais.

Naquela noite, Felicity dormiu numa rede, enrolada à colcha de retalhos feita de um velho sári de seda e algodão macio, com uma linda estamparia de pássaros e flores na barra. O perfume de patchuli e óleo de coco na colcha faziam-na lembrar-se de Yasmin e da sonoridade doce das tornozeleiras douradas, enquanto ela caminhava descalça pela casa de Calcutá. Felicity sonhou com a Índia, mas, na manhã seguinte, correu até o convés e descobriu que a Índia havia sumido. A Índia era um mundo empoeirado, mas ela a amava e agora se dava conta de que nunca mais veria a flor vermelha florescer no pé de alpinia.

Depois de meses de tédio, péssima comida, enjoos e de uma tempestade terrível que a jogou para fora da rede, em março, o navio se aproximou da costa inglesa. Felicity saiu do camarote e enfrentou a rajada de vento mais gelada e mais cortante do que tudo que até então conhecia. Enquanto o navio aportava, os passageiros se agrupavam excitados pela amurada e Felicity se espremia, azulada de frio, para enxergar a ilha em meio à neblina. Tremia com a umidade do ar quando avistou um campo de arroz verdejante que ondulava ao vento sob o brilho do sol, e lembrou dos piqueniques nos dias ensolarados da montanha com melancias doces e redondas refrescadas na água gelada dos córregos e com o tom violeta dos distantes picos nevados ao longe. Quando o navio soou o apito, ela enterrou o nariz na colcha de retalhos indiana e respirou fundo.

Tão logo os Perth-Macintyres passaram a responsabilidade de Felicity a sua tutora, a senhora Winfield, ela se viu privada da sensualidade de um mundo rico de cores e liberdade, em troca do mundo elegante e iluminado a gás da Inglaterra do século XIX; um mundo onde as crianças eram vistas, mas não eram ouvidas. Os Chadwick haviam se dedicado à família da East India Company por gerações; contratar uma família para supervisionar a educação inglesa de uma criança era uma tradição e uma honra.

O pai de Felicity lhe descrevera a senhora Winfield.

— Uma mulher decente. Às vezes, puxa você para baixo quando acha que você se julga superior, mas uma mulher decente. — Ele também lhe descrevera o dr. Winfield. — Um médico comum, mas respeitado.

— É a família certa, eles estão prontos para recebê-la e felizes com o salário, e têm uma filha quase com a mesma idade — disse a mãe.

Era o bastante para recomendar a família Winfield para a função de tutora, e dessa maneira selou-se o acordo. Mas, agora, a menina estava de pé no cais Royal Albert, em Liverpool, sem saber o que fazer com aquela mulher de rosto pálido e comprido, vestida com um casaco de pelica, que a segurava pela mão. A senhora Winfield abriu um sorriso tenso e a fez se apressar até a carruagem que aguardava por elas, mas não disse uma única palavra durante todo o trajeto até Yorkshire. A carruagem se afastou rapidamente do porto e, depois de percorrer as ruas da cidade, tomou o rumo do campo, enquanto Felicity olhava pela janela aquele lugar melancólico que todos chamavam de pátria. Nas paradas para descanso, a respiração de Felicity cortava o ar gelado e exalava o vapor dos cavalos suados; ela estranhou esse frio em março, início da estação quente na Índia. Logo, as florestas escuras deram lugar a charnecas onduladas, arrumadas e aprazíveis, que, depois da Índia, pareciam incrivelmente vazias.

Na entrada da Rose Hall — nome adquirido pela propriedade depois que a senhora Winfield ganhou um prêmio de jardinagem —, Adela, uma menina de oito anos, esperava junto ao pai. Ela espichou o pescoço e se colocou na ponta dos pés, ávida para ver a "garota da Índia". Será que falava uma língua estranha? Será que vestia roupas bizarras? Adela já tinha visto fotografias e gravuras da Índia.

Da carruagem, porém, saiu uma garota apropriadamente bem-vestida, com grandes olhos azuis e uma boina comum. No entanto... havia *algo* diferente em seu rosto. Sua pele era extremamente bronzeada, talvez pelo sol e pelo vento, e o olhar... o olhar era o quê? Um pensamento estilhaçou-se, na cabeça de Adela, como uma bola na vidraça. O olhar da garota era deliciosamente insolente.

A senhora Winfield não tolerava insolência, e Adela não ousava quebrar as regras. Mas ali estava uma garota de olhar impertinente, que vinha do fantástico Oriente para quebrar o marasmo da casa. As possibilidades eram inimagináveis e extraordinárias. Adela prendeu o fôlego quando aquela incrível garota desceu da carruagem e se deteve de mãos à cintura para apreciar a nova casa como se fosse dela; depois, tirou a boina e um volumoso cabelo dourado com um toque avermelhado pendeu ao redor do seu rosto. Quando Adela voltou a respirar, sentiu o ar ainda mais cortante e o gramado verde e o céu azul se fizeram um borrão, e ela sentiu a primeira alfinetada de uma ânsia romântica que a afligiria pelo resto da vida.

Solitárias e filhas de pais frígidos, as duas meninas se consolaram na irmandade. Os laços de sua amizade se consolidaram no dia em que Felicity cantou uma antiga canção de ninar hindu enquanto pulava junto com Adela no corredor do segundo andar. Surgindo por trás das meninas, a senhora Winfield segurou Felicity pelo braço, apertando-o enquanto falava.

— Em primeiro lugar, não *pule* dentro de casa. E, em segundo lugar, saiba que não tolerarei cantorias de bárbaros em minha casa.

Adela conhecia bem a expressão estampada no rosto da mãe e gelou quando Felicity retrucou com toda simplicidade.

— Minha aia não é uma bárbara.

A senhora Winfield estreitou os olhos.

— Você está me contradizendo?

— Bem, a senhora está errada, não está?

A mulher agarrou Felicity com brutalidade e, depois de erguê-la, equilibrou-a de maneira precária à beira da balaustrada, a uma altura de dois andares.

— Trate de não me contradizer mais, mocinha — falou. — Cuidado com o que diz, porque, do contrário, posso jogá-la lá embaixo. — E fez um movimento súbito e ameaçador que revirou o estômago de Adela.

A senhora Winfield já tinha empoleirado Adela naquela mesma balaustrada, com a mesma ameaça. Cada vez que pensava em desafiar a mãe, o terror de se imaginar em queda livre até o chão de pedra lá embaixo, o mal-estar no estômago e a tremedeira que se prolongou por uma hora lhe vinham à mente. Só depois de adulta é que pôde entender que aquilo não passava de uma tática de intimidação, que com ela funcionava muito bem, uma vez que morria de medo da mãe.

Felicity, no entanto, percebeu o blefe da senhora Winfield.

— Não pode, não — disse, olhando no fundo dos olhos da mulher. — Isso seria assassinato e a senhora morreria na forca. — Ergueu o queixo em expressão de desafio.

Aproveitando-se do espanto da senhora Winfield, Felicity escapuliu da beira da balaustrada, colocando-se em segurança. A mulher deu um passo em sua direção, mas Felicity manteve-se firme, deixando-a ainda mais confusa.

— Sua atrevida...

Elas se encararam por um bom tempo, mas a senhora Winfield desviou os olhos, deu uma sacudidela forte nos ombros de Felicity e se retirou resmungando.

— Ela não liga para o que os outros pensam. Não dá a mínima. Isso é mau. Muito mau.

Adela presenciou a retirada da mãe de boca aberta. Nunca tinha assistido a uma derrota dela, nem mesmo para o pai. A garota da Índia acabara de realizar um milagre, e, dali em diante, à sua afeição por Felicity somou-se uma grande admiração.

Da mesma forma que Adela admirava o brio de Felicity, Felicity admirava o fascínio de Adela pela Índia. A amiga adorava ouvir histórias sobre Yasmin e *guava chaat*, e sobre os meninos que serviam de acompanhantes, com abanadores feitos de pelos de boi tibetano para espantar as moscas.

— A Índia se parece com *As mil e uma noites* — comentou Adela uma vez.

— Com o quê?

— Sherazade, bobinha! Claro que você conhece.

Mas Felicity não conhecia, e Adela lhe contou a história, até porque nutria uma grande paixão pela leitura, um hábito que desapontava a senhora Winfield, que sempre lhe dizia:

— Mantenha esse hábito e acabará solteirona.

Mas um bom livro era a única maneira de Adela ignorar a mãe. De um lado, Felicity descrevia a fantasia dos festivais indianos, o brilho dos bazares e as conhecidas e amáveis aias vestidas de branco, que enchiam as crianças de guloseimas e abraços longe das vistas dos senhores; e, do outro, Adela lia *O rei do rio dourado* e as histórias de Hans Christian Andersen.

— Oh, Adela, você é tão inteligente — comentava Felicity.

— Só leio histórias inventadas. Suas histórias são reais — retrucava Adela, encolhendo os ombros sem graça.

Durante a primavera e o verão, enquanto a senhora Winfield cuidava das rosas, as meninas trocavam histórias, e uma habitava o mundo da outra. Quando Adela relembrava o que ouvira da amiga, Felicity desenhava Yasmin e o palanquim acortinado em que era conduzida e protegida do caos de Calcutá por quatro criados. Se, de um lado, Adela não se sentia integrada ao mundo da mãe, do outro, Felicity não se sentia nem inglesa nem indiana, mas agora ambas tinham uma a outra.

Em setembro, as duas meninas foram mandadas para St. Ethel, um internato de elite, cujos prédios ao estilo Tudor erguiam-se em cúpulas e torres, circundando um gramado bem cuidado e árvores centenárias. Os Chadwicks pagavam pela educação de Adela como parte do acordo que tinham feito com os Winfield, e as duas famílias entregavam as filhas aos cuidados da St. Ethel, confiantes de que se vestiriam de maneira impecavelmente engomada e se tornariam exímias na arte de montar, costurar e bordar, além de um aprendizado de matemática básica, leitura e caligrafia.

Mas, quando as meninas da escola ignoraram Adela por ser tímida e zombaram de Felicity por chamar o café da manhã de *chota hazri*, elas resolveram fazer as refeições sozinhas numa mesa de canto. As coisas pioraram depois de uma palestra sobre mulheres londrinas que eram tidas como excessivamente intelectuais e um tanto masculinizadas. Essas mulheres eram conhecidas como sabichonas e logo as garotas de St. Ethel passaram a chamar Adela de "sabichona desmazelada", porque ela era tímida e estudiosa. Adela não ligava, geralmente enterrando o rosto em um livro, mas Felicity enfrentava a todas com cara feia e gestos ameaçadores.

Mas nada disso intimidou Felicity nem Adela, que passaram a planejar o futuro de uma como princesa indiana e de outra como autora famosa. Por volta do décimo aniversário de ambas, no entanto, os planos mudaram e elas começaram a se ver como futuras espiãs e famosas cortesãs; aos doze, descobriram os livros de memórias na biblioteca e passaram a admirar mulheres como Emma Roberts, que editara o próprio jornal em Calcutá, e Honoria Lawrence, que, em viagem pela Índia com o marido topógrafo, pariu em tendas e cavalgou elefantes pelas selvas. Mas a heroína predileta era a intrépida senhora Fanny Parks, que viajara pelas remotas regiões da Índia acompanhada de uns poucos criados. As duas garotas liam as memórias de Fanny à luz de velas, extasiando-se quando a autora narrava que o marido enlouquecera no inverno e que não lhe restara outra opção senão abandoná-lo e seguir em frente pelo país.

— Imagine só — disse Adela. — Ela não dava satisfações nem ao marido nem à pátria. Só devia obrigações a *ela* mesma.

— É uma mulher maravilhosa.

Fanny Parks matava escorpiões com alfinete de chapéu, amava a condimentada culinária nativa e recorria ao ópio quando sentia dor de cabeça. Além disso, também mascava *paan*, que, segundo explicações de Felicity, era um composto de especiarias e tabaco enrolados em pedaços de folhas de bétele.

— Mas isso mancha os dentes de vermelho — acrescentou Felicity, franzindo o nariz.

As duas se calaram por um instante enquanto pintavam a imagem de Fanny Parks com dentes vermelhos. Com a imagem fixada na mente, prosseguiram a leitura e souberam que Fanny tinha um esquilo de estimação, chamado Jack Bunce, e que certa vez passara um mês em um *zenana*.

— *Zenana* é um harém — sussurrou Felicity, e elas gargalharam.

Mas a cativante senhora Parks também escrevia sobre a melancolia e as epidemias de cólera, sobre as cobras que apareciam em seu quarto e os cadáveres cremados que boiavam pelo rio Ganges. Felicity largou o livro e olhou pela janela.

— O que me intriga é como Fanny pôde fazer todas essas coisas espantosas e manter o ânimo diante de tantas privações. — Pensou no cuidado com que a senhora Winfield podava as rosas, um negócio sério, e na ira com que a mãe despejava óleo de rícino pela boca de um criado de joelhos para puni-lo por alguma falta. Apoiou o queixo na mão, pensativa. — Acho que ela não fazia julgamentos — concluiu. — E por isso era feliz.

Adela lembrou-se da mãe chupando um dedo ferido por um espinho com nervosismo.

— Acho que você está certa. Se não me engano, nunca vi mamãe feliz de verdade.

Felicity abriu um largo sorriso para Adela.

— Seremos, então, como Fanny. Quebraremos regras e viveremos uma vida de alegria, custe o que custar.

— Isso mesmo! — Adela segurou as mãos de Felicity. — Aconteça o que acontecer, não faremos julgamentos de ninguém e seremos felizes.

Depois disso, as garotas combinaram que chamariam o café da manhã de *chota hazri*, e riam muito quando as outras debochavam.

1938

Martin estudava debaixo de olmos acinzentados quando o vi pela primeira vez no campus; textos de história se esparramavam a seu redor como folhas de outono. Olhamos um para o outro por um longo tempo, sem que nenhum de nós ousasse falar.

À primeira vista ele me pareceu mestiço, não sei se pelo cabelo escuro despenteado — um agregado de cachos em desalinho e fora da moda — ou se pela tez azeitonada e olhos negros. Mas tinha traços muito finos para um mestiço. Suas roupas tendiam mais ao colegial que ao elegante, e os óculos lhe davam um ar intelectual. Mesmo assim, ele tinha um charme fatal, e eu sempre achava uma desculpa para passar perto dos olmos só para vê-lo. A química entre nós era óbvia e silenciosa, mas leve em conta que, nos anos 1930, as garotas "de bem" jamais tomavam a iniciativa. Acrescente-se a isso que Martin era tímido, vivia com a cara enterrada nos livros e passávamos um pelo outro num mutismo amedrontado.

Recém-saída de uma escola para moças chamada Imaculada Concepção — apelidada por mim de Inadequada Percepção — até então nunca tivera uma experiência amorosa. Na faculdade, eu pertencia ao grupo dos platônicos, mas, à noite, me entregava a sonhos eróticos e meu objeto de desejo era sempre o sujeito misterioso à sombra dos olmos.

Eu tinha uma bolsa de estudos — papai nunca teria recursos para pagar a Universidade de Chicago — e estava ansiosa para estudar astronomia e provar os mistérios cósmicos. Diziam que eu era "abençoada", o que me fazia sentir a responsabilidade de não cometer erros, mas isso não era bem um peso e sim um privilégio. Queria aprender e contribuir, e era como se minha vida se abrisse em muitas direções. Queria mudar para um apartamentinho boêmio, com companheiras interessantes, muitas estantes de livros e cartazes *art déco*. Estamparia as paredes e decoraria as luminárias com desenhos criados por mim. Percorreria os brechós em busca de aparadores de livros antigos, em vidro verde, e objetos que despertassem a curiosidade de todos — talvez um barômetro francês ou uma estatueta em baquelite de uma dançarina com leque. Talvez até achasse um tapete geométrico a bom preço. Enfim, meu sonho era um apartamento boêmio, ou uma cave, como se diria na gíria dos universitários. Mas tudo isso seria muito caro e deixaria papai preocupado. Então, mudei de sonho.

Papai tornou-se superprotetor depois da morte de mamãe. Eu tinha oito anos quando ela morreu, mas lembro de seu cabelo ruivo, do perfume aveludado do creme *Ponds* que ela passava nas mãos e de quando ela cantava "Danny Boy", com voz asmática. Lembro de quando a vi morta, de olhos arregalados na cama, e do sombrio jorro de emoções que me arrebatou. Nunca passara pela nossa cabeça que a asma poderia matá-la, até o dia em que a vimos sufocar até morrer. Não lembro nem do velório nem do funeral, mas lembro que caí em prantos no momento em que baixaram o caixão. Papai também.

A morte de mamãe criou um novo laço entre mim e papai, era como se pudéssemos mantê-la viva se nos agarrássemos um ao outro. Até que entrei para a faculdade e arranjei um trabalho de meio expediente na Linz's German Bakery, próxima ao campus. Depois das aulas, descartava meu papel de cientista e assumia a doce *fräulein*, uma abelha operária vestida de avental branco franjado, uma das quatro garotas que zumbiam ao redor de adocicadas *bienenstich* e *apfelstrudel*. Nossas menstruações fluíam em sincronia e nossas conversas não passavam de fofocas sobre a vizinhança e a *schwarzwälder kirsch torte*, a célebre torta Floresta Negra.

A confeitaria Linz's tinha um certo toque entre harém e convento, e, naquela atmosfera cheirando a fermento de bolo e açúcar, eu sonhava com o rapaz de cabelo escuro à sombra dos olmos; até que um dia ergui os olhos da caixa registradora e lá estava ele, apontando para um centeio judaico. Ruborizei da cabeça aos pés. Eu disse "oi" e ele disse "oi", e nos calamos, como dois idiotas.

— Dez centavos, senhor — disse a estúpida Kate. Ele revirou a carteira, pagou e saiu como se tivesse *mesmo* que sair. Mas retornou no dia seguinte e nos dias que se seguiram, e sinceramente nunca vi ninguém comer tanto pão de centeio. Ele entrava quando eu já estava quase com torcicolo de tanto esticar o pescoço para ver se ele estava chegando. Com o passar dos dias, acabamos nos apresentando um ao outro. Ele ouviu meu nome e comentou:

— Evaleen? Que nome incomum.

— É irlandês. — Encolhi-me.

— É um lindo nome. — Ele ajeitou os óculos no nariz. — E combina com você.

Meu rosto corou como um pimentão. Meu Deus, como *detestei* aquilo. Ele então me convidou para sair na noite de sábado, deixando-me tonta.

Naquele sábado, saí com um confortável vestido cinza-claro que combinava com meu cabelo cor de cobre. Cores brilhantes não combinavam com meu cabelo ruivo e meus olhos azuis, fazendo-me parecer um peixe tropical. Martin me olhou extasiado e abriu um largo sorriso.

Fomos ao cinema e assistimos ao filme de mãos dadas; sei muito bem que, hoje, isso parece idiotice. Os jovens de agora pensam que inventaram o sexo e não hesitam em desfrutá-lo em caloroso abandono. Já saiu de moda ficar de mãos dadas como uma preliminar; é uma pena que isso tenha acontecido. Ficamos de mãos dadas enquanto assistíamos ao filme, roçando os dedos sugestivamente, fixando os olhos na mecha de cabelo que entrava pela gola, ouvindo o farfalhar dos tecidos e o zumbido dos pensamentos curiosos ao longe, e suportando a excitação represada à medida que a tensão aumentava... Aquilo, sim, era uma preliminar.

Não lembro do filme, mas lembro que rimos nas mesmas cenas e ficamos em suspense nos mesmos momentos. Quando as luzes se acenderam, nos entreolhamos e nos reconhecemos — então, você é assim.

Mais tarde, fomos ao Darby's Pub, onde papai tocava violino nas noites de sábado, e apresentei meus dois homens um para o outro. Martin apertou a mão de papai de maneira educada e puxou uma cadeira para mim. Papai me abraçou e avaliou Martin com olhos firmes. Martin se afastou para pegar cervejas.

— De que povo ele é? — perguntou papai.

— Ele é judeu, papai — respondi.

Papai me olhou fixamente enquanto tentava encaixar o exotismo e a posição universitária de Martin. Embora não visse diferença entre um historiador social e um dervixe a rodopiar, papai sabia que Martin era o tipo de rapaz educado que ele queria que eu conhecesse na minha elegante universidade. O que não lhe passara pela cabeça é que ele seria judeu.

Naquela noite, papai se levantou para tocar e não voltou a se sentar em nossa mesa. Ele tocou de coração, batendo os pés na madeira do assoalho, cantando canções apaixonadas de lutas na Inglaterra e canções de bêbados, acompanhadas por urros e assovios. A música de papai me fazia ter visões intensamente coloridas de irlandeses dançando e batendo os calcanhares no ar. Crescera com aquela música e gostava de ouvi-la, mas pensei com meus botões se Martin, que gostava de Bach, talvez não a considerasse rude.

Dependendo de como se olhasse, eu e Martin pareceríamos perfeitamente encaixados ou absurdamente desencaixados. Com sua boa aparência, trigueiro e meditativo, ele dizia que eu tinha presença vibrante e uma risada contagiante e que, quando eu sorria, a covinha da minha face esquerda me metamorfoseava de ingênua inocente em coquete levemente perigosa. Eu era despreocupada, ele era sério; eu era peculiar, ele era tradicional. Quando soube que era judeu, pensei que seu rosto e seu temperamento fechados tinham sido moldados por ancestrais vestidos de preto, percorrendo apressados os guetos da *Mitteleuropa*. Seu rosto me remetia a regiões remotas do Levante; seu semblante moreno me trazia à mente imagens de nômades bonitões cruzando o deserto em caravanas de camelos.

Em meus devaneios, a casa de Martin devia exalar o cheiro de uma perseguição antiga e duradoura; eu imaginava cômodos sombrios, entupidos de móveis escuros e de insólitos objetos judaicos, impregnados do aroma de repolho cozido; sua mãe prepararia bolinhos de peixe em silêncio e o pai, careca e barbudo, se enrolaria num xale de preces e se curvaria sobre a Torá.

Eu não sabia nada sobre judeus, a não ser as histórias suspeitas que o colégio da "Inadequada Percepção" extraía do Antigo Testamento e nos transmitia. Imaginava uma religião de devotos ligeiramente furtivos, com *kipás* e véus, que se inclinavam sobre pilhas de rolos, e rituais sangrentos que envolviam bebês e bodes — tudo isso nos mesmos sábados em que os católicos jogavam beisebol e aparavam o gramado. Sabia que meus ferozes ancestrais celtas pintavam o rosto de azul e uivavam para a lua, no tempo de Moisés, mas isso não tinha nada a ver comigo nem com papai. Nós éramos normais; os judeus eram misteriosos.

Fui então surpreendida por Dave e Raquel. Conheci os dois num domingo, em sua casa no Highland Park, um amplo espaço todo atapetado e mobiliado com móveis brancos, que dava vista para um sonolento gramado. A casa era decorada com objetos adquiridos em viagens; no estúdio, uma bailarina de bronze de Degas trazida de Paris; no toucador, uma gravura pintada a mão, da Itália, e uma cigarreira Wedgwood sobre a mesinha de café...

Raquel dava aulas de pintura e suas aquarelas elegantemente emolduradas eram vistas por toda a casa. As paredes pulsavam com delicadas paisagens e serenas marinas, tão consistentes quanto sua criadora. Raquel tinha o gracioso hábito de puxar uma mecha do cabelo louro acinzentado por trás da orelha, e seu conjunto de *cashmere* nunca enrugava quando ela sentava, com as pernas cruzadas e um ar chique.

Dave tinha um grisalho charmoso nas têmporas e um rosto bem marcado e barbeado. Seu queixo era forte (ah, fora dele que Martin herdara a covinha, igual à do Cary Grant) e marcava sua masculinidade. Era de família rica e suas maneiras distintas tornavam meu querido pai um caipira. Ele me recebeu com um beijinho no rosto que me pegou de surpresa; sem motivo algum, vez por outra dava uma palmadinha nas costas de Martin. Dave era um homem de Colúmbia que tolerava a Midwest; por isso mesmo, Raquel dava aulas no Instituto de Arte de lá. Ele ensinava literatura inglesa na Northwestern.

Formavam um casal animado, que mantinha uma pequena lancha Chris-Craft no cais de Burnham, porque gostava de celebrar os dias ensolarados. O temperamento sombrio de Martin, que se tornaria azedo e emburrado, a sensibilidade, que se tornaria paranoia, e o autoconhecimento, que se transformaria em autoaversão — sutilezas que emergiriam nos pesadelos do pós-guerra — eram traços exclusivos de seu perfil.

Dave e Raquel eram, ao mesmo tempo, polidos e frios, e pensei que o meu catolicismo lhes poderia parecer tão misterioso quanto o judaísmo me parecera. O cortejo dos mantos bizantinos, os cânticos em língua morta, o drama dos mártires torturados, o parto da virgem e a crucificação, tudo isso me parecia gasto e abrandado pela repetição. Até mesmo as implicações de canibalismo de deglutir o corpo e beber o sangue nada significavam para mim. Durante a missa de domingo, eu ficava com os olhos vidrados de tédio; todos os rituais esotéricos já haviam sido drenados pela familiaridade. Então, me perguntei se a desconfiança que se refletia na turbulenta música irlandesa de meu pai também se escondia por trás das maneiras distintas de Dave e Raquel.

Raquel preparara o jantar e um lado meu aguardava um ensopado de fígado, picadinho e gosmento, mas ela serviu um capão assado com pele crocante, que exalava aroma de estragão, e uma salada verde com nozes. Depois do jantar, Dave serviu um Grand Marnier em taças com formato de pera, e Martin foi tocar num piano Steinway, negro e lustroso, que até então nunca havia visto na casa de ninguém. Ele sentou-se à banqueta com a coluna ereta e a cabeça pendida, como se preparado para uma oração. Suas mãos hesitaram por cima das teclas, como se sobrecarregadas diante da perspectiva de tocá-las. Em seguida, ele executou Mozart e Chopin, acho. Tocou divinamente, de um modo suave e profundo, e uma terna busca de qualidade era visível na sua maneira de tocar.

Depois que Martin tocou para mim, achei que poderia dividir minha paixão com ele. Não acreditava que seu coração poderia se enternecer com uma conversa sobre a gravidade, mas acreditei que poderia tocar sua alma.

Certo dia, ali pelo início de maio, combinamos um encontro no parque Pulaski.

— Venha hoje, às dez da noite, até o relógio solar que fica atrás das quadras — falei, com um sorriso e uma pose sensual.

Ele tocou na covinha do meu rosto.

— O que é que está pretendendo, minha ruiva atrevida?

— Apareça por lá.

Os invernos de Chicago são penosos e longos, mas, no final de abril, as últimas camadas cinzentas de gelo já derreteram e as chuvas da primavera tornam a cidade verdejante. As noites de maio são balsâmicas: o vento gelado é substituído por uma brisa suave, criando uma sensação de luxúria e preguiça.

Cheguei mais cedo ao parque e me dirigi à clareira, atrás das quadras esportivas, apreciando a suavidade da brisa. Um garoto recebia lições de violoncelo em uma das quadras, as notas arranhadas de um amador cortavam a noite de primavera. Torci para que a barulheira acabasse antes que Martin chegasse.

Os números esculpidos em pedra naquele relógio solar maltratado pelo tempo estavam cobertos de musgo, e a clareira, rodeada de moitas de murta. Era como um templo druida a céu aberto, com a lua e as estrelas olhando para baixo, como deuses cintilantes. Encostada ao relógio solar, me ocorreu que o luar banhava o mundo num brilho único. Lá de cima, a velha, sábia e silenciosa lua sempre nos banha com a mesma luminosidade fria, enquanto nos engalfinhamos aqui na Terra.

Martin chegou por trás de mim.

— Querida — sussurrou.

Adorei o cheirinho de xampu e de roupas recém-passadas, o pinicar macio de seu rosto colado ao meu, os braços que se cruzaram em meu peito e me puxaram para mais perto do corpo dele, e suas mãos suaves e talentosas nos meus ombros. Por um momento, esqueci por que o tinha chamado até ali.

— Hoje é noite de lua cheia — ele me fez lembrar.

— Quero lhe mostrar o relógio lunar.

— Pensei que era um relógio solar — disse ele, virando-se para olhar.

— É um relógio lunar, nas noites de lua cheia. — Apontei. — Veja.

Ele se esticou para ver a tênue cunha do luar por cima do número que marcava as dez horas.

— Serei amaldiçoado — comentou.

— Eu sempre vinha aqui quando criança — contei. — Ficava fascinada e queria saber como tudo funcionava.

— Minha garota prodígio.

— Não. — Eu queria que ele entendesse. — É *maravilhoso*. Entende? Cheio de prodígios. — Apontei para o céu noturno. — Há muito mais perguntas do que respostas. Está vendo? — Apontei outra vez para o céu. — Lá está a Ursa Maior. E, lá, a constelação de Órion. É excitante. É a que vem *depois*. — Quase perdi o fôlego em seguida. — Olhe! Uma estrela cadente! — Não podia ter acontecido nada melhor.

Voltei-me para Martin depois que a estrela desapareceu no céu, e ele me olhava admirado.

— Não é de tirar o fôlego? — perguntei.

— É sim.

— Sabe o que é uma estrela cadente?

— Não a vi.
— O quê?
— Estava olhando para você. — Ele virou a cabeça e fingiu que coçava o lado do nariz para enxugar uma lágrima no canto do olho.
— Martin? — sussurrei.
— Você é resplandecente.
— Você perdeu?
— Não perdi nada. — Ele passou o dorso da mão em meu rosto e me puxou para mais perto, fazendo um pequeno gemido escapar do fundo da minha garganta. O luar cintilou nos cabelos negros emaranhados e nos olhos marejados de Martin quando nos agarramos sem dizer palavras. Parecia importante continuar em silêncio para não perturbarmos o momento em que imergíamos no âmago da argila do ser. Foi quando o professor de violoncelo assumiu o controle do instrumento na outra quadra e uma doce suíte de Bach espraiou-se pelo ar. Fechei os olhos e cintilações de âmbar se mesclaram por trás das minhas pálpebras. Martin disse "te *amo*" e eu repeti "te *amo*". Foi o começo do modo como nos desfizemos e nos refizemos com alguma coisa um do outro.

Duas semanas mais tarde, nós sorrimos durante os dez minutos da cerimônia de casamento na prefeitura, acompanhados apenas de papai, Dave e Raquel. Nenhum padre, nenhum rabino, ninguém poderia estar mais feliz do que nós dois.

— Eu vos declaro... — disse o sujeito com poder de autoridade. Nós nos beijamos e Dave nos convidou para um restaurante chinês. De um lado, papai resistia à tensão da conversa; do outro, eu e Martin dividíamos uma deliciosa porção de ninhos de camarão.

Juntamos nosso dinheiro e alugamos um minúsculo apartamento perto da universidade. Recusamos a oferta de ajuda de Dave porque queríamos criar nosso mundo à nossa custa. Na primeira noite na casa nova, Martin me deu um buquê de margaridas brancas.

— As margaridas brancas não se fecham à noite como as outras margaridas. São corajosas como você — disse ele.

Coloquei as margaridas dentro de um vaso, sobre uma velha mesa de fórmica para a qual não tínhamos cadeiras. Esquentamos sopa enlatada na única panela da casa, sentamos na posição de lótus no chão e tomamos a sopa em pratos diferentes, adquiridos num bazar de caridade.

Fizemos a nossa cama, um colchão no chão com lençóis de segunda mão e velhos cobertores marrons arrematados no mesmo bazar. Não era a primeira vez que dormíamos juntos, mas era a primeira vez que dormíamos na nossa casa e na nossa cama; então, não tivemos pressa. Olhamos no fundo dos olhos um do outro, cada qual do seu lado do colchão, e nos despimos com a timidez das borboletas que lutam para sair do casulo. Martin era magro e anguloso; seu cabelo macio e despenteado e seu queixo fortemente acentuado por uma covinha me trouxeram a imagem de uma equação perfeita.

Ajoelhamos na cama e nos abraçamos, e ele tocou na reentrância à base do meu pescoço.

— Adoro isso — falou. — Aqui posso sentir as batidas do seu coração.

Depois que passamos a viver juntos, o pessoal da universidade começou a especular se eu estava grávida; os que não sabiam que tínhamos casado conjecturaram que poderíamos estar iniciando uma célula comunista. Nem por isso nos sentíamos rejeitados; na verdade, nos sentíamos à margem. Éramos como Adão e Eva antes da queda: inocentes, solitários e cheios de graça. Naquele tempo e naquele lugar, o amor era tudo e nos bastava, um amor não apenas raro e especial, mas também fugaz, como dizem os budistas.

Nosso mundinho fechado tornava tudo fácil. Quando brigávamos, a briga não se estendia, porque Martin sempre se dava por vencido. Ainda não sabia que, às vezes, ele deixava as coisas apodrecerem. Se tivesse sabido a tempo, talvez tivesse me preparado para o meu marido do pós-guerra. Mas, naquele tempo, minha ingenuidade só me deixava pensar que éramos especiais.

De quando em quando, me perguntava se o nosso amor era realmente único a ponto de nos tornar imunes aos problemas cotidianos. Mas não olhava a questão de frente para não atrair mau agouro. Eu não sabia, na época, que amor não é algo que apenas se sente, mas que também se constrói. Naquele tempo e naquele lugar, o sentimento era tudo o que importava e a mim parecia ingratidão questionar nosso amor — isso ficaria para depois da guerra.

CAPÍTULO 5

1941

Engravidei durante o primeiro ano de nossa graduação universitária. Martin concordara comigo em não ter filhos porque simplesmente achávamos os bebês desagradáveis. Para nós, era um absurdo mostrar entusiasmo pelos bebês das outras pessoas, por aquelas *coisinhas* carecas, idênticas e descoradas, com perninhas de rã empinadas, que berravam como personagens de gibis.

Mas um coelho morreu em 1941 e minha carreira de astrônoma morreu junto com ele. Matar coelhos com urina de mulher grávida pode parecer medieval nos dias de hoje, mas, em 1941, era assim. Claro que larguei a universidade porque, naquele tempo, as mulheres grávidas simplesmente não pertenciam às universidades e tampouco ao público. A gravidez emanava uma aura vagamente embaraçosa. Mas, apesar de ter que deixar os estudos de lado e da aversão que ambos sentíamos pelos bebês, a magia quase divina de criar outro ser humano nos deixou em êxtase, e logo estávamos ridiculamente excitados. Lembro-me da noite em que estávamos sossegados na cama, escolhendo um nome para nosso bebê, quando senti o primeiro pontapé na barriga. Martin enlaçou sua perna na minha e passou a mão por meu ventre.

— Eis a minha família. Bem aqui. Desabrocha nos meus braços como uma flor na estufa — disse, em tom derramado e sentimental, com um brilho nos olhos marejados. E me beijou apaixonadamente.

Alguns meses depois, batizamos nosso filho. Respirávamos sua inocência, ensaboávamos a penugem cor de pêssego de sua cabecinha e nos maravilhávamos com o contorno perfeito das orelhas, com as mãozinhas que lembravam estrelas-do-mar e com o delicado jorro que empapava sua barriga redonda de bebê. Martin se debruçava sobre ele e grunhia:

— Nham-nham-nham. Oooh. Vou comer esse bebezinho — beijava um por um os dedinhos rosados. — Oooh, esse bebezinho é uma delícia. — Em seguida deitávamos na cama soltando risinhos para o nosso recém-nascido, que roncava como um velho.

Nós o chamávamos de nosso glorioso boo-boo, apelido que, com o tempo, evoluiu para BoBo, um dos muitos de Billy. Ele também era conhecido como Bifinho, Macarrão, Ervilha, Pêssego, Malandrinho, Amendoim, Galinha e Picles. Para papai, era o Pequenininho, para Dave, o Grandão, e para Raquel, o Homenzinho. O garotinho de muitos apelidos disse "mamãe" aos dez meses de idade. Com um ano, atirava o chocalho de plástico para longe do berço e dizia "bobo." Aos catorze meses, meu bebê cor de leite zanzava pela casa de mãos nos bolsos, com ares de quem sacaria a chave do próprio carro a qualquer momento. Enquanto velava pelo seu sono, eu me perguntava se haveria no mundo uma coisinha mais doce do que aquela. Às vezes, chegava a temer que eu pudesse morrer de um choque de insulina.

Cada vez que me lamentava pela perda de um futuro como astrônoma, Billy me fazia sentir melhor. Ele tinha cachinhos louros que se avermelhavam ao sol, uma carinha de duende, olhos azuis acinzentados e uma enorme disposição. Cada vez que me flagrava representando o papel de esposa ou de mãe, uma olhada para Billy me fazia sentir menos fraudulenta. Se tivesse que escolher, escolheria Billy mais uma vez e mais outra, e mais outra.

E assim fomos incrivelmente felizes até que Martin foi convocado, em 1943. Recrutado pelo Exército para passar dois meses no campo de treinamento e outros três meses na escola de oficiais, ele emergiu como um verdadeiro oficial. Como todos os outros, pronto para o tempo que durasse a guerra.

Comecei a fumar cigarros Raleigh, a usar calças compridas e sapatos baixos, e passei a dar longos passeios pela rua. Aprendi a dirigir nosso Chevrolet, a enrolar bandagens para a Cruz Vermelha, a contar cupons de racionamento e a ver as trágicas estrelas douradas que apareciam nas janelas frontais da casa de meus vizinhos. Prendia o fôlego toda vez que um carro oficial entrava em minha rua.

Graças a Deus, a guerra terminou quando Billy estava com três anos, e Martin voltou para casa. Não demorou muito e percebi que as coisas entre nós não estavam boas. Na ocasião, ele também fumava —

preferia Chesterfields, embora na Europa fumasse qualquer marca disponível. Mas só fazia isso. Recusava-se a sair e a ver quem quer que fosse, até mesmo Dave e Raquel. Seus olhos refletiam pavor. Às vezes fixava o olhar vazio na janela, outras vezes na franja do tapete, o cigarro se consumindo até lhe queimar os dedos; levava um susto quando eu murmurava seu nome, e me fitava com olhos assustados e desvairados. Sexo? Esqueça. Uma vez levei Billy para nossa cama para ver se Martin se animava. Billy se aninhou nos braços do pai e lhe deu um beijo doce e babado de criança que o fez chorar.

Em 1945, chamavam isso de fadiga de combate, mas, na Primeira Guerra Mundial, teria sido trauma pós-guerra, uma definição mais adequada. Martin não estava com uma simples fadiga de combate; ele vivia o trauma da barbárie que se oculta na alma humana. Depois do Vietnã, passaram a chamar isso de transtorno do estresse pós-traumático. Estresse? Por favor. A cada guerra a definição para esse tipo de doença mental se torna mais asséptica.

Meu estressado marido com fadiga de combate e trauma de guerra me pegou de surpresa quando aceitou um cheque mensal do pai para complementar o fundo governamental disponível para os veteranos que pretendiam completar sua educação. Depois disso, passei a cuidar e a organizar as finanças da casa, enquanto Martin frequentava a universidade em tempo integral para se graduar. Não gostava de cuidar de assuntos financeiros, mas, na Índia, agradeci por ele ter deixado o controle do nosso dinheiro comigo.

Nos primeiros tempos do pós-guerra, Martin estudava, fumava, comia e dormia, mas tinha deixado de rir e de tocar piano. Seu novo hobby era a leitura de *Crime e castigo*. Carregava uma edição antiga, com capa em estado lastimável e páginas em estado ainda mais lastimável, para onde quer que fosse. As folhas manchadas e quase soltas estavam cheias de notas nas margens. Ele mantinha aquela coisa no bolso como se fosse um talismã.

Martin sempre estava impotente, e uma noite cansei de suas repetidas tentativas e o afastei.

— Esquece — falei. Isso não importa.

— Essa merda *importa,* sim. — Ele virou de costas e afastou minha mão, que descansava em seu ombro.

A impotência terminou abruptamente quando, certa noite, me virei para lhe dar um beijo de boa-noite e ele me atacou. É a única palavra que define o que ele fez. Não estava excitado, estava enfurecido. Travou sua batalha sobre meu corpo, abrindo as minhas pernas, me puxando pelos ombros e me penetrando. Comecei a gritar e ele parou.

— Oh, Deus — disse, tombando sobre meu peito com um soluço estrangulado. Também soluei e nos abraçamos nus e em prantos.

Depois disso, toda noite Martin me dava um beijo casto de boa-noite e virava de costas. Não passávamos de polidos companheiros de quarto, até que, em certa manhã de domingo de 1946, ele se serviu de uma xícara de café e sentou-se à mesa com o jornal *Chicago Tribune* nas mãos. De repente, encontrou um anúncio na página dois, ergueu-a e leu as palavras do senador Fulbright em voz alta:

> Os preconceitos e as concepções equivocadas em relação aos estrangeiros, que se alastram por todo o país, são uma difícil barreira para qualquer sistema de governo. Contudo, se os povos do mundo se conhecessem melhor, se vivessem em comum e aprendessem lado a lado, talvez tendessem a cooperar mais e se dispusessem a lutar menos uns contra os outros.

Martin colocou o jornal em cima da mesa, sorrindo.

Em 1946, os primeiros americanos receberam a bolsa de estudos Fulbright, e Martin, a mais promissora estrela do Departamento de História, estava entre eles. Depois de uma reunião com o dr. Chiranjeev, o contato na Universidade de Nova Délhi, ele tomaria o rumo de Simla, ao norte, para documentar o fim do domínio inglês na Índia. A universidade lhe ofereceu uma sala em Simla, no posto telegráfico sediado pela Reuters, e um bangalô colonial para a família em Masoorla, uma aldeia próxima. O salário para uma família de três membros era pequeno, mas dava para o gasto.

Bastante excitada, fui à biblioteca e descobri que Simla era a capital oficial de verão do Raj Britânico, muito popular entre as famílias inglesas que fugiam do calor sufocante das planícies. Mas depois que a campanha de Gandhi alcançou projeção, a Índia tornou-se menos acolhedora aos olhos ingleses, de modo que, por volta de 1947, os bangalôs coloniais de Masoorla estavam vazios.

Isso me serviu como uma luva, e projetei uma Índia apenas para nós dois; seríamos forasteiros em terra estrangeira e só teríamos um ao outro a quem recorrer. Assim, retornaríamos aos nossos antigos e adoráveis dias de isolamento. Imaginei um povo moreno, vestido com *dhotis* brancos e sáris coloridos, templos incrustados em cavernas iluminadas por excêntricas lamparinas, estradas pitorescas e antigas a serpentear entre verdes montanhas, elefantes pintados e vacas sagradas, aroma de jasmins e de fogareiros, mercados com encantadores de cobras... e nós dois. Os destroços do nosso casamento seriam colados com uma cola exótica, e faríamos renascer o mundo encantador que partilháramos no início.

Bem, o que posso dizer? Eu era jovem. Depois de três meses na Índia, havíamos apenas exportado nossa infelicidade. Eu e Martin passamos a viver a seca logística da vida cotidiana, movendo-nos ao redor um do outro como se vivêssemos em universos paralelos.

No dia em que escondi as cartas de Felicity e Adela com alguma amargura, Martin chegou do trabalho bastante animado. Uma animação que me encheu de esperança. Geralmente, um Martin rabugento e amedrontado era quem entrava pela porta e perguntava que espécie de comida condimentada e fatal teria para o jantar. Ele quase não ouvia quando lhe falava de minhas aulas de inglês na aldeia — para crianças de rosto tímido e doce, com mente aberta e sotaque agradável — olhando com desinteresse para todas as fotos que eu tirava.

Mas, quando Martin irrompeu pela porta com um brilho nos olhos negros, me permiti um momento de otimismo. Talvez tivesse acontecido alguma coisa extraordinária. Talvez pudesse lhe mostrar a carta. Poderíamos colocar Billy na cama e, depois de beber uma garrafa de vinho, faríamos uma divertida caça ao tesouro, vasculhando cada canto da casa em busca de outras cartas; e, encontrando-as ou não, terminaríamos a noite na cama. Ele estava bem vivo e excitado, e lembro que lamentei estar de calças compridas e não de vestido. Afastei a mecha de cabelo da testa.

— Martin...

— Problemas.

Ora, *esse* era o motivo da excitação.

Billy brincava no chão com Spike e nos olhou com seu radar emocional pulsando.

— Mamãe?
— Agora não, meu macarrão. — Alisei-lhe a cabeça.
— Tudo está indo por água baixo — disse Martin.
— O que...
— Você e Billy precisam sair o mais rápido possível daqui. — Ele largou a pasta com violência e o impacto a fez abrir-se e espalhar folhas de papel pelo chão. — *Que merda!*
Billy se agarrou em Spike com o queixo tremendo. Martin abaixou-se e acariciou-lhe o queixo.
— Hei, BoBo. Eu o assustei? Desculpa, filho. — Pegou-o no colo e o beijou, sem se dar conta de que o menino irradiava pânico.
Peguei Billy com cuidado e o levei para o quarto. Billy era sempre poupado da comida condimentada de Habib e já tinha tomado sua sopa de galinha com gengibre, acompanhada de uma taça de *lassi* de manga. Depois de vesti-lo com seu pijama de algodão predileto, que trazia estampada no peito *A pequena locomotiva*, coloquei-o na cama. Já deitado, ele me olhou com uma expressão séria de adulto, os cachos a lhe emoldurar o rosto.
— Papai está zangado com a gente?
— Não, bifinho. Papai só está cansado de tanto trabalhar. — Ajeitei Spike debaixo de seu braço e cantarolei "Danny Boy", enquanto lhe fazia cafuné.
— Não consigo ficar de olho fechado — murmurou ele, minutos depois.
— Dorme, filhinho. — Acariciei-lhe o rostinho. Em seguida, beijei-o suavemente, fechei o cortinado de filó que rodeava a cama e deixei a porta do quarto entreaberta.
Martin estava sentado à mesa da cozinha, com a cabeça entre as mãos e os óculos ao lado de um dos cotovelos apoiados à mesa. Coloquei as mãos nos quadris: minha postura de pugilista.
— Pode fazer o favor de me dizer o que está acontecendo?
— Por Deus, Evie, não comece. — Ele me olhou fixamente e senti um solavanco. A agitação apagara a habitual expressão de pedra de seu rosto. Sem os óculos, seus expressivos olhos escuros pareciam desfocados e fundos. — O país está prestes a explodir. Você precisa voltar com o Billy para os Estados Unidos agora mesmo.
Sentei do lado oposto da mesa, diante dele.

— O que aconteceu?

— Eu não devia ter trazido você para cá. E Billy... ai, Deus, onde é que eu estava com a cabeça? — Ele esfregou a testa.

Estiquei-me por cima da mesa e toquei seu braço.

— Martin, o que aconte...

— Enfie algumas coisas na mala. Só o essencial. Quero vocês dois no trem das oito para Kalka. Lá vocês pegam outro trem para Délhi. — Ele acendeu um cigarro, que tremeu entre os dedos. — A universidade pode levá-los de Délhi até Bombaim. Depois vocês pegam um navio para Londres, e lá embarcam em outro navio para os Estados Unidos.

— Martin, será que você pode se acalmar? — Recostei-me na cadeira e cruzei os braços. — Faltam doze horas para o trem das oito. Acalme-se e me diga o que está acontecendo.

Martin deu uma tragada no cigarro e soltou uma longa baforada.

— Ok, você está certa. Acabei de saber, mas... tudo bem. — Ergueu a palma das mãos em sinal de trégua.

— Primeiro, vamos jantar — eu disse. Peguei dois pratos e servi o arroz e um demoníaco guisado de carneiro ao *curry*. De repente, todo o meu ser implorou por um sanduíche de queijo quente. Coloquei os pratos à mesa e perguntei: — E então, o que está havendo?

— Mountbatten mudou a data para a retirada britânica. — Ele apagou o cigarro e fixou os olhos no prato.

— Para quando?

— Quinze de agosto.

— *Deste* ano? Mas só faltam dois meses.

— Exatamente. — Ele mastigou uma garfada do guisado e abanou a boca, embora eu pudesse jurar que era pura exibição. — E a divisão está prestes a ocorrer. Antes da partida, serão traçadas linhas imaginárias pelo país, dividindo hindus e muçulmanos.

— Mas Gandhi é contra essa divisão.

— Bem, Gandhi está perdendo.

— Mas agosto? Isso é...

— Insano. — Ele pôs o garfo no prato. — A Índia será hindu e um novo país, chamado Paquistão, será muçulmano. Milhões de pessoas aterrorizadas, iradas e aturdidas serão expulsas de suas casas e forçadas a cruzar as novas fronteiras. Mountbatten está dizendo que quem quiser ficar será protegido, mas como? Por quem? — Ele apoiou os cotovelos à mesa e esboçou com os lábios algo parecido com um sorriso, que não era um sorriso de verdade. — Imagine se os ingleses ou outros povos dissessem para os americanos que, devido aos problemas raciais, as costas leste e oeste da América seriam dos negros e o centro do país, dos brancos, e que todos teriam dois meses para fazer isso.

— Meu Deus!

— E agora imagine os extremistas negros e brancos disseminando o antagonismo por essas regiões — disse, segurando a minha mão. — Isso aqui vai ficar feio, sobretudo nas áreas próximas às novas fronteiras e nas grandes cidades... Calcutá, sem dúvida, e talvez Hyderabad. Não quero você e Billy aqui quando isso acontecer.

Apertei a mão de Martin para demonstrar que apreciava sua vontade de nos proteger. A ideia de dividir o país não era novidade, apenas a data para a retirada dos britânicos é que tinha sido mudada. O que poderia acontecer depois da retirada da bandeira britânica não passava de especulação, de modo que aquela histeria não fazia sentido. Com o fim do Raj britânico, os indianos estariam conseguindo o que há muito desejavam. Tinham acolhido a dissolução do Raj e posto fim às querelas com os ocidentais. A divisão era um assunto a ser resolvido entre hindus e muçulmanos, e nós morávamos a milhares de quilômetros de distância, tanto de Calcutá quanto de Hyderabad.

— Estamos no meio do nada e nunca percebi um único sinal de animosidade na população daqui — argumentei.

— Não minimize o problema.

— Não estou minimizando. Só não vejo como isso pode nos afetar aqui. Não somos hindus, nem muçulmanos, nem mesmo britânicos.

Martin deu um murro tão forte na mesa que o prato pulou.

— Que merda, Evie. Não tente discutir esse assunto comigo. Você não entende nada de guerra. Eu entendo.

Então, era isso. Embora o anúncio de Mountbatten tivesse sido uma surpresa, o pânico era um acesso da paranoia de pós-guerra de Martin a pleno vapor. Era inútil argumentar quando ele estava assim. Mexi o arroz no meu prato.

— Está bem — falei, exagerando a dose de paciência. — Partiremos amanhã. Mas quero que você também vá.

— Irei com vocês até Délhi. A partir de lá, a universidade cuida de vocês. Eu tenho que voltar para cá, e você sabe muito bem disso.

As circunstâncias são excelentes para a minha tese. Poderei documentar os acontecimentos na hora em que acontecerem.

— Mas se é tão perigoso...

— Para *vocês*. Eu sei cuidar de mim. Só espero...

— Nós dois esperamos.

Aquilo tudo era muito estúpido. Eu não queria sair de lá e não acreditava sequer que fosse necessário, e foi bom *interrompê-lo* para variar.

Depois do jantar, Martin enfiou algumas coisas na maleta e sentou-se à escrivaninha em um dos cantos do nosso quarto para separar a papelada. Retirei nosso dinheiro de dentro de uma lata de chá na cozinha e o guardei no compartimento interno da minha bolsa. A notícia repentina não me dava margem para levar tudo, então optei por levar o que era mais prático. Peguei as calças compridas e os sapatos baixos, mas deixei de lado meu lindo vestido preto de mangas cavadas e os sapatos altos sensuais. Despedi-me melancolicamente do meu sári de seda cor de limão, que planejava usar nos coquetéis de Chicago. Entrei e saí do quarto de Billy na ponta dos pés com shortinhos e pilhas de roupas de baixo de algodão. Enquanto dobrava um pijama estampado com ursinhos azuis, perguntei a Martin:

— Como era a situação política da Índia em 1856?

— 1856? — Ele virou a cabeça na minha direção. — Por que quer saber isso?

— Hum... — Aquelas cartas eram *minhas*. — Só por curiosidade, nada mais. É que me lembrei de algumas coisas das aulas de história...

— Em 1856, a situação era realmente tensa entre os soldados indianos, cipaios, e seus superiores britânicos. A Rebelião dos Cipaios acabou explodindo em 1857. Bem, nós a chamamos assim, mas os indianos a chamam de Primeira Guerra de Independência. Os cipaios amotinados deflagraram uma guerra de verdade. Com atrocidades de ambos os lados. — Ele mordeu o lábio. — Sempre há isso — bufou e, subitamente irritado, perguntou novamente: — Por que quer saber?

— Por nada. — Coloquei o pijama na mala e peguei um pequeno macacão. Será que uma vitoriana solteira poderia viver sozinha na Índia durante uma época tão convulsionada? Será que sobreviveria? — Imagine o quão terrível devia ser para os espectadores estar em meio a essa convulsão — comentei.

Martin olhou em meus olhos.

— É mesmo, deve ter sido terrível. — Atravessou o quarto e me segurou pelos ombros. — Exatamente como agora. — Fez uma pausa, como se as palavras precisassem de uma eternidade para ser absorvidas, como se esperasse com paciência que as lentas engrenagens de meu cérebro subdesenvolvido começassem a funcionar. — Exatamente como agora — repetiu. — Vai estourar uma guerra civil no país, e você e Billy são espectadores. Portanto, pelo amor de Deus, preste atenção.

CAPÍTULO 6

1846 — 1851

Felicity e Adela se acostumaram a dormir no mesmo dormitório do St. Ethel e, quando retornaram para Rose Hall, no Natal, dividiram a enorme cama de Adela, um hábito que perduraria ao longo dos anos. Se estivessem em quartos separados, Adela não poderia acariciar os cabelos de Felicity enquanto as duas conversavam sobre Fanny Parks. E, de manhã, não poderiam partilhar a travessa de chá com ovos cozidos, bacon, torradas e a geleia especial que Martha servia. Não poderiam cochichar quando Martha acendesse a lareira e os triângulos de neve se acumulassem nos cantos dos vidros, na parte externa da janela.

Martha confeccionara a bola do beijo, um enfeite de Natal — um arco duplo encimado por ramas de sempre-vivas, decorado com azevinho, maçãs e fitas. Do centro, pendia um galho de visgo e quem passasse por baixo tinha que pagar com um beijo. Na véspera de Natal, Felicity e Adela passaram por baixo da bola do beijo e avidamente Adela cobriu o rosto de Felicity de beijos doces.

— Adela, chega. Chega — disse Felicity, sorrindo.

Naquele Natal, diversas vezes Adela surpreendeu a passagem de Felicity por baixo da bola do beijo; pelo que parecia, ela ficava ali, à espera.

Felicity tinha um corpo voluptuoso para seus catorze anos. Sua voz adquirira um tom mais grave, com um toque aveludado e feminino, enquanto sua aparência se mantivera radiante e os cabelos louros, ligeiramente avermelhados, se avolumaram e se tornaram mais sedosos. O uniforme escolar lhe acentuava os seios e marcava sua cintura e os quadris arredondados.

Para o senso comum, Adela não era bonita, mas sua inteligência e os olhos estonteantemente verdes animavam sua aparência. O corpo ainda se resumia a ossos e juntas. Os vestidos caíam retos, como tábua, sobre o peito, e tanto suas mãos quanto os pés eram grandes e sem graça. À falta de feminilidade se acrescia o fato de que ela continuava sendo uma leitora voraz. A senhora Winfield ergueu o cabelo castanho escorrido da filha e o largou, com um suspiro.

— Nenhum homem gosta de uma moça que se acha mais inteligente do que ele — disse.

— Então, ele que trate de ler um ou dois livros — rebateu Adela.

Naquele ano, a senhora Winfield contratou uma jovem para cuidar das garotas durante as férias e ajudar no serviço de casa. Kaitlin Flynn era uma garota irlandesa comum, que exalava um forte cheiro de sabão. Tinha pele áspera e seus cabelos negros encaracolados escapavam para fora da touca branca. A senhora Winfield estendeu-lhe o uniforme e foi logo dizendo:

— Veja o que pode fazer pelo pobre cabelo da Adela.

— Sim, madame. — Kaitlin fez uma reverência e sorriu para as garotas de um jeito que parecia dizer que estava do lado delas. Depois desapareceu pela entrada dos criados.

— Kaitlin não deve ser muito mais velha do que nós — comentou Adela.

— E não é mesmo — concordou Felicity. — Acho que ela tem um toque travesso.

— Graças a Deus! — disseram em uníssono e aos risos.

Em meio à agitação dos preparativos natalinos, apenas Adela e Kaitlin notaram que Felicity estava apática. Não demorou e Felicity começou a tossir. O doutor Winfield dirigiu-se ao seu quarto com uma mala preta, murmurou algumas perguntas quase inaudíveis, enquanto lhe dava batidinhas nas costas; depois, saiu do quarto e, com um ar sombrio, diagnosticou tuberculose. Alisou o bigode com o dedo e abaixou a cabeça, com cara de agente funerário. Adela correu para se juntar a Felicity na cama, mas seus pais a proibiram de se deitar ali, alegando que ela não podia se expor à doença. Mesmo assim, sempre que podia, Adela escapulia até o quarto da amiga; a juventude e o amor a deixavam impaciente.

Felicity ficou de cama durante semanas, com moleza no corpo, febre alta, tosse e manchas cor-de-rosa a lhe queimar o rosto. Adela esperava a mãe se ocupar com visitas ou jardinagem, para se enfiar no quarto escuro de Felicity com uma xícara de um caldo forte de carne, que pacientemente servia às colheradas para a amiga que mal conseguia abrir os lábios. Cada vez que o doutor Winfield examinava Felicity, a filha esperava do lado de fora do quarto e o pressionava para ouvir o que ele ainda não podia dizer.

Kaitlin, por outro lado, transitava à vontade pelo quarto da paciente. Ficava à espera com uma bacia de água e toalhas; cantarolava uma balada irlandesa enquanto o doutor Winfield auscultava o peito da paciente. Quando ele saía, Kaitlin sentava na cama para limpar o rosto e os braços de Felicity, dizendo:

— E lá vamos nós, mocinha. Vai se sentir tão bem depois disso que acabará se levantando — dizia.

Certo dia, Kaitlin se inclinou por cima de Felicity para ajeitar-lhe o travesseiro e foi advertida.

— Você não devia chegar tão perto de mim, Kaitlin.

— Não se preocupe comigo, senhorita. — A irlandesa ajeitou o travesseiro com seu característico bom humor. Em seguida, torceu uma toalhinha com mãos firmes e esfregou o pescoço e os ombros de Felicity com movimentos habilidosos. Kaitlin trabalhava desde os doze anos, e, antes disso, tinha sido o braço direito da mãe no trabalho doméstico; fazia faxina, cozinhava repolho murcho e batatas velhas para uma família de oito membros e carregava cargas de turfa para esquentar a minúscula cabana onde moravam. Conhecia bem o trabalho duro e sentia orgulho e até mesmo prazer em ser útil. Adela a observava cuidar de Felicity, admirando-se com sua bondade, e certa de que, se tivesse nascido em circunstâncias semelhantes, seria uma pessoa amarga.

— É sério, Kaitlin. Pelo menos cubra a boca e o nariz quando chegar perto de mim — disse Felicity.

— É melhor fazer isso, Kaitlin — reiterou o doutor Winfield, que guardava os instrumentos dentro da maleta.

— Vocês não precisam se preocupar comigo, e sei o que estou dizendo. — Kaitlin sorriu. — Meu irmão teve tuberculose e, antes de morrer, cuidei dele durante um ano. — Afastou uma mecha de cabelo do rosto com o dorso da mão e acrescentou: — Eu sou forte.

Persuadido, o doutor Winfield fechou a maleta preta.

— Você faz parte do rol daqueles que têm sorte, Kaitlin. Algumas pessoas parecem ter uma imunidade natural.

Do umbral da porta, Adela conjeturou que talvez também estivesse no rol dos sortudos. Nem mesmo Felicity sabia que muitas vezes ela se esgueirava até o quarto só para beijar a testa em fogo da amiga, que nessas ocasiões sempre estava dormindo ou delirando, e nem por isso Adela tossia.

Felicity emagreceu assustadoramente e, quando a febre a consumiu, chamaram o bispo. Quando o religioso começou a encomendar a alma, Adela se trancou em seu quarto e sentou encolhida no chão, a um canto, tentando assimilar a ideia de um mundo sem Felicity. Seria um mundo sem luz, sem a menor alegria.

Mais tarde, a febre de Felicity cedeu e a senhora Winfield permitiu que a filha levasse o chá matinal para a doente. Adela passou a empurrar a amiga numa cadeira de rodas barulhenta, primeiro apenas pelo quarto, depois, pelo corredor. Às vezes, Felicity tentava se levantar, mas suas pernas, enfraquecidas pela longa permanência na cama, dobravam e quase a faziam cair; Adela, porém, estava lá para ampará-la e erguê-la. Depois, as duas passaram a caminhar diariamente pelo quarto, com Felicity abraçada aos ombros de Adela, como numa dança desastrada. Faziam isso uma vez por dia, depois, duas vezes, e logo estavam andando juntas e de mãos dadas. Com o tempo, o som das risadas das garotas voltou a ecoar pela casa inteira, e o doutor diagnosticou a cura de Felicity.

❦

Na véspera do Natal do ano seguinte, as duas garotas estavam com quinze anos e receberam permissão de beber uma taça de *wassail* no jantar. A receita de *wassail* do cozinheiro levava uma cerveja muito forte com cidra, açúcar, especiarias e maçãs perfuradas com cravos-da-índia. Elas acharam que a bebida tinha um gosto muito carregado e amargo, mas beberam sem fazer careta só para mostrar que já estavam crescidas.

Mais tarde, sob a luz de velas, como sempre, elas se despiram no quarto que partilhavam e colocaram a roupa de dormir. Adela observou enquanto Felicity escovava os cabelos brilhantes que pendiam por um dos ombros, sentada com calçolas de algodão e combinação de seda, na frente de um espelho oval. Felicity ainda estava com as pérolas que cintilavam sob a luz das velas, e os joelhos de Adela bambearam com a visão — talvez pela *wassail* ou pelos pequenos seios que se insinuavam debaixo da seda, ou mesmo pelas pérolas sobre a pele nua.

Aborrecida, confusa e sem entender bem o que acontecia, ela vestiu a camisola, meteu-se na cama e fingiu que caíra no sono na mesma hora. Felicity achou que devia ser o efeito da *wassail* e deitou-se sem perturbar a amiga. A bebida era realmente forte e logo ela caiu no sono.

Naquela noite, Adela observou Felicity dormindo e, pela primeira vez, se deu conta da verdadeira natureza de seus sentimentos. Estendeu a mão trêmula a alguns centímetros acima do corpo adormecido de Felicity, acompanhou o contorno do ombro e do braço, desceu até a cintura, subiu pelo quadril e prosseguiu pela perna. Uma corrente de calor pulsou entre sua mão e o corpo de Felicity, fazendo-a sentir um calafrio na boca do estômago. Tremendo da cabeça aos pés, ela respirou fundo, deitou-se novamente e puxou as cobertas até os lábios. Começou a chorar baixinho, contendo-se para não fazer barulho.

Mas isso de nada adiantou. Felicity acordou com o tremor ritmado da cama e ouviu os soluços de Adela. Nem precisou se virar para perguntar o que estava errado. De um jeito oblíquo, subentendido, ela sabia. Já tinha notado que Adela a olhava com doçura, um olhar bem diferente do que normalmente as garotas trocavam entre si. Não lhe passara despercebido que a mão de Adela demorou demais atrás de seu pescoço, depois que lhe pediu ajuda para abrir o fecho do colar de pérolas, e se intrigara com a pressão de uma outra coxa contra a sua quando as duas se sentaram no canapé. Não sabia ao certo o que isso implicava, mas sabia que era amada de um jeito diferente do que ela própria amava. E também sabia que Adela era boa; Adela era sua amiga e ela não julgaria sua amiga.

CAPÍTULO 7

1947

Martin e eu estávamos deitados de costas um para o outro, com um lençol em cima e evitando, com todo o escrúpulo, um possível contato. Ao pé da cama, duas malas. Eu mantinha os olhos fechados, embora Martin soubesse que eu não estava dormindo. Isso não me importava. *Prestar atenção*? O tom condescendente da frase me deixara enfurecida. Como ele ousava pôr em dúvida a minha capacidade de cuidar da segurança de Billy?

Depois de me recomendar que prestasse atenção, ele ainda arrematara:

— Você nunca viu uma guerra, Evie. Você vive em bem-aventurada ignorância.

Não apenas ignorância: *bem-aventurada* ignorância. Logo ele, que sempre me chamara de sua garota prodígio. Agora, eu era uma bem-aventurada ignorante.

É verdade que ele ouvira com perplexidade a minha pergunta sobre o ano de 1856, e também é verdade que eu podia ter falado das cartas, mas àquela altura o hábito de manter um pé atrás já estava cristalizado. Assim, enfiei as cartas na minha mala sem que ele as visse.

Encaixei a curva do pescoço no travesseiro. Nossa roupa de cama, toda branca e virginal, até que era bem adequada. Nos três meses de estadia em Masoorla, ainda não tínhamos feito amor.

Senti comichão no tornozelo, mas não cocei, porque assim abdicaria do meu sono fingido. Mesmo sabendo que ele sabia que eu estava acordada e também sabia que eu sabia disso, havia regras. Mexi um pé para coçar o outro tornozelo, como se fosse um movimento natural durante o sono. Isso funcionou por um segundo, mas em seguida comichou mais forte. Trinquei os dentes e mexi o pé novamente. Aquela coceira poderia atrapalhar a minha encenação na cama da mesma forma que a Segunda Guerra Mundial tinha atrapalhado o meu casamento. Estiquei a perna e, de modo imperceptível, esfreguei o pé no lençol que cobria o colchão. Mais um pouco e teria que coçar com as mãos.

Houve um tempo em que eu teria me levantado na cama e coçado o tornozelo com todos os dez dedos, gemendo de satisfação, enquanto Martin diria "fingida", e riríamos como duas crianças. Mas a alegre conexão que havia entre nós se acabara e meus esforços para ressuscitá-la só serviam para irritá-lo. Uma noite, sugeri que nos sentássemos no chão, de pernas cruzadas, para saborear arroz com *curry* à luz de velas e ele me olhou com tanto desprezo que me tirou o fôlego.

— Evie, cresça — foi o que ele disse.

A certa altura, a coceira se tornou tão insuportável que me dobrei na cama, estiquei o braço e cocei o pé, que parecia estar pegando fogo. Com a encenação desmascarada, me voltei para o perfil viril de Martin na penumbra do quarto. O luar indiano contornava-lhe a testa alta, o nobre nariz que lhe dava um toque de autoridade e a boca sensível, perfeitamente delineada sem ser feminina — uma boca perfeita para um homem articulado. Pensei em tocar-lhe o queixo e perguntar o que tinha acontecido conosco. Mas... — *preste atenção... bem-aventurada ignorância* — não consegui.

— Você estava acordada — falou ele.

— E você sabia que eu estava.

— Sabia.

— Você também estava acordado. Está preocupado?

— Claro que estou preocupado. Por Deus, Evie — respondeu, de pronto.

— Desculpe. Eu sei...

— Não, você não sabe. Para você, uma guerra se limita a cupons de comida racionada e bandeiras hasteadas.

— O quê? Não.

— O cheiro é tão forte que deixa um gosto na língua. É impossível se livrar desse gosto. É a única coisa que odeio na Índia, esse cheiro constante de fumaça e incêndio. É um cheiro que me sufoca.

— Acalme-se.

— Não me peça para me acalmar. Você *não* sabe. E não quero que saiba. — Ele pressionou os olhos com o polegar e o indicador, e virou-se para se apoiar no cotovelo. — Evie, desculpe. Não é culpa sua. Nunca deveria ter trazido você e Billy para cá.

Também me apoiei no cotovelo para fitar seus olhos.

— Não lhe deixei muita escolha.

Ainda me lembrava do dia em que forçara a barra. A universidade oferecera um bangalô e ele dissera que só precisava de um pequeno apartamento ou de um quarto porque iria sozinho. Logo que soube disso, enfrentei-o cara a cara.

— Você esteve fora durante dois anos e agora me diz que vai partir? — falara, de mãos nos quadris. — É uma chance de compartilharmos algo especial e de deixar a guerra para trás. Se não formos juntos, *prometo* que você passará o resto da vida sem saber como tudo isso acabou.

— Mas...

— Eles não o mandariam para lá se fosse perigoso. A Índia estará mais um ano e meio sob o domínio britânico. É tão seguro quanto Londres. — Segurei seu rosto com as duas mãos. — Eles lhe ofereceram uma *casa na Índia*, uma aventura de que também quero desfrutar. Quero isso para *nós dois*. *Nós dois*, lembra?

— Oh, Evie. — Ele passara a mão pelo cabelo. O coitado não tivera escolha.

Cheguei mais perto dele, na cama.

— Martin?

— Durma, Evie.

— Não é culpa sua. Ninguém esperava que Mountbatten reduzisse o prazo em um ano. E não queríamos que Billy crescesse pensando que o mundo inteiro se resume à classe média branca americana. Lembra? Não foi bom termos vindo?

— Mesmo agora, a classe média americana soa janota. — Ele bufou.

— Partiremos amanhã de manhã. — Toquei-lhe o rosto. — Vai dar tudo certo.

Martin escorregou o braço por baixo de meu corpo e me puxou para mais perto. Aninhada em seu peito, senti o cheiro, a forma, a textura da pele e tudo o mais que me era familiar naquele corpo. E naquele momento, quis compartilhar com ele a carta de Felicity.

— Martin... — falei.

— Você está tão perfumada. — Ele enterrou o nariz em meus cabelos.

— Martin, hoje...

— Não se preocupe. Vou tirar vocês dois daqui.

Estiquei o pescoço para olhá-lo mais de perto.

— Martin, acontece que...

— Eu sei. É preocupante. Mas é melhor dormir. Ele se virou de costas e a rara janela aberta de intimidade afetiva fechou-se bruscamente. Que homem era aquele que não me deixava terminar uma frase?

— Está bem. É melhor dormirmos um pouco. — Virei-me de costas, convencida de que, no fim das contas, seria embaraçoso contar que eu havia puxado um tijolo da parede, tirado a poeira de cima de uma pilha de cartas e ficado excitada como uma criança quando encontra uma moedinha no chão. Ele teria me aconselhado a crescer.

Pouco depois, caí num sono agitado, enquanto me perguntava por que Felicity jamais enviara aquela carta.

※

Chegamos à estação ferroviária por volta das sete horas da manhã, maldormidos e irritados. Billy ficara um pouco assustado com a súbita partida e se dependurava no colo de Martin, quieto e atento. Mantinha Spike firmemente agarrado ao peito. Martin estava preocupado com a possibilidade de um enguiço no trem, mas aquela coisa enferrujada e em frangalhos sob o sol estava programada para partir mais ou menos no horário. Em Masoorla, o trem das oito estava dentro do horário quando partia antes das dez, mas pelo menos este já estava na estação.

— Jesus, Krishna, Alá e todos os outros, muito obrigado — disse Martin. Colocamos as malas na plataforma e ficamos à espera.

Os outros passageiros começaram a chegar e passei a observá-los discretamente, sentindo-me invisível por trás dos meus óculos escuros — homens nariguidos com turbantes encardidos e castigados pelo tempo, pela miséria e pelo sol, mulheres com trouxas à cabeça, crianças esquálidas, galinhas e um simpático bode. Uma família arrastou um baú de aço com todos os pertences, um hábito muito comum na região. A mulher tirou um bule e canecas de dentro e se pôs de cócoras no chão de terra, para preparar as brasas de carvão num pequeno fogareiro de latão. A filha abaixou o vaso de barro que trazia equilibrado à cabeça e verteu água dentro do bule. A família ficou à espera do chá.

Lá pelas sete e meia, Edward e Lydia Worthington chegaram de riquixá. Com seus traços angulados, Lydia parecia um pássaro e sua voz anasalada lembrava o zurrar de um burro. Seu marido Edward era um homem alto e magro, com um bigodinho ridículo e um cacoete esquisito: quando reagia em desaprovação, passava a ponta da língua pelos lábios a uma velocidade incrível. Certa vez, tentei movimentar a língua na mesma velocidade, a do bater das asas de um beija-flor, e fiquei muito longe disso. Sem dúvida alguma, Edward começou a desaprovar as coisas muito cedo para que pudesse desenvolver tamanha habilidade.

Os Worthington tinham negócios lucrativos em Londres e em Nairobi, e percorriam a Índia como se estivessem em visita ao zoológico. O principal interesse de Lydia por Gandhi era o fato de que os tapetes feitos à mão estavam aumentando de preço. Edward parecia gostar do papel de *sahib* e sempre vestia um terno de linho amarrotado e um chapéu de safári. Eles haviam se hospedado num hotel britânico de Simla, e eram seguidos por três outros riquixás que transportavam dois grandes baús e quatro conjuntos de lustrosas malas negras.

— Lá vem o império — murmurou Martin quando os viu chegar.

Edward desceu primeiro, e estendeu a mão para Lydia. Depois de sair do riquixá, em seu conjunto de gabardine com ombreiras, ela rapidamente se virou de costas para o gentil condutor do riquixá e abaixou o véu do chapéu para evitar as moscas. Edward tirou algumas moedas do bolso de sua roupa apertada enquanto os condutores dos outros riquixás colocavam os baús e as malas no chão. Lydia nos avistou e caminhou apressada em nossa direção.

— Queridos, isso não é um incômodo terrível?

Martin se levantou com Billy no colo.

— Bom-dia, Lydia.

Billy olhou-a por trás dos cachos e disse.

— Nós vamos passear de trem.

— Bom-dia mesmo. — A voz de Lydia soou com um tom de reprovação. — Evie, sinceramente, não consigo imaginar o que passou pela cabeça de vocês para trazer uma criança até um lugar como esse.

Billy descansou a cabecinha no ombro de Martin, murmurando.

— Peste.

Eu e Martin rimos bem alto para disfarçar o embaraço, e nos apressamos em cumprimentar Edward.

— Bom-dia, Edward.

Ele tocou na aba do chapéu, com a língua de beija-flor à vista.

— Diabo de lugar! Não se consegue um carro e nem mesmo uma *tonga*. É sempre assim. Asseguro-lhes que não é muito melhor do que a África.

Eu e Martin murmuramos algumas expressões de simpatia, olhando ao redor para nos esquivar da situação. Avistamos James Walker, um jornalista britânico da Reuters, que abria caminho pela multidão. Martin o chamou, acenando.

— Walker! Aqui!

Walker retribuiu o aceno e caminhou em nossa direção. Apesar do corpanzil, ele era extremamente ágil; seus cabelos eram ralos e grisalhos e sua barba, espessa. Seu rosto bronzeado refletia os anos que passara na Ásia, e seus olhos azuis, amistosos e sempre atentos, estavam ligeiramente cansados. Uma mecha de cabelos rebeldes lhe caía sobre a testa, e ele vestia uma roupa de safári cáqui, munida de itens de primeiros socorros e tabletes de iodo para purificar a água. Ele sempre carregava um frasco em um dos bolsos, e às vezes cheirava a cigarro. Juntou-se a nós e disse alguma coisa a um vendedor ambulante ocioso, que lhe respondeu com um sorriso avermelhado, manchado de tanto mascar *paan*. Walker deu uma piscadela para Billy.

— Imaginei que vocês estariam aqui — disse.

— Claro que estaríamos — replicou Lydia. — Precisamos sair desse maldito país antes que comece a confusão.

— Lydia, faz muito tempo que a confusão começou. — Ele apertou carinhosamente a pontinha do queixo de Billy. — E como vai você, pequeno *sahib*?

— Bem — respondeu Billy, sorridente.

— Não complique. — A voz de Lydia soou como um zurro. — Você sabe muito bem o que eu quis dizer.

— Claro que sei. — Walker balançou a cabeça em assentimento. — De qualquer forma, é tarde demais. Todos entraram em pânico depois que souberam a nova data da divisão. Tem muita gente apavorada e furiosa, correndo de um lado para o outro, querendo ir para algum lugar o mais rápido possível. Portanto, a confusão já é fato. E vocês não vão conseguir entrar nesse trem.

O rostinho de Billy iluminou.

— Oba, a gente vai pra nossa casa e pro nosso *chota hazri*. — Billy havia ingerido apenas uma torrada e um copo de leite, antes de sairmos às pressas para a estação do trem.

— *Chota hazri?* — James Walker sorriu. — Nosso amiguinho está se tornando um nativo.

— Ora, tem dó, Walker. Não encoraje. — A língua de Edward disparou. — É café da manhã, rapazinho, e não *chota hazri*. — Ele se voltou para Walker: — Não sei o que se passou na cabeça de Mountbatten, mas isso muda tudo. Nós temos que sair daqui agora mesmo.

Martin passou Billy para o meu colo.

— Alguma novidade, Walker?

O grandalhão fez um gesto de calma, como se empurrando o ar para baixo.

— Pense um pouco — falei. — Simla é uma estação britânica montanhosa. Agora que o Raj está arrumando as malas para partir, a pendenga não é mais conosco. Eles venceram e nós saímos do país. Agora os confrontos serão entre hindus e muçulmanos, mais frequentes nas cidades e nas regiões das novas fronteiras. Masoorla é mais tranquila do que água estagnada. Aqui vocês estarão bem mais seguros do que nas estradas, onde certamente encontrarão refugiados pela frente.

— Isso faz sentido. — Mantive um tom neutro, mas vibrei de alegria por dentro. Sabia que Martin tinha exagerado.

— É bem diferente para você, Walker — retrucou Martin. — Está sozinho. — Apontou para mim e para Billy com o queixo. — Quero minha família de volta para os Estados Unidos. O incêndio poderá se propagar para qualquer lugar depois que começar.

— Bem — ajeitei Billy nos braços —, James chegou aqui muito antes de nós. Conhece bem o povo daqui.

Martin, teimoso como uma mula, sacudiu a cabeça em negativa.

— Quero vocês fora da Índia e ponto final. — Passou o dorso da mão pela bochecha de Billy, que estava alheio a tudo.

— Pois a dificuldade é justamente essa, meu velho — falou Walker com neutralidade. — Sua preocupação com a família obscurece sua capacidade de julgar. Não estou tão certo se *poderá* tirá-los daqui agora. Faz quase vinte anos que estou na Índia e afirmo que é melhor que fiquem aqui.

Martin sacudiu a cabeça outra vez.

— A Universidade de Délhi pode arrumar um voo até Bombaim, e lá eles podem embarcar num navio.

— Délhi? — Walker soltou uma gargalhada. — Boa sorte, então. Afinal, talvez o trem de Délhi esteja mesmo circulando. Essas latas velhas parecem uma rede de artérias entupidas. Nunca se tem garantia alguma de que circularão em boas condições, e agora estarão entupidos de refugiados. Uma viagem de trem é a coisa mais perigosa que se pode fazer agora.

— Maldita Índia — vociferou Edward.

Walker continuou, como se não tivesse ouvido Edward.

— Um terror, meu velho. Já fiz viagens em trens que pararam no meio do nada apenas para garantir atrasos. — Abriu um sorriso manchado de nicotina. — No campo, acontece de tudo. Amontoado de gente que sai em bandos, vacas que estacionam no meio dos trilhos e, quando a lata velha se põe outra vez em movimento, sem nenhum aviso, é bom que se saiba, todo mundo sai em disparada para entrar outra vez no trem. Isso na melhor das hipóteses.

— Não quero ficar presa no meio do caminho — declarei.

— Isso *seria* muito inconveniente. — A língua de Edward se lançou para fora numa velocidade incrível.

Martin apoiou o polegar na fivela do cinto.

— Talvez pudéssemos alugar um carro.

Walker balançou a cabeça em negativa.

— Vocês teriam que cruzar com multidões de muçulmanos seguindo numa direção e de hindus seguindo por outra. As estradas estarão apinhadas de gente aterrorizada e irada. Neste momento, qualquer tipo de viagem é um risco danado.

— Bem, você me convenceu. — Edward ergueu o cotovelo para que Lydia lhe desse o braço. — Já não estava mesmo animado com a ideia de viajar nesse trem imundo. Depois que tudo se acalmar, partiremos de um jeito mais civilizado.

— Oh, Eddie, nossos riquixás debandaram — disse Lydia.

— Daremos um jeito, querida. *Bye, bye* — disse ele, com um ligeiro movimento do chapéu, e os dois se encaminharam até um condutor de riquixá que, de cócoras, fumava um *bidi*.

— Lá vai o império — falou Billy.

— Billy! — Reprimi o riso.

— O quê? — Ele pareceu surpreso. — Papai disse primeiro.

Olhei para Martin.

— Sabe muito bem que ele imita tudo que você faz.

— Desculpe. — Martin encolheu os ombros. — Não devia ter dito isso, filho. Não é educado.

Billy encolheu os ombros.

— Desculpe.

Olhei nos olhos de Martin, mas ele ajeitou os óculos no nariz e se virou para Walker.

— Não gosto nada disso, mas você tem razão. Seria um horror ficar detido no meio do caminho.

— Agora está agindo com a cabeça. — Walker deu um cascudo carinhoso na cabeça de Billy. — Aproveite bem seu *chota hazri*, pequeno *sahib*.

— Mamãe faz um *chai* docinho.

James Walker acariciou novamente o queixo de Billy e se despediu.

— Ainda bem que ele nos encontrou — comentei com Martin. — Estaríamos encrencados se entrássemos no trem. — Dei um beijo afetuoso no pescoço de Billy e ele riu. — Ok, malandrinho, vamos encher essa barriga com um pouco de *chai*.

Martin pareceu aturdido.

— Você está feliz? — Balançou a cabeça, como se não acreditasse. — Juro por Deus, Evie, às vezes realmente não entendo você.

CAPÍTULO 8

Depois de colocar a água para ferver no fogão velho, abri uma lata de leite condensado e dei um punhado de pistaches para Billy, enquanto preparava o chá. Ele pôs pistache na boca de Spike e fez o barulhinho da mastigação. Despejei chá em sua caneca, arrematando-o com uma porção generosa de leite condensado. Sentamo-nos à mesa para apreciar o chá com petiscos, enquanto os sinos de vento de bambu tilintavam na varanda, ao sabor da brisa. De repente me dei conta de que Rashmi carregara o lixo do dia anterior, mesmo tendo encontrado a casa vazia. Com toda a emoção e a falta de tempo no dia anterior, não me passara pela cabeça mandar avisar na aldeia que partiríamos. E como ninguém tinha sido avisado, Habib chegaria, no final da tarde, para preparar o jantar, como de costume. O arranjo nada convencional de uma cozinha acoplada à casa, e o nosso hábito também nada convencional de fazer as refeições no mesmo cômodo onde se cozinhava, tornavam incômodo para Habib permanecer por perto, a menos que estivesse trabalhando.

Billy acabou de tomar o café da manhã e começou a brincar de riquixá na varanda, transportando Spike na vagoneta vermelha por entre vasos de plantas e velhas cadeiras encardidas.

— *Bye, bye* — gritava Billy. — *Namastê!* — gritou novamente, à passagem de um macaco.

— Não toque no macaco — avisei lá de dentro.

— Eu seeei — respondeu ele, fazendo-me sorrir enquanto recolocava o nosso dinheiro de volta na lata de chá e desfazia as malas. Enfiei as roupas nas gavetas e dependurei as camisas de Billy no armário.

Enlevada, acariciei meu sári de seda cor de limão e me imaginei entre os convidados de um coquetel na universidade, recém-chegada de uma terra de costumes exóticos, com magníficos templos hindus e elefantes pintados com cores berrantes. Abençoei James Walker por ter impedido minha partida antecipada, e enfiei as velhas cartas entre sutiãs e calcinhas, apreciando a sensação de perigo ter sido afastada. Em poucos dias, Martin estaria mais calmo.

Depois de ter levantado de madrugada, se alimentado às pressas e passado pela tensão naquela estação de trem horrorosa, Billy estava ansioso pelo *tiffin*, a marmita de petiscos. Ele geralmente esperava perto da entrada da casa pela chegada do *tiffin-wallah*, o vendedor de *tiffin* que tocava um carro de boi apinhado de entregas. Para Billy, o cesto de *tiffin* era como um baú de tesouros. Ansioso pelas surpresas, ele destampava as marmitas de alumínio.

— Oooh, aqui tem *raita*! E aqui, grão-de-bico! Oooh, *pakoras*! Oba, lichias! — Ele não cabia em si de contentamento quando o *tiffin* incluía *pihirini*, um creme temperado de cardamomo e cobertura de pistache moído.

Mas, naquele dia, Billy quase caiu de sono em cima do *pihirini*, e tive que carregá-lo no colo até o quarto; lá, ajeitei o cortinado ao redor da cama e fechei as venezianas azuis. Quando liguei o vagaroso ventilador de teto, ele se virou de lado, enfiou as mãozinhas debaixo da bochecha e, com a facilidade que os adultos sempre anseiam, caiu num sono tranquilo. Afastei o cortinado para acariciar aquela sua cabeça cheia de cachos, antes de sair de mansinho do quarto.

Em meu quarto, tirei a pilha de cartas de dentro da gaveta e observei-as por um momento. Eram apenas quatro cartas, mas abrangiam muitos meses. Se aquelas mulheres eram íntimas a ponto de se chamar de irmãs, haveria outras cartas em algum outro lugar. Deixei-as em minha cômoda e fui até a cozinha procurar outro tijolo solto. Percorri e empurrei as bordas de argamassa, mas a parede estava firme e intacta como no dia em que havia sido erguida. Continuei a busca em outras paredes da casa, com batidas leves e ouvido atento.

As paredes de gesso desciam até os rodapés de madeira sobre piso de tábuas corridas, que brilhava com a pátina adquirida em um século de aplicações de cera e muito desgaste. Passei a faca da manteigueira por trás das molduras de madeira e abri as capas das almofadas da velha poltrona de brocado com braços de madeira. Um dos braços da poltrona parecia ter sido roído por um animal — as marcas lembravam as que haviam sido deixadas pelos dentinhos de Billy na grade do berço. E me fizeram pensar em ratos, mas nunca tinha visto cocô de rato pela casa.

O velho bangalô tinha tetos altos e vigas à vista, e a mobília vitoriana o fazia parecer mais inglês do que indiano. Eu havia feito cortinas com tecidos de sári em tons de gemas preciosas: esmeralda, para a sala de estar, safira, para os quartos, e topázio, para a cozinha. No quarto do Billy, dependurara, por baixo do cortinado, um móbile de camelos de lantejoulas alaranjadas e roxas. Na sala de estar, substituíra o relógio do velho aparador por uma estatueta de jade de Ganesha, o deus elefante com orelhas abertas e tromba empinada para o alto. Ganesha é o deus da boa sorte, o que remove obstáculos, e achei que seria bom tê-lo por ali. Na sala de jantar, sobre a mesa de mogno, costumava manter uma jarra de estanho com papoulas vermelhas silvestres; era um contraste interessante.

O único móvel que leváramos para a Índia fora um fonógrafo Stromberg-Carlson com base de cerejeira, que colocamos em cima de uma mesa da sala de estar, ao lado de uma pilha de discos de vinil, que embalara com um cuidado obsessivo. Martin deixara de tocar depois da guerra e a ausência de um piano era uma pequena bênção — só ocuparia espaço. Mas, à noite, eu gostava de ouvir um pouco de música enquanto ele se perdia na leitura de *Crime e castigo*. Gostava de colocar o fonógrafo para tocar, da mesma maneira como gostava de limpar minha casa, de ensinar inglês para as crianças da aldeia e de tirar fotos. Enfim, gostava de tudo o que me fizesse esquecer meu casamento em frangalhos.

O clima sempre quente exigia um ventilador de teto em cada cômodo da casa. Antes da eletricidade, os colonizadores dispunham de criados chamados *punkah-wallahs,* cuja única função era sentar-se a um canto para puxar a corda comprida de junco ou de pano — *punkah* — que faziam abanar grandes leques para a frente e para trás. Eu podia ver: as bielas ainda estavam ao teto de cada cômodo da casa, o que me evocava as gravuras de escravos egípcios abanando o faraó com leques de penas de pavão ou folhas de palmeira. Mas os indianos não eram escravos e o que me intrigava era como eles tinham sido persuadidos a desempenhar um papel tão servil em sua própria terra. Sabia por alto que tal submissão tinha a ver com a maneira silenciosa com que haviam sobrevivido a ondas de invasores, preferindo se vergar a partir. Tanto arianos quanto turcos, portugueses, moghuls e britânicos haviam varrido o subcontinente indiano, mas ainda assim a Índia continuava indiana. Eles sobreviviam de cabeça abaixada.

Quando Gandhi iniciou o movimento *Deixem a Índia*, os indianos donos de terra, os *zamindars*, começaram a comprar os bangalôs dos ingleses. Nosso *zamindar* era um *sikh*, que adquirira a propriedade mobiliada e a alugava a estrangeiros por um pagamento mensal. Ele tinha a reputação de ser esperto e, com um aguçado faro para os negócios, triplicara a fortuna da família obtida com a seda.

Percorri cada cômodo da casa, batendo nas paredes em busca de pistas de Felicity e Adela. Da escada da varanda, avistei as florestas de pinheiros e os terraços verdes esculpidos nas encostas do Himalaia. Os poderosos e irregulares picos brancos se impunham em meio às nuvens ao longe. Martin dizia que, nos lugares mais altos, as nuvens invadiam as casas e as crianças brincavam com elas. Eu adorava isso!

Não era de estranhar que Simla tivesse se tornado a capital oficial de verão do Raj — templos antigos, mercados apinhados, o doce canto dos *pânditas*, flutuando pelo ar que cheirava a maçã, buganvílias vermelhas e a imensidão cerúlea do céu. Olhei uma vaca que, preguiçosamente, ruminava mimosas no nosso portão e, de repente, me senti tão a salvo quanto James Walker afirmara que estávamos.

De volta ao interior da casa, esquadrinhei debaixo dos tampos de mármore das mesas e debaixo das poltronas e das cadeiras e, depois de muitas pancadinhas nos painéis traseiros dos velhos armários de carvalho, procurei por compartimentos escondidos no guarda-roupa do quarto. Cheguei até a sacudir uma antiguidade afegã, uma tapeçaria em tons de coral e turquesa com fios dourados. Mas não achei nada, nem poeira. Rashmi devia ter varrido com a vassoura de acácia enquanto estávamos na estação.

Rashmi, a de espírito alegre, a que falava inglês com sotaque engraçado, era a aia da casa, gordinha e baixinha, que Billy adorava. Quando ela falava, o rubi que exibia ao nariz brilhava. Rashmi sempre incluía Spike nas brincadeiras e cantava, enquanto escovava os cachinhos dourados de Billy. Todo dia Billy ganhava uma fatia de coco fresco, que ela escondia nas dobras de um véu do Himachal para que eu não visse.

— Vem, *beta* — dizia ela, e os dois sumiam. Não me importava que meu filho comesse coco, mas fingia que não via para que os dois pudessem desfrutar um ritual secreto apenas deles.

Rashmi me ajudara a montar uma escola informal, convencendo alguns fazendeiros de que seus filhos se beneficiariam com o aprendizado do inglês. Improvisei uma sala de aula na aldeia, uma tenda de juta com varas de bambu, debaixo da copa de um venerável pé de *banyan*. Um dos lados da árvore tinha tantas raízes aéreas que o tronco original acabou coberto por uma parede de troncos secundários. Encontrei um quadro-negro no mercado e o preguei na parede de troncos, e Rashmi contribuiu com uma caixa de giz. Ela ficava com Billy enquanto eu saía de bicicleta para ensinar o vocabulário inglês para oito crianças da aldeia, descalças, mas de olhos negros e atentos.

No primeiro dia de aula, a criançada se agrupou dentro da tenda, olhando para o quadro-negro com suspeita. Sentadas no chão, juntinhas, algumas de mãos dadas, elas fixaram os olhos em mim — a estrangeira de olhos azuis e cabelos cor de fogo que vestia calça de homem e andava de bicicleta. Transitei em meio a elas por dentro da tenda com um sorriso e fala mansa.

Nesse primeiro dia, elas aprenderam meu nome e eu aprendi o nome de cada uma delas; na aula seguinte, iniciei o alfabeto e elas repetiram as letras em obediência, mas me dei conta de que não era uma boa forma de educar. Então, passei a desenhar figuras com giz cor-de-rosa, enquanto os passarinhos cantavam nos galhos da árvore. Eram desenhos de diferentes árvores cor-de-rosa, de simplórias casas cor-de-rosa e de rudimentares camelos cor-de-rosa. As crianças repetiam cada palavra que eu pronunciava, e se cutucavam entre si para mostrar que estavam aprendendo. Na realidade, eu aprendia mais do que ensinava, como, por exemplo, o fato de que aquelas crianças não sabiam que viviam em estado de pobreza. Para elas, uma cabana com um único cômodo sem água corrente e duas míseras refeições diárias eram a coisa mais normal do mundo. Não sabiam discernir se a escola era um lugar para brincar ou para trabalhar, e de quando em quando aqueles rostinhos se iluminavam sorridentes. Eram crianças lindas, de grandes olhos negros, cílios abundantes e bochechas que reluziam como cobre em brasa.

A expansão da minha visão de mundo me parecia quase física, como se meu corpo estivesse sendo esticado em um bastidor, e isso me alegrava. Era grata a Rashmi por ter entrado naquele cantinho da Índia.

Depois de procurar pela casa inteira, de repente me dei conta de que estava mordendo os lábios no meio da sala de estar. Seria melhor obter mais informações sobre as damas vitorianas nas cartas que já tinha em mãos, então tirei-as de dentro da gaveta de calcinhas e sutiãs e espalhei-as em cima da mesa da cozinha para escolher a que tivesse o maior número de palavras legíveis.

De...   ... Ad... Winfield
... shire... Inglaterra
Setembro de 1855

Querida Felicity,
... noite passada...   ... um homenzinho sem queixo...
        ... entediada...
... dever para com você...   ... mas a sua saúde...
... intrépida Fanny Parks... não destruidora... preocupada com você...

Soprei a parte inferior da carta e uma nuvem de poeira deixou mais duas palavras visíveis. Encorajada, peguei um pincel e desgrudei os acúmulos de sujeira. Emergiram algumas palavras mais e ergui a folha contra a luz da tarde para ler melhor.

... Mamãe...   ... firmemente determinada...
... Katie...   ... consolo...

A terceira carta acrescentou mais informações:

Outubro de 1855

Querida Felicity,
... mais terrível... mais maravilhosa...   ... Mamãe...
... Katie e eu...   ... pobre Katie...
... Eu não sei onde...
        ... Índia...
... chorar de todo o coração...   ... Katie escrevi...
... tão subitamente e tão agridoce...
        Lágrimas escorrem...   ... mesmo quando um sorriso...
        ... sinto uma completa loucura...
Irei...   ... afinal de contas...
        ... irmã na alegria,
Adela

Dobrei as cartas e fixei os olhos na janela. Quem era Katie?

CAPÍTULO 9

1853 — 1854

Felicity e Adela saíram da escola aos dezessete anos de idade. Era hora de introduzi-las na sociedade, e os Chadwick, ainda em Calcutá, enviaram uma grande soma de dinheiro a Rose Hall para as roupas das meninas. A senhora Winfield riu com nervosismo quando viu o cheque — uma quantia bem superior à que o marido ganhava por ano — e saiu em seguida para comprar tecidos e contratar costureiras. Supervisionou o figurino com um ar forçado de indiferença, como se fosse ela que estivesse gastando aquela vultosa soma em dinheiro nas roupas. Encostava os tecidos no rosto das garotas para ver que cores combinavam melhor, depois se debruçava sobre esboços de sapatos e de *reticules* — bolsinhas — que combinavam com aquelas cores.

As garotas não deram a mínima para toda essa pompa e incômodo, mas Felicity se apaixonou por um vestido prateado que lhe realçava os cabelos dourados e cuja cauda de seda farfalhava de um jeito engraçado quando se movimentava. Ela passou a mão ao longo do corpete e estremeceu de prazer diante do requinte e da riqueza do brocado. Adela lutou dentro de um vestido de seda verde com *bustle*, enchimento nos quadris e nas ancas, que lhe realçava a cor dos olhos e lhe acrescentava algumas curvas. Ela suspirou ao se mirar no grande espelho móvel, com as mãos à cintura.

No primeiro baile, Adela cambaleou pela pista de dança em direção a um frustrado par.

— Não gosta de dançar? — perguntou ele.

— Não — respondeu ela com toda franqueza. — Algumas de nós dão mais valor às buscas intelectuais e deixam de lado a duvidosa arte de se sacudir com passos sem sentido e predeterminados.

Felicity dançou com graciosidade e praticamente com um único par: Percy Randolph. Era um rapaz alto, pomposo, com ombros largos, cabelos louros ondulados e nariz reto. Ela o achou elegante no paletó de lã e na gravata larga e dourada, adorou o aroma de cachimbo que emanava de sua roupa e os músculos do braço dele em movimento.

Observando por cima do ombro do seu par, Adela percorreu todo o salão com os olhos. Não lhe agradou o modo como Felicity inclinava a cabeça para trás e olhava para Percy, expondo a curva do pescoço e se desmanchando em sorrisos. Ficou possessa quando viu os dedos de Felicity pousados com intimidade no ombro de Percy e a mão enorme do rapaz enlaçando-a pela cintura fina. Adela então se desculpou pela segunda vez e se refugiou na varanda, onde se pôs a bufar pelas narinas golpeava a palma da mão com o leque fechado.

— Bem — sussurrou no escuro —, você sabia que esse dia chegaria.

Mais tarde, no quarto das duas, Adela ficou observando enquanto Felicity escovava o cabelo.

— Ele não merece você — disse.

Felicity se deteve com a escova no ar.

— O quê?

— Percy. — Adela encarou a amiga com um olhar de falcão prestes a atacar. — Ele não a aprecia.

Felicity endireitou a coluna.

— Pois tive a impressão de que ele me apreciou muito.

— As intenções dele não são dignas.

— Adela!

— Vi muito bem como ele olhava para você.

— Pois gostei de como ele me olhava.

— Aposto que ele não reparou nos pequenos ossos de seus pulsos.

— Meus *pulsos*?

— Ele ficava todo convencido quando você sorria. Ele devia agradecer pelo sorriso e não ficar convencido.

— O que está havendo, Adela?

— Ele não te ama.

— Você está com *ciúmes*?

Adela se levantou e enrolou o xale ao redor dos ombros. Felicity tentou alcançá-la, mas ela já havia saído.

Percy Randolph começou a aparecer regularmente para o chá; caminhava com Felicity pelo jardim. Ela girava a sombrinha enquanto admiravam as rosas da senhora Winfield, e os dois continuavam caminhando até que ele estendia o sobretudo no gramado e ela se sentava. Percy sentava-se a um metro de distância de Felicity e, quando ela tentava diminuir a distância, ele se afastava. Ele ficaria chocado se soubesse o quanto ela se irritava com esse cavalheirismo.

Observando o esforço que ele fazia para evitar qualquer contato físico, ela se questionou sobre o tipo de vida que teria com um homem que erguia o dedo mindinho quando tomava chá. Lembrou da mãe, que administrava a casa com suas diárias obrigações domésticas e sociais maçantes, e da mãe de Adela, cujo mundo não se estendia para além de seu jardim e de suas regras. Aquilo tudo pareceu tão insípido, quando comparado a Honoria Lawrence, que desbravava florestas montada em elefante, e a Fanny Parks, que mascava *paan* no harém. Mas Felicity estava na Inglaterra e não na Índia, e Percy não era diferente de nenhum outro rapaz com quem dançara. Pelo menos ele era bonito. Talvez pudesse levar um pouco de tempero ao mundo dele e fazê-lo deixar aflorar a chama da paixão, se é que havia alguma dentro dele. Em uma das tentativas, ela correu para o labirinto de cerca viva, rindo e desafiando-o a segui-la. Escondida no labirinto que conhecia muito bem, ela poderia emboscá-lo com um beijo. E, quem sabe, até despertasse a paixão que talvez ele guardasse dentro de si... em algum lugar.

Mas ele não quis segui-la pelo labirinto e acenou para que ela voltasse, com um livro de poesias de Robert Browning na mão, que tirara de dentro do bolso do paletó. Ou seja, ele tinha planejado uma tarde poética que não seria estragada com estúpidos joguinhos de meninas.

Adela os observava da janela. À distância, os dois pareciam a pintura de um par perfeito. E quando Felicity voltou, ela foi recebê-la à porta.

— Diga-me, você o ama?

— Pelo amor de Deus, Adela, o que está havendo? Você está com uma cara de quem quer me esganar.

— Você o ama?

— Ele é um bom sujeito. Mas não estou gostando nada do seu tom.

Felicity tirou a boina e Adela ficou na expectativa de ouvir algumas palavras mais, que não foram ditas. Felicity dependurou a boina num gancho e se afastou.

Adela interpretou a resposta evasiva de Felicity como uma forma de ocultar o que realmente sentia. Ela não fazia segredo de que não gostava de Percy, e claro que Felicity só quis evitar uma cena. Mas Adela deu por certo que aquele noivado logo seria anunciado, e isso a fez se sentir desesperada e abandonada.

Adela então se retirou para o quarto, e lá começou a andar de um lado para o outro, tentando sufocar a vontade de gritar. Sentou-se para ler um livro, mas não conseguiu se concentrar e o deixou de lado. Escovou os ralos cabelos por alguns minutos e de repente lançou a escova a um canto. Logo voltou a caminhar de um lado para o outro pelo quarto.

Durante o jantar, não lhe passou despercebido que Felicity beliscava a comida — sinais seguros, pensou com seus botões, de mal de amor — e, pela primeira vez, não quis ficar perto da amiga.

Depois do jantar, Adela chamou Kaitlin para caminhar pelo jardim, e a suave brisa da noite, somada às histórias engraçadas de Kaitlin sobre a criadagem, serviram-lhe como um tônico. Na noite seguinte e nas que se seguiram, as duas saíram para caminhar pelo jardim. Caminhavam de mãos dadas e cantavam, e logo o passeio noturno tornou-se um ritual. Às vezes passavam horas do lado de fora, encolhendo-se quando a senhora Winfield perguntava por onde elas passeavam. Mas geralmente Adela respondia.

— Por aí.

Até que, uma noite, Adela e Kaitlin sentaram-se debaixo de uma castanheira. Quando Kaitlin encostou-se no tronco para espiar as folhas da copa da árvore, os seios se retesaram dentro do uniforme e isso atraiu a atenção de Adela. Ela acariciou os cabelos de Kaitlin com certa hesitação, e deslizou a mão até seu rosto. Kaitlin permaneceu parada e o ar se tornou um tanto pesado e estranho, como se alguma coisa estivesse espiando e crescendo em meio às sombras. Adela deixou a mão escorregar até o pescoço de Kaitlin, e logo até seus seios. Os mamilos de Kaitlin intumesceram, revelando-se debaixo do tecido da roupa, e as duas jovens se entreolharam com intensidade. Adela prendeu a respiração, na certeza de que tinha cometido um pecado imperdoável, mas as feições de Kaitlin lhe disseram o contrário.

— Seus olhos têm um lindo tom de verde, senhorita — disse ela.

— Por favor, me chame de Adela.

— E você, me chame de Katie.

— Katie — repetiu Adela com um sorriso, fazendo Kaitlin ruborizar.

O instante se fez mais longo e, quando uma brisa balançou docemente as folhas da castanheira, os lábios das duas garotas se uniram com a naturalidade do canto de um pássaro. Katie mordiscou o pescoço de Adela, e os dois corações dispararam ao encontro um do outro. Mãos sôfregas desbravaram o caminho por entre colchetes, laços e calçolas, com beijos cada vez mais afoitos, e a certa altura Adela soltou um gemido. Kaitlin parecia saber exatamente onde tocar e isso lhe incendiava o corpo. A febre se fez opressão até que Adela sentiu que se perdia e gemeu como se tivesse sido esfaqueada.

Elas regressaram para Rose Hall com a roupa em desalinho e as faces ruborizadas, deixando entrever que acontecera mais do que uma simples caminhada. Mas, como todos estavam excitados com a expectativa de um anúncio de Felicity e Percy, ninguém percebeu nada. O casal tinha sido visto de mãos dadas no caramanchão, e as conversas giravam em torno disso — qual seria o modelo do vestido de Felicity no casamento? Onde ocorreria o casamento? Qual seria o número de convidados, já que a casa dos Winfield não era muito grande?

Até mesmo Felicity começava a pensar que o casamento com Percy era inevitável. Se pelo menos conseguisse extrair a chama da paixão de dentro dele... Afinal, os homens não teriam que ser voluptuosos? Intrépidos? Certamente ele teria alguns desses atributos ocultos por trás de suas maneiras respeitosas, mas ela precisava se certificar antes de comprometer-se com ele.

Uma noite, os dois estavam no caramanchão e Felicity recostou-se contra o corpo de Percy; empinou as nádegas com um ar coquete, ergueu o rosto e fechou os olhos. Passou a língua pelos lábios, deixando-os entreabertos e à espera. Nada aconteceu e ela sentiu um misto de desgosto e decepção. Mas, de repente, ele deslizou a mão por sua cintura até a base da coluna. Ela aproximou-se a ponto de sentir seu hálito quente e o cheiro de sua camisa recém-lavada. O vestido farfalhou quando ela foi puxada de encontro a ele. Era isso! Ela angulou o rosto levemente para a direita e... nada. Ele a soltou e ela abriu os olhos e o viu afastar-se, desamassando o colete e endireitando a gravata.

— Desculpe-me, isso não vai acontecer de novo — desculpou-se ele.

Felicity se empertigou e o encarou. Com o casamento, estaria ligada àquele homem para sempre, e ele também estaria ligado a ela para sempre.

— Não — disse ela. — Acho que não vai.

Mais tarde, já no quarto, ela comentou com Adela.

— Você pode imaginar? Aquele puritano afetado se recusou a me beijar.

— Não — respondeu Adela. — Não posso.

— Bem, suas segundas intenções só chegaram até aí.

Adela olhou de modo significativo para Kaitlin, que, por sua vez, ruborizou intensamente, largou o vestido que estava remendando e se apressou em sair do quarto.

— O que há de errado com ela? — perguntou Felicity.

— Com Katie? Ora, ela deve estar naqueles dias. — Adela pegou o vestido e o levou para o armário depois de sacudi-lo.

Felicity ficou imaginando como Adela sabia de um detalhe tão íntimo de Kaitlin, mas alguma coisa dentro dela impediu-a de perguntar. Assistiu em silêncio, enquanto Adela pendurava o vestido mais ou menos remendado.

Com toda calma, Adela sentou-se à beira da cama e cruzou os braços.

— E então, agora que rompeu com Percy, o que pretende fazer?

Felicity se sentiu estranhamente aliviada com a mudança de assunto.

— Bem, você sabe, toda garota que não fica noiva depois das duas primeiras temporadas passa a ser vista como solteirona — respondeu Felicity enquanto tirava os grampos do cabelo e o soltava. — Acho que é melhor me poupar da chatice de outra temporada e simplesmente me juntar ao grupo das Pescadoras Fracassadas.

— Grupo das Pescadoras Fracassadas? Você quer dizer voltar para a Índia? Simplesmente não consigo imaginá-la metida na tropa das garotas desesperadas que navegam meio mundo para pescar um marido. A menos que você ache que um militar inglês seja mais interessante do que esse monte de rapazes que a mamãe vem nos apresentando. — O rosto de Adela se iluminou com uma súbita percepção. — Ou talvez seja apenas uma desculpa para voltar para a Índia.

— E de que outro modo uma jovem sozinha pode ir para a Índia? Eu não quero um marido, mas adoro a Índia. Talvez possa ser professora.

Lá também tem escolas, você sabe, e orfanatos. Posso recuperar o meu hindustâni rapidamente. Tenho certeza de que serei útil lá.

— E não vai se casar?

— Acho que não. Afinal, teria que virar uma *memsahib*. — Felicity meneou a cabeça em negativa. — Não mesmo, já vi com minha mãe o quanto isso é chato. Não, não quero me casar.

— Nunca?

— Talvez nunca. Percy me fez pensar. Para mim, seria assustadoramente estúpido passar a vida inteira com um homem. Sei muito bem que trocaria de marido a cada ano, ou pelo menos de dois em dois anos.

Segurou as mãos de Adela e sentou-se a seu lado.

— Pense na Fanny Parks, que optou por um compromisso consigo mesma. É isso que nós duas deveríamos fazer.

— Mas...

— Telegrafarei aos meus pais agora mesmo e zarparei em setembro, para estar com eles por volta de janeiro, no auge da temporada de Calcutá. Estou na idade certa, eles pensarão que estou à procura de marido e adorarão me ajudar nessa procura. Claro que eles querem estabelecer algumas alianças. Esperarei até março. É quando o calor se intensifica e todos passam seis meses nas montanhas.

Felicity continuou falando.

— Claro que, de setembro a março, haverá uma lista interminável de bailes e jantares no clube, todos com a intenção de unir casos perdidos. Mas, pode anotar, quando todos retornarem a Calcutá no outono, estarei em Simla e encontrarei um adorável bangalô no *mofussil*, quer dizer, no campo. O lugar é lindo, Adela, plantações de chá em plataformas nas encostas, riachos, flores campestres e a vista deslumbrante do poderoso Himalaia ao longe. Lá, poderei fazer o que bem entender, tal como Fanny e Honoria. Oh, Adela, vamos juntas.

— Eu? — Adela arqueou as sobrancelhas. — Na Índia?

— Por que não?

— Índia. — Os olhos de Adela cintilaram. — Até que não seria... oh, seria o máximo. Nós duas juntas na Índia... — Mas logo a luz sumiu dos olhos de Adela. — Meus pais nunca permitiriam. Além do mais, só as despesas...

— Posso pedir para o meu pai...

Adela começou a rir.

— Você pode imaginar a cara da mamãe se, de repente, sem mais nem menos, eu anunciasse que zarparia para a Índia? A fuga das Pescadoras Fracassadas é boa para as moças que passaram duas ou três temporadas sem arrumar marido, ou para as que têm família lá, como você. E quanto a mim? Para mamãe, os homens que trabalham na companhia não passam de carne picadinha, que serve para dar um sabor secular aos croquetes dos missionários. Graças a todas aquelas nossas conversas sobre Fanny Parks, ela pensa que toda *memsahib* corre o risco de ser seduzida e levada para um harém. Ela vai ter fantasias comigo dentro de um harém — falou Adela, em tom seco.

Felicity não replicou. Por um lado, a ideia de Adela num harém era cômica e, por outro, perturbadora, embora ela não soubesse por quê.

Adela pegou-a pelo pulso e disse.

— Só se passou uma temporada e mamãe ainda acha que vou conseguir um marido. Ela tem uma fileira deles, como um batalhão de bombeiros, para me apresentar. Talvez depois de algumas temporadas de fracasso ela acabe deixando que eu me junte às Pescadoras Fracassadas, por puro desespero.

— Mas isso pode levar anos.

— E que alternativa me resta? — Adela levou as mãos à cabeça e gemeu. — Oh, Felicity, o que será de mim sem você?

Felicity apertou os olhos, como se afastando uma dor de cabeça.

— Então, também não vou. Ficarei até que você possa ir comigo.

— Não! — Adela levantou a cabeça. — Não deixarei que faça isso. Imagine a quantidade de pretendentes que você teria que repelir. Não. Você vai e me junto a você assim que puder. Só devemos integridade e obrigações a nós mesmas, lembra?

— Tem certeza de que é isso que você quer?

— Tenho, sim. — Adela procurou manter a voz o mais leve que podia. — Nós temos o nosso próprio caminho, e agora tenho a companhia de Katie. Sabia que ela está aprendendo a ler comigo?

Felicity suspirou.

— Oh, sentirei tanta saudade de você.

— Também sentirei muita saudade de você.

❦

Um mês mais tarde, Adela e Felicity estavam no porto Royal Albert, em Liverpool. O vento refrescante de setembro agitava as saias das duas garotas, que tentavam entabular, sem êxito, uma última conversa. O burburinho da multidão fazia o cais estremecer, e muita gente subia e descia pelo amplo passadiço. Táxis carregados de bagagens disparavam perigosamente até as docas, e o gigantesco braço da grua do navio oscilava com cargas no ar, e logo abaixava até o porão. As esposas dos militares que retornavam de um período de férias na pátria eram facilmente reconhecidas pela expressão resignada com que subiam pelo passadiço.

Um grupo de missionários da terceira classe, vestidos em roupas monotonamente marrons, assumiu posição na frente do navio e, com pequenos hinários negros abertos, pôs-se a cantar uma canção funesta sobre viagens perigosas e exílio longo e solitário.

— Eles são mesmo uns idiotas. Será que não tinham uma canção mais animada para cantar? — criticou Felicity.

— Sentirei muito a sua falta. — Adela abraçou Felicity, e as duas ficaram abraçadas por algum tempo. Kaitlin se manteve a uma discreta distância, olhando as caixas e os baús de Felicity que eram içados a bordo com cordas e polias. Parecia que as garotas nunca mais se desgrudariam do abraço e Kaitlin então gritou.

— Lá vai uma pilha das suas caixas!

Elas finalmente se apartaram e Felicity prometeu que enviaria uma carta de cada porto, de Gibraltar a Alexandria e a Colombo, onde quer que o navio aportasse; em seguida, trocaram compromissos e resoluções de última hora, como todos fazem apenas para facilitar a despedida. Soou o apito e Felicity se dirigiu para o passadiço do *Cambría*. Lá em cima, abriu caminho por entre a multidão que se acotovelava na amurada do convés, debruçou-se e começou a jogar beijos para as amigas no cais. Quando o navio começou a se afastar lentamente, Adela e Kaitlin acenaram freneticamente. Quando Adela soluçou baixinho, Kaitlin apertou-lhe a mão com carinho.

CAPÍTULO 10

1947

Martin entrou pela porta como um pé de vento. Os meses de viagem pela região com a capota do Packard arriada o tinham deixado moreno como muitos nativos e, quando se comentava a respeito, sorria e dizia que estava se tornando mestiço. Ele também se livrara das meias e do mocassim marrom e agora calçava sandálias de couro, o que era de bom-senso naquele clima. Eu também havia comprado sandálias para mim e para Billy. Isso nos fazia parecer turistas, mas os cabelos negros e a pele morena de meu marido tornavam ambígua sua etnia.

Martin largou a pasta com uma tensão que contagiou, arrepiou os pelos da minha nuca e deixou Billy paralisado. Mantive, no entanto, uma voz indistinta.

— Algum problema?

Ele pegou Billy no colo.

— Mais tarde. — Beijou nosso menino. — Como está você, BoBo?

— Bem. — Billy segurou o rosto do pai com as duas mãozinhas. — O senhor está triste, papai?

— Triste? Nunca fico triste quando estou com você e com a mamãe.

— Fica sim.

Martin abriu um sorriso tristonho.

Colocamos Billy para dormir e me sentei com Martin para comer um *curry* de mostarda acompanhado por alguma coisa que parecia galinha, embora tivesse textura de couro velho. Habib também nos deixara uma tigela de *raita* — pepinos picados, mergulhados em iogurte apimentado —, um extintor de incêndio culinário. Martin levou à boca uma garfada de *curry* e fiquei à espera de sua habitual exibição de grunhidos, mas ele se serviu de água sem nem mesmo piscar.

— *Raita* é melhor que água para neutralizar o ardor dos temperos — falei.

— Já tentei. Não gosto de *raita*. — Ele encheu a boca de água e bochechou.

— O que houve hoje? — suspirei.

Ele tirou os óculos e esfregou os olhos.

— Tumultos em Lahore, incêndios em Calcutá. Dezenas de mortos. Só Deus sabe quantos feridos.

Fixei os olhos no prato.

— Em nome da religião?

Martin expirou uma lufada cínica pelo nariz.

— Telegrafei para a universidade. Achei que devia lembrá-los de que estou aqui com minha família. Que droga, nem sei o que quero que eles façam. Eles não podem deter os tumultos, e fui eu que optei por trazer vocês para cá.

— *Nós* optamos.

— Cortaram os telégrafos.

— Oh!

— Mas não aqui.

— Graças a Deus. — Sem os telégrafos de Simla, perderíamos uma linha vital de notícias, assistência e dinheiro. O cheque do salário de Martin chegava pelo telégrafo e vivíamos apertados dentro do recebimento. A possibilidade de um corte no orçamento me desconcertou.

— Claro que isso não vai acontecer aqui — comentei. — Masoorla é água estagnada, como o próprio Walker disse. E estamos seguros aqui.

Martin olhou para mim, enquanto engolia.

— Walker não disse que estaríamos seguros. Disse que ficaríamos *mais* seguros. Tudo pode acontecer em qualquer lugar.

Seguro, mais seguro, muito mais seguro. Era preciso muita paciência. O intrépido homem com quem tinha me casado não ficaria tão aflito; para mim, esse homem ainda estava ali, em algum lugar — podia senti-lo por trás das sombras —, mas aquele pessimismo intratável *já estava me cansando.*

❦

Na manhã seguinte, Martin acordou cedo e saiu sem tomar o café da manhã. Quando escutei o barulho da porta da frente se fechando, deslizei a mão pelo lençol branco a meu lado, os olhos fixos no ventilador de teto. O movimento era lento e meus olhos podiam seguir a rotação de uma única lâmina, o que impedia que a minha mente entorpecida despertasse por completo. Enquanto acompanhava o giro da lâmina do ventilador, apreciava a sensação de semi-hipnose que mantinha o mundo à parte.

Billy também despertou, correu para o meu quarto, atravessou o cortinado e, cumprindo um ritual matinal, aconchegou-se no meu corpo. Preparei o habitual café da manhã: um ovo cozido macio e um *roti* quentinho. Rashmi me ensinara a preparar o *roti*, e adorei a ideia de fazer um pão fresco em dois minutos — é só esticar uma pequena porção de massa de pão e tostá-la de imediato na frigideira. As indígenas norte-americanas assavam o *roti* em cima de pedras quentes achatadas e, em poucos segundos, a massa estufava e assumia um tom marrom dourado. Passei geleia e manteiga e o enrolei. Billy já estava comendo quando Rashmi entrou pela porta dos fundos, com o sorriso de sempre estampado em seu rosto redondo. Billy acenou para ela com a pata de Spike.

— Namastê, Rashmi.

— Namastê, beta. Namastê, Speck. — Ela mexeu a cabeça de um lado para o outro e o rubi do nariz cintilou. Caminhou em minha direção com as mãos postas em posição de prece e disse: — Hoje, vou ao templo para fazer *puja*. — Ergueu o braço roliço para mostrar o sagrado cordão vermelho que o *pandit* lhe amarrara no pulso, e depois apontou para a *tikka* alaranjada que pendia em sua testa.

— Que bom, Rashmi.

— Tenho feito *puja* pela madame e pelo patrão.

— Você tem orado por nós?

— Examino todo dia a cama da madame. — O rosto oscilante se fez sério. — Não há sexo na sua cama, não é?

— O quê? — Senti que fiquei vermelha como um pimentão.

— Não se preocupe, madame. Já estou fazendo *puja* para Shiva.

— Ela deu uma piscadela como se eu soubesse do que estava falando.

— Shiva, a senhora sabe, não é? — Bamboleou o ombro, com um ar de malícia, e de repente entendi o sentido das muitas esculturas fálicas que vira nos templos de Shiva. Shiva: o deus da criação e do sexo.

— Oh, meu Deus.

Talvez os ingleses tivessem razão ao afirmar que se deve manter distância da criadagem.

— Shiva tem um poder que a senhora nem imagina — acrescentou Rashmi, antes que eu dissesse qualquer coisa, embora eu não soubesse o que dizer. — Vem, *beta*. — Enlaçou Billy com um abraço roliço e o levou para a sala de estar, onde discretamente lhe daria um pedaço de coco.

Temendo outra piscadela cúmplice de Rashmi, apressei-me em pegar a bolsa, dizendo-lhe que daria um passeio, uma desculpa não completamente falsa. As igrejas locais mantinham registros civis e pensei que Felicity e Adela poderiam ter deixado alguma pista na Igreja de Cristo, em Simla. Billy gostava de passear em Simla — pelos costumes, pelas cores e pelos cheiros do lugar — e logo agarrou Spike e uma almofada, correndo para fora de casa e pulando para dentro da vagoneta vermelha.

Peguei os óculos escuros e uma câmera, e descemos pela rua em meio a impecáveis bangalôs coloniais, aninhados na encosta verdejante da montanha. A região devia ter sido um agradável *mofussil* no século XIX, uma área rural repleta de plantações e pequenas fazendas. Quando Simla tornou-se uma área cobiçada nas montanhas, logo surgiram inúmeros novos bangalôs, que, por volta de 1920, a transformaram em um autêntico distrito colonial. A antiga aldeia de Masoorla, com o verdadeiro estilo indiano, permaneceu intacta.

Os bangalôs assentavam-se a certa distância da estrada, em meio a luxuriante emaranhado de flores e árvores envelhecidas. Cada propriedade dispunha de um grupo de criados morenos preguiçosamente à espera de ordens vindas do interior da casa. Uma criada varria a varanda com uma vassoura de galhos, enquanto outro criado podava uma cerca viva. O portão de cada bangalô exibia seu nome pintado numa placa: Vila Monção, Morningside, Casa da Tamarindeira.

Estávamos em meados de junho e fazia calor, e, mesmo assim, quase metade dos bangalôs continuava vazia. Vinte anos antrás, no início de maio, todos os bangalôs estariam ocupados; agora, só restavam os oficiais envolvidos na restituição da Índia para os indianos, e a maioria partiria depois de agosto.

Na primeira vez que cheguei a Masoorla, as mulheres desses oficiais — damas sorridentes em vestidos de seda — me receberam com boas-vindas e um chá em Morningside, o bangalô da equina Verna Drake. O formato dos bolinhos era meio insólito, mas a coalhada estava divina, e por que não estaria? Há séculos se faz coalhada — *malai* — na Índia. A geleia era importada da loja Fortnam e Mason e as mulheres eram educadas, mas eu não me encaixava entre elas. Eu estava com uma calça cor de tijolo e uma linda túnica que havia comprado no mercado. Sempre cautelosa com cores berrantes, eu vasculhara uma pilha de túnicas coloridas até encontrar o *kameez* de seda crua em tom champanhe, com bordados prateados e esparsas peças de âmbar ao redor da gola e dos punhos. Colocara o chapéu de palha, os óculos escuros e as sandálias e fora de bicicleta até o bangalô. Estava feliz comigo mesma até me deparar com uma sala cheia de vestidos esvoaçantes e pérolas. Não sabia se aquelas mulheres eram mais baixas do que eu porque todas estavam sentadas, mas me senti uma girafa desengonçada numa sala de estar vitoriana. Enquanto alisava meu *kameez*, amarrotado durante o trajeto de bicicleta, as damas daquela sala, com cachos cuidados com esmero, sorriam por sobre as xícaras de chá. Ao tirar o chapéu, ouvi alguém comentar:

— Meu marido tem um parecido. — E não consegui discernir se era uma crítica ou um elogio. Depois que o copeiro serviu o chá, começamos a conversar, a maneira tradicional das *memsahib* entediadas passarem o tempo nas montanhas. Em dado momento, Verna me convidou para ir aos serviços na Igreja de Cristo.

— O reverendo Locke tem excelente humor — disse.

Eu já vira aquele religioso alto e descontraído durante as compras em Simla. Ele me cumprimentara com um sorriso, exibindo o espaço entre dois dentes frontais, e até me parecera um sujeito agradável, mas a igreja não me interessava. Sermões e vitrais me traziam recordações da Inadequada Percepção.

As damas também me convidaram para jogar bridge e bebericar no clube. Verna explicou que elas jogavam às terças e quintas e que, nos fins de semana, iam a Annandale para partidas de críquete e polo. Aquelas damas de vestidos estampados com motivos florais viviam num canto zelosamente transplantado da Inglaterra, frequentando os serviços da igreja anglicana, jantando no Clube ou no Hotel Cecil, encomendando bolos da Willow Bakers, assistindo a peças de teatro amador no Gaiety Theater e ensinando aos cozinheiros muçulmanos como fazer rosbife e manjar branco. Eram perfeitamente gentis e se esforçaram ao máximo para me oferecer uma bela recepção, mas eu não queria desperdiçar o pouco tempo que teria na Índia com partidas de críquete e de bridge. Não fiz o menor esforço para revê-las.

Atravessei Morningside puxando a vagoneta, e desci o morro até a barraca de frutas e *paan* de Kamal, na aldeia. Kamal sentava-se de pernas cruzadas sobre uma mesa enquanto enrolava *paan* em folhas frescas de bétele; os embrulhinhos verdes e triangulares eram exibidos no balcão de madeira debaixo de uma placa onde se lia ESTACIONAMENTO SEM TENSÃO. Por três rupias, Kamal se daria por satisfeito em tomar conta da vagoneta de Billy, e poderíamos pegar uma *tonga* puxada a cavalo ou um riquixá para Simla.

— Eu faria de graça, madame — disse —, mas os brancos sempre preferem pagar, não é?

Os indianos sempre fingiam que não queriam gorjetas e as aceitavam como se fossem forçados a isso. Era um jogo para lá de estabelecido e a mim cabia insistir em pagar, enquanto Kamal estendia a mão para pegar as três rupias com dolorosa resignação.

Naquele dia, porém, levaria conosco a vagoneta vermelha, porque pretendia subir a rua íngreme da Igreja de Cristo, que era muito puxada para Billy. Comprei duas fatias de coco de Kamal — de qualquer jeito, teria que lhe dar três rupias — e suspendi a vagoneta de Billy para dentro da *tonga*.

Fora do distrito colonial, a Índia era muito mais Índia. Na estrada para Masoorla, alinhava-se uma sequência de casas de um único cômodo e telhados de ardósia, bem ao estilo da região do Himalaia, e o ar pesava com a fumaça. Dois homens vestidos de *kurtas* caminhavam, os braços sobre os ombros um do outro, e uma mulher num sári cor de laranja vendia limas debaixo do toldo de uma barraca improvisada. Billy riu de uma pacífica vaca que, parada no meio da estrada, obrigava transeuntes, *tongas*, carros de boi e riquixás a contorná-la. Sem nenhum sinal do perigo que tanto preocupava Martin, degustamos as fatias de coco enquanto sacolejávamos pela estrada.

Na periferia de Simla, o casario se deteriorava em uma favela de abrigos improvisados. Como uma lavanderia imunda, trapos jogados por cima de cordas e amarrados a estacas serviam de paredes e tetos, o ar cheirava a lixo e a vegetação era úmida. Mulheres trabalhadoras arrebanhavam crianças e vacas, carregando trouxas às costas ou sobre a cabeça. Uma delas se deteve e me olhou enquanto passávamos. Tinha uma argola no nariz, mas, quando me preparei para tirar uma foto, ela me olhou no fundo dos olhos. Ficamos nos entreolhando por alguns segundos, cada qual imaginando como seria a vida da outra. Nem precisei fotografar. A tristeza que se refletiu naquele rosto se enraizou na minha memória, e me dei conta de que, se tivesse que cavar a terra para meu sustento e criar Billy dentro de um barraco imundo, ficaria ressentida com os estrangeiros ricos a que servisse. Mas, o que uma única pessoa poderia fazer? Desviei os olhos.

Ao longo dos dois lados da estrada, um rio de gente — perambulando, acocorando-se à espera de algo, arrebanhando bodes, cozinhando em fogo de estrume, comercializando verduras e legumes, urinando, vendendo frutas, conversando, cochilando, comendo... Mulheres vestidas em diáfanos sáris flutuavam em meio à poeira e à fumaça; carros de bois, automóveis, riquixás e *tongas* competiam entre si, e caminhões de carga sacolejavam abaulados de ambos os lados. Crianças pediam esmolas, cães reviravam dejetos e vacas sagradas ruminavam lixo. Soou o sino de um templo e o convite à oração do meio da manhã flutuou para fora do minarete como a fala de Deus.

Cruzamos um pequeno pedaço de terra, onde se via uma cruz no meio do mato, e pedi ao condutor da *tonga* que parasse. Eu já havia reparado naquele pequeno cemitério, mas, naquele momento, me senti impelida a explorá-lo, talvez porque estivesse com Felicity e Adela na cabeça. O condutor puxou as rédeas e lhe pedi que esperasse.

— O que vamos fazer? — perguntou Billy.

— Bisbilhotar.

Tirei-o da *tonga* e saímos andando pelo mato. Era um recanto antigo, com um silêncio e uma paz apropriados. À entrada, um monumento, onde se lia: ELES SÃO JOVENS E VELHOS. SEM PERGUNTAS, SEM RESPOSTAS, TODOS EM SILÊNCIO.

Sempre gostei da atmosfera tranquila dos cemitérios, lugares onde as preocupações são deixadas de lado por algum tempo. Assim, peguei Billy pela mão e nos embrenhamos por entre túmulos tomados pelo mato e com lápides parcialmente cobertas de mofo e musgo. Como não era o cemitério principal de Simla, só encontrei cerca de vinte túmulos que contavam histórias sobre as provações dos colonizadores e sobre bebês e jovens abatidos pela cólera, pelo sarampo, pela febre tifoide e pela meningite. Os túmulos revelavam que, sem que ninguém erguesse um dedo, a Mãe Índia era capaz de nos abater na hora que bem entendesse, sem precisar do auxílio de ninguém.

Num dos túmulos, jazia um casal identificado apenas como John e Elizabeth, junto com os seis filhos mortos, um atrás do outro, durante um período de seis anos. Outra lápide contava a morte de uma garota durante o parto, em 1820:

POR QUINZE ANOS FOI UMA DONZELA
E POR ONZE MESES, ESPOSA
POR QUATRO NOITES E QUATRO DIAS PENOU
NO TRABALHO DE PARTO
DEU À LUZ E DEPOIS DESISTIU DA PRÓPRIA VIDA

Outras lápides, menos enigmáticas, diziam quase o mesmo.

REGINALD TOWNSEND
1856 — 1859
NOSSO GAROTO RISONHO

— Para que servem essas pedras grandes? — perguntou Billy.

— Bem, querido... — O que uma criança de cinco anos poderia entender sobre a morte? — Enterramos as pessoas que morrem e colocamos essas pedras em cima com seus nomes. Isso nos faz lembrar delas.

— A senhora quer dizer que tem *gente* enterrada aqui? — indagou ele, de olhos arregalados.

— Só seus corpos.

Fiz uma pausa, acariciando suas costas.

— Eles não sentem mais nada. O que estava vivo foi embora quando eles morreram.

— Para onde?

— Não sei, querido. As pessoas pensam sobre isso de maneiras diferentes.

Billy pareceu pensativo.

— Por que as pessoas têm que morrer?

— Porque sim.

— Elas não voltam nunca mais?

— Acho que não.

— A senhora e o papai vão morrer?

— Oh, querido. Só daqui a muito, muito tempo.

— Eu não quero que vocês morram. — Seu pequeno queixo começou a tremer.

— Ora, nenhum de nós está morrendo. — Dei-lhe um abraço apertado. — E o Spike *nunca* vai morrer.

— Que bom! — Ele esfregou a bochecha no focinho peludo. — Adoro o Spike.

— Sei disso, meu amendoim. Ele vai ser sempre seu.

Billy encostou os lábios na orelha de Spike e cochichou a notícia sobre a imortalidade do amigo.

Continuamos perambulando pelo cemitério e, de repente, nos vimos diante de uma pequena lápide de granito que me pegou de surpresa.

ADELA WINFIELD

1836 — 1858

UMA BOA MULHER

Mas Adela não acompanhara Felicity até a Índia — ela enviara as cartas de Londres — e a rebelião dos cipaios irrompeu logo depois. Procurei Felicity em outros túmulos, mas não a encontrei. Retornei à lápide de Adela e reli a inscrição, intrigada com o que induzira uma jovem a viajar para a Índia durante uma rebelião.

CAPÍTULO 11

1854 — 1855

FELICITY ACOMPANHOU O TRABALHO de soltura das cordas do *Cambría* que logo se moveu. Quando o grande navio se afastou do cais, a multidão deu um passo à frente, entre eles Adela e Kaitlin, abafando a cantoria dos missionários com brados e hurras. Não demorou e cada figura no cais se tornou em pontinhos, enquanto *lascarins* de pés descalços e turbantes vermelhos escalavam pelas cordas do navio, como num espetáculo de circo.

Felicity entrou no salão de refeições, sentou-se numa poltrona e se pôs a observar uma aia gorducha que ninava um bebê, sentada no chão. Lembrou-se de Yasmin e da dor que um dia sentira por tê-la deixado para trás junto com a Índia. Naquele momento, no entanto, sentia-se dividida por deixar a Inglaterra. Na verdade, só lamentava ter que abandonar Adela, mas, de um jeito ou de outro, se via novamente acossada pela sensação de perda. Observou o bebê, que esticou as mãozinhas e começou a brincar com as argolas douradas presas às orelhas da aia enquanto o navio descia o rio em direção ao mar.

❈

Em Gibraltar, num dos calhambeques que faziam o transporte local, ela enfrentou uma corrida pela intrincada rede de vielas com altas muralhas até chegar ao mercado espanhol, onde todos compraram figos e romãs. Depois, atravessou o areal e o capinzal que circundavam o sopé da poderosa Rocha de Gibraltar para contemplar e se maravilhar. Em seguida, passeou por entre as rosas e verbenas da alameda Gardens e bebeu um café forte no bulevar. Dali postou a sua primeira carta.

Gibraltar, 1854

Querida Adela,

    Minha companheira de camarote, senhorita Stitch, está indo para a Índia para se casar com um militar que ela já conhecia. Não há nada de errado com essa moça além de uma inflexível virtude e uma obsessiva mania de arrumação. Com voz de sofredora, ela me pediu para que lhe fizesse o favor de manter as minhas coisas no meu próprio lado do camarote e para que lhe cedesse o espaço por uma hora a cada manhã, para que pudesse fazer suas orações em privacidade. Acho que alguém deveria avisar ao pobre noivo.

    Então, aqui temos as Pescadoras Fracassadas — umas coisinhas aflitas, um pouco passadas da idade, que imaginam uma terra franjada de areias com coqueiros e muitos homens disponíveis. Coitadas. Temos também um jovem príncipe indiano — muito bonito — com sotaque elegante e um exército de criadas, que engomam as golas de suas camisas e preparam seus pratos prediletos em algum lugar nos porões do navio, segundo os rumores. Nenhuma das Pescadoras Fracassadas se digna a ir além de um simples e polido aceno para ele, mas acho que a vida de uma princesa indiana deve ser bem mais interessante que a de uma *memsahib* como mamãe, que desperdiça toda sua energia para manter a Índia à distância.

    A passageira mais importante é a esposa de um militar conhecida como *burra mem*, ou seja, é casada com o oficial mais graduado de seu grupo; ela é venerada pelas mulheres dos oficiais menos graduados. É alta e empertigada, com cabelos cor de aço e pose de comandante. Ela cria uma espécie de espaço sagrado em todo lugar onde se senta, e as esposas dos outros militares a rodeiam como damas da corte da rainha. A majestosa *burra mem* acha que as mulheres lhe devem essa obrigação.

    Certo dia, ela se plantou à minha frente na antecâmara do chuveiro, achando que eu cederia minha vez, dizendo, "primeiro a senhora, madame". Mas fui rápida e bloqueei o caminho com um simples passo para o lado e um sorriso doce. Quando a porta se abriu e a mulher que acabara de tomar o banho saiu, fiz um meneio cordial de cabeça e fechei a porta para aquela cara de pau. Considerei isso como um dever para comigo mesma, como Fanny, e isso tornou a ducha de água fria e salgada mais agradável.

    Essa viagem promete ser divertida. Escreverei novamente de Alexandria e Colombo. Adoraria que você estivesse aqui.

    Sua irmã na alegria,
    Felicity

Alexandria, 1854

Querida Adela,

Não venho me sentindo bem, porque caí na besteira de ouvir conselhos de uns lunáticos filantrópicos que adoram dar informações para quem não as quer. Eles se autodenominam Os Veteranos. Eles me aconselharam a comer bastante porque isso me fortaleceria para a viagem. Obedeci, mesmo suspeitando de que não daria certo. Sei que fui uma tola, mas eles pareciam tão viajados ao se expressar que qualquer um acharia que realmente sabiam do que falavam. Pois bem, a certa altura comecei a passar mal e o tempo no alto-mar é tão opressivo que me deito na rede apenas de combinação e me pergunto se, ao chegar a Calcutá, sairei andando do navio ou terei que ser carregada.

Em viagens como esta, cujo único objetivo é conseguir sair vivo, só há duas coisas sobre o que escrever: os passageiros a bordo e o tempo. Já mencionei as Pescadoras Fracassadas, a senhorita Stitch e a *burra mem*, mas o tempo é de longe bem mais interessante. Se os passageiros podem afetar a nossa sanidade, o tempo pode nos matar. E pode fazê-lo de diversas maneiras, mas, na verdade, isso só acontece pelo excesso ou pela carência das manifestações climáticas. Já experimentamos as duas.

Na semana passada, eu sobrevivi a uma tormenta que me deixou assustada e impressionada. A tempestade nos pegou a todos de surpresa quando, certa tarde, aqueles que não estavam com a cara verde de enjoo passeavam pelo convés, contentes por não ficar confinados às cabines. Primeiro, o mar inchou em gloriosas cristas de picos brancos e o convés se viu salpicado por espuma refrescante e fria. Depois, aos poucos o céu escureceu e começou a chover. A essa altura, a maioria dos passageiros já tinha descido, mas eu queria sentir a água fresca no rosto e abri a sombrinha, mesmo sabendo que não é bom ficar debaixo da chuva. Mas, naquele instante, eu era uma mulher livre e ficaria na chuva se assim quisesse.

Senti uma primeira pontada de medo quando as benignas ondas se ergueram como monstros marinhos, cada qual maior que a outra e, por fim, bloquearam a visão do céu. A sombrinha voou das minhas mãos, e a vi rodopiar pelo ar até desaparecer no acinzentado da chuva. Consegui alcançar uma corda grossa e nela me agarrei quando o navio subiu por uma onda que mais parecia uma montanha. Quando o navio desceu do outro lado da onda, comecei a gritar meio tomada pelo terror e também por uma espécie de alegria selvagem. Um marinheiro que puxava outra corda grossa me viu e berrou, "vá lá para baixo!". Eu fiz uma pausa, apenas por um segundo, admirando a coragem daquele homem que passava por viagens como aquela muitas e muitas vezes, mesmo sabendo de todos os perigos que corria. Ele cravou olhos furiosos em mim e berrou mais uma vez, mas sua voz foi levada pelo vendaval.

Enquanto descia para a cabine, era jogada de um lado para o outro contra as paredes e acabei machucando seriamente o ombro esquerdo. Encontrei a senhorita Stitch, os olhos arregalados de pavor, puxando as laterais da rede para cima do próprio corpo, como se estivesse embrulhando a si mesma dentro de um casulo protetor. Depois de algumas tentativas em meio ao frenético balanço, subi na minha rede e nós duas começamos a balançar violentamente para um lado e para o outro, primeiro colidindo uma na outra e, depois, nas paredes. Não tínhamos chance nem de comentar a ferocidade do mar, que jogava o navio como se quisesse parti-lo ao meio. Então me perguntei se a água gelada escorreria pelas paredes ou gotejaria do teto — como deve ser horrível assistir à aproximação da morte — gota a gota — ou quem sabe, até se uma piedosa torrente romperia a porta e o mar engoliria a nós todos.

Tentei me acalmar, pensando comigo mesma que aquela viagem já tinha sido feita antes por centenas ou talvez milhares de ingleses. Depois, descobrindo uma secreta alma pagã dentro de mim, invoquei a proteção de Netuno. No final da tempestade, minha sensação era de que os deuses do mar tinham nos batizado e que, depois daquilo, velariam por nós pelo resto da viagem. Ferida e abalada, mas também quase que insuportavelmente viva, lavei o rosto e fiquei à espera de outra tempestade.

Quinze dias depois, fomos atingidos por outro desastre climático — a calmaria, ausência total de vento. O navio se deteve sobre águas lisas como o vidro, com as velas arriadas e inúteis no ar parado. A tripulação se entreolhava com nervosismo, enquanto trabalhava. Eles olhavam para os passageiros com ar de censura, como se tivéssemos trazido azar para o navio. A senhorita Stitch rezava, as Pescadoras Fracassadas se reuniam em grupinhos aos cochichos e a *burra mem* olhava furiosa para o céu, como se exigindo uma forte rajada de vento.

Ao me deitar na quinta noite sem vento, pensei comigo que o *Cambría* e todos os seus passageiros poderiam se tornar uma lenda a mais entre os misteriosos sumiços no mar. Mas, na manhã seguinte, acordei com o balanço familiar da rede. A senhorita Stitch e eu trocamos um sorriso cauteloso e corremos até o convés para ver o balanço das velas ao vento. Rimos e batemos palmas de felicidade pela visão, e até o mais duro marinheiro que trabalhava no convés juntou-se aos companheiros em animada canção de bordo. Todos continuaram de bom humor até que o mar se tornou de novo agitado e Os Veteranos se retiraram para os seus camarotes, a fim de sofrer em privacidade.

Fazia uma noite calma quando aportamos em Alexandria, com sua alegria e seu mercado egípcio a cintilar de luzes e com música vibrante ecoando das casas de jogos. Mas fiquei a bordo para tratar do estômago com gengibre jamaicano. Acho que emagreci muitos quilos e meus vestidos estão frouxos como sacos. Ah, aqueles Veteranos!

O próximo passo será uma viagem por terra para pegarmos outro navio que nos levará a Calcutá. Os Veteranos disseram que as águas quentes do oceano Índico estão cheias de criaturas fantásticas — talvez façam parte da corte de Netuno — e descreveram imagens de peixes-espadas prateados, baleias que emergem à superfície e golfinhos que acompanham o navio como uma escolta. Mal posso esperar para ver tudo isso!

Esta carta será enviada por um dos Veteranos, que vai desembarcar para beber e jogar. Por que será que eles nunca ficam doentes?

De sua irmã na alegria,
Felicity

Calcutá, 1855

Querida Adela,
    Depois de quase três meses no mar, avistamos as gaivotas, sinal de terra. Mais um dia e surgirão aldeias e coqueiros ao longo da costa do Ceilão. Em Colombo, alguns homens remaram seus botes em nossa direção para nos vender cocos e bananas, e um marinheiro gritou do convés: "Olhem só como eles estão vindo! Como abelhas para um pote de mel!" A tripulação abaixou cestos com dinheiro e os içaram de volta repletos de frutas tropicais. Garotinhos morenos mergulhavam atrás das moedas de ouro que jogávamos do convés e emergiam com elas entre os dentes.

O cheiro da Índia está no ar e sinto-me viva. De repente, me vejo arrastando cadeiras úmidas para as senhoras e tirando bebês gorduchos e brancos do colo de suas aias e balançando-os para cima e para baixo enquanto canto "Camptown Ladies". Do dah, do dah...

Atravessamos Madras e finalmente atingimos a grande boca marrom do rio Hooghly, que nos levará para dentro da Índia. O navio diminuiu a marcha para uma parada no Hooghly e pela noite fria circulou a notícia de que pernoitaríamos ali para esperar pela maré da manhã seguinte. Na escuridão do lugar, ouvimos o gorgolejar do rio, enquanto um forte vento tropical soprava da selva. Já tinha ouvido histórias a respeito das famosas areias movediças do Hooghly, capazes de engolir mais de um navio, e me passou pela cabeça a ideia esquisita de que gênios rancorosos e opositores do Raj espreitavam a aproximação de britânicos desavisados como aranhas em suas teias.

Mas a maré chegou pela manhã e nos levou embora. Algum tempo depois, chegamos a Calcutá. Uma multidão com as cores do arco-íris nos aguardava no cais; aqui e ali se viam europeus com chapéus de safári, dispersos como cogumelos em um campo de flores exóticas. As cores vibrantes da Índia fazem da Inglaterra uma aquarela desbotada, e meu coração quase saiu pela boca quando vi aquela massa bonita e fervilhante. Lembrei de seu cheiro peculiar, um misto de especiarias e estrume de vaca queimado e podridão. Um cheiro que só alguém que nasce ali consegue amar.

Coloquei o pé na terra e meus joelhos bambearam como se ainda balançassem no convés. Olhei ao redor, totalmente desorientada, até que avistei minha mãe, que se aproximava com o palanquim que me levaria para casa. Subi no palanquim, enquanto alguns cães amarelados latiam e ganiam em volta da minha saia. Já havia me esquecido dos vira-latas da Índia; os cães de raça são raros aqui.

Depois de me acomodar no palanquim, mamãe fechou as cortinas e prendeu-as à base das janelas. A Calcutá onde vou morar é inglesa e enclausurada, composta de enormes vilas em estilo paladiano, jardins sombreados por palmeiras e uma multidão de servos com turbantes. Ficarei reclusa numa pequena réplica da Inglaterra até poder escapar para as montanhas. Eu realmente adoraria que você estivesse aqui.

Sua irmã na alegria,
Felicity

Adela largou a carta de Felicity e olhou para Kaitlin.

— Isso não parece excitante? Escrevi para Calcutá e, quando Felicity se instalar, encontrará minhas cartas esperando por ela. Se bem que eu não tenha nem metade dessas coisas maravilhosas para contar.

— Maravilhosas? — Kaitlin ergueu as sobrancelhas. — Tudo isso me parece assustador, se me permite dizer.

— Sim, suponho que realmente seja. Mas... — Adela soltou um suspiro. — Talvez seja mais fácil partir do que ser deixada para trás.

Kaitlin tentou desviar o assunto para as roupas de Adela.

— É melhor pensar no que irá vestir para conhecer o jovem cavalheiro que sua mãe convidou para jantar.

Adela olhou fixamente para o vestido de seda castanho-avermelhada com mangas bufantes, nas mãos de Kaitlin, à espera de aprovação.

— Já estou ficando enojada desse jogo que nunca termina — falou.

Kaitlin estendeu o vestido na cama junto com um espartilho de barbatanas.

— Mexa-se, querida. Garanto que há coisas bem piores do que um jantar agradável, mesmo que pense que não. — Ela pôs uma blusa de algodão na frente à lareira. — Quanto mais rápido se vestir, mais rápido acabará. — Kaitlin caminhou na direção de Adela e estendeu-lhe a blusa.

Adela sentou-se na cadeira do toucador e cruzou os braços.

— Você sabe que recusarei todos eles. No final, nós duas envelheceremos juntas em alguma casinha em Londres, uma solteirona velha e tonta e sua criada irlandesa. Escreverei livros que não serão lidos e tomaremos chá fraco acompanhado de manjar. Talvez a gente tenha alguns gatos.

— Bem, isso não é lá um quadro encantador. — Kaitlin sacudiu a blusa no ar. — E você ainda precisa se vestir.

— Claro, eu sei. — Adela tirou o vestido e ergueu os braços.

— Ah, até que não é tão mau assim. — Kaitlin enfiou a blusa pela cabeça de Adela. — Agora vá acabar de comer o seu pudim lá embaixo que estarei esperando aqui em cima.

Adela sorriu.

— Kaitlin, minha querida, você é a minha alegria.

— E você, a minha, meu amor. — Kaitlin alisou a blusa e Adela sorriu para ela com paixão. Katie agarrou os seios compactos da outra garota e lhe deu um beijo na boca. Elas não ouviram o barulho da maçaneta girando.

— Sssaffisssta! — soou o grito da senhora Winfield, que se deteve sob o umbral da porta entreaberta, com uma das mãos na face e a outra sobre a garganta.

Kaitlin soltou um gritinho e Adela cruzou os braços por instinto, para esconder os seios.

O rosto da senhora Winfield se contorceu até virar uma máscara de repulsa.

— Sssaffisssta! — A palavra soou como uma raquetada.

Kaitlin cobriu o rosto, mas a senhora Winfield apontou-lhe o dedo.

— Vil criatura! Saia já daqui!

Kaitlin encolheu-se, abraçando-se a si mesma.

— Eu disse já! Saia imediatamente desta casa!

— Mamãe...

— Cale a boca, Adela. Não estou conseguindo olhar para você.

Kaitlin saiu cambaleando do quarto enquanto a senhora Winfield a seguia, gritando impropérios. Adela correu para também sair, mas a mãe bateu-lhe a porta na cara, trancando-a no quarto.

✦

Naquela noite, o jovem cavalheiro jantou ao lado de empalidecidos pais, que se desculpavam repetidamente pela filha indisposta. Ele engoliu a comida às pressas e se retirou tão logo terminou o pudim.

O doutor Winfield limpou o bigode com o guardanapo.

— Bem, o rapaz deve ter se espantado.

— Esqueça o rapaz. O que faremos com ela?

O doutor Winfield coçou a testa.

— Acho que a única solução seria a viagem das Pescadoras Fracassadas.

— Índia? Mas, Alfred...

— Por Deus, ela não é uma mulher normal. — Ele tirou o guardanapo do colo e o atirou sobre a mesa. — O melhor a fazer é casá-la o mais rápido possível. Não podemos permitir que essa... essa aberração se estabeleça. Na Índia, há cinco homens disponíveis para cada inglesa, e todas as Pescadoras Fracassadas são mulheres normais em busca de marido. Tudo é organizado de maneira que a maioria delas consiga seu intento. Se a engajarmos nesse grupo, ela vai conhecer diversos militares solteiros.

A senhora Winfield abaixou os olhos.

— E também vai conhecer outras mulheres — murmurou.

— Dane-se, o que quer fazer? De todo jeito ela vai conhecer outras mulheres. Pelo menos o grupo das Pescadoras Fracassadas a manterá afastada dessa maldita criada, e a manterá ocupada com festas apropriadas para um encontro de pretendentes. As *memsahibs* são mulheres respeitáveis e casadas que, como todo o resto, assumirão que ela terá que encontrar um marido inglês e ficarão de olho em cada um de seus movimentos. Pelo amor de Deus, o grupo das Pescadoras Fracassadas foi criado *para isso*. — Ele se debruçou à mesa com o rosto coberto pelo desgosto. — Meu bom Deus! Você não está insinuando que ela poderia iniciar uma ligação com uma mulher *indiana*, está?

— Bem... — A senhora Winfield desviou os olhos do rosto do marido e sussurrou. — Não. Não, claro que não. — Abaixou os olhos para as próprias mãos cruzadas sobre o peito. — Alfred, de qualquer forma, fazê-la embarcar num navio com as Pescadoras Fracassadas depois de uma única temporada? Isso vai dar a impressão de que nós não tentamos.

— Bem, e o que quer fazer então? Contratar outra criada que será corrompida por ela? Ela está angustiada! — Ele olhou para o teto como se pedindo ajuda. — Quem sabe, talvez os rigores da Índia terminem com esse... esse defeito dela. Em todo caso, ela estará constantemente acompanhada e na Índia não há nada para uma jovem fazer *a não ser* casar com um inglês. Talvez até acabe se casando com algum militar que esteja mais interessado em cavalos e exercícios marciais do que em romance.

— É uma longa viagem, mas o que mais desejo é vê-la casada. — A senhora Winfield fixou os olhos nas rosas brancas que estavam no centro da mesa. — Um filho poderia colocar a cabeça dela no lugar.

O doutor Winfield acendeu um charuto, e a esposa lhe perguntou.

— Você vai fumar aqui dentro?

Ele soltou uma baforada, irritado.

— Acho que temos coisas mais sérias para discutir do que fumar dentro de casa.

— Sim, você tem razão. — Ela alisou a toalha branca da mesa. — Se ela se casar na Índia, não a veremos com regularidade.

— E isso a perturba muito?

Ela hesitou. Não conseguiu olhar para o marido e, quando falou, sua voz soou pequena e triste.

— Na verdade, não — disse.

— Foi o que pensei. — Ele soltou outra baforada, totalmente irritado. — Cuidarei de tudo.

Outubro de 1855

Querida Felicity,

Aconteceu uma coisa terrível, porém maravilhosa. Mamãe flagrou a mim e a Katie numa posição comprometedora. Entendeu? Se não entendeu, poderei explicar depois porque meus pais me mandarão para a Índia junto com as Pescadoras Fracassadas! Zarparei quase que imediatamente.

A coitada da Katie foi mandada embora e não tenho a mínima ideia de para onde foi, mas dei seu endereço de Calcutá para a cozinheira, caso ela retorne. Depois de muitas lágrimas saídas do fundo do coração, enxuguei o rosto e escrevi uma brilhante carta de recomendação para Katie. E também coloquei uma boa soma de dinheiro dentro do envelope [] todas as minhas economias, já que não suportarei se ela passar necessidades. Deixei a carta com a cozinheira e a fiz prometer que faria todo o possível para que Katie a recebesse. Não sei o que mais posso fazer por ela.

Tudo foi tão súbito e agridoce — ora me vejo aos prantos por Katie, ora me vejo aos sorrisos por pensar que me juntarei a você. As lágrimas escorrem por meu rosto mesmo quando um sorriso se insinua no canto da boca. Realmente sinto uma completa loucura, quando não sinto outra coisa que não choque.

Afinal de contas, me juntarei a você.

Sua irmã na alegria,

Adela

CAPÍTULO 12

1947

Em Simla, a vida é vertical. Ela acontece nas encostas das montanhas, e subir até a ampla rua de pedestres chamada Mall significa escalar uma estrada íngreme e sombreada por pinheiros dentro de uma *tonga* puxada por cavalo, ou então ser içado por três condutores de riquixá ofegantes, com dois puxando e um empurrando. Billy ficou apavorado quando passamos da primeira vez pela estrada até Mall, como me apavorei quando subi toda desengonçada por essa estrada de terra com muitas curvas fechadas; mas três meses depois, já seduzidos pela Índia, simplesmente inclinávamos o corpo num ângulo de quarenta e cinco graus, enquanto um cavalo arfante e comprimido pelos arreios nos puxava pelo caminho longo e sinuoso.

Ao chegar ao topo, paguei ao condutor da *tonga* e acomodei Billy e Spike na vagoneta vermelha. A Mall estava apinhada de gente, como sempre, e o ar cheirava a *pakoras* que borbulhavam e douravam em caldeirões de óleo de coco fervente. Estreitos lances de pedra se ramificavam até o bairro dos nativos, um aglomerado de barracos apertados, tendas, templos e mesquitas. Ambulantes vendiam e compradores pechinchavam. Tratei de ajeitar os meus óculos escuros. A câmera fotográfica pendia, presa ao meu pescoço por uma correia de couro, pronta para fazer o que ninguém jamais fizera — capturar a Índia em imagens. Embrenhados em meio ao vaivém da multidão e de poeira, barulho e caos policromático, amei deixar para trás meus problemas. Amei!

Da Mall se via Simla a se espraiar lá embaixo — casas e barracas de mercado plantadas nos declives da montanha — e lá em cima, no alto da serra, as torres cor de manteiga da Igreja de Cristo apontadas para o céu. Puxei a vagoneta vermelha de Billy, passei pela Krishna Bakers e por uma barraquinha de tabaco chamada Palácio da Glória, e virei para a rua íngreme da igreja. Foi uma subida exaustiva e cheguei à porta arqueada da igreja suando e ofegando.

— Que chatice. A gente vai à igreja? — perguntou Billy.

— É só um minutinho, amendoim.

Movi o puxador de ferro, mas a porta não se moveu. Uma mulher vestida de sári cor de damasco descansava à entrada, entretendo-se com as correntes douradas em seus tornozelos. Inclinei-me em reverência e o perfume de óleo de coco em seus cabelos entrou por meu nariz.

— A igreja está fechada? — perguntei.

— Está fechada, madame.

— O dia todo?

Um meneio de cabeça.

— A igreja está fechada o dia todo, madame. Volte em duas horas.

— Hum... o dia todo ou por duas horas?

Um movimento irritado de cabeça.

— A igreja está fechada o dia todo, madame. Volte em duas horas.

— Tudo bem. — Virei-me para Billy. — Alegre-se, BoBo. Parece que não iremos à igreja. — Assenti com a cabeça para a mulher que já estava entretida com um anel no dedão do pé.

Circundei o prédio na direção da residência paroquial, mas a porta também estava trancada. Então, tirei um lápis de dentro da bolsa e escrevi um bilhete no verso de um recibo velho da importadora de Masoorla.

> Caro Reverendo Locke,
> Se não for incômodo, gostaria de dar uma olhada nos registros paroquiais de meados do século XIX. Grata.
> Evie Mitchell

Dobrei o bilhete e o enfiei por debaixo da porta da residência paroquial, e depois empurrei a vagoneta até a biblioteca que ficava perto da igreja. A porta estava aberta, mas o lugar, deserto; o piso de madeira rangeu sob meus pés, enquanto percorríamos estantes empoeiradas apinhadas de livros antigos.

— Isso aqui é muito pior que a igreja — disse Billy.

— Vou achar um livro para você. Só preciso de uns minutinhos.

Encontrei um livro com gravuras fantásticas de imperadores moghul, cúpulas em formato de cebolas e exércitos ferozes com as cimitarras erguidas. Billy folheou o livro sem demonstrar interesse, enquanto eu tentava achar o setor de história. Um grosso volume intitulado *The Raj* pareceu promissor e o retirei da estante, folheando-o em busca da palavra "cipaio". Localizei-a debaixo da gravura de um jovem indiano altivo com turbante emplumado, calça branca e casaco vermelho com botões de cobre. Ele empunhava um rifle inglês como um troféu.

Ao virar a página, me deparei com o desenho macabro de cadáveres e moribundos indianos dentro de um recinto emparedado. Centenas de mortos jaziam amontoados ao longo da base de uma parede, alguns debruçados na mureta de um poço. Corpos empilhados com olhos arregalados de terror e mulheres vestidas em sáris empapados de sangue com crianças mortas no colo. Dizia a legenda: "Massacre em Amritsar." O relato encontrava-se na página seguinte. Em 1919, milhares de indianos reuniram-se para o festival de primavera de Jallianwalla Bagh, em Amritsar, quando as tropas britânicas, sob o comando do general Reginald Dyer, marcharam praça adentro e começaram a atirar. As tensões políticas já se arrastavam por semanas, mas ninguém esperava uma investida contra famílias desarmadas. Dyer ordenara que as tropas abrissem fogo em áreas com multidões aglomeradas, e eles atiraram até a munição acabar — cento e quatorze rodadas de tiros. Um carro blindado bloqueara a única saída e as pessoas que tentaram escalar os muros tornaram-se alvos fáceis. Muita gente pulou dentro de um poço para escapar das balas — cento e vinte corpos foram retirados de lá. No final, as tropas de Dyer deixaram para trás mais de quinhentos mortos e feridos. A vítima mais nova foi um bebê de seis semanas de idade.

Churchill declarou mais tarde: "Os indianos foram enfileirados de modo que cada bala pudesse atravessar três ou quatro corpos; o povo tentou escapar do jeito que podia, em fuga enlouquecida... o que se viu então foi o mais assustador de todos os espetáculos: a força de uma civilização sem misericórdia."

A corte considerou Dyer culpado pelo massacre, mas o parlamento reverteu o veredicto e limpou seu nome. A Câmara dos Lordes o condecorou como "o salvador dos Punjabis". O jornal *Morning Post* empreendeu uma campanha de arrecadação de fundos para Dyer que alcançou 26 mil libras. No ano seguinte, Gandhi instituiu o movimento *Deixem a Índia* contra os ingleses e assim teve início a derrocada do Raj.

Fechei o livro devagar, enquanto digeria o que lera, e levei um susto quando Billy cutucou meu braço.

— Spike está cansado desse livro — disse ele.

Lutei para controlar a voz, porque espontaneamente me veio à cabeça a imagem de Billy sendo baleado numa praça. Segurei seu queixo.

— Pode apostar que sim. Que tal passear no mercado? — perguntei.

— Oba! — Billy saiu como um bólido pela porta, e deixei o livro aberto em cima da mesa. Ele sentou-se na vagoneta vermelha, ajeitou Spike entre as pernas e disse: — O mercado é muito melhor do que aquele livro.

Percorri a Mall sentindo-me arrasada e tentando substituir a imagem de morte em Amritsar pela imagem de vida em Simla, mas a visão de um tanque metralhando a mim e a Billy no meio da rua me gelava de terror. Como *puderam* fazer isso? Como alguém *pôde* fazer isso?

Billy me fez seguir um soar de trompetes e tambores que nos levou a um cortejo de casamento. Ele apontou excitado para o noivo montado num cavalo branco, com o turbante salpicado de contas de vidro verde e brilhantes à cabeça. Olhei para a noiva, que sorria com timidez por trás das cortinas transparentes de um palanquim. Ela vestia um sári vermelho e tinha finas correntes douradas presas ao nariz, que lhe ornavam as orelhas e se estendiam pelo pescoço, braços e tornozelos. Uma intrincada tatuagem de *henna* lhe cobria as mãos como luvas de renda cor de laranja com arabescos de flores e borboletas, representando a complicada teia das coisas vivas, os altos e baixos na relação entre homens e mulheres.

— É uma princesa e um príncipe? — perguntou Billy.

Assenti com a cabeça.

— Hoje eles são isso, minha ervilha.

Os recém-casados passaram e a noiva levantou a cortina do palanquim e me espiou com seu rosto adolescente, olhos delineados pelo *kohl* e boca carnuda. Ela refletia a paz de um casamento perfeito, embora fosse um casamento arranjado. Lutei contra a ambiguidade amarga de uma nostalgia que se dividia entre o sentimento de aconchego e o desprezo por tal ingenuidade. Por que sempre insistimos em acreditar no impossível? O jovem casal transparecia a crença de que agora o mundo estava completo. Lembrei do sentimento e a minha garganta apertou-se de dor. Engoli em seco, pisquei os olhos e virei o rosto para que Billy não o visse. Ele sempre percebia as mudanças de meu humor e era melhor protegê-lo, pelo menos por enquanto. Eu queria que ele aproveitasse a magia em volta, e fazia de tudo para afastá-lo das durezas do mundo. Então, armei um sorriso e saí do cortejo nupcial, puxando a vagoneta.

— Foi tão bonito, não foi?

— Eles vão morar num palácio, mamãe?

Provavelmente, o casal residiria em alguma cabana com chão de terra e um único cômodo. A princesa teria que catar estrume de vaca e madeira para o fogo, e carregar jarros de água na cabeça pelo resto da vida. Perderia quase metade dos filhos na tenra infância. O garboso príncipe puxaria um riquixá até ficar doente, ou então extrairia o sustento para a família de uma terra teimosa e assistiria à morte dos filhos, implorando aos deuses por um pouco de chuva.

— Não num palácio, docinho — respondi. São pessoas comuns, mas hoje é seu grande dia. — Nem tentei explicar que eram indianos e que provavelmente seriam salvos pela própria persistência, ao contrário de nós, pobres tolos.

Com as impressões de Amritsar e do cortejo nupcial pesando sobre meu coração, perambulei pelas vielas empoeiradas em busca de sinais dos tais distúrbios que tanto preocupavam Martin. Dois homens mascavam *paan* com alegria em cima de um telhado, e no chão, as manchas vermelhas brilhantes que eles tinham cuspido; um homem de pés descalços com a cabeça coberta por um véu branco vadiava ao léu enquanto ingeria sementes de girassol; uma menininha de sorriso encantador aconchegava um coelho branco no colo e, de um modo preguiçoso, a Índia lançou-me a sua magia soporífica. A vida seguia em frente.

O povo vestia os mesmos sáris e *dhotis* e *chadors* e *salwar kameez* e *dupattas* e *kurtas* e véus e turbantes que vestiram por séculos a fio — provavelmente aquelas cenas de rua não haviam mudado muito desde a época em que Felicity e Adela passeavam por ali. Imaginei sombrinhas vitorianas e chapéus de safári em meio aos sáris e às *kurtas* com um sentimento de continuidade. Era uma cena agradável, exceto pelos mendigos, sobretudo crianças.

Eram muitas as crianças que mendigavam, como camundongos raquíticos de cabelos emaranhados e opacos, pernas esquálidas e mãos estendidas. As palmas daquelas mãos morenas, parecidas com pati-

O SÂNDALO 107

nhas, e rostos magros eram irresistíveis. Faziam mímicas para pedir comida, mastigando e pondo os dedinhos sujos na boca, com os olhos rasos de desespero. Nenhuma criança devia passar por uma situação como aquela. Sabia que, no momento em que colocasse uma moeda na mão de uma delas, dez outras apareceriam, rápidas como ratos. A maioria não era mais velha do que Billy, e algumas eram até mais novas. As crianças tocavam minhas roupas como se eu fosse uma santa com poderes de cura, e me senti envergonhada por minha riqueza e minha impotência. James Walker me avisara para não dar esmolas.

— Dar dinheiro a essas crianças agrava o problema — dissera ele.

O problema era a escravidão. Segundo Walker, muitas vezes os próprios parentes vendiam as crianças que não tinham como alimentar — vítimas do terremoto de Bihar, órfãos de guerra de Punjab, refugiados da Bengala ocidental. Mas o dinheiro arrecadado com a mendicância era usado para comprar mais crianças. Elas eram esquálidas, imundas e vulneráveis, e, mesmo assim, ironicamente, eram mais sortudas do que as demais; ter amo significava ter meios para sobreviver.

Depois que passavam da idade para mendigar, eram vendidas para o serviço doméstico ou para a prostituição. Eu sabia de tudo isso e não queria perpetuar o quadro, mas a criança que não cumpria uma cota diária era espancada. Era um beco sem saída; então, catei todas as moedinhas da bolsa — deixando as de um centavo de lado — e as distribuí para a criançada. Para ficar de consciência limpa, pensei: *isso não é o bastante para comprar outras crianças e talvez não sejam espancadas, porque não voltarão para casa de mãos vazias.* Billy não se interessou em saber por que as crianças pediam esmolas, mas as olhava com uma expressão solene. Saí às pressas para desviar sua atenção.

Apontei para um astrólogo que dava consultas numa cadeira de madeira debaixo de um guarda-chuva comprido e franjado, e Billy tirou uma foto. Em seguida, tiramos outra foto, de um sapateiro que confeccionava sandálias com a sola de um velho pneu de bicicleta. A língua do povo da rua era uma mistura de hindi, urdu, telugu, bengali e outros idiomas, o que produzia um balbucio tão impenetrável quanto sua cultura. Então, só nos restava olhar e tirar fotos. A lente da câmera enquadrou barracas de chá com cestos abarrotados de folhas perfumadas — *clique* — e mercadores de especiarias de pé diante de sacas abertas de cominho — *clique* — e uma loja de incenso envolta em diáfana fumaça — *clique*.

A banca do vendedor de perfumes era, para mim, uma perdição. Sempre dava uma parada para experimentar as amostras — patchuli, e luxúria, tintura de olíbano e de rosas, fumaça. Sempre me sentia tentada a comprar um vidrinho de um pouquinho da Índia apenas para mim. Não era de usar perfume, mas poderia carregá-lo comigo na viagem de volta a Chicago para levá-lo ao nariz nos dias gelados de janeiro e recordar. Mas nosso orçamento estava apertado e, se Martin não sabia, eu sabia exatamente quanto havia dentro da lata de chá. Então, como nunca tinha sido boa na arte de pechinchar, sorri para o vendedor, tirei uma foto dos elegantes vidrinhos de perfume e segui adiante.

Parei em frente a uma barraca que vendia turquesas tibetanas, onde um velho com traços mongóis manipulava um ábaco com dedos voadores. Sua pele era curtida como couro e a seu lado uma sonora cortina exibia, presas a sua trama, pedras polidas em tons mosqueados de água incrustadas em brincos elaborados, anéis de prata, intrincados colares e grossos braceletes. Logo, avistei Edward e Lydia, que remexiam dentro de um cesto com pedras avulsas.

— Evie, querida!

Edward tocou na ponta do chapéu com polidez.

— Já que estamos presos aqui, aproveitamos para fazer compras.

— Aquelas ali são maravilhosas. — Fiz um meneio de cabeça na direção das turquesas dispersas no cesto.

Lydia passou a mão ao longo da cortina de colares.

— Já tinha visto uma coisa tão vulgar quanto essa? — Sorriu para mim em cumplicidade e baixou a voz. — Mas essas pedras avulsas são magníficas. — Segurou uma turquesa do tamanho de um ovo de codorna. — Posso barganhar com esse ignorante por um preço irrisório, e conseguir um preço à altura em Londres. — Continuou sorrindo, com a aprovação de Edward.

— Mamãe?

Olhei para Billy, aliviada pelo chamado.

— O que, meu amendoim?

— Eu e o Spike estamos aprendendo a arrotar. Quer ouvir?

— Hum...

— Buuurrrp
— Uau! Foi igualzinho.
— Obrigado. — Ele sorriu com um orgulho recatado.
Lydia nos olhou como se alguém lhe tivesse entregue um coração ainda fresco e palpitante numa bandeja.
— Francamente, Evie, o que lhe passou pela cabeça quando resolveu trazer seu filho para a Índia? Um menininho adorável. Francamente, como pôde fazer isso?
Engoli a resposta desaforada que tinha na ponta da língua.
— Soube recentemente de uma história, e talvez um de vocês possa esclarecê-la — desconversei.
— É claro, querida. — Lydia rapidamente assumiu um ar de fofoqueira. — O que soube?
— É sobre um episódio da história indiana que envolve a Grã-Bretanha.
Os olhos de Lydia se voltaram outra vez para a turquesa.
— É bom que se diga que toda a história indiana envolve a Grã-Bretanha.
— É verdade — murmurou Edward.
Forcei os lábios em algo parecido com um sorriso.
— Foi algo que aconteceu em 1857. Rebelião dos cipaios? — disse.
— Não faço a menor ideia do que tenha sido. — Lydia se voltou novamente para a turquesa. — Esse tipo de coisa me deprime.
— Claro, os cipaios. — Edward assumiu um ar de autoridade imperial. — Nativos a serviço da Inglaterra que armaram uma grande confusão. Achávamos que eles apreciariam o uniforme e o treinamento militar, mas acabaram armando uma grande confusão. Um bando de covardes ingratos. Foram perdidas muitas vidas inglesas nesse episódio. Posso lhe garantir.
— E eles se aborreceram com o quê?
— Alguma superstição tola ligada à graxa nos cartuchos dos rifles — respondeu Edward, com um suspiro. — Era gordura de vaca ou gordura de porco, alguma coisa assim. Quem vai saber?
— Por favor, querida, não se amofine com isso. — Lydia se virou para mim com um ar preocupado. — Nós fugimos para a Índia. Você sabe, Londres está arrasada. A guerra... — Franziu a testa para encontrar as palavras adequadas. — Bem, você pode imaginar a decepção

que sentimos quando chegamos aqui. As partes boas são inglesas, não são tão boas quanto na Inglaterra. E quanto ao resto, não passa de um amontoado de favelas. Claro que sinto pena deles, mas honestamente... Finalmente, a ponta da língua de Edward se apresentou.

— Não entenda mal — disse. — Sentimos pena desses pobres vagabundos. Mas o fato é que não fazem nada por eles mesmos, não é? Eles me fazem lembrar a África. Dos kikuyu. Posso lhe contar algumas histórias. — Arqueou uma das sobrancelhas.

— Eddie, não faça isso. Você só vai se aborrecer.

O sangue começou a ferver em meu rosto, mas me contive e mantive a voz calma.

— Acho que Gandhi está tentando ajudar os indianos a ajudarem a si mesmos. Mas primeiro eles precisam conquistar o direito de se governar.

— Gandhi. — Edward pronunciou o nome com uma ligeira ênfase de enfado na letra "a". — Um político vestido de profeta. — O tom cor-de-rosa das bochechas de Edward assumiu aos poucos um tom de carne de porco crua. — Veja só, senhora Mitchell, para vocês, ianques, é muito fácil chegar aqui do nada e ser democrático a respeito de qualquer coisinha. Mas nós, britânicos, tivemos que assumir uma tremenda responsabilidade nesse lugar esquecido por Deus.

Billy notou a irritação e o tom alterado de Edward e parou com os arrotos, agitando-se dentro da vagoneta, os olhos arregalados e a boca aberta. Apertou Spike contra o peito.

— E que responsabilidade seria essa, Edward? — perguntei.

— Manter a paz, é claro.

Lydia fungou.

— Isso devia ser dolorosamente óbvio, ainda mais agora.

— Sim — assenti. — Mas até agora a paz não tem sido lá essas coisas, não é mesmo?

Edward chegou para mais perto de mim.

— Você não pode nos culpar pela confusão entre hindus e muçulmanos.

— Não? Achei que a Grã-Bretanha estivesse a favor da divisão. — Senti que ruborizava. E me *detestei* por isso.

— Claro que estamos! Esses malditos negros não conseguem se unir. Nunca conseguiram.

— Pelo que vejo aqui em Simla, eles fazem isso muito bem.

Lydia se desinteressou pela turquesa.

— Evie, francamente, não sei como você pode alardear qualquer tipo de moralidade quando trouxe uma criança inocente para esse... — Ela agitou as luvas brancas que segurava com uma das mãos na direção do mercado. — Uma criança. Seu filhinho, seu bebê... — Ela pronunciou a palavra "bebê" com voz rachada e rosto enrijecido.

Edward enlaçou-a pelos ombros.

— Tudo bem, querida. Calma.

Billy olhou para os Worthington de boca entreaberta e olhos arregalados. Embora sabendo que ele não deveria ouvir o que eu queria dizer, acabara de ler a respeito de Amritsar e não pude me conter.

— Talvez você esteja certo, Edward. Talvez eu não tenha o refinado senso de responsabilidade moral que vocês têm. Li a respeito de como mantiveram a paz em Amritsar.

A barulheira silenciou. O mercado escureceu. O tempo diminuiu a marcha. Enquanto nos encarávamos em gelado êxtase. Minha referência ao massacre nos remetera para além dos limites de uma conversa polida. Atordoada, me dei conta de que tinha ido longe demais. Afinal, Lydia e Edward não tinham nada a ver com Amritsar. Ouvi o estalo veloz do ábaco, o murmúrio corrente das línguas nativas, e algo girou de relance em minha visão periférica. As badaladas do sino da Igreja de Cristo anunciando o meio-dia quebraram o feitiço, trazendo de volta a normalidade dos sons e dos movimentos.

Edward tocou na ponta da aba do chapéu.

— Tenha um bom passeio, senhora Mitchell.

Lydia calçou as luvas brancas.

— Tenha uma boa tarde, Evie.

Foi com enorme satisfação que observei Edward e Lydia se afastarem. Ótimo, pensei com meus botões, talvez agora me evitem e me poupem da chatice de ter que conversar com eles.

— Mamãe? — O rosto de Billy me evocou a imagem de um querubim preocupado. — Spike está cansado. Vamos para casa.

Mas eu ainda precisava me libertar dos Worthington. Então, abaixei-me e dei um beijo gostoso na bochecha de Billy.

— Por que você e Spike não tiram uma soneca? — Ajeitei a almofada e fiz um cafuné em sua cabeça. — Depois que acordarem, tomaremos um *masala chai*.

Billy consultou Spike e se enroscou na almofada com o cachorro debaixo do braço. Respirei fundo e saí caminhando, embora para me libertar dos Worthington talvez tivesse que fazer uma caminhada até o Himalaia. *Amritsar*. Apertei o puxador da vagoneta só de lembrar. Mas por que o tema deixara Lydia e Edward tão abalados? De fato, não tinha sido uma conversa muito racional. Ainda estava com o rosto em brasa por conta do encontro.

Olhei para trás e vi que Billy dormia a sono solto, enroscado em Spike na vagoneta. Então, abriguei-me na refrescante sombra de um pé de *neem* para observar um mercador de seda que borrifava uma água rosada no piso de terra em frente à loja. Sorri e ele me saudou como um príncipe moghul.

Alguns raios de sol atravessaram as folhas do pé de *neem* e lembrei de Martin comentando que os aldeões escovavam os dentes com galhinhos desgastados dessa árvore. Sempre via esses galhinhos cortados com folhas ainda frescas sendo vendidos nas barracas de rua. Levantei e quebrei um galhinho. Uma seiva verde clara escorreu do centro e mastiguei uma das pontas até amolecê-la; depois, esfreguei os dentes com a ponta mastigada. Apesar do gosto amargo e adstringente, o galhinho em minha boca era deliciosamente selvagem e suas fibras massageando minhas gengivas me davam uma sensação ainda mais prazerosa. De repente, comecei a rir pela visão absurda de uma ruiva de Chicago moralmente ultrajada e nitidamente confusa, escovando os dentes em público com um galhinho mastigado; mas estaria mentindo se dissesse que rir de mim mesma não me purificou dos Worthington.

Inspirei o ar da montanha, agarrei o puxador da vagoneta e me dirigi à barraca de tabaco para comprar um maço de cigarros Abdullah. Em Chicago eu não fumava muito — um Raleigh depois das refeições e, às vezes, outro à noite. — Mas gostava dos cigarros Abdullah, pequenos, ovais e de ponta dourada, cheirando a rosas. Verna os oferecera em meu chá de boas-vindas, e desde então passei a fumá-los o tempo todo. Já havia tentado fumar um dos *bidis* de Martin, um cigarro fino que os nativos enrolavam numa folha e prendiam com um fio, mas eles eram apimentados e rascantes. O *bidi* era uma das coisas que tornavam Martin parecido com um indiano, mas ele alegava que, com o cigarro, podia estabelecer um vínculo com os entrevistados.

Dobrei a esquina atrás da sapataria chinesa e entrei num tranquilo beco sem saída que terminava num velho templo — uma construção de tijolos amarelos, erguida sobre as ruínas de pedra de uma estrutura ainda mais antiga. As duas portas de madeira abertas sugeriam uma atmosfera acolhedora. Exibiam entalhes de pássaros e flores com um varal de bandeirolas de orações por cima dos umbrais. Espiei o interior e um enorme Buda de pedra se afigurou na penumbra das lamparinas.

Sabia que não se podia entrar em templos hindus sem tirar os sapatos e que as mesquitas tinham regras estritas para o ritual de lavagem das mãos e de cobertura da cabeça. Mas, mesmo desconhecendo o protocolo budista, enfiei a cabeça pela porta e dei uma espiada pelo espaço vazio. De repente, me perguntei se Gandhi era budista. Não, ele é hindu. Ou será que é muçulmano? Talvez seja cristão. Mas também poderia ser parsi ou jainista. Os jainistas eram pacifistas fanáticos, que usavam máscaras para não inalar insetos microscópicos; negavam-se a matar até piolhos do cabelo. A Índia era palco de um carnaval espiritual de muitos espetáculos, mas a religião de Gandhi não importava, porque ele se tornara um humanista em defesa de todas as religiões e não de uma única.

Gandhi era objeto de uma admiração unânime, por ter se empenhado para a retirada dos ingleses, mas, secretamente, o que me assombrava era a fortaleza de caráter dos colonos que haviam se estabelecido naquela terra de tabus conflitantes, calor infernal, reinos medievais e uma infinidade de doenças fatais. Eles haviam transplantado um pedaço da Inglaterra para um dos lugares mais desconcertantes da Terra apenas com mulas e determinação. Sem dúvida alguma, era uma vida terrivelmente dura, particularmente para as mulheres, e o que me intrigava era se pelo menos um dentre os dedicados construtores do império tinha sido realmente feliz naquele lugar. Embora lhes atribuísse bravura — não havia como não admitir isso —, como todos os imperialistas, eles acabaram plantando as sementes de sua própria derrocada.

Era tudo muito complicado, o sol estava quente, e torrava os miolos e eu estava fora havia um bom tempo. Atraída pelas sombras e pela serenidade do templo budista, quando pisei na soleira da porta, me senti tomada pela calma. O lugar transcendia os abomináveis Worthington, a política e até mesmo a Índia. Por fim, a tranquilidade superou a cautela. Deixei os sapatos à entrada e avancei pelo templo, puxando a vagoneta vermelha onde dormia o meu gatinho munchkin.

CAPÍTULO 13

1856

D<small>O DIÁRIO DE</small> A<small>DELA</small> W<small>INFIELD</small>

Março de 1856

Quando desembarquei em Calcutá, os carregadores grisalhos das docas brigaram com os mais jovens para carregar meus baús. Eles se enfrentaram ombro a ombro enquanto tentavam me segurar e afastar o adversário com cotoveladas. Eu não fazia a menor ideia do preço que seria cobrado e muito menos de quem devia escolher; todos me pareciam iguais: marrons e sujos, descalços e aflitos.

Um homem se destacou do caos e correu em minha direção com os braços erguidos e uma brilhante capa cor de laranja sobre as mãos. Ele se aproximou e percebi que não era uma capa que erguia nos braços e sim longos cordões de calêndula; mais tarde, me disseram que esses cordões eram vendidos nos templos como oferendas, mas, por que ele tinha metido na cabeça que eu estava interessada em comprar oferendas de templo? Ah, sim, era a Índia, com muitas perguntas sem respostas. Afastei-me, irritada com ele e os carregadores, sem saber como me livrar deles.

Já entrando em pânico, olhei ao redor do cais apinhado e, de repente, avistei um homem que segurava uma placa com meu nome escrito a mão. Lorde Chadwick, como a maioria dos homens da companhia, trabalha em Calcutá durante o verão e gentilmente incumbira seu copeiro Kasim de me pegar no porto e me levar para a casa da família, na rua Garden Reach.

Fiquei um pouco assustada com Kasim — alto e escuro, com barba espessa, um turbante branco vistoso e uma faixa vermelha amarrada à cintura. Era a própria encarnação das histórias que ouvira de Felicity sobre este estranho lugar, mas ele acenou para um palanquim que estava à espera como um perfeito cavalheiro. Entrei naquela clausura escura e acortinada e Kasim arriou as cortinas até a base; depois de um sol escaldante e de toda a agitação do cais, as manchas luminosas que dançavam no ar me faziam piscar em meio àquela penumbra acolchoada.

Achei o palanquim claustrofóbico, mas nunca teria coragem de caminhar por lugar agitado e sem regras. Então, abri uma das cortinas e usufruí minhas primeiras visões de Calcutá.

Uma infindável corrente de gente com cargas às costas e sobre a cabeça seguia ao longo de ruas alinhadas com barracos e barracas e cabanas caindo aos pedaços. Cruzamos com vendedores de peixe e de frutas, com torres de pão liso e com muito mais coisas que não consegui identificar. Os vendedores sem barracas sentavam-se de cócoras, com um gato na mão ou conversando com pássaros de estimação presos em gaiolas de bambu; os produtos ficavam dispostos à frente e em cima de panos gigantescos.

Fazia um calor totalmente desconhecido para mim, o ar sufocava e pesava, como se fosse algo que se pudesse segurar como uma esponja. O suor gotejava sobre meu lábio superior e escorregava pelas costas, e minha roupa de baixo grudava na pele. Eu enxugava o rosto com um lencinho, ansiosa para comprar um leque na primeira oportunidade que tivesse.

Encostei a cabeça na janela do palanquim, para respirar um pouco de ar e para saciar a curiosidade, e um senhor barbudo, de olhos fundos e rosto bem marcado, me olhou nos olhos. A roupa e a seriedade daquele rosto me evocaram um profeta do Velho Testamento. Ele estava sentado no chão, de pernas cruzadas, e, quando o palanquim chegou mais perto, sorri e recebi de volta um olhar duro. Ele ergueu um cesto, e a cabeça de uma cobra-real, amarela e preta, surgiu lá de dentro, uma capa escamosa se abriu e uma língua bifurcada se agitou no ar. Tombei para trás, tomada pela surpresa e pelo medo. O velho sorriu.

Fechei a cortina para me abrigar na escuridão da clausura e, antes que pudesse me recompor para olhar outra vez lá para fora, alguma coisa havia mudado. A barulheira da rua diminuiu e tive a agradável sensação de que estava passando por baixo da sombra das árvores. Olhei para fora e quase engasguei diante da opulência da rua Garden Read. As casas me evocavam as gravuras das maravilhas arquitetônicas do mundo — o Taj Mahal, o Partenon, a Basílica de São Pedro. Foi um choque observar a grandeza justaposta à miséria que observara no trajeto desde o cais, e olhei admirada para a brancura das construções, como qualquer outro olharia.

Calcutá divide-se entre a Cidade Negra e a Cidade Branca. Logo depois que entramos na Cidade Branca, paramos em frente à casa palaciana dos Chadwick. Desci do palanquim, aos frangalhos e encardida, com a nítida sensação de estar cercada por altos pilares brancos e espaçosos jardins.

Lorde Chadwick me recebeu no pórtico.

— Bem-vinda ao nosso pedacinho da Inglaterra na Índia. Agora você está entre pessoas civilizadas.

Depois, ele me disse que Felicity e a mãe haviam partido para Simla um mês e pouco antes.

Março de 1856

    A casa se projeta em todas as direções e os tetos altos não são fechados; as vigas nuas são cobertas por um vasto tecido branco. A certa altura, ouvi um ruído que parecia um arranhão por cima de minha cabeça. Olhei para cima e alguma coisa afundava no tecido. De repente, me ocorreu que pequenos roedores ou grandes insetos deviam rondar por ali, e que os tecidos estendidos pelo teto impediam que caíssem em nossas cabeças. Agora sei que é um artifício comum nas mansões de Calcutá. A princípio, pensei que era uma bobagem fazer tanto estardalhaço por causa de algumas formigas e moscas, mas os insetos daqui não têm exatamente o mesmo tamanho das formigas e abelhas da Inglaterra. Já acomodada em meu quarto, vi uma abelha do tamanho de uma maçãzinha!

    O piso da casa é de lajotas frias e as paredes são decoradas com cabeças de animais e troféus. Pela casa toda há móveis elegantes, mesas com tampo de mármore e vasos japoneses com flores. Curiosamente, tudo é bem inglês e, ao mesmo tempo, não.

    Logo que cheguei a casa, os criados se enfileiraram e carregaram minha bagagem equilibrada à cabeça. Uma jovem descalça, de sári branco, me acompanhou até o quarto, onde havia uma enorme cama envolta por um mosquiteiro. Fiquei admirando as altas molduras de madeira e o armário de carvalho maciço do aposento espaçoso. Se não fosse o suor que escorria por minhas costas, o mosquiteiro e a jovem mulher de sári branco que despejava água de rosas numa bacia de bronze, nem me passaria pela cabeça que estava na Índia.

    Um grande abanador de junco — *punkah* — rangeu para a frente e para trás acima de minha cabeça, agitando o ar abafado. Segui a corda com os olhos até a mão de um menino moreno que estava sentado a um canto — o *punkah-wallah*. Mais tarde, soube que algumas casas têm buracos abertos nas paredes por onde os *punkah-wallah* manipulam o abanador do lado de fora. As pessoas que estão na Índia há muito tempo não parecem se incomodar nem com os criados nem com o grande número de cadeiras e banquinhos onde se sentam. Formas sombrias que deslizam em silêncio de pés descalços e presenças inesperadas em quem ninguém presta atenção.

Sentei na cama, sem saber ao certo o que me cabia fazer. Os criados tinham colocado as malas no chão, mas elas seriam desfeitas por alguma jovem, como fazem as damas de companhia na Inglaterra? Abaixei-me para desamarrar as botas, mas a jovem — minha aia, só então me dei conta — surgiu com a bacia de água perfumada a meus pés. Sorriu para mim, afastou minhas mãos com delicadeza e acabou de descalçar minhas botas. Imaginei minha irrequieta Katie sendo obsequiosa da mesma maneira e sorri.

A garota mandou o *punkah-wallah* se retirar e gesticulou para que me levantasse. Depois de me ajudar a me despir, deixando-me apenas de combinação, me refrescou com água de rosas, e eu estava tão cansada e com tanto calor, tão sozinha pela falta de Katie e tão chateada por não ter encontrado Felicity, que gemi, quando a garota passou a esponja fria por meu rosto. Depois que ela acabou de me banhar, inclinou-se em reverência, como se lhe tivesse feito alguma honra, em seguida pegou a bacia e saiu do quarto.

Subi na cama, fechei o mosquiteiro e me deitei com as pernas e os braços estirados. Depois de ter dormido numa rede por meses a fio, uma cama de verdade era algo absurdamente luxuoso, e me indignei por nunca ter apreciado o bastante uma boa cama. A certa altura, notei que o *punkah-wallah* estava de volta, porque o ar se agitou de maneira ritmada por cima de mim. Cheguei a pensar que morreria de prazer, mas...

Oh, Katie.

Olhei para o alto do mosquiteiro e agradeci por ter chegado a salvo e dispor daquele confortável paraíso. Mas a sensação de movimento não saía de mim, como se a cama oscilasse sobre as ondas do mar ou sobre as estacas do palanquim. Nem meu corpo nem minha mente sabiam onde estavam.

Março de 1856

Sem dúvida alguma, Inglaterra. A cada noite uma variação do mesmo jantar: sopa seguida de peixe, costeletas e legumes bem cozidos, e depois pudim e vinho do Porto. Como todos os "veteranos", lorde Chadwick acredita que a chave para preservar a saúde é um bom suprimento de carne e vinho. Eu me pergunto por que ninguém reparou que os hindus sobreviveram por milhares de anos com parcas refeições de arroz e legumes e verduras sem nunca serem atingidos pelas doenças que abatem a maioria dos ingleses.

Na noite passada, peguei uma costeleta de porco com a gordura meio embranquecida e solidificada como uma correia de banha e lorde Chadwick esticou-se, com uma piscadela de cumplicidade para mim. — Refeições saudáveis são importantes — disse. — Os alemães costumam dizer que, se pudéssemos trocar nosso sangue pelo sangue dos nativos, ficaríamos imunes a todas as doenças deles, mas não acredite nisso. — Balançou a cabeça com veemência. — O segredo é a carne e o vinho. Agora, coma sua costeleta, mocinha.

Ele então me perguntou se eu e Felicity voltaríamos para Calcutá depois que passássemos o verão nas montanhas. A moça que não consegue um marido nas montanhas passa a estação do frio em Calcutá para frequentar bailes e outras diversões, sem nunca perder de vista a pescaria de um pretendente. Sabia que Felicity não pretendia retornar e respondi que iria para onde ela fosse.

Depois do jantar, costumo passear no jardim e o cheiro desconhecido e intrigante da comida que sai da ala dos empregados sempre entra pelo meu nariz. Lá nas montanhas, Felicity me apresentará a comida nativa, a pesada comida inglesa não combina com o clima daqui, a despeito do que os veteranos possam dizer.

Março de 1856

O entretenimento é quase sempre à noite — concerto de cordas ou de piano —, mas na noite passada lorde Chadwick programou um espetáculo nativo em homenagem a um *nawab* local, com quem tem negócios.

Uma garota de uns treze anos de idade, enrolada em metros e metros de seda turquesa franjada, com uma ampla barra dourada, surgiu à frente de todos. Os criados puxaram uma cortina e ela surgiu à soleira da porta, com as pontas da veste erguidas até a altura dos ombros, parecendo-me uma borboleta gigante. À sua esquerda, um homem muito escuro, sentado de pernas cruzadas, tamborilava uma tabla com a ponta dos dedos e a palma das mãos. À direita, outro homem, também escuro, dedilhava uma cítara. Os músicos não eram protagonistas e sim meros coadjuvantes da estonteante criatura colocada entre eles.

Brincos com filigranas de ouro emolduravam o rosto acobreado da garota, que não sorria nem olhava diretamente para nenhum convidado. Ela não usava *kohl* nos olhos nem batom nos lábios. Tinha cabelo negro brilhante repartido no meio e escovado para trás, com um coque. Seu rosto juvenil, deliberadamente sem realce, era para não desviar a atenção do espetáculo de sua dança. Seu corpo era uma mancha de cor e movimento, iluminado pelos lampiões da sala. Ela se movia com graça e sensualidade, e, aparentemente, nem os ossos nem as juntas, nem mesmo a gravidade, a restringiam. Nunca vira nada igual.

Embora a princípio a estranha música me tenha soado dissonante e irritante, a garota me atraiu com uma expressão séria e uma dança hipnótica. Fiquei fascinada com os movimentos de serpente e o assovio da seda a girar. Naquela noite, me apaixonei pela Índia.

Abril de 1856
Ontem, saímos de viagem para as montanhas. Quando eles dizem "montanhas", se referem ao Himalaia.

— Se dissermos que estamos indo para as montanhas, pensarão que estamos indo para a Suíça — me disse lorde Chadwick.

De Calcutá até Simla serão mais de mil e seiscentos quilômetros, no início pelas águas do Hooghly, ou do Ganges e do Yamuna em um *budgero* — uma espécie de balsa cruzada com casa flutuante. No final, por terra. Disse "nós" porque estou viajando com uma acompanhante, a senhora Daisy Crawley, que também foge do clima quente para as montanhas. Simla é conhecida como a rainha das estações montanhosas, destino preferido durante a estação do calor. Haverá inúmeros acontecimentos sociais no clube (muitos especialmente organizados para as Pescadoras Fracassadas) e eu e a senhora Crawley temos quatro baús com nossas roupas embrulhadas em tecidos engomados. Em outras malas, estão os implementos culinários e, em outro baú grande, meus livros e revistas e blocos de desenho para Felicity.

A senhora Crawley já está habituada a fazer esta viagem e contratou um exército de criados, cujo trabalho, pelo que entendi, será praticamente em troca da comida do dia a dia. Cada uma de nós dispõe de uma aia para atender nossas necessidades pessoais, uma *dhobi* para lavar nossas roupas, duas arrumadeiras para manter tudo limpo e ainda um cozinheiro, um copeiro e diversos trabalhadores braçais, para remar e carregar as coisas.

Pisei na margem escorregadia do Hooghly, ansiosa para partir, e observei os trabalhadores braçais que carregavam dois *budgeros*, um para nós e outro para a cozinha e os serviçais. Mais tarde, já a caminho, sentei numa pequena cadeira de vime amarrada ao convés. Do meu poleiro, avistei algumas mulheres que se banhavam com as blusas de algodão submersas nas águas barrentas e a pele brilhando ao sol; elas sorriram e acenaram inocentemente quando nos viram passar.

Sinto Felicity cada vez mais próxima a mim, e a Índia mais verde e generosa.

Abril de 1856
Quando saímos do Hooghly e entramos no Ganges, a água passou a exalar um cheiro diferente, algo pantanoso e antigo. De quando em quando, uma brisa úmida nos traz os aromas da comida das aldeias que margeiam o rio e a certa altura um bando de corvos saiu em voo da árvore onde se empoleiravam e sobrevoou nossas cabeças, bloqueando a luz como uma sinistra nuvem negra. Os criados supersticiosos apontaram e atiraram grãos de arroz ao Ganges, num pedido de proteção. A senhora Crawley debochou deles.

Homens musculosos nos conduziram por entre campos amarelados de mostarda e pequenos arrozais pontilhados de vermelho, dourado e azul — os sáris das mulheres de cabelos cor de corvo, que se curvavam e se erguiam, se curvavam e se erguiam, enquanto cuidavam de delicados brotos verdes. Ao registrar isso, me pergunto se Felicity fez algum desenho quando passou por esse mesmo caminho. Seria um prazer colocar lado a lado os meus escritos com os desenhos dela.

Maio de 1856
Finalmente, depois de três semanas na água, estamos a caminho por terra. Cruzamos um campo de juta e enveredamos por um trajeto estreito que fazia curvas inclinadas para as montanhas e desaparecia num ponto distante coberto de árvores. Os trabalhadores transferiram os baús e as malas para as *hackeries*, carroças toscas puxadas por novilhos robustos, e a senhora Crawley apontou para duas engenhocas compridas que estavam no chão.
— Agora iremos de *dhoolie* — disse.
O *dhoolie* é um tipo de palanquim que só carrega uma pessoa, embora mais pareça um palete com cobertura. Não tem cadeira nem banco e sim um colchão de palha fino e incômodo e um teto de pano hermeticamente fechado, com cortinas laterais.
Engatinhei para dentro e tão logo os carregadores o ergueram me deitei de barriga para cima e assim fiquei. Seria uma jornada íngreme e difícil, e era mesmo impossível sentar-me com algum conforto. Mas me horrorizei diante da perspectiva de ficar deitada de barriga para cima dentro de um claustrofóbico *dhoolie* durante seis dias. É como viajar dentro de um caixão, sem a vantagem da insensibilidade de um cadáver. Carregadores de pés firmes como cabras me

carregavam aos solavancos, enquanto eu ouvia o rangido das rodas dos *hackeries* e me perguntava quantas mulheres teriam viajado naquele ridículo aparato.

Ao anoitecer, paramos e acampamos em tendas simples e em bangalôs *dak*, um tipo de cabana para viagem, equipada com cama de cordas; "*charpoy* quebra-costas", segundo a senhora Crawley. Que bom poder sair do *dhoolie* no final do dia, ficar em pé e se alongar, enquanto os servos montam o acampamento. Na Índia, a noite cai subitamente, como a cortina de um palco. Logo acendíamos as lamparinas e comíamos com garfos de três dentes tão afiados que mais pareciam punhais. No jantar, eram sempre servidos arroz e *moorghi*, uma ave obtida pela caça, mas não uma ave caçada de maneira civilizada pelos ingleses. O *moorghi* é uma ave que se empina e se abaixa por toda a Índia, fortalecendo os músculos. Comê-la é como comer papel molhado. No entanto, o cozinheiro o tempera com engenhosidade e pelo menos o gosto da carne fica mais suportável.

Reparei que, quando acampamos perto de uma aldeia, ao amanhecer há o mesmo número de criados, mas não os mesmos. Isso é típico, disse a senhora Crawley, e ela não via por que se opor, desde que não houvesse nada faltando e que não nos abandonassem no meio da estrada.

— São todos iguais — comentou, fazendo um sinal para que não me preocupasse.

Depois do jantar me aconchego na penumbra doce e fria para ouvir a noite — grilos, o canto assombrado das corujas e o farfalhar de folhas nas árvores — enquanto escrevo meu diário. Adoro o cheiro da fumaça de madeira queimada no ar da montanha, o ronco tranquilo da senhora Crawley e o burburinho dos criados reunidos ao redor da fogueira — talvez não seja tão difícil encontrar prazer nesta terra.

Maio de 1856

No terceiro dia, dispensei o meu *dhoolie* para decepção da senhora Crawley e surpresa dos carregadores. Minha rebeldia não se deveu apenas à claustrofobia e ao tédio, mas principalmente ao absurdo de que os meus pés bem calçados ainda não tinham tocado a terra, enquanto alguns "garotos" de pés descalços me carregavam morro acima.

A senhora Crawley reclamou e resmungou quando entrou no *dhoolie* para a jornada do dia e seus carregadores olharam com inveja quando os meus "garotos" ergueram um *dhoolie* vazio. Cerca de uma hora depois eles começaram a trocar gracejos em língua estranha, e não foi preciso entender as palavras para captar o sentido. Quatro estavam aborrecidos porque carregavam uma carga mais pesada, enquanto os outros quatro sorriam por carregar nada além de palha e bambu. Era uma injustiça a ser corrigida ou simplesmente uma reviravolta do destino a ser suportada? Um dos carregadores afagou as próprias costas e fez um movimento de cabeça na direção do *dhoolie* da senhora Crawley, sem dúvida uma indelicada referência ao volume que carregava. Mas eles logo voltaram às boas e passaram a se revezar em intervalos regulares.

Caminhei ao longo de um percurso sombreado por pinheiros e abetos, admirando a profusão dos retalhos purpúreos dos rododendros, que se espalhavam por entre o capim e as pedras cobertas de musgos. Macacos bagunceiros pulavam de galho em galho pelas árvores, e o sabor do ar era raro e voluptuoso. Coitada da senhora Crawley, nunca saberá o que perdeu na tumba de seu *dhoolie*.

Maio de 1856

Hoje, seguimos em frente e, do topo de um monte, a sete mil metros acima do nível do mar, tivemos a incrível visão de uma aldeia britânica:

Simla!

Macacos se embaralhavam por cima de casas de madeira, e torres empalidecidas de uma igreja emergiam de um denso bosque de deodaras. Montanhas azuladas nos rodeavam em ondas, e retalhos nevados brilhavam à distância. Logo avistamos os toldos das barracas do mercado indiano, amontoadas na parte mais baixa da montanha. Depois, dobramos à esquerda rumo a Masoorla.

Maio de 1856

Ontem cheguei a Masoorla. A senhora Crawley foi para Simla, e fiquei no encantador bangalô de Felicity aqui no *mofussil*, o campo. Os carregadores assentaram meu *dhoolie* debaixo de um maravilhoso pé de sândalo e de lá olhei o bangalô com telhado de palha, circundado por uma varanda coberta de flores e trepadeiras.

Foi um tônico e um choque quando Felicity saiu dançando da varanda com ar insolente e cheia de vida como sempre; estava descalça e vestia um sári cor de framboesa e argolas de ouro nas orelhas. Sua pele está mais morena e o cabelo, mais iluminado por causa do sol; ela se recusa a usar chapéu de safári — diz que é um capacete colonial — e simplesmente puxa a ponta do sári para cobrir a cabeça, quando o sol está muito forte. Reconheço que nunca a vi tão saudável. A senhora Crawley ficou escandalizada, e já deve estar fazendo comentários com os seus compatriotas em Simla sobre a jovem do *mofussil* que se tornou selvagem.

Mas nem Felicity nem eu tivemos tempo para as opiniões da senhora Crawley. Corremos e gritamos como crianças para os braços uma da outra. Depois de um demorado abraço apertado, ela recuou e me olhou da cabeça aos pés — para a boina torta, para a saia amarrotada e para as botas cobertas de barro.

— Adela, por favor, não me diga que está usando espartilho — comentou. A senhora Crawley bufou, na medida em que uma mulher espremida dentro de um espartilho consegue bufar, e Felicity acrescentou: — Muito obrigada por ter trazido minha querida amiga até aqui, senhora Crawley. Posso lhe oferecer algo para se refrescar?

Na verdade, precisávamos lavar o rosto e de uma boa xícara de chá, mas a senhora Crawley olhou para o bangalô com desconfiança, como se em seu interior houvesse um bando de idólatras.

— Preciso partir para Simla — respondeu educadamente.

— Então, boa viagem — rebateu Felicity.

Acompanhamos a senhora Crawley até o *dhoolie* e depois Felicity me conduziu até a casa, enquanto os carregadores nos seguiram com os baús.

Atravessamos uma varanda sombreada e quase toda envolvida pelas trepadeiras e samambaias, e entramos numa sala de teto alto com as vigas cobertas por um tecido, como já tinha visto em Calcutá, mas bem menor. O piso é de placas de bambu, e coberto por tapetes *dhurrie* azuis, que combinam com as molduras e as venezianas da janela, também azuis. Cada um dos dois quartos tem um grande armário para roupas em geral e roupas de cama, mesa e banho. Sáris cor de marfim servem de cortinas nas janelas. Os livros são mantidos em estantes de vidro para não serem atacados pelas formigas brancas, e o tom da argamassa das paredes é cinza-claro.

— Sente-se, Adela. Você deve estar exausta — falou Felicity, aninhando-se na poltrona de vime ao lado de um sofá com encosto e assento ovais.

Sentei numa poltrona estofada em brocado com braços de madeira e comentei que dentro era mais fresco do que lá fora. Felicity apontou para as telas de cana que revestiam as janelas.

— Batatinhas de capim — disse, animada. — Os criados as mantêm molhadas durante o verão e isso produz uma brisa incrível.

— Felicity, você está com uma ótima aparência — comentei, e ela me deu um sorriso lindo e repentino de presente. — Mas sua roupa... e sem sapatos... Onde está sua mãe?

— É óbvio que tenho sapatos, tolinha. Mas não são necessários dentro de casa, ou são? Logo, logo você verá que o sári é uma delícia e que pode ser tão elegante quanto qualquer vestido de baile, mas muitíssimas vezes mais confortável. Quanto à mamãe... — Ela sorriu abertamente. — Mamãe é esposa de um governador e nunca residiria em bangalôs humildes como este. Você viu a nossa casa em Calcutá.

— Mas então, onde ela está?

— Ela dispõe de um adorável conjunto de aposentos em Simla, onde se regala com requintadas guloseimas na Peliti, joga uíste e assiste a partidas de críquete no clube com as amigas. Também joga tênis, e à noite participa de coquetéis e flerta despreocupadamente.

— E você a vê, afinal?

O sorriso sumiu do rosto de Felicity.

— Cheguei a Calcutá e a esperei plantada no cais durante muito tempo. Durante todo aquele tempo, ela estava por perto, mas só nos reconhecemos quando o cais esvaziou. Afinal, tinham se passado dez anos e não podíamos mesmo nos reconhecer. — Ela se encolheu. — Mamãe ficou chocada com o meu estilo de vida, mas tenho minha mesada e ela tem a dela, portanto...

A voz de Felicity esmaeceu e, antes que eu dissesse alguma coisa, ela se levantou e chamou alguém.

— Lalita, venha cá. Venha conhecer a minha boa amiga, *memsahib* Adela.

Virei-me e uma garota de sári branco, de uns doze ou treze anos de idade, entrou na sala. Ela me saudou e depois se retirou com as mãos em posição de prece na ponta do queixo.

— Lalita é a minha aia — explicou Felicity. — Algo parecido com uma dama de companhia, e ela também servirá você. — Acho que meu rosto empalideceu ao ouvir isso, porque ela acrescentou rapidamente. — Lamento por Kaitlin. Sei que deve ter sido horrível perdê-la.

— Não houve nada que eu pudesse fazer. Penso nela todo dia.

Ambas nos calamos e um homem vestindo *kurta* branca e turbante azul entrou e serviu uma bandeja com chá e um prato com fatias de manga.

— Muito obrigada, Khalid — agradeceu Felicity. Fez um movimento de cabeça na direção da bandeja. — Por favor, fique à vontade, se refresque. O carregador de água está preparando seu banho, e depois você pode tirar uma longa soneca. Seu quarto está arejado e pronto. — Verteu chá cremoso de um bule lascado. — É um chá indiano — disse. — *Masala chai*. — Estendeu-me uma xícara e me extasiei com o doce sabor das especiarias.

De repente, senti-me exausta e me escarrapachei na poltrona. Não mais *budgeros*, não mais *dhoolies*, não mais a senhora Crawley, não mais salas de Calcutá apinhadas de gente. E felizmente lady Chadwick estava enfurnada em Simla. Apoiei a cabeça no encosto da poltrona, enquanto um carregador, de pernas arqueadas, tirava água do poço e a esquentava numa fogueira ao ar livre. Depois, ele levou quatro galões de cada vez para encher a banheira para o meu banho. Felicity fez um meneio de cabeça e Lalita se ajoelhou aos meus pés e tirou minhas botas.

Junho de 1856

De fato, não conheci a Índia enquanto estava em Calcutá, a não ser de dentro dos palanquins e nas salas de jantar inglesas. Mas aqui, os vendedores ambulantes batem à porta — com tabuleiros abarrotados dos mais variados produtos à cabeça — e os fazendeiros conduzem carros de boi para baixo e para cima pela estrada. A ala dos criados é tão próxima da casa que parece que residimos juntos. Pela manhã, nos exercitamos com uma cavalgada até a aldeia, e pela tarde, os macacos brincam nos galhos do pé de sândalo defronte ao bangalô; às vezes, eles disparam pelo parapeito das janelas, entram pela varanda e se sentam nas cadeiras de vime, como se estivessem esperando pelo chá. Vez por outra, Felicity se põe debaixo do pé de sândalo e atira guloseimas para os macacos. Os pés de sândalo são sagrados para os hindus, que acham que é de bom augúrio tê-los na frente da casa.

Estamos cercadas de heliotrópios roxos silvestres, buganvílias vermelhas e rododendros brancos. Felicity plantou canteiros de calêndulas indianas debaixo do pé de sândalo e ao longo da varanda, simplesmente porque são adoráveis. Os hindus também têm uma preferência especial pelas calêndulas e fazem guirlandas e oferendas no templo com essas flores. Cheguei à conclusão de que o matiz solar das calêndulas é um símbolo universal da alegria. As outras flores desabrocham e fenecem de acordo com a estação, mas as bravias calêndulas desabrocham incansavelmente no calor e no frio, simplesmente para manter nosso coração feliz.

CAPÍTULO 14

1947

O RANGIDO SURDO DAS RODAS de borracha da vagoneta vermelha ecoou no silêncio abobadado do templo budista, e fiquei feliz por ver que Billy tinha caído no sono, porque sua voz alta e doce ricochetearia pelas paredes. Senti-me uma intrusa por não estar andando na ponta dos pés sobre aquele piso de pedra fria.

Era bem menor do que o da Igreja de Cristo e se assemelhava aos coloridos templos hindus que eram vistos por todos os cantos, só que mais simples. De uma das paredes pendia um rolo com palavras escritas à mão e, em outra, havia pendurada uma *thangka* multicolorida com a representação de mitos hindus. Como na maioria dos templos indianos, não havia cadeiras, e, em vez da imagem de Ganesha ou de Hanuman, um maciço Buda de pedra sentava-se debaixo de um dossel de pano dourado, com um arranjo de lamparinas que cintilava por entre as oferendas a seus pés: calêndulas, uma tigela de arroz, fatias acastanhadas de maçãs, *bidis* e outros itens estranhos — uma folha enrolada, uma foto em branco e preto, um bracelete de contas —, cujo significado só era conhecido pelo suplicante e pelo próprio Buda.

O ambiente relativamente vazio me pareceu estranho. Estava acostumada com vitrais e órgãos, imagens de santos, candelabros de prata e tetos cobertos de querubins nus. Por outro lado, o templo budista emanava solidez e uma sensação de espera.

Um homem vestido de *kurta,* pés descalços, entrou por uma porta lateral pisando no assoalho com delicadeza. Só então me dei conta de que aquele lugar não era uma atração turística.

— Desculpe... já estou de saída — falei.

Sua cabeça raspada brilhava bronzeada sob a luz dos candeeiros, seus olhos eram escuros como grãos de café, e sua pele, cor de mel escuro. Não era bonito, não de todo, mas o rosto era simpático — os traços se comprimiam no centro do rosto e sua testa era bem larga e quase bulbosa. Suas sobrancelhas faziam uma curva até os cantos e lhe davam uma aparência de irônica paciência. Ele uniu as mãos em posição de prece e disse:

— Está tudo bem, madame. O intruso aqui sou eu.

O sotaque britânico do homem me desarmou.

— Você é inglês?

— Eurasiano. Nasci em Délhi, de mãe indiana e pai inglês, que surpreendentemente assumiu a paternidade e não me descartou. Isso fez de mim um afortunado eurasiano. Estudei Direito em Cambridge.

A euforia subiu pelo meu peito como bolhas de champanhe. À minha frente estava um indiano que poderia ser uma ponte entre o Oriente e o Ocidente, uma fonte de conhecimento.

— Se me permite perguntar, o que o fez retornar à Índia? — perguntei. Mas achei que ele poderia se sentir ofendido e me apressei em acrescentar: — Não estou querendo dizer que você não devia ter retornado.

Ele sorriu.

— Muitos se intrigam com aqueles que deixam de lado o conforto da Europa. Na verdade, faz três anos que cheguei aqui com alguns companheiros para ver Gandhi, e redescobri minhas raízes espirituais maternas no Ladakh. No momento, estou fazendo um retiro de meditação num *ashram*, mas confesso que não estou me saindo bem. Para mim, o silêncio é quase insuportável, e sempre que posso dou uma escapada. Perambulo pela cidade apenas para ouvir os ruídos da vida, e termino aqui.

— Bem, pelo menos você é honesto. — Estiquei a mão para ele. — Sou Evie Mitchell.

Ele deu um passo para trás sem apertar a minha mão, comprimiu as mãos em posição de prece diante do nariz e inclinou-se com reverência. Só mais tarde é que me informaram que os homens budistas evitam contato físico com mulheres quando estão em retiro.

— Muito prazer, senhora Mitchell — cumprimentou. Sou Haripriya, mas pode me chamar de Hari. — Passou-me a impressão de que se divertia de um jeito tímido. — Harry, se a senhora preferir.

Fazia meses que eu me agitava de um lado para outro, na tentativa de entender a Índia, e ali estava um indiano que realmente falava a minha língua. Abria-se então a pesada e opaca porta de entrada para aquele enigmático país. Retribuí a reverência de Harry.

— Por favor, me chame de Evie. — Apontei para Billy, ainda adormecido na vagoneta. — É meu filho. Saímos para um passeio e encontrei este templo. Não resisti à tentação de entrar.

— Compreendo. É humano, não acha? A atração pelos lugares de transcendência.

— Este lugar é isso? De transcendência?

— Suponho que sim. — Ele deu uma risadinha. — Ou, no meu caso, de fuga. Acordamos tão cedo e cada dia parece nunca ter fim. — Meneou a cabeça. — Ainda tenho muito caminho pela frente.

— Bem, já que estamos sendo honestos um com o outro, saí hoje para colher informações que talvez não sejam da minha conta, mas que me deixam muito intrigada. Moro numa casa onde uma dama inglesa também morou cerca de noventa anos atrás. Encontrei algumas cartas que ela mandou para uma amiga que está enterrada num cemitério de Masoorla. — Fiz uma pausa, surpreendida comigo mesma por falar sem rodeios sobre Felicity e Adela, pela primeira vez e com um estranho. Mas a sensação foi ótima. — Acredito que estavam aqui durante a rebelião dos cipaios, e estou curiosa para saber o que aconteceu com elas. Mas... — Estremeci. — Noventa anos...

Harry sorriu, mais com os olhos e menos com a boca.

— Noventa anos na Índia é nada. Os monges do *ashram* têm registros anteriores ao período dos moghuls. Praticamente tudo o que ocorreu aqui foi escrito por alguém em algum lugar. Quando foi que suas esquivas damas escreveram as cartas? — indagou ele.

Uma doce excitação pulsou no meu peito.

— São datadas de 1855 até o ano de 1856.

— E o nome delas?

— Adela Winfield e Felicity Chadwick.

Ele balançou a cabeça, como se fixando os nomes na memória, e depois perguntou.

— Duas jovens vivendo sozinhas no *mofussil*? Isso deve ter sido extremamente incomum. As moças vinham para a Índia a fim de encontrar marido e, se a caçada fosse inglória, depois de um ano, elas voltavam para casa. Essas pobres coitadas eram chamadas de "Retornadas de mãos vazias". — Ele balançou a cabeça. — Mas você aguçou a minha curiosidade. Investigarei em nossos registros.

— Que maravilha!

— É triste dizer, mas você pode me encontrar aqui diariamente nesse mesmo horário. Os monges acham que, a essa altura, estou me comunicando com meu eu interior, em minha cela. Infelizmente, descobri que meu eu interior é um tédio.

— Tenho certeza de que isso não é verdade. — Ri.

Billy se agitou e se ergueu de dentro da vagoneta. Ainda sonolento, pareceu docemente indefeso com seus olhos vermelhos e inchados. Eu e Harry o observamos enquanto ele esfregava os olhos.

— Oi, dorminhoco — falei.

— Oi. — Billy olhou para o Harry e depois para mim e depois para o Harry, e disse: — Quem diabos é você?

— Billy, isso é falta de educação. — Olhei para Harry e pedi desculpas. — Ele só tem cinco anos.

Harry sorriu e curvou-se com as mãos nos joelhos.

— Só estou conversando com sua mãe.

Billy fez uma cara feia para mim.

— Achei que não devíamos falar com estranhos.

— *Você* é que não deve falar com estranhos. Este é o Harry.

Harry curvou-se um pouco mais e estendeu a mão.

— Muito prazer em conhecê-lo, Billy.

Billy estendeu a mão num movimento mais rápido que o previsto e apertou o nariz de Harry entre dois dedinhos.

— Arranquei seu nariz! — Ele exibiu a ponta do polegar por entre os dedos, com um sorriso. As bochechas reluziram como maçãs.

— Ok, espertinho. — Desculpei-me outra vez com Harry. — Meu pai ensinou isso a ele.

— É coisa de criança. Como invejo essa inocência. — Harry sorriu.

— Temos que ir agora. Mas estou feliz por tê-lo conhecido. — Juntei as mãos em posição de prece, como uma noviça desajeitada. — *Namastê*. — Hesitei, e acrescentei em seguida: — Espero vê-lo de novo.

— Verei se há alguma coisa sobre suas damas inglesas em nossos registros — prometeu.

— Você é muito gentil.

Saí puxando a vagoneta e Billy exibiu a ponta do polegar por entre os dedos, dizendo:

— Ainda estou com seu nariz.

Virei-me para trás, com um risinho envergonhado, mas outra questão me deteve.

— Só mais uma coisa.

— Sim?

— O que acha da divisão?

Harry me olhou com ar entediado.

— Acho que quando se criam fronteiras baseadas em ideologia, cria-se uma razão para disputas. Quando se vive lado a lado, cria-se uma razão para seguir junto.

— Mas estamos a salvo em Simla, não estamos? Alguém me disse que estaríamos a salvo aqui.

— Talvez sim, talvez não, mas há coisas bem mais importantes do que a segurança. — O ar de impaciência de Harry se intensificou. — De todo modo, quem pode assegurar que estaremos sempre a salvo?

CAPÍTULO 15

1856

Do diário de Adela Winfield

Junho de 1856

As vacas pastam à vontade, para além dos limites de nossa pequena propriedade. As estradas estão cheias de carros de boi e camelos e elefantes e gente, sempre gente. As mulheres recolhem estrume de vaca pela estrada e o levam para casa, onde é modelado como bolo, colocado ao sol para secar e depois usado como combustível nos fogareiros.

Os criados me deixam maluca. Dispomos, no mínimo, de mais de duas dezenas deles e, para complicar, sempre há outros além dos que foram contratados na ala de serviço. Geralmente, os extras são irmãos de casta, que aparecem para jogar conversa fora e para qualquer outra coisa de que estejam precisando.

Nossa equipe é considerada pequena. É preciso muita gente para trabalhar, porque as castas e os costumes complicam as tarefas mais simples. Ao copeiro, por exemplo, não é permitido se deixar tocar pela sombra de um varredor, e ao hindu não é permitido entrar na cozinha nem mesmo tocar nossos pratos, que são tidos como contaminados. Nós, os estrangeiros, somos intocáveis. Os preferidos como criados são os maometanos, que cultuam um único Deus e são um povo do livro. Mas não consigo separá-los dos hindus.

Khalid, nosso copeiro, cumpre tarefas diárias no bangalô, mas como podem dar conta de todas essas regras, morando juntos na ala dos criados? Somente o *syce* — o cocheiro — vive por conta própria no estábulo, com os cavalos. Lalita mora na aldeia e todo dia vem a pé para o trabalho.

Temos nossa própria vaca, o que, aos olhos dos criados, supera o pé de sândalo como bom augúrio. Quem compra leite de vacas desconhecidas se arrisca a contrair cólera e uma infinidade de outras doenças. O que é um absurdo, porque as vacas podem ser adquiridas com toda facilidade e de graça. O mesmo vaqueiro que se nega a dar água para um cavalo se sente honrado por viver em meio aos sagrados odores da vaca. Certo dia, vi nossa vaca com um colar de contas azuis ao redor dos chifres, ruminando satisfeita o feno roubado dos cavalos.

A cozinha é separada do bangalô, e Felicity tem antigos laços de amizade com o cozinheiro Hakim. Não sei se ela é impelida pela lembrança da comida temperada com cinzas humanas ou pelas inclinações democráticas que tem. Felicity me levou à cozinha para conhecer Hakim, e fiz um tremendo esforço para não deixar transparecer minha perturbação diante daquele barraco imundo que eles chamam de cozinha, onde se veem uma prateleira com os duvidosos condimentos da preferência de Hakim, uma mesa de corte e um precário fogão construído com tijolos de barro. O buraco em cima do fogão é enchido com carvão em brasa, que Hakim abana com um pedaço de folha de palmeira; uma lata de ferro serve de forno. Sugeri que trouxessem um fogão decente de Calcutá ou mesmo da Inglaterra, mas Hakim achou melhor não se apoquentar com as maneiras complicadas de cozinhar dos estrangeiros. Felicity também se dá por satisfeita com esse tipo de arranjo, que lhe é familiar desde criança.

Mas lá estavam sobras de comida com crosta de mofo e leite guardado em lata velha de querosene. Levantei a tampa de uma chaleira e dela saiu um monte de baratas desarvoradas. No cesto das compras do mercado sobre a mesa, havia couve-flor, vagens e batatas. No entanto, um arrulho abafado me chamou a atenção para um pombo vivo, com asas torcidas em volta uma da outra, ao lado de um pedaço de carneiro cru. A lei maometana proíbe a matança de pombos, mas estimula seu consumo. Parece que a solução é deixar que a pobre criatura expire por conta própria.

Às sete horas da manhã, Khalid serve o *chota hazri* no meu quarto e no quarto de Felicity. Só me sirvo de torrada e chá, mas uma porção de *kedgeree* cairia bem, se pudesse enfrentar de manhã cedinho a ingestão de ovos e peixes preparados naquele barraco miserável. Embora Hakim se dê por satisfeito em seus domínios, tentarei persuadir Felicity a construir uma cozinha mais adequada. Talvez seja a última coisa que falte para tornar este lugar perfeito. Surpreendo-me comigo mesma por meu destemor neste lugar de paisagens e odores e costumes bizarros. Todo dia é dia de novas aventuras e novas revelações, o que me faz cultivar o gosto pelo desconhecido. Minha vida atinge novas dimensões e isso me enriquece. Aparentemente, minha felicidade não depende das rosas e dos rosbifes ingleses.

Julho de 1856

O início das monções estava previsto para 15 de junho, e nesse dia todo mundo olhou para o céu com grande expectativa e grande dose de paciência. Depois de meses de *punkahs* e ventos quentes e poeira a cobrir as árvores, era preciso definir um limite exato para a capacidade de suportar; depois de 15 de junho, seria simplesmente impossível continuar suportando. Então, ficamos arrasadas quando o sol cruzou o céu no dia 15 de junho sem sequer piscar.

Felicity e eu permanecemos no interior do bangalô em estupor, os criados não apareciam quando chamados e um dos cavalos morreu. Na semana seguinte, os condutores de riquixás passaram a recusar corridas antes do pôr do sol e a todo instante o carregador de água molhava as telas de cana e a si mesmo sem nenhum resultado; à noite, eu acordava irritada e me levantava para sacudir o *punkah-wallah*, que dormia.

A terra seca crestava, os raios estalavam no céu e o pé de sândalo se encardia, coberto com a poeira que vinha da estrada. Os corvos rondavam de bico aberto, e o cheiro insuportável do rio entrava por nossas narinas. Os selos de vela derretiam, os livros enrugavam em protesto e o *punkah* sempre cessava à noite. Dia após dia, o sol ardia irado e os nativos se perguntavam sobre o que poderiam ter feito para ofender Lakshmi. Por fim, no dia 28 de junho as nuvens se agruparam por cima das montanhas e todos observaram sem fazer comentários. A primeira chuva caiu como uma parede sólida de água, e eu e Felicity corremos para fora da casa e dançamos descalças na chuva. Os agricultores se ajoelharam na lama em gratidão.

A chuva parou abruptamente e o ar ficou tão pesado que a respiração parecia atravessar algodão molhado. Mas logo o sol apareceu, a paisagem brilhou como se tivesse sido recém-lavada, e do pé de sândalo ecoou o canto dos passarinhos. Aos poucos a terra encharcada secou, enquanto novas nuvens se agruparam por sobre as montanhas, e a monção retornou com força renovada.

Choveu sem parar por uma semana inteira, e um pernicioso mofo verde rasteja sobre papéis, panos e couro. Insetos com rabo de peixe se alimentam dos meus livros e a casa está em carne viva. Formigas brancas emergem de túneis cavados no chão e devoram o estrado de bambu, enquanto abelhas, lagartas e centopeias invadem a casa. Alguns insetos nos fascinam por sua delicada beleza: mariposas com diáfanas asas verdes, moscas vermelhas e lagartas peludas com listras cor de laranja. Começamos a colecionar vidros com insetos bizarros.

De noite, a lua se insinua por trás das nuvens e as poças de chuva cintilam como um campo de estrelas cadentes ao redor da varanda. Nós dormimos com o coaxar dos sapos e o barulho da chuva caindo no telhado.

Agosto de 1856

Ontem de manhã, Felicity tossiu no outro quarto, mas insistiu em afirmar que não era nada. Já ouvi falar de convalescentes que melhoram e sofrem uma recaída depois de alguns meses ou até mesmo anos, mas ela faz questão de repetir que está saudável. Ainda bem que trouxe comigo um bom suprimento dos remédios pulmonares que a ajudaram a se recuperar quando esteve doente. E também trouxe uma boa quantidade de quinino, ipeca, pó de Eno, iodo, óleo de rícino, sais de mercúrio e tártaro emético. Mamãe simplesmente não parava de falar sobre cólera, febre hemoglobinúrica, tifo, disenteria e malária. Ela ficaria tragicamente mortificada se eu morresse solteira. Senti-me tentada a lhe dizer que, de acordo com Fanny Parks, uma boa bolota negra de ópio dentro de um narguilé é tudo o que alguém precisa para se curar. Mas não queria desencorajá-la de me enviar para a Índia.

De tarde, compramos miudezas de um vendedor ambulante que bateu à porta apenas de turbante e tanga, com um grande tabuleiro de lata à cabeça. Ele espalhou as mercadorias no chão da varanda e compramos lápis, sabão carbólico, mel e fitas. Quase comprei uma escova de dente, mas Felicity me avisou que aquelas escovas eram de segunda mão, catadas do lixo ou da casa de algum outro *sahib*. Continuaremos a fazer a limpeza dos dentes com galhinhos de *neem*; já estou me adaptando ao seu sabor amargo e rascante. Felicity comprou um par de chinelos persa de veludo roxo, com bordados dourados e as pontas viradas para cima, que a encantou.

Agosto de 1856

Quando estamos mais animadas, fazemos uma cavalgada até a aldeia. Felicity pediu ao alfaiate — o *durzi*, como se diz aqui — para confeccionar saias engenhosas com um corte no meio, de modo que pudéssemos cavalgar confortavelmente de frente e não de lado. No início, estranhei, mas depois me acostumei e não contenho o riso quando imagino o escândalo que causaríamos se nossas mães nos vissem cavalgando dessa maneira. Elas diriam que nos divertimos em ser malcomportadas.

Na aldeia, zanzamos pelo pequeno mercado onde mercadores sentados no chão, suas barracas à frente, fumam um *hookah* enquanto aguardam os fregueses. Às vezes compramos pequenas cabaças recheadas com funcho e cebolas ou legumes fritos com gordura escorrendo.

Felicity aproveita essas ocasiões para levar lentilhas e xarope sedativo Mother Bailey para um pequeno orfanato administrado por missionários escoceses. Na semana passada, seguíamos na direção do orfanato quando, de repente, uma mulher largou um bebê nuzinho sobre o chão de terra, em meio ao nosso caminho. Nós a chamamos, mas ela correu sem se voltar. O bebê chorou quase sem forças, e caiu num sono incomum. Felicity desmontou do cavalo para pegá-lo, e examinou o estômago distendido da criança com o rosto sombrio. Explicou que a mãe não devia ter recursos para alimentá-la e que por isso a deixara em nosso caminho. Nós a levamos para o orfanato.

— Cristãs do arroz — comentou Felicity sobre as crianças que se tornam sempre dispostas a rezar para qualquer deus em troca de comida. Mas como não tem problema algum em relação aos missionários, ela acrescenta. — Melhor Jesus e barriga cheia do que o mercado de escravos. Em Peshawar, uma menina de quatro anos de idade vale dois cavalos.

Sei que ela tem razão, mas fico imaginando como me sentiria se um bando de indianos nos transformasse em hindus ou maometanos lá na Inglaterra.

Felicity também leva para o orfanato cana-de-açúcar, que as crianças descascam com os dentes e mastigam a polpa, ficando com as faces lambuzadas e grudentas. Felicity costuma beijar crianças de olhos remelentos e pernas feridas. Às vezes reúne essas crianças debaixo do pé de pipal, uma figueira gigantesca, e lhes ensina algumas palavras em inglês, o que as deixa cheias de alegria.

Quando digo que ela pode contrair alguma doença repugnante, ela diz que nasceu aqui e que é imune. Certa vez, eu observava com muito desconforto um lugar pobre, sujo e cheio de crianças maltrapilhas e doentes, mas ela me pegou pelo braço e disse.

— Sem julgamento. Só alegria.

— Não é julgamento — repeti. — Apenas cautela.

— Adela, querida. Aqui na Índia, você pode estar cheia de vida ao meio-dia e ser enterrada antes do jantar. Se tiver que escolher entre alegria e atenção, escolho alegria. — Depois de dizer isso, pegou no colo uma criança sarnenta e seminua e saiu dançando e cantando a estúpida canção americana "Camptown Ladies" com um bando de moleques esfarrapados atrás.

Setembro de 1856

Aleluia! Felicity concordou em construir uma cozinha mais apropriada. De seu fétido barraco, Hakim reclama e fecha a cara, tão desnorteado com a ideia de cozinhar dentro de casa quanto estaria minha mãe se tivesse que manter um boi no quarto. Uma cozinha estrangeira o faz perder o controle absoluto e assim ele nunca saberá se estão abatendo um pombo ou, que Alá não permita, até introduzindo por ali esquisitas costeletas de porco. Quando ele ameaçou se demitir, Felicity permitiu que continuasse com sua cozinha de fora, assegurando-lhe que a nova cozinha seria para nosso próprio entretenimento. Hakim ouviu isso ao mesmo tempo aliviado e desconfiado, porque o novo arranjo poderá reduzir a renda que obtém. Se começarmos a comprar os ingredientes de nossa comida, ele perderá a habitual comissão que recebe dos comerciantes no mercado. Suspeito que a comida de Hakim não seja melhor que seus livros.

A cada dia chegam carregadores com cargas de tijolo e madeira. Já mandamos trazer de Calcutá um ótimo fogão moderno.

Setembro de 1856

Chegaram convites de Simla para bailes e apresentações teatrais, com a garantia de que haveria seis homens para cada mulher. Descartamos a maioria, mas tivemos que aceitar o convite da mãe de Felicity para um chá. Aparentemente, depois de tanto tempo, ela queria conhecer a amiga da filha e talvez averiguar se o relato da senhora Crawley, sem dúvida alarmante, era inteiramente correto. Felicity achou melhor despreocupá-la para que ela nos deixasse em paz.

Vestimos trajes recatados e crinolinas que cheiravam à cânfora pela falta de uso, e contratamos uma *tonga* para nos levar até o Clube de Mulheres, em Simla, local do encontro.

Simla é a versão insólita e distorcida de uma aldeia inglesa plantada em meio à paisagem indiana — casas de campo empinadas em meio a pinheiros do Himalaia e colinas com platôs, montanhas enevoadas de azul e o cheiro de estrume queimado exalando dos fogareiros no labiríntico bairro nativo na baixada. A cidade ergue-se ao redor de uma ampla rua central conhecida como Mall, um dos raros trechos semiplanos da região. Ao longo da Mall, encontram-se lojas inglesas com vasos de gerânios vermelhos à porta, um bom hotel com boas camas de mogno e o salão de chá Peliti, onde se pode tomar chá cremoso em xícaras requintadas de porcelana. A impressão que se tem é de que alguém pegou uma aldeia inglesa inteirinha — casa por casa, loja por loja, costume por costume — e transplantou para o Himalaia. A Mall é congestionada de britânicos e riquixás, sem indianos à vista, salvo os criados. Por toda a parte se veem cartazes onde se lê: "Proibido indianos e cachorros." *Memsahibs* animadas tomam chá em mesinhas do lado de fora dos cafés e criancinhas brancas com uma miniatura de chapéu de safári na cabeça brincam livremente. Nenhuma tem mais de seis ou sete anos de idade, ocasião em que são enviadas para a Inglaterra, tal como aconteceu com Felicity.

No alto da colina, destacam-se as torres e os deslumbrantes vitrais da Igreja de Cristo, que não estaria deslocada em nenhum lugar da Inglaterra. Um pouco abaixo, avista-se um longo lance de degraus de pedra mal conservado que leva ao bairro dos nativos, um amontoado escuro de ruas tortuosas, repletas de lojinhas e barracas e templos.

Annandale, o ponto de críquete e polo, fica a cerca de três quilômetros e pouco da Mall. Nos fins de semana, uma elegante plateia, sentada em cadeiras dobráveis, assiste a uma cavalgada de homens em acirrada disputa, animada por brados e vaias.

Encontramos lady Chadwick e seu círculo de amigas — as exiladas, como se autodenominam — no Peliti. Na qualidade de *burra memsahib* do grupo, lady Chadwick senta-se à cabeceira de uma mesa com toalha de linho, prataria disposta e vasos com flores. De seu posto, ela dá ordens aos criados à volta, com movimentos imperiosos de mãos. Felicity se mostra estranhamente quieta, mas está encantadora em seu vestido de tafetá cor-de-rosa ligeiramente fora de moda, uma roupa comprada na Swan e Edgard. Levamos até sombrinhas.

Cheguei a temer que nosso disfarce se mostrasse inadequado para essas *memsahib* que usam chapéus espalhafatosos e trajes engomados. Elas poderiam sentir o cheiro de cânfora em nossas roupas, e, além do mais, consideram Felicity uma mulher incorrigível, de tendências inexplicáveis. E, por associação, também me sinto uma vergonha igual. Elas conversam polidamente à nossa volta sobre polo e críquete e moda de catálogos recebidos com seis meses de atraso. Mas não deixam de nos perguntar quando retornaremos para a temporada de Calcutá, e escapamos da pergunta com uma história confusa sobre a doença de uma criada. Lady Chadwick e suas amigas partirão no próximo mês.

Retornamos aliviadas para nosso pequeno e selvagem bangalô. Felicity vestiu o seu sári cor de lavanda predileto e nos sentamos descalças na varanda para ouvir o arrulho dos pombos e observar a brisa que balançava suavemente as folhas do pé de sândalo. Conversamos alguns assuntos amenos, enquanto a lua se erguia no céu, e, com os pés para o alto, fumamos no lindo narguilé de Felicity, em bronze, com um bocal de ébano maravilhosamente entalhado.

Setembro de 1856

De vez em quando, acendemos o lampião ao anoitecer e levamos o material de costura para a varanda, onde fazemos crochê ou bordamos capas decorativas para as almofadas. Os motivos são intrincados e maravilhosos e estou muito empolgada com uma colcha em tons de coral e turquesa que fiz. Acentuei as cores quentes com o dourado. Utilizei uma linha extraída do pelo de filhotes de bodes montanheses da Cashemira, que é macia e voluptuosa, tingida em tonalidades vibrantes que combinam com o esplendor deste lugar.

Felicity aqui irradia felicidade; está feliz com seus desenhos, feliz com sua obra de caridade, feliz com seu cavalo e feliz com seu narguilé. De minha parte, me sinto cada vez menos harmonizada. Por um único motivo: sinto falta de Katie e todo dia me pergunto o que terá acontecido com ela. Já enviei muitas cartas à cozinheira, mas até agora não recebi resposta. Depois que voltar à Inglaterra — aqui não é um lugar para uma inglesa envelhecer — vou procurá-la. Mesmo que ela já não estivesse ocupando minha mente, a sensualidade deste lugar me faz lembrar dela. O suor reluz no corpo dos homens, os véus diáfanos deslizam sobre o corpo das mulheres e a paisagem germina uma luxúria selvagem e fresca. Aqui, até a religião parece impregnada de erotismo — entalhes de garotas dançarinas e despreocupados fornicadores e maometanos que fazem sexo ininterruptamente com mulheres que sequestram e mantêm em *purdah*, longe da vista dos altos muros do *zenana*.

Desisti do espartilho e das crinolinas, e devo dizer que isso foi uma verdadeira revelação. Sem o espartilho, me senti a princípio leve e nua e até mesmo um tanto desleixada, mas a liberdade de movimento e a alegria de poder respirar fundo sem me sentir espremida superaram a inquietude. As crinolinas sempre me pareceram ridículas, e fiquei muito feliz depois que me livrei dessas anáguas armadas. Agora, visto singelos vestidos de algodão e um mínimo possível de roupa de baixo, mas ainda estou longe de vestir um sári — por enquanto — e simplesmente não consigo andar descalça, nem mesmo quando estou dentro de casa. A grande variedade de insetos rastejantes me desencoraja, mas o clima daqui não tem nada a ver com minhas botas de couro. Prometo que passarei a calçar chinelos de juta trançada iguais aos dos nativos.

Em relação à Índia, o que posso dizer é que gradualmente deixa de ser novidade, e que a minha sede por aventura também arrefeceu. Quanto mais me adapto, mais o lugar me parece grande demais e desconcertante demais para que efetivamente me sinta em casa. É como tentar aprisionar uma única imagem de um caleidoscópio em movimento.

Esta semana, os *punkahs* entrarão em atividade.

CAPÍTULO 16

1947

Rashmi chegou sorrindo, com uma guirlanda de calêndulas que pendurou na cabeceira da minha cama, como de costume.
— O que é isso, Rashmi?
— É um *mala* de boa sorte. A senhora esqueceu? Estou fazendo *puja* para a senhora e o patrão.
Cristo, não de novo.
— Muito obrigada, Rashmi, mas lhe garanto que não precisa se preocupar.
— Não se amofine, madame. *Mala* é muito bom para Shiva.
— Ok. Está bem.
— Conheci uma outra dama da Austrália. Ela me disse que o encanto do *mala* funcionou.
— Ok.
— A senhora conhece a Austrália?
— Conheço.
— Uma linda cidade na Inglaterra.
— Na Inglaterra?
— Lá, todo mundo é branco. Muito, muito rico, mas não muito feliz na cama.
— Ok. Muito obrigada pelo *mala*.
— Funcionou cem por cento com a dama australiana.
— A da Inglaterra.
— Siimm. — Rashmi me olhou boquiaberta, como se eu fosse lerda. — Agora, ela está muito feliz na cama. Muito feliz por dentro também.
— Que bom.
Naquela noite, o *curry* com batatas, ervilhas e couve-flor estava com um tom cor-de-rosa lúgubre e consistente, mas foi impossível identificar a carne; Martin apostou que era de búfalo. Cansada de ten-

tar convencê-lo a usar iogurte e não água para suavizar o apimentado da comida, eu havia colocado uma tigela inteira de *raita* no refogado vermelho e a mistura adquirira um tom rosado de pele. Parecia um prato encaroçado do antiácido Pepto-Bismol, mas pelo menos não estava apimentado.

— Até que não está ruim — comentou Martin. — Até que enfim conseguiu convencer Habib a não exagerar nas pimentas.

— Acho que consegui. — Não vi problema em ser um pouco presunçosa. — Essa é a nova *kurta*? — Martin vestia uma túnica de algodão branca, a parte de cima da *kurta* usada pelos nativos. Ele dizia que era uma vestimenta fresca e folgada, e que facilitava a relação com os nativos. Àquela altura, o único traço ocidental que se via nele era uma incongruente calça de gabardine branca.

— Walker me mostrou um lugar no mercado de Lakkar que vende bem barato — disse. — Ele está aqui há tanto tempo que sabe onde comprar tudo bem barato. — Olhou para a túnica branca e folgada com um sorriso. — Imagine só, trinta centavos!

— Só procure manter distância de véus e turbantes. Não vai querer ser confundido com um hindu por um muçulmano raivoso ou vice-versa.

Ele riu.

— Não corro esse risco. Meu hindi tem um sotaque americano tão carregado que você nem imagina.

— E hoje, alguma novidade?

Entre uma garfada e outra, Martin contou que a Reuters noticiara novos distúrbios em Calcutá e em Lahore.

— Gandhi está percorrendo a região na tentativa de impedir a violência, mas... bem, segundo Walker, eles adoram o velho, mas não o escutam quando estão enfurecidos.

— Muito humano da parte deles. — Empurrei uma porção de arroz cor-de-rosa pelo prato. — E continuam cortando os fios?

— Alguns.

Crispei o rosto, e ele acrescentou rapidamente.

— Mas não aqui.

— Os telefones estão funcionando?

Ele demorou um pouco mais para mastigar e respondeu em seguida:

— Mais ou menos. — Voltou-se para o prato com a cara amarrada, o que me fez ver que pressioná-lo para obter mais detalhes seria em vão.

— Hoje levei Billy para passear — falei.
— Ahn?
— Encontramos Edward e Lydia.
— Que sorte a sua...
— Aqueles dois são insuportáveis.
Ele mastigou com uma expressão pensativa.
— Pois o tipo de arrogância que eles têm foi que manteve a paz, por mais paradoxal que pareça.
— Você está brincando...
Martin deu uma garfada no *curry* cor-de-rosa.
— O imperialismo britânico fez hindus e muçulmanos se unirem contra um inimigo comum. Mas agora os ingleses estão se retirando e todos os antigos feudos religiosos entraram em efervescência.
— Daí a divisão.
Ele assentiu com a cabeça.
— Muitos muçulmanos apreciam a ideia de ter um país próprio... especialmente o Jinnah, aquele que seria o cachorro grande. Mas agosto é cedo demais. Todos estão confusos e assustados, e os extremistas de ambos os lados estão se agitando.
Fixei os olhos no prato.
— Por que os ingleses não se limitam a entregar o país e deixam a solução para os indianos?
— Nenhum governo central pode lidar com isso. O domínio dos ingleses se estendeu por séculos. Gandhi tem o Congresso Nacional Indiano, que é em grande parte hindu, e o Jinnah tem a Liga Muçulmana, mas eles não têm o mesmo objetivo — disse Martin, com a boca cheia de *curry*. — Uma aliança é difícil, porque hindus e muçulmanos são comprometidos de corpo e alma com suas religiões. A religião é sua identidade.
— Por falar em religião, Rashmi está fazendo *puja* para nós.
— O quê?
Não tinha planejado contar, mas queria ver a reação de Martin. Será que se desculparia? Ou ficaria embaraçado? Será que isso o faria rir?
— Ela diz que nossa cama não tem "hora de sexo". E resolveu orar para Shiva. — Remexi o *curry* no meu prato, ansiosa em ser pega pela mão.
Ele pousou o garfo no prato, um tanto indignado.
— Isso é ótimo!

— Você não acha engraçado? Nem um pouquinho?

— Ah, claro, é hilário. — Ele esfregou a testa como se o assunto não merecesse reflexão. Como se a ideia de fazer sexo comigo fosse *ofensiva*. Ferida e confusa, eu não podia deixar o assunto de lado com tanta rapidez.

— Hoje, conhecemos um sujeito que está fazendo retiro num *ashram* — contei. — Billy o pegou pelo nariz, do modo que aprendeu com papai. — Sorri com a lembrança. — Harry de tal. Um homem interessante.

— Há um *ashram* em Masoorla? — perguntou Martin, distraído.

— Oh, não. Nós o conhecemos na cidade.

— O quê?

— Simla. Foi lá que encontrei Edward e Lydia.

— Você foi até Simla com Billy?

Arqueei as sobrancelhas.

— Por que não?

Ele tirou o prato da frente.

— Não acredito em você, Evie.

— Só fomos dar um passeio.

— Distúrbios e protestos por toda a parte e você decide levar Billy para passear? — Ele bateu na própria cabeça para mostrar que *alguém* estava maluco.

— Ora, pelo amor de Deus, Simla está mais tranquila do que um lago. Quer que a gente fique dentro de casa como prisioneiros?

— As coisas estão para estourar a qualquer instante. — A voz de Martin atingiu alguns decibéis a mais. — Quero que você e Billy fiquem longe do perigo.

Pousei o garfo no prato e fulminei-o com o olhar.

— Morávamos numa cidade grande cercada de crimes por todos os lados. Íamos às compras e ao cinema. Íamos ao centro da cidade. Andávamos de ônibus. Íamos aos restaurantes e ao lago. Jamais nos escondemos, acuados, em canto algum. As notícias terríveis que líamos nos jornais não nos impediam de seguir em frente com a nossa vida. E *agora* que atravessamos meio mundo e viemos para esse lugar fascinante, você quer que eu fique dentro de casa?

Martin jogou o guardanapo em cima da mesa.

— Cidade grande com crimes é uma coisa, guerra civil é outra bem diferente. — Ele elevou a voz. — Não achei que diria isso, mas agora digo... não vá à cidade.

— E as minhas aulas de inglês?
— Isso é na aldeia. Lá você pode ir.
A imposição de limites piorou ainda mais as coisas. Eu podia ir até os muros do harém, até a cerca de arame, e não podia dar um passo sequer além. Apertei a beirada da mesa, como se isso me impedisse de avançar contra ele, e disse aos gritos:
— Você está sendo ridículo. Não há guerra alguma aqui. Martin, a sua guerra acabou. Pelo amor de Deus, *acabou* — falei, aos gritos.
Ele se levantou com tanta rapidez que a cadeira desequilibrou e tombou para trás. O barulho me fez estremecer e ele se arremeteu contra mim, os músculos do pescoço contraídos. Nesse momento, ouvi um choramingo e, quando me virei, Billy caminhava na minha direção, esfregando os olhos e arrastando Spike pelo rabo.
— Por que vocês estão gritando tanto?
— Perfeito! — Soltei a beirada da mesa e fui ao encontro de Billy. Ele recostou a cabeça no meu ombro quando o peguei no colo.
Martin colocou a cadeira no lugar.
— Desculpe, filho. Está tudo bem — murmurou.
Levei Billy de volta ao quarto e o deitei em sua cama.
— Não gosto quando a senhora e o papai ficam gritando — disse ele, fitando-me.
— Eu sei, docinho. Desculpe por ter acordado você. — Ajeitei Spike a seu lado.
— Os gritos me assustam.
— Não se assuste. Está tudo bem. — Beijei-o e abaixei o mosquiteiro. — Não haverá mais gritos. Eu prometo. Agora, durma.
Billy enroscou-se em Spike, eu saí do quarto, mas me detive à porta. Se voltasse para a sala de jantar, continuaríamos gritando, por isso entrei em nosso quarto branco e fechei a porta. Só não a bati com toda a força porque Billy dormia no quarto ao lado.
Na manhã seguinte, encontrei Martin deitado na poltrona onde passara a noite, enrolado numa colcha coral e turquesa. Roncava e estava com a barba por fazer; vi que havia um copo com uísque pela metade em cima da mesinha ao lado da poltrona. Perguntei a mim mesma quanto tempo aguentaríamos continuar daquele jeito.

O reverendo Locke era um inglês esguio, de cara comprida e gola clerical, que transpirava um temperamento brincalhão. Quando lhe abri a porta, naquela manhã, ele fez uma reverência exagerada e abriu um sorriso banguela, com segurança surpreendente.

— Senhora Mitchell! — A exclamação soou como uma anunciação.

— Que bom que o senhor veio, reverendo.

Ele entrou com meu bilhete na mão.

— A senhora está nos investigando? Está à procura de esqueletos?

— Não é bem isso. Estou interessada na história indiana.

— Eu me atrevo a lhe dizer que encontrará esqueletos quer queira, quer não. Esqueletos de gente, se me entende bem. — Traçou círculos no ar para mostrar que era um assunto bizarro demais para seu gosto.

— O senhor aceita um chá?

— Esplêndido! — O reverendo Locke sentou-se na poltrona verde e me dirigi à porta da cozinha para pedir que Rashmi servisse um chá. Retornei à sala de estar, e ele continuou. — E então, o que a senhora acha de nós? Não alegue que ainda não teve tempo para formar opinião. A primeira coisa que todos fazem ao chegar aqui é formar uma opinião, isso é inevitável. — Balançou a cabeça com um desapontamento repentino. — Já foi o tempo em que esse lugar era original, a senhora sabe. Nos idos de 1800, nossos contadores vestiam-se à moda *mufti*, dos pés à cabeça, e recostavam-se em almofadas para fumar em narguilés. Os escoceses usavam turbantes xadrez e ostentavam barbas à moda dos sikh. Mas tudo isso acabou por volta de 1830. Agora, todo mundo é *respeitável*. Que vergonha!

Rashmi entrou na sala com a bandeja e colocou-a na mesinha. Ficou plantada enquanto avaliava o homem que visitava no meio do dia uma mulher casada, sem a presença do marido.

— Muito obrigada, Rashmi. — Arqueei uma sobrancelha para ela.

Por fim, me pareceu que a gola clerical do reverendo Locke o colocou acima de qualquer suspeita, porque Rashmi chamou:

— Venha comigo, *beta*.

Billy seguiu-a até a varanda.

— Os idos de 1800 me parecem animados, mas não me interesso por esse período. Algum tempo atrás, tomei conhecimento da rebelião dos cipaios, em 1857 — disse, enquanto servia o chá e lhe estendia uma xícara.

— Ah, o motim dos cipaios. — O reverendo levou a xícara aos lábios e sorveu um gole. — Bem, nós chamamos o evento de rebelião, mas os indianos o chamam de Primeira Guerra de Independência. — Cruzou as pernas e apoiou a xícara no joelho. — A situação ficou feia, ali pelo ano de 1857, por causa de violações de castas, oficiais arrogantes e missionários excessivamente fervorosos. Tudo isso eclodiu quando a Coroa distribuiu aos cipaios munição lubrificada com gordura de vaca ou de porco. Até hoje não ficou claro qual era o tipo de gordura. Provavelmente, os dois tipos. — O sorriso banguela se abriu sem aviso. — Não faria sentido ofender só os hindus ou só os muçulmanos quando se podia ofender a ambos de uma tacada só. — O sorriso desapareceu e, por um momento, ele se voltou para o chá. — Observe que os cipaios tinham que colocar as balas entre os dentes para quebrar o selo. Imagine o tabu. A Coroa negou tudo, é claro. Quando se permitiu aos cipaios que fizessem sua própria gordura com cera de abelha, já era tarde demais. Aos olhos dos cipaios, aquilo fazia parte de um plano para induzi-los a quebrar a casta e convertê-los ao cristianismo e... bem, eles se rebelaram.

— A confusão atingiu Simla?

O reverendo tomou um gole do chá, com um ar pensativo.

— Depois do massacre em Kanpur, as tropas britânicas se espalharam por todos os lados, concentrando-se principalmente ao norte da Índia.

— O senhor acha que os registros paroquiais fazem alguma referência ao assunto?

— Talvez. Se bem me lembro, nossos registros precedem 1850. Sempre houve lacunas entre os clérigos, e os registros eram mantidos por aqueles que tinham tempo, de modo que tendem a ser fragmentados. Mas encontra-se todo tipo de coisa sobre julgamentos e atribulações da vida colonial. Apareça na igreja quando quiser. — Ele esvaziou a xícara. — Excelente chá, senhora Mitchell.

Coloquei minha xícara na bandeja.

— Sempre peço para Rashmi servir o *assam* à tarde, mas acho que este era um autêntico chá inglês.

Ele fez um meneio amável de cabeça.

— Fico feliz por constatar que o império ainda dissemina a civilização.

— Poderia ser hoje à tarde? — perguntei, já na porta.

— Esplêndido!

❧

Naquele dia, Rashmi pegou o lixo e saiu mais cedo para uma misteriosa missão, e, uma hora mais tarde, Habib entrou pela porta com a sinistra cesta de vime na mão. Descarregou cebolas e pimentas e um punhado de legumes desconhecidos. Ele sempre entrava pela cozinha com a desconfiança estampada no rosto; sem saber o que ia encontrar, seus olhos escureciam e sua expressão se fechava. Ao contrário da bem-humorada Rashmi, Habib se movia pela cozinha em silêncio, como se cozinhar fosse apenas um pretexto para espionar. Ele sempre respondia aos meus cumprimentos com um cauteloso movimento de cabeça.

Mas, naquele dia, cumprimentei-o e ele sorriu. Um sorriso ligeiro e contido, que para mim foi como uma pequena vitória. Em seguida, ele se concentrou na tarefa de cortar cebolas, cenouras, berinjelas e um pedacinho de carne sangrenta. Sacou uma faca pesada e uma panela grande, o que indicava que a experiência culinária daquela noite estava em curso.

Eu não queria levar Billy à Igreja de Cristo porque Martin podia fazer outra cena. Rashmi já havia saído e, embora os cozinheiros estivessem habituados a ter os filhos dos *sahib* por perto, não queria deixar Billy no caminho. Juntei algumas miudezas da casa e arrumei tudo no chão da sala de estar — os brincos de opala, um bracelete de prata e outro de ouro (Billy fingia que eram joias do tesouro de um pirata), um saquinho de pistaches (ele simplesmente os adorava), o deus elefante de jade (objeto com que geralmente ele era proibido de brincar), uma pequena caixa de lápis de cor (só a oferecíamos ocasionalmente, para que durasse mais), alguns botões de plástico para que ele fizesse um jogo de botão, a escova de pelo de javali que usávamos para escovar Spike, uma caixa de seus biscoitos favoritos (um suborno desavergonhado), uma barra redonda de sabonete de sândalo (ele gostava muito do cheiro), e uma das *kurtas* de Martin, para que ele brincasse de se vestir como o pai.

— Que tal você e Spike brincarem de mercado? — perguntei na varanda.

O rostinho de Billy se iluminou.

— Nós vamos à cidade?

— Não, picles. Fiz um mercado pra você lá na sala de estar.

Ele entrou e olhou em êxtase para os biscoitos, os lápis de cor e a *kurta* do pai.

— Por que papai se veste como as pessoas do mercado? — perguntou.

— Porque é confortável. E então, quer brincar de mercado?

Ele cochichou na orelha de Spike, e o pequeno chapéu de caubói pendeu para a frente.

— A gente pode comprar coisas? — indagou.

— É claro que podem. E quando Habib começar a cozinhar, isso aqui vai ficar com cheirinho de mercado.

Billy juntou a ponta do polegar com a do dedo indicador, tal como as pessoas faziam nas lojas.

— Dinheiro? É comigo mesmo. — Remexi na bolsa e tirei de dentro um punhado de moedas no valor de um *pice*. Entreguei-as a Billy, enquanto me passava pela cabeça que o aluguel venceria antes do pagamento de Martin. Mas, na lata de chá, havia o suficiente para o pagamento. Fechei rapidamente a bolsa. — Já estou indo, docinho; não pague muito caro pelos biscoitos. Estarei de volta em uma hora.

— Que tamanho tem uma hora?

Fui com ele até o relógio da cozinha e mostrei onde os ponteiros estariam quando se passasse uma hora.

— Não vou demorar, e Habib estará cozinhando aqui como sempre — falei.

Billy olhou para Habib, que, por sua vez, assentiu com a cabeça. Eu já tinha reparado que os dois arrumavam um jeito de se comunicar, e me perguntava como conseguiam fazer isso.

— Tudo bem — disse Billy, com ar magnânimo. Caminhou na direção dos biscoitos que estavam no mercado em miniatura, cochichando com Spike e respondendo por ele como um ventríloquo. Billy não tinha amiguinhos porque havia poucos estrangeiros em Masoorla, e não havia crianças nativas nos arredores porque tínhamos poucos criados. Será que Lydia estava certa? Será que não devíamos ter trazido Billy para a Índia?

Endireitei os ombros e me coloquei na frente de Habib, pronta para uma rodada de charadas. Apontei para mim mesma e depois para a porta de entrada e depois para Billy, apoiando as mãos na mesa com firmeza para deixar claro que ele não sairia comigo. Habib respondeu com um rápido meneio de cabeça e o esboço de um sorriso, mas pareceu entender a minha mensagem gestual e me conduziu porta afora, acenando com ar de nobreza serviçal.

✤

Em Simla, saltei da *tonga* na Cart Road, uma rua abaixo da Mall, e olhei em volta por instinto, para ver se Martin estava lá. Claro que não estava, mas, se me visse em Simla, depois de ter me avisado para ficar em casa, faria outra cena. Eu sabia que ele tinha boas intenções; só estava desempenhando o papel de protetor, o que fazia parte de suas obrigações. Mas eu não seria confinada contra minha própria vontade, ainda mais porque estava convencida de que seu medo era exagerado devido a uma paranoia crônica.

Subindo pela Cart Road, apreciava o perfume de incenso que um pequeno templo cor-de-rosa exalava. Sem Billy, planejara subir pelo caminho estreito que dava na Mall, para tirar algumas fotos durante o trajeto. No final da Cart Road, parei numa barraca onde uma jovem vendia um misterioso petisco vermelho, retirado de um pote de bronze. Tirei uma foto, tomava coragem por um instante, quando de repente...

Bum!

O chão tremeu e meu coração deu um salto. Alguns homens passaram correndo pela Cart Road de boca aberta e, pelo visto, aos gritos, mas não ouvi nada. Foi ridículo, mas na hora lembrei de um filme mudo em que a tropa dos Keystone Kops corria para todos os lados sem dizer nada, apenas com o som de um piano frenético ao fundo. Foi então que me lembrei das palavras de Martin sobre a surdez temporária que se seguia às bombas e às granadas.

Uma fumaça oleosa fez a minha garganta arder e uma nuvem negra se ergueu no ar. Abri caminho pela multidão e avistei um carro incendiado, uma sombra enegrecida e quase irreconhecível em meio às chamas. A fumaça se espalhou, enevoando a minha visão, e as lentes verdes dos meus óculos escuros acrescentaram um toque de irrealidade à cena. Meus ouvidos se recuperaram e ouvi o rugido de uma gigantesca bola de fogo. O cenário era chocante demais para se acreditar, e lembrei novamente dos filmes porque aquilo não era o tipo de coisa que se via na vida real. Pensei em correr, mas não pude sair do lugar. Estava paralisada, tentando entender.

A multidão começou a gritar para dois homens que arrastavam o corpo de um terceiro, queimado e inconsciente, para fora da fumaça. As três silhuetas se materializaram como figuras heroicas escapando do inferno. Agradeci a Deus quando o tiraram de lá. Depois, eles o largaram e a multidão arremeteu contra o corpo do homem queimado. Surgiram varas de bambu e ele foi violentamente espancado. O ar tornou-se espesso com o fedor metálico de sangue fresco, enquanto a multidão suada e arfante exaltava de ódio.

Um gosto de bílis subiu pela minha garganta, e dei alguns passos para trás. *Não. Não vomite.* Engoli em seco e retrocedi ainda mais até sair da confusão, e correr por entre riquixás e *tongas* abandonados, cujos condutores assistiam ao linchamento. Assustada, continuei correndo, ziguezagueando pela rua, montanha acima, na direção da Mall com a câmera balançando em meu pescoço. Ao chegar à escadaria, subi os degraus de dois em dois, quase sem fôlego, até que uma pontada na cintura me deteve.

No topo da Mall, a vida parecia transcorrer em surreal normalidade. A fumaça que emergia lá de baixo podia muito bem ser confundida com uma das muitas queimas de lixo. Sentei num banco de ferro para recuperar o fôlego, enquanto algumas pessoas, atraídas pelas explosões, olhavam lá para baixo. Mas ninguém parecia se dar conta de nada; compravam e vendiam como de costume, passeavam pela rua e alguém passava com um sorvete. Então, me dei conta de que, embora não houvesse distúrbios em Simla, a cada dia a tensão crescia e deflagrava incidentes no bairro dos nativos, mas as pessoas simplesmente pareciam ignorar.

Quando meu coração desacelerou e minhas mãos pararam de tremer, subi a ladeira da Igreja de Cristo pensando que não contaria nada para Martin do que tinha visto. Se o fizesse, despertaria sua fúria, e ele faria de tudo para me manter em casa como uma mulher muçulmana, e eu não toleraria. Tanto Martin e James Walker como Felicity, Adela e milhões de outras pessoas viviam cada dia em meio a incertezas e perigos, e nem assim desistiam de sua liberdade. Por que eu deveria?

※

O reverendo Locke me recebeu na reitoria com uma exclamação efusiva.

— Esplêndido! — O sorriso esmaeceu quando ele me olhou mais de perto. — Está tudo bem, senhora Mitchell?

Eu estava suada e desarrumada pela correria, com as roupas manchadas pela fuligem da explosão.

— Eu vim a pé — justifiquei-me enquanto ajeitava a roupa. — Essa ladeira é muito íngreme e está fazendo muito calor. Fui obrigada a me sentar na beira da rua para descansar e... peço desculpas pela minha aparência. Estou bem.

— Entendo. — Ele pareceu duvidar, mas me introduziu em seu maravilhoso estúdio de paredes recobertas por lambris de madeira.

Apontou para uma confortável poltrona, e sentou-se na outra, em frente. Patos antigos alinhavam-se em cima de uma trabalhada cornija de madeira, e havia uma desgastada cadeira Queen Anne atrás de uma escrivaninha vitoriana. Estantes de livros ocupavam uma parede inteira até o teto. Era um ambiente tipicamente inglês, sem nenhum sinal da Índia. A atmosfera era de completo isolamento e agradeci por isso.

— Acho que ouvi uma espécie de explosão. A senhora ouviu alguma coisa? — perguntou o reverendo Locke.

Hesitei.

— Ouvi, mas eu estava na Mall. Parecia alguma coisa lá embaixo.

— Ai, minha querida. — Ele pôs a mão na gola. — Tomara que os problemas não cheguem até nós.

Fingi que examinava uma unha.

— A Mall estava serena como um lago.

— Que ótimo. Talvez tenha sido um caminhão que capotou nos arredores.

— Os registros estão aqui?

— Todos eles. — O reverendo se dirigiu a uma estante e puxou um pesado volume. — Talvez este aqui seja o primeiro. Abrange o período de 1850 até 1857. — Soprou a poeira de cima do livro e depois percorreu, com o dedo, uma fileira de livros na outra prateleira, uma coleção de Bíblias antigas com capas de couro. — Essas aqui são Bíblias de famílias, algumas permeadas de histórias. Fique à vontade para examiná-las, se quiser. Eram cedidas para a igreja, quando o último membro da família falecia. Pelo visto, isso acontecia com mais frequência do que se pensa. Desconfio que a cólera, a febre amarela e a guerra causaram essas mortes. — Estendeu-me o pesado livro de registros e perguntou:

— Aceita um chá?

Eu me imaginei tomando chá, ainda abalada e me lastimando pelo fogo, pelo linchamento e pelo choque que aquilo me havia causado; mas não queria que ninguém soubesse que eu havia estado lá. Então, respondi:

— Não, muito obrigada. Já tomei, na Mall.
— Esplêndido. — Ele tamborilou o livro com o dedo. — Então, vou deixá-la à vontade.

CAPÍTULO 17

1856 — 1857

Do diário de Adela Winfield

Outubro de 1856

Lady Chadwick retornou para Calcutá, e isso significa que ficará completamente ocupada e feliz com bailes e jantares até março. Ela enviou uma carta oferecendo-se a acompanhar a mim e a Felicity rio abaixo, para participarmos da temporada. Recusamos e ela não nos pressionou. É uma questão de tempo para que mamãe e papai saibam que me recusei a participar da caça a um marido, e não sei o que farão. Se suspenderem a minha mesada, ficarei completamente dependente de Felicity.

A cozinha nova está quase pronta e decidimos marcá-la como nossa. Achamos melhor não gravar nossos nomes numa viga de madeira porque temos horror de quem visita lugares interessantes e os desfigura com a gravação de seus nomes desinteressantes. Mas a cozinha é nossa — mesmo que Hakim não queira assumi-la — e me parece direito que tenha algum elemento pessoal nela.

Na noite passada, Felicity apareceu na varanda com algumas cartas que foram trocadas entre nós, inclusive uma que não chegou a postar, porque soube que eu estava de viagem para cá. Ela também mostrou um desenho encantador que fez de mim, montada a cavalo, de saia-calça, e sugeriu que escondêssemos todos esses papéis na parede de tijolinhos, ainda inacabada. Gostei da ideia, de cara. O que me agradou foi pensar que parte da nossa história nada convencional será preservada em nossa cozinha igualmente nada convencional. Como as pinturas deixadas nas cavernas pelos primeiros humanos, uma mensagem simples — estivemos aqui — deixada sem fanfarra e sem saber quem a encontrará.

Retiramos um tijolo e enfiamos o pacote no vão; depois o recolocamos e arrematamos o serviço com argamassa. Não foi um trabalho digno de um profissional, mas ficou razoável. Ficamos satisfeitas com o resultado e fomos até varanda para fumar narguilé.

À noite, abriguei-me sob o mosquiteiro e refleti sobre a permanência deste bangalô sombreado pelo pé de sândalo aqui no *mofussil* depois que eu e Felicity tivermos partido. E me passou pela cabeça: a morte tudo rouba, menos nossas histórias. Tive então um impulso muito forte de deixar uma narração completa da vida feliz que temos nesta casa. Fanny Parks e Honoria Lawrence deixaram histórias que significaram muito para mim e para Felicity. Farei o mesmo, e que o destino decida quem será tocado por minhas palavras.

Ainda não sei ao certo como poderei realizar tudo, mas é o que manterei em mente toda vez que escrever.

Novembro de 1856

Durante as atividades no orfanato, Felicity conheceu um rapaz indiano com quem compartilha a mesma preocupação pelos oprimidos. Por um lado isso é bom, mas, por outro, parece que ele a leva a lugares desagradáveis do bairro dos nativos, as piores favelas, onde deixam cobertores e láudano para idosos e enfermos. Talvez isso seja perigoso para uma jovem britânica, ainda mais agora, que soubemos da crescente tensão entre os cipaios e os comandantes britânicos. Os cipaios são soldados indianos bem treinados e bem armados. Se resolverem se colocar contra um punhado de britânicos, eles são numericamente superiores e estaremos em maus lençóis.

Além do mais, há o velho ressentimento contra o Raj, um rancor cozido em banho-maria, que instiga os cozinheiros a macular o jantar dos amos e os carregadores de água a escamotear serpentes dentro das banheiras. Às vezes, os criados estão sentados muito quietos na ala de serviço e nos perguntamos se não estarão planejando uma revolução. E, em meio a tudo isso, Felicity confraterniza com um indiano, como se fossem amigos íntimos. Isso é preocupante.

Eles se encontram no orfanato, mas trocam bilhetinhos que vão e vêm, e ela não me deixa vê-los. Alega que são bilhetes de agradecimento dos missionários, mas o fato é que os lê e a luz que vejo em seu rosto nunca seria provocada por nenhuma missionária ou missionário.

Essa familiaridade é perigosa para ambos, mas ela dispensa todas as minhas dúvidas e preocupações. Essa diferença de opinião tem ocasionado uma rusga sutil entre nós duas. Evitamos falar do assunto, mas o assunto não sai da minha cabeça.

Novembro de 1856

Diwali é o Festival das Luzes, e em nenhum outro momento a Índia se mostra tão encantadora. *Diwali* significa "fileiras de lamparinas acesas" e durante cinco dias, cada barraca, cada casa, cada riquixá e cada árvore se enfeitam de pequeninos potes de barro com velas acesas no interior. A multidão se veste com a melhor roupa e faz *puja* para a luz, que simboliza a vitória do bem sobre o mal, dentro de cada indivíduo.

Durante o Festival de *Diwali* cultua-se Surya, o deus sol, mas os hindus definem Deus como o Incognoscível; seus muitos deuses são apenas intercessores simbólicos, como os diversos santos do cristianismo. Eles se cumprimentam com a palavra "namastê", cujo significado é "o deus que há em mim saúda o deus que há em você", e a meu ver a reverência de tal costume é bem mais afetuosa do que o mais sincero aperto de mãos. *Diwali* celebra a luz interior, dissipando a ignorância e promovendo a alegria.

Eu gostaria tanto que Katie visse isso. Lembro da alegria que iluminava seu rosto toda vez que ela aprendia uma palavra nova. Passava as mãos calejadas pelos cabelos negros e balançava os cachos com alegria. Às vezes sorria e me encantava com a delicadeza de sua voz, que soava como um sino, e sempre me surpreendia com o contraste entre a doçura de sua voz e a rudeza de sua aparência.

Sempre amarei Katie e Felicity, mas perdi a primeira e a outra sempre será uma irmã para mim. Mesmo assim, o amor continua vivo no meu coração, um amor que é uma dádiva e sou grata por isso.

Eu e Felicity penduramos lanternas e tochas dentro e fora da casa, e, quando os criados nos deram cestos com bolos de cenoura e de amêndoa, lhes demos em troca polpudas *baksheesh*.

O amigo indiano de Felicity também nos trouxe um cesto que me evocou um tesouro de piratas, repleto de frutas frescas, potes de *chutney*, sementes de lótus com cobertura de açúcar, tâmaras persas e raminhos de calêndula em delicados vasinhos. Bem, ele é um homem rico. Agradeci a ele da mesma forma que agradeci aos outros, mas Felicity o pegou carinhosamente pela mão e tive a impressão de que alguma coisa não dita se passava entre os dois.

À noite, nos sentamos na varanda com calêndulas presas nos cabelos e assistimos à queima de fogos que estouravam no céu noturno como gordura no fogo, e isso me comoveu. Na noite mais escura do ano, em um dos países mais miseráveis do mundo, o povo celebrava a luz. Fomos para a cama com a humildade de quem testemunhara a infatigável esperança de um povo.

Novembro de 1856

A tosse de Felicity piorou e ela disse que queria ir para Pragpur respirar o ar fresco de uma região mais alta. Mas fiquei chocada quando pedi a Lalita para fazer as malas e soube que Felicity pretendia ir sozinha. Ela se justificou na mesma hora.

— Alguém tem que ficar para que os criados não negligenciem a casa. — Beijou meu rosto com carinho e disse: — Prometo desenhar tudo que aparecer pela frente e voltar melhor do que nunca.

Mas notei um toque evasivo no seu comportamento. Não consigo entender.

Dezembro de 1856
Sinto saudades dela.

Dezembro de 1856

Felicity retornou bem corada e todos os meus medos se dissiparam. O ar está gélido e o frio nos deixa lânguidas. Não há nada mais arrebatador do que se enrolar num xale indiano, sentar sob o sol e admirar os picos ao longe. Que montanhas! Quando Deus nos deu o dom da fala, não fez isso esperando que pudéssemos descrever as montanhas do Himalaia. Irrompem como uma miragem, uma alucinação pintada no céu, e essa visão nos faz murmurar como tolos ou nos deixa em completo silêncio.

Ao anoitecer, a lenha que crepita na lareira produz uma atmosfera aconchegante na sala de estar. Nas noites claras de inverno, a lua brilha intensamente, e bordar capas de almofadas à luz do luar é um deleite. Como essa lua branca cintilante pode ser a mesma que se esconde atrás das nuvens cinzentas de Londres? Quem nos vende penas de ganso para estofarmos as almofadas é uma mulher da região com braceletes nos braços, guisos nos tornozelos e argola no nariz. Essas mulheres com ricos adornos e sáris de cores vibrantes parecem pássaros tropicais a flutuar pela paisagem empoeirada. Não seria de espantar se os deuses da terra tivessem concebido a noção de ouro ao contemplar pela primeira vez sua pele morena.

Dezembro de 1856

Natal! Decoramos o bangalô com pinhas e Lalita dispôs um *rangoli* na mesa de chá, um espetáculo encantador de poinsétias vermelhas e orquídeas silvestres arranjadas em círculos concêntricos. Sentamos à varanda cantando "Adeste Fidelis", e mais uma vez os criados trouxeram cestos com frutas e bolos, e mais uma vez lhes demos gorjetas polpudas.

O amigo indiano de Felicity nos fez uma visita, trazendo um surpreendente cesto com latas de maçãs em calda, sardinhas e ostras defumadas, uma garrafa de vinho do Porto e um autêntico queijo Stilton inteirinho. Tudo isso aninhado sob uma cobertura de calêndulas. Para realizar esse milagre, ele deve ter encomendado as mercadorias com meses de antecedência em alguma importadora de Calcutá. Uma generosidade surpreendente que fez Felicity soltar gritinhos de alegria como uma garotinha. Isso me deixou desconfortável.

Eu e Felicity fomos ao mercado e compramos cachos de uvas sultanas e passas para um pudim de ameixa. Na barraca de especiarias, adquirimos canela e noz-moscada retiradas de grandes sacos e pesadas numa balança de cobre. E também compramos bastante açúcar mascavo para fazer a calda dourada das tortas de melaço.

Enquanto Hakim assava um pavão, que mais tarde destrinchou como se fosse um assassino oriental a empunhar uma espada, preparamos tortas e pudins na cozinha nova. Quando mergulhei os pedaços de pão no leite, Felicity tossiu feio e me assustei. Ela garantiu que só tinha se engasgado, mas não acreditei.

Janeiro de 1857

Felicity tem guardado segredos. Às vezes, seu silêncio chega a pesar, como se prestes a revelar algo a qualquer momento; quando pergunto, ela sacode a cabeça e sai para dar uma maçã ao cavalo. É um aspecto novo e intrigante, e não sei se gosto disso. Eu me sinto deixada de lado.

Ela voltou a tossir e não está tão assídua no trabalho do orfanato, porque teme contagiar alguém. Não me surpreenderia se soubesse que a recaída se deve ao trabalho naqueles casebres infectos. Nunca me agradou vê-la transitando por aqueles bairros miseráveis, cheios de mendigos e leprosos. Receio que o ar desses lugares esteja completamente envenenado.

Os criados estão comentando sobre os incêndios em Calcutá. Pelo visto os cipaios estão seriamente insatisfeitos.

Janeiro de 1857

Felicity está dramaticamente abatida. É assustador vê-la se arrastando pela casa com um lencinho contra a boca. Está pálida e suas adoráveis mãos parecem galhos secos.

Claro que é uma recaída da tuberculose, mas diferente da última crise. Alimento-a com caldo de carne e nata gorda, mas ela continua a enfraquecer. Rezo para que seja apenas uma tuberculose, doença da qual sobreviveu, não uma das infecções pavorosas tão comuns nesta terra.

Da mesma forma como fazia na Inglaterra, mantenho uma bolinha de cânfora na cama de Felicity e a obrigo a tomar uma dose diária de tártaro emético para fortalecer o sangue. Mas seu corpo não reage, e isso me assusta. De manhã, sempre vomita. Sofre de uma fadiga crônica, e permanece na cama, de camisola, por horas a fio. Sua menstruação parou, tal como aconteceu em Yorkshire, e ela mal consegue andar pela casa.

Enviei uma mensagem a sua mãe, que se limitou a mandar o médico da região, que chegou aqui hoje à noite, bêbado e aos tropeções. Ele se deteve na escada da varanda e perguntou onde estava a paciente.

— Geralmente, elas ficam na cama, não é? — respondi.

Ao tomar o pulso de Felicity, ele arrotou e perguntou com um ar estúpido:

— Como é que a mocinha está se sentindo?

— Ótima — respondeu Felicity.

— Está tudo bem, então — retrucou ele, parecendo aliviado. — Direi a sua irmã que você já se recuperou.

— Acho que o senhor quer dizer a mãe dela — falei, de cara amarrada.

Ele me lançou um olhar fulminante e irritado.

— Descanse esta noite e, se não estiver melhor amanhã, voltarei e lhe farei uma sangria.

— Ótimo. — Felicity lançou um de seus maravilhosos sorrisos ao homem.

Levei o inútil até a porta, e o inútil perguntou:

— E não ganho uma dose para aguentar a volta?

Ofereci um pouco de uísque só para me livrar dele, e voltei ao quarto de Felicity, que achou o tolo beberrão um cômico.

No dia seguinte, lady Chadwick chegou, numa linda carruagem vitoriana puxada por um lustroso cavalo negro. Atravessou a varanda com um ar de nojo, e a armação de suas crinolinas quase a fez entalar à soleira da porta. Percorreu a sala de estar, que subitamente pareceu minúscula e desarrumada, entrou no quarto de Felicity e se pôs ao pé da cama.

— Soube que você já está a meio caminho da recuperação.
— Estou sim, mamãe. Muito obrigada por ter vindo.

A visita não durou mais do que dez minutos, uma eternidade para nós duas. Agora, Felicity meteu na cabeça que só receberá a visita do indiano. Graças a Deus moramos no *mofussil*, onde não há olhos curiosos à espreita para observar e espalhar fofocas maldosas sobre a amizade inocente, embora desaconselhável, do casal.

O indiano. Reluto em pronunciar seu nome, como se, ao relegá-lo ao anonimato, pudesse fazê-lo desaparecer, ou pelo menos torná-lo menos importante. Dirijo-me a ele chamando de "sir", ele faz uma reverência polida e me chama de madame. Nossos diálogos são geralmente breves e frios, e faço questão de mantê-los assim. É maldade, sei disso, mas é assim que é. Eu era muito mais feliz quando éramos apenas Felicity e eu.

Pelo menos, o homem não é um pé-rapado. Fala o inglês impecável da rainha, por ter vivido alguns anos em Londres e estudado em Cambridge. Descende de uma abastada família de latifundiários — produtores de seda, se bem me lembro. Mesmo assim, é um indiano e nós representamos o Raj; e, nesses tempos instáveis, essa associação não é nada boa.

A agitação entre os cipaios foi causada pela munição dos rifles que usam. Ao que tudo indica, o problema tem a ver com a gordura que a lubrifica, gordura profana de vaca ou de porco, como eles acreditam que seja. Profana ou não, religião não é assunto para se brincar, numa terra de tantos deuses.

CAPÍTULO 18

1947

Abri o livro ali pelo meio, verifiquei a data — 1855 — então folheei as páginas referentes às banalidades da igreja até chegar em 1856. Li uma listagem sem fim, de nascimentos, batizados e mortes, uma nota sobre a tuberculose de um paroquiano, alguns detalhes sobre a compra de novas cadeiras de vime para o clube e a descrição de um baile espalhafatoso no Viceregal Lodge.

Ao virar a página, me deparei com uma legenda escrita a caneta em graciosa caligrafia — *Recém-chegados: janeiro a junho de 1856*. A lista incluía datas, nomes de oficiais, posto militar que ocupavam e os membros das respectivas famílias; um pouco abaixo do meio da página, lia-se *Maio de 1856, senhorita Adela Winfield, amiga da senhorita Felicity Chadwick*. Já não restava qualquer dúvida. Quem estava enterrada no cemitério era a minha Adela.

Passei rapidamente pelas páginas, até chegar a janeiro de 1857. Após o relato dos negócios da paróquia, surgia uma nota que registrava o descontentamento dos cipaios. Na página do mês de março, uma nota fantasmagórica escrita com uma caligrafia raivosa.

Março de 1857
  Mais besteiras continuam sendo ditas sobre aquela maldita munição. Como se tudo não passasse de um plano para corromper a fé do povo da região. O general Anson diz que jamais cederá a preconceitos idiotas.
  Atenção, atenção.

Aquilo me pareceu pouco compreensível para um clérigo, mas, segundo o reverendo Locke, muitos registros haviam sido feitos por quem queria alguma coisa para passar o tempo. Pouco importa quem teria tido tempo para registrar o motim, mas a verdade é que parecia falar pela maioria.

Abril de 1857
Motim! Um cipaio de Barrackpore, um tal de Mangal Pandey, de fato atirou e feriu um oficial britânico. A comunidade está ultrajada. Isso não pode continuar assim.

Abril de 1857
Pandey foi enforcado, mas os protestos se espalham.

Maio de 1857
Desastre em Meerut. Cipaios assassinaram toda a população cristã! Agora estão a caminho de Délhi para pedir ao imperador moghul que se junte à sua causa. Bahadur Shah Zafar jamais dará sua bênção a esses descontentes. Ele é bastante sensato para não desafiar a Coroa. Acabará com o motim por nós.

Maio de 1857
Bahadur Shah Zafar abrigou os cipaios no próprio palácio. Certamente foi coagido a isso. De todo modo, a guerra está declarada.

Junho de 1857
Os cipaios tomaram o Forte Vermelho, em Délhi. Cidadãos britânicos, inclusive mulheres e crianças, fogem pelo país afora em busca de abrigo. É uma rebelião sangrenta, que os nativos estão chamando de Guerra da Independência.
Até agora nós, aqui de Simla, fomos poupados, mas há incidentes de advertência, ajuntamentos que parecem conspiração. A atmosfera se afigura bem traiçoeira e raramente nos aventuramos a sair de casa. Observamos nossos criados à procura de sinais de subversão. Até mesmo as crianças brandem pedaços de pau com ar ameaçador. Que Deus nos ajude.

Junho de 1857
Os Tytler estão a salvo em Karnal, só Deus sabe como, mas Vibart está desaparecido. A família Clarke foi assassinada dentro de casa, no entanto, Morely não conseguiu descrever a cena. A senhora Clarke estava em adiantado estado da gravidez.

Julho de 1857
Kanpur! Nossas mulheres e crianças esquartejadas e atiradas dentro de um poço! Faltam-me palavras. Que Deus amaldiçoe essas almas negras. Eles pagarão por isso. Morrerão cem deles por cada vida perdida dos nossos. Wagentrieber tem pedido por aniquilação. Canning tem pedido por contenção e o apelidaram de "Canning Clemência". Ele tem sido solenemente ignorado. Estamos de acordo que precisamos nos vingar do ocorrido em Kanpur de um modo a passar uma mensagem clara. Nunca mais!

Estranhamente, as páginas seguintes só listavam nascimentos e óbitos, um casamento e um jogo de críquete com múltiplos pontos de exclamação no resultado da partida. Estava escrito: "Partida rachada!". Pelo que parecia, por mais problemática que fosse, a rebelião dos cipaios não era considerada uma grave ameaça para o império; afinal, não passavam de meros empregados. Também vi uma outra menção à tuberculose e logo a seguir uma descrição da vingança britânica ao que ocorreu em Kanpur.

Agosto de 1857
Nicholson desarmou os regimentos dos cipaios com grande êxito e mandou os líderes para a forca. Ele dispensou a prática de despedaçar amotinados presos à boca de um canhão, porque chegou à conclusão de que gastaria uma pólvora que poderia ser empregada de um jeito melhor.

Agosto de 1857
Canning afirma que fomos longe demais, mas ele é uma voz isolada. Nosso exército retalia, varrendo aldeias inteiras do Norte, incendiando-as. As leais tropas sikh foram autorizadas a torturar os insurgentes capturados. Em Kanpur, os cipaios foram obrigados a lamber o chão para limpar os vestígios do massacre, e depois tiveram que engolir, à força, carne de porco e carne de vaca e tudo o mais que a religião local interdita. Por fim, eles foram costurados com pele de porco e enforcados. O general Neill ordenou que os hindus fossem enterrados e os maometanos, cremados, contrariando claramente a fé de ambos os grupos. Repugnante, mas como disse Mackenzie: "Não honraríamos nossa hombridade se não os exterminássemos como cobras."
Segundo os indianos, nossa vingança foi diabólica, mas a própria Bíblia nos dá esse direito. Wallace executou os cipaios enquanto cantava o Salmo 116.

A bílis que eu havia engolido ao ver o carro em chamas subiu novamente por minha garganta. Afastei-me da escrivaninha, imaginando um oficial britânico, enlouquecido e sedento de vingança, a cantar salmos como um anjo infernal enquanto se banhava no sangue de sua baioneta empunhada. Meu sarcasmo aflorou e pensei: pobre Deus, seis mil religiões no mundo, cada uma delas clamando por aliança com Ele apenas para si. Que dor de cabeça deve ser.

Setembro de 1857
As tropas britânicas retomaram Délhi. Neste domingo, daremos graças, como uma comunidade unida pela gratidão. Já se castigou Dalhousie, o canalha sombrio e espertalhão, e já se fala na reorganização da East India Company. A urgência de um rigoroso estado de direito tem nos custado um alto preço. Mas rebeliões não serão toleradas e as retaliações continuarão por algum tempo.

Setembro de 1857
Quão afortunados somos por desfrutar o clima frio de Simla. Os recém-chegados dizem que o calor úmido de Calcutá e Délhi é opressivo, e para alguns até fatal. Mas às vezes o conforto alimenta um afrouxamento moral, como vimos recentemente no escândalo de Singh. É desconcertante imaginar...

A página seguinte estava rasgada. Eu me perguntei por que o livro de registro de uma igreja anglicana mencionaria o escândalo de uma família indiana, e tratei de folhear as páginas para ver se a que faltava tinha sido colocada em outro lugar. Não a encontrei.

Fixei os olhos nos patos alinhados sobre o aparador da lareira. Os britânicos não se importariam com o escândalo de uma família indiana, a menos que um deles estivesse envolvido. Obviamente, os homens ingleses tinham amantes indianas, mas depois de 1830, com a chegada de grandes levas de missionários, tanto as relações inter-raciais quanto os ídolos pagãos e os haréns tornaram-se proibidos. E certamente esse tipo de coisa não seria colocado nos registros da igreja.

Quanto ao relacionamento entre uma inglesa e um indiano, bem, isso ultrapassaria os limites do escândalo, porque era algo simplesmente inconcebível. Se por acaso o homem escapasse da forca, com toda certeza seria linchado. Em pleno século XX, diante do relato de uma inglesa que dizia ter sido abordada por um indiano numa rua de Punjab, o governador ordenou que todos os indianos percorressem a mesma rua de gatinhas.

Um relacionamento entre uma inglesa vitoriana e um indiano era impensável. Mas o que teria acontecido numa família indiana que merecesse registro na igreja e depois fosse rasgado?

O registro terminava em dezembro de 1857, e era hora de voltar para casa. Ao recolocar o volume na estante, uma fileira de Bíblias antigas chamou a minha atenção e me fez percorrer os nomes impressos em letras douradas nas lombadas de couro em frangalhos: Chilton, Braithwaite, Marlowe e... sim... Winfield.

Abri a Bíblia e uma folha de papel dobrada soltou-se do livro e flutuou até os meus pés. Peguei-a apressada, porque o sino da igreja badalou e logo imaginei Billy de olhos grudados nos ponteiros do relógio indicando que eu já devia ter voltado para casa. Àquela altura, Habib já espiava pela porta. Passei os olhos rapidamente pela frase no topo da página.

Fevereiro de 1857
    Ela está escarrando sangue e começa a desanimar. Meus esforços foram em vão.

Parecia o trecho de um diário. Sacudi as páginas da Bíblia para ver se outras folhas se soltavam, e algumas folhas de papel dobradas se despencaram no chão.

— Oh, céus! — exclamei baixinho.

Fiz força para me conter e não começar a lê-las ali mesmo, mas o tempo urgia e era hora de voltar para casa. Enfiei as folhas às pressas na bolsa, tive a impressão de ouvir passos próximos ao umbral da porta e ergui olhos para averiguar. Traída pela culpa, a palavra "ladra" passou-me pela cabeça. "Só estou pegando emprestado", murmurei comigo mesma.

Fechei a bolsa e repus a Bíblia na estante. Veio-me à mente o pensamento irracional de que meu cabelo estava desgrenhado, como se atingido por um vendaval, e tratei de ajeitá-lo antes de sair. Deixei a igreja furtivamente e dei graças aos céus por não ter esbarrado com o esplêndido reverendo Locke. Minha bolsa pesava com a papelada surrupiada, e eu não teria coragem para encará-lo.

Peguei uma *tonga* na Cart Road e passei pelo carro incendiado, que a essa altura era apenas uma carcaça de ferro soltando fumaça. Não havia mais varas de bambu à vista e pés, cascos e rodas já haviam misturado a terra, onde provavelmente ainda restavam traços de sangue. Logo a carcaça do carro seria recolhida e não restaria qualquer sinal do que havia acontecido naquele lugar. Uma vaca pastava numa pilha de lixo das imediações. Eu estava abismada como algo tão terrível podia acontecer sem deixar vestígios. Oceanos de sangue haviam sido derramados na Índia, mas a única evidência deixada estava nos livros. Parecia errado, mas naquele momento tudo o que eu também queria era esquecer.

CAPÍTULO 19

1856

Felicity desviou os olhos quando o viu pela primeira vez no orfanato, e achou que ele era um tipo frio. Se as crianças e os missionários a faziam sentir-se útil, ele a fez sentir-se uma intrusa em seu mundo. Ela se perguntou se ele a considerava responsável pela subjugação de seu povo, mas logo ponderou que isso não era justo. Afinal, ele nem a conhecia. Mesmo assim, a possibilidade a manteve calada em presença dele.

Às vezes, olhava-o de soslaio e admirava sua postura digna e confiante ao caminhar. A barba preta bem-aparada, o turbante que sempre combinava com o *sash* — ele era sikh e portava uma adaga presa à cintura, símbolo de sua disposição em defender os fracos. Ela achava que isso era nobre e corajoso, mas também um tanto perigoso. E se perguntava como ele seria sem o turbante azul escuro.

Ela não fazia a menor ideia do quanto o assustava: a palavra de acusação de uma mulher branca poderia matá-lo. Para ele era surpreendente que os britânicos ainda não tivessem compreendido que os homens indianos não sentiam a menor atração pelas mulheres brancas — inacabadas como a massa crua de pão. Mas tinha que admitir que aquela jovem que frequentava o orfanato tinha um rosto estontantemente delicado e gestos encantadoramente flexíveis. Mãos longas e suaves, e os ossos dos pulsos eram mimosos — ele a imaginava com uma tatuagem de *henna* naquelas mãos alvas e macias. Embora sempre tivesse achado cabelos louros sem graça, os dela eram luminosos como um pôr de sol. Ela se diferenciava das outras mulheres brancas de inúmeras maneiras: no modo estranho de se vestir, por cavalgar montada de frente e não de lado, e por cobrir a cabeça com um véu e não com um chapéu. Tudo isso era extremamente perturbador.

Certa vez, ela esbarrou nele no caminho e desculpou-se numa voz tão baixa e suave que o fez gelar dos pés à cabeça. Ele não conseguiu se convencer de que ela não tinha agido intencionalmente. Mas por que faria isso? Ele bem que tentava evitá-la, mas ela sempre aparecia no orfanato que ele financia. Para ele, não importava que os missionários fossem cristãos. Era um homem educado e liberal, que pensava que religião era uma questão de carma e que cada um tinha um caminho próprio a trilhar.

Felicity apreciava os olhos escuros daquele homem, que sempre parecia zangado quando ela o olhava. Estranho. Apesar da frieza, não agia como se estivesse zangado. Sempre brincava e levava presentes para as crianças, móbiles de elefantes e cobertores macios trazidos de sua plantação para produção de seda, próxima a Pragpur. Ele tinha um sorriso aberto e franco, mas nunca o dirigia a ela.

Certa manhã, ele e Felicity ajudaram dois missionários escoceses a servir potes de arroz doce para a criançada. Enquanto esperavam, as crianças acompanhavam com os olhos o trajeto da comida até a boca dos que já estavam comendo; depois de servidas, comiam devagar e atentamente, como se a comida fosse um sacramento. Fez-se silêncio no refeitório enquanto as crianças se alimentavam, o único ruído que se ouvia era o da mastigação. Foi quando ele e Felicity se entreolharam discretamente. Ele desviou os olhos imediatamente, e ela fixou o olhar em seu perfil, achando que assim ele a fitaria novamente. Mas isso não aconteceu.

Em outra manhã, Felicity se dirigiu a uma das cabanas que compunham os alojamentos do orfanato, para confortar um garotinho que havia quebrado o braço. Levava consigo um travesseiro de penas e um frasco de xarope Mother Bailey; deteve-se ao umbral da porta, procurando adaptar os olhos à penumbra do lugar. O homem frio acocorava-se ao lado de um menino sentado sobre uma esteira, encostado à parede, com um braço na tipoia. Com a adaga, ele descascava uma maçã e dava ao menino uma fatia de cada vez. Ele murmurou alguma coisa que ela não pôde ouvir, mas o menino sorriu. Ambos ergueram os olhos quando ela entrou, o menino encarando-a e o homem abaixando os olhos e voltando a descascar a maçã. Ele descascava a fruta com precisão e concentração, mas Felicity observou que sua boca se movia com ternura ao conversar com o menino. Pensou que ele devia pertencer à casta dos guerreiros, porque emanava a gentileza da verdadeira força.

Depois de uma breve espera, Felicity curvou a cabeça e entrou com o travesseiro e o frasco de remédio nas mãos. O lugar era tão apertado que o homem parecia ocupá-lo de uma extremidade a outra. Ela deu um passo à frente e ajoelhou-se ao lado do menino. De repente, não sabia mais o que fazer com as mãos, e chegou a pensar que o farfalhar de sua saia-calça de montaria havia feito muito barulho. Enquanto ajeitava o travesseiro às costas do menino, o homem a ajudava, evitando atingir o braço machucado. Na tentativa de posicionar o travesseiro, suas mãos se tocaram e ele recuou com tanta rapidez que ela engasgou.

— Desculpe. Eu... — disse ela.

— Não precisa se desculpar, madame, eu é que peço desculpas. — Ele estendeu o resto da maçã ao menino e saiu abruptamente.

Felicity ministrou uma dose do Mother Bailey ao garoto e, ao sair da cabana, viu que o homem conversava com o reverendo MacDougal. O missionário alto e magro imigrara para a Índia com a esposa, ambos com um brilho nos olhos e uma chama ardendo no coração — queriam educar e ensinar noções de saúde aos hindus. O casal vivia de arroz e ideal, e recebia fundos daquele indiano rico e de alguma obscura fonte norte-americana. Felicity aproximou-se e as feições do indiano passaram da calma ao pavor, mas não ligou.

— Sir, não é educado que pessoas que se encontram com tanta frequência não se falem — disse.

— Desculpe-me, madame. — Ele inclinou a cabeça. — Meu nome é Singh — apresentou-se, num inglês sem o menor sotaque indiano.

— O senhor Singh é quem nos permite manter as portas abertas — acrescentou o reverendo MacDougal.

— Neste caso, é um prazer conhecê-lo. Sou a senhorita Chadwick.

O senhor Singh inclinou a cabeça mais uma vez, e apressou-se em direção a uma charrete.

— Que estranho. Ele estava para fazer o relato da chegada da nova remessa de arroz — comentou o reverendo MacDougal.

❦

Na semana seguinte, eles chegaram ao mesmo tempo no orfanato; enquanto o senhor Singh parava a charrete, Felicity fazia o cavalo girar e lhe bloqueava a entrada no conglomerado de cabanas. Ele protegeu os olhos com a mão, olhou para o alto e reparou como seus cabelos acobreados reluziam em contraste com o azul do céu. O cavalo de Felicity bufou.

— Não sei por que não podemos conversar como pessoas civilizadas — disse ela.

— Realmente. — O senhor Singh fez uma pausa, antes de retrucar: — O clima deste ano está bem ameno.

Um pombo risonho levantou voo de um pé de *pipal* e o cavalo levantou a cabeça.

— Por favor, senhor Singh, não me subestime — falou ela.

Ele manteve o rosto impassível.

— Não entendo o que a senhorita quer de mim. Mas poderia entrar agora? Estou com uma carga de arroz.

Felicity puxou as rédeas e fez o cavalo sair do caminho. Na semana seguinte, ele chegou ao orfanato a tempo de vê-la caminhando em direção às cabanas. O cavalo relinchou, e ele se perguntou como ela teria conseguido ensinar um *durzi* a confeccionar saias-calças. Nunca vira uma inglesa com roupas tão bizarras, assim como nunca vira uma inglesa cavalgar como ela, nem trabalhar num orfanato. Era uma mulher estranha, o que significava problemas: mesmo assim, não conseguia tirá-la da cabeça. Ficou sentado na charrete sem saber se devia esperar que ela saísse para só depois entrar. Mas se ela o visse sentado ali, esperando, isso poderia ofendê-la. Maldita mulher. Chegara até a sonhar com ela. Soltou as rédeas e desceu da charrete.

Felicity estava sentada à sombra de um pé de *pipal* com os órfãos aglomerados ao seu redor. Por que ensinar inglês às crianças? Mas era visível que todos a amavam. Ele atravessou o conglomerado de cabanas sem olhar para a direita nem para a esquerda, mas de repente ela acenou e o cumprimentou. E ele não teve outro jeito senão retribuir o cumprimento.

Depois de conversar com MacDougal, empertigou-se e foi ao encontro de Felicity. Ela o observou, enquanto ele se aproximava, e levantou-se quando ele chegou debaixo do pé de *pipal*.

— Já acabei por hoje. Vamos tomar um chá? — convidou ela.

Uma brisa soprou os pelos da nuca de Felicity, e algo gelado se revolveu no estômago do senhor Singh.

— Muito obrigado, madame, mas acho pouco sensato — respondeu ele.

— Ora, pelo amor de Deus, que bobagem. — Os lábios dela esboçaram uma linha de determinação. — É só uma xícara de chá.

O que ela está fazendo? Recusar seria mais perigoso que aceitar? Como ela poderia continuar tão linda, mesmo com a teimosia estampada no rosto?

— Seria uma honra para mim — respondeu ele, sem se dar conta.

Os dois caminharam até uma barraca dos arredores para tomar chá, fingindo que não sabiam que estavam sendo observados. Um grupo de homens com turbantes sentava-se ao chão, em volta da fumaça perfumada de um narguilé, mas até a fumaça pareceu congelar como um borrão azulado no ar quando a mulher branca e o homem marrom sentaram-se a uma mesinha próxima. Sentaram-se frente a frente, em banquinhos de três pernas, e ele pediu um *masala chai*.

O ambulante misturou leite, chá e especiarias numa pequena panela de latão, e pôs a mistura para ferver sobre as brasas do carvão.

— Você sabe que isso é uma verdadeira idiotice — disse Felicity.

— Desculpe, não entendi.

— Tentar me evitar. Eu não mordo. — Ela mostrou os dentes e ele se sobressaltou.

— Madame...

— Pare com isso. Meu nome é Felicity. Nunca se perguntou por que moro sozinha no *mofussil*?

— E você mora sozinha?

— Bem, moro com uma amiga. Mas eu não sou como as outras *memsahibs*.

— Estou vendo que não.

O ambulante serviu o chá fumegante em pequenas xícaras de porcelana. Ela tomou um gole. Ele pigarreou.

— Por que sempre a vejo no orfanato?

— Quero ser útil.

— Louvável. — Ele tomou um gole do chá, e esfregou a palma da mão úmida no joelho.

— E quanto a você, por que um orfanato?

Ele encolheu os ombros.

— Porque era necessário e os escoceses estavam dispostos.

Ela terminou de tomar o chá, e repousou a xícara na mesa.

— Então, não foi tão difícil, não é?

Não fizeram planos para um próximo encontro, mas no mesmo dia da semana seguinte tomaram chá, na mesma barraca. Ele pediu o chá e os dois trocaram ideias sobre o orfanato, sobre a Índia e sobre a Inglaterra. Ele soube que ela nascera na Índia e ela soube que ele fora educado na Inglaterra. Olharam um para o outro antes de se levantarem, e saíram.

No encontro seguinte já não fingiram que se encontravam na barraca de chá por coincidência. A conversa foi mais profunda e, de quando em quando, entrecortada por pigarros, enquanto cada um deles brincava com a xícara. Em dado momento, ela tossiu e deixou o lencinho cair, e ele se apressou em pegá-lo, o que a fez ruborizar. Era um artifício idiota de mulheres coquetes e ela pensou em dizer que fora um acidente, mas na verdade ficava atrapalhada na presença dele. Ele estendeu-lhe o lenço e as mãos se tocaram novamente. Dessa vez ela deixou a ponta dos dedos na palma da mão dele por um instante, e um arrepio percorreu a espinha de ambos.

— Eu sou casado — murmurou ele.

Felicity endireitou a coluna e o encarou. Sabia que os casamentos na Índia eram arranjados.

— Você ama sua esposa? — perguntou ela.

Singh desviou os olhos e ela percebeu que ele estava refletindo para dar a resposta mais honesta possível. Por fim, ele falou:

— Na Índia, não nos casamos por amor. Os casamentos são alianças estabelecidas por razões sociais, políticas ou financeiras. Conheci minha mulher no dia do casamento. — Ele cruzou os braços no peito e endureceu os olhos. — Nosso sistema é claramente entendido por todos e funciona há muito tempo.

— Você não respondeu minha pergunta.

Ele suspirou e deixou os ombros caírem.

— O amor é muito problemático.

— É verdade. Mas seria vergonhoso casar com uma estranha e então se apaixonar por outra. Não acha que cada um tem o dever de ser honesto consigo mesmo?

Ele a olhou fixamente, e ela tomou um gole de chá. Ficaram em silêncio, desligados da vida que girava ao redor. Homens tagarelavam e fumavam *bidi*, o chá borbulhava na chaleira e os transeuntes andavam de um lado para o outro; mesmo assim, eles estavam a sós. Passado algum tempo, ele falou:

— Você é diferente.

— Sou sim.

Acabaram de tomar o chá e seguiram por um beco esburacado, cruzando com carroças de verduras e legumes enquanto *dhobis* passavam com trouxas de roupa à cabeça. Ela se deteve para admirar os olhos dourados de um *mynah* preso numa gaiola de bambu, e enfiou o dedo pela fresta da grade para acariciar o peito do passarinho.

— Eu amo a Índia, mesmo com toda sujeira e pobreza. Isso não é esquisito? — indagou ela.

Ele sorriu.

— Você está perguntando a um indiano.

Ela apontou para as pessoas que passavam pelo beco estreito.

— Seu povo parece pedir muito pouco da vida, e essa docilidade o torna presa fácil para os conquistadores.

Ele desviou os olhos.

— Talvez seja mais sábio vergar do que quebrar.

— Mas você...

Felicity interrompeu a frase com a visão de Tyra MacDougal correndo na direção deles pelo beco repentinamente cheio de gente. O chapéu tombou e seus cabelos ralos caíram sobre o rosto apavorado. Estava sendo perseguida por um grupo de jovens armados com varas de bambu. Eles a alcançaram, agarraram-na pelo braço e a empurraram para o chão; um dos jovens arrancou o crucifixo de prata do seu pescoço, jogando-o fora. Ela curvou a cabeça em posição de prece, e isso os deixou ainda mais enfurecidos. Um dos rapazes deu um pontapé no lado do corpo de Tyra, fazendo-a tombar com as mãos nas costelas. Outro golpeou-lhe a cabeça com a vara de bambu, e um filete de sangue jorrou pela testa, escorrendo-lhe pelo rosto.

Felicity fez menção de correr na direção de Tyra, mas foi impedida pelo senhor Singh, que ordenou aos dois rapazes que parassem com aquilo. A voz soou com autoridade e um dos rapazes deteve a vara de bambu, que ficou paralisada no ar. O senhor Singh deu alguns passos à frente e, num piscar de olhos, os jovens se transformaram em simples garotos petulantes, resmungando por entre dentes, enquanto se afastavam. Felicity aproximou-se, ajoelhando-se e apoiando a cabeça de Tyra em seu colo. Olhou para a mancha de sangue em sua blusa branca, para os olhos rasos d'água de Tyra e, depois, para os jovens.

— Por que fizeram isso?

— Ela quer nos transformar em párias — gritou um dos garotos, com ar de brigão.

— Nada disso. — Felicity balançou a cabeça. — Ela não lhes quer fazer mal.

— Então, que volte para o lugar de onde veio. — O garoto partiu a vara de bambu ao meio e afastou-se. Os outros o seguiram.

Os dois acompanharam Tyra até a missão, e lá ela caiu nos braços do marido. MacDougal começou a cuidar da esposa ferida, e o senhor Singh fez um comentário.

— Se a Índia deixar de se vergar... — Ele balançou a cabeça e desviou os olhos.

❉

Na semana seguinte, Felicity estava com o senhor Singh na barraca de chá, quando pigarreou e disse:

— Soube que você tem uma fazenda de produção de seda perto de Pragpur.

— É verdade. — Ele pousou a xícara na mesa.

Ela se debruçou sobre a mesinha desgastada.

— Pragpur e Simla são retiros de verão populares entre os meus compatriotas.

— Eu sei. — Ele tentou decifrar o que o rosto dela exprimia.

Ela abaixou a voz.

— Lá há um hotel britânico, onde costumava me hospedar com meus pais quando era criança. Acho que vou para lá no próximo mês... A essa altura, os hóspedes já terão saído para passar o Natal em casa. Só restará uma pequena equipe de empregados para cuidar do lugar, e estarão alojados na ala dos criados, fora do prédio principal. Estarei sozinha, se for para lá no mês que vem.

— E quanto tempo levará em viagem, até chegar a esse seu abençoado retiro?

— Quatro dias de charrete e *dhoolie*.

— É uma longa viagem para ser feita de impulso.

— Não quando se deseja privacidade tanto quanto eu desejo. — Ela umedeceu os lábios. — E você, o que acha?

Ele endireitou a coluna, engoliu em seco e assentiu com a cabeça, timidamente.

Ela continuou como se tudo estivesse acertado.

— Pegarei um dos quartos com vista para o leste. As varandas desses quartos dão para o vale e para as montanhas. Uma vista magnífica a qualquer época, mas inesquecível sob a lua cheia.

— Pragpur na lua cheia? — murmurou ele.

— Isso mesmo. No meu calendário, cai no décimo dia de dezembro.

Ele se debruçou sobre a mesa, e falou com voz rouca.

— Estará frio e é melhor levar agasalhos. Mas, apesar do frio, sugiro que abra mão da lareira na primeira noite. — Ela achou que ele parecia um pouco tenso, embora o rosto continuasse impassível. Ou só ela é que estava assim? Ele então acrescentou: — É a melhor maneira de desfrutar o luar nas montanhas.

— E sua fazenda fica a que distância do hotel?

— Cerca de seis horas de cavalgada.

— É uma longa cavalgada.

— Não, madame. Não é nada.

※

O hotel de Pragpur era decorado no mesmo estilo indoeuropeu do Clube de Simla. Tapetes da Cashemira por cima de pisos de madeira encerada, biombos indianos posicionados por trás de sofás de chintz, e cabeças de animais empalhados com olhos de vidro, nas paredes. No andar térreo, uma grande sala de jantar de teto alto e uma escada que levava para os quartos.

O porteiro carregou a bagagem de Felicity, e ela ficou à espera, diante de um balcão de recepção vazio. Quando terminou de carregar a última mala, o porteiro entrou apressado atrás do balcão e sorriu — a redução da equipe de inverno duplicava as tarefas.

— Sua chegada foi inesperada, *memsahib*. Até porque o Natal já está chegando, não é mesmo? — comentou ele, virando a cabeça de um lado para o outro.

— Acredito que tenham um aposento disponível — retrucou ela.

— Claro que sim, *memsahib*. Todos os aposentos estão disponíveis.

— Quero um quarto voltado para o leste, com vista para as montanhas, por favor.

— Sim, *memsahib*.

— E não quero ser perturbada.

— Sim, *memsahib*. O criado só irá lá para acender a lareira.
— Dispenso a lareira.
Ele arqueou as sobrancelhas.
— Mas está frio.
— Sem lareira.
— Sim, *memsahib*.
— E, por favor, encha a banheira de água quente para que eu possa tomar um banho depois do jantar.
— Sim, *memsahib*.

❈

Na sala de jantar, Felicity revolveu o *curry* de cordeiro com arroz pelo prato, fingindo que estava comendo, e depois subiu a escada ampla e sinuosa até seus aposentos. Um quarto com banheiro, ambos igualmente espaçosos e no típico estilo colonial, com teto alto e placas largas de madeira na parte inferior das paredes. Uma cama coberta de edredons em frente a uma lareira inativa, um armário de carvalho a um canto e uma poltrona no outro. No banheiro de ladrilhos brancos, uma fumegante banheira de ferro desprendia fumaça quente no ar frio, esperando por Felicity.

Ela tomou um banho demorado. Apertava a esponja contra o corpo e observava a água que descia pelos braços e por entre os seios. A certa altura, a voz trêmula de um *muegin* ecoou pelo quarto, e ela se recostou na banheira para ouvir melhor; respirou profundamente, afundou na água e seus cabelos flutuaram sobre a superfície, como os tentáculos de uma criatura marinha. Ela permaneceu imersa o máximo que pôde e depois emergiu sorrindo.

Enxugou-se com cuidado, como se nunca mais fosse tocar aquele corpo. Ela se perguntava como se sentiria na manhã seguinte, se sua transformação seria visível. Enrolou a toalha nos cabelos, para secá-los.

Os porteiros haviam desfeito suas malas durante o jantar, e ela se pôs na frente do armário aberto para decidir o que vestir — o lindo vestido de tafetá cor-de-rosa ou o sári cor de lavanda? O que combinava mais com ela? Optou pelo sári. Vestiu uma blusa curta e apertada, e amarrou uma anágua simples abaixo do umbigo. Pegou o tecido opulento, metros e metros de seda brilhante com uma ampla barra prateada, e o enrolou no corpo. Pregueou e drapeou o sári sobre o ombro com todo o cuidado. Isso pareceu consumir uma intolerável duração de tempo.

Felicity sentou-se na poltrona para esperar, e, algum tempo depois, não conseguia mais respirar. Sem corpete para soltar e com a respiração ofegante, ela se enrolou no xale de *cashmere* e foi para a varanda. O ar gelado e agudo fez seus pulmões respirarem fundo.

Ela começou a observar a lua cheia que surgia por trás das montanhas, enquanto uma fantasmagórica luminosidade azulada sombreava os picos brancos; ragas indianos e espirais de fumaça emergiam da ala dos criados. O ar parecia carbonizado, como sempre.

Quando a lua cheia chegou ao meio do céu, ela avistou uma silhueta cavalgando ao longo da base das montanhas. Ergueu uma lamparina e observou a cavalgada. Ficou admirada com o porte do homem a cavalo — ereto, altivo e no controle. Quando o tropel dos cascos se tornou mais próximo, ele diminuiu a marcha para trote. Quando olhou para o alto, ela traçou um pequeno arco no ar com a lamparina, e o cavalo empinou, como se fizesse uma saudação. Ela apagou a lamparina e estremeceu, aconchegando o xale ao redor dos ombros. Quando ouviu o relincho e o arfar do cavalo ainda mais perto, entrou no quarto e sentou-se à beira da cama, de costas para a varanda.

Ouviu o farfalhar das folhas da trepadeira que se estendia pela parede externa do hotel, com o coração saindo pela boca, mas se manteve imóvel. Ouviu os passos das botas de montaria na sacada da varanda, mas mesmo assim se manteve imóvel, sem se virar. Ele entrou no aposento, fechou a porta da varanda atrás de si, atravessou o espaço e colocou-se diante dela. Carregava uma delicada caixa de joias debaixo de um dos braços, e a luz do luar que incidia sobre ele projetava sua sombra na parede. Nenhum dos dois ousou dizer nada. Ele então abriu a caixa com um débil estalo da dobradiça de ouro, e, por uma fração de segundos, nada aconteceu. Mas, logo, uma doce explosão de borboletas verdes emergiu da caixa de madeira e se espalhou pelo quarto. Ela olhou a nuvem de asas que se agitavam no ar praticamente sem fôlego.

— Neste lugar, aqui e agora, somos livres — disse ele.

As borboletas de bichos-da-seda flutuavam e batiam as asas por todo o aposento, projetando sombras nervosas sobre as paredes. Esvoaçavam e dançavam sob a luz do luar, pousando ora no poste da cama, ora na poltrona. Como mágica, o quarto se transformou. Se a lareira estivesse acesa, no entanto, as borboletas teriam morrido incineradas pelo fogo.

Singh permanecia tão imóvel que uma borboleta pousou em seu ombro. A borboleta voou, quando ele se ajoelhou para que Felicity o ajudasse a soltar o turbante; ela então viu o negror de um cabelo espesso e sedoso cair-lhe em cachos ao redor do rosto, descendo-lhe pelos ombros. Eles permaneceram no mesmo lugar, sem se tocar, sem murmurar palavras, sem sorrir, enquanto uma nuvem de borboletas lhes rodeava o corpo. Quando Singh colou os lábios no rosto de Felicity, os cílios dela tocaram sua testa e ele soltou um gemido. Com dois dedos, Singh acariciou a nuca de Felicity, enquanto sua outra mão fazia deslizar a ponta do sári cor de lavanda do ombro dela.

CAPÍTULO 20

1947

Encontrei o mercado improvisado de Billy inteiramente saqueado, sem os biscoitos e com moedas no lugar deles. Billy estava na cozinha, sentado à mesa ao lado de Habib, comendo biscoitos acompanhados de um cremoso chá indiano.

— Oi, mamãe — disse ele, enquanto Habib abria um largo sorriso para mim, com uma fileira de dentes quadrados e brancos. Eu me perguntei se o gelo se quebrara por ter confiado Billy a ele. Será que não confiava em mim por que eu não confiava nele? Será que um dia eu entenderia a Índia? Billy apontou para o relógio. — A senhora se atrasou, mas tudo bem. Spike está brincando com Habib.

— Que bom — falei.

A cozinha exalava odor de coentro e, quando Habib foi arrumar o cesto, olhei para dentro da panela que estava no fogão e notei que havia suculentos pedaços de berinjela mergulhados no *curry*.

— Oh, adoro berinjela — comentei.

Quase morri de susto quando Habib falou.

— A senhora não acha que a berinjela é o rei dos legumes?

— Você fala inglês?

— Berinjela faz bem aos sentidos, madame. Desejo saúde para a senhora e para o patrão.

Fiquei realmente atordoada.

— Você fala inglês — repeti.

— Bom-dia para a senhora, madame. *Namastê, chota sahib*.

Olhei para Billy.

— Ele fala inglês.

Billy deu de ombros.

— *Namastê*, Habib — disse.

Habib abriu a porta e a imagem do carro incendiado em Simla e das varas de bambu brandindo no ar me passou pela cabeça.

— Habib! — chamei.
Ele se voltou, com a mão na maçaneta.
— O que foi, madame?
— Você não mora em Masoorla?
— Sim, madame.
— E hoje vai até Simla?
Ele me olhou com ar interrogativo.
— Não, madame. A senhora está precisando de alguma coisa?
— Não, muito obrigada. Até amanhã então.
Ele saiu sem dizer palavra.
— Estamos felizes porque a senhora está em casa, mamãe. Vai ler uma história para nós? — pediu Billy.

Quase pude ouvir as folhas roubadas dentro da minha bolsa, pedindo para serem lidas, mas... aquela carinha de querubim era irresistível.

— Com certeza, BoBo.

Acabávamos de ler a história da pequena locomotiva quando Martin chegou, mais cedo. Fiquei irritada, porque não podia lhe contar o que tinha visto em Simla. Perdera meu melhor amigo e morria de saudades dele.

Providenciei as tarefas da noite — jantar para Billy, sopa de frango com gengibre e sobremesa de ameixas indianas com creme de leite; depois, um banho, ajudá-lo a vestir o pijama e cantar uma canção de ninar irlandesa para ele.

Sentei com Martin diante de um ensopado surpreendentemente suave.

— Houve um incidente em Simla, hoje — disse ele.

Meu garfo ficou paralisado no ar por um segundo.

— Oh?

— Uma multidão ateou fogo num carro e massacrou o motorista.

De repente, tudo retornou: a bola de fogo, o cheiro de fumaça, as varas de bambu ensanguentadas, os rostos raivosos.

— Por que fizeram isso? — perguntei.

Martin encolheu os ombros.

— Ninguém diz nada. De acordo com os moradores de lá, ninguém viu nada. — Balançou a cabeça em negativa. — Não sei o que o sujeito fez, mas o simples fato de ser muçulmano deve ter representado uma afronta.

— Isso é só uma suposição sua.
Ele me encarou.
— Que palpite educado, esse seu.
Olhei para a *kurta* que ele vestia — o traje completo, túnica longa e calça larga.
— Meu palpite educado me diz que você está procurando encrenca ao se vestir desse jeito — falei.
Ele desviou os olhos.
— Lá vamos nós outra vez. — Ele serviu-se de mais *curry*. — Até que essa coisa não está ruim, mas ficaria melhor sem a berinjela.
Era do que eu precisava, para mudar de assunto.
— Habib fala inglês.
— Que bom. Então, diga-lhe para não fazer mais berinjela.
Depois que os pratos foram lavados e guardados, Martin enterrou-se na leitura de *Crime e castigo* e coloquei um disco — *Você é ou não é o meu amor?* — no prato giratório da vitrola. Esse disco quase pulara em minhas mãos e seu ritmo vibrante desafiava qualquer um que o ouvisse a dançar ou pelo menos bater o pé. Quando me recostei no sofá, cantando junto com as exuberantes Andrew Sisters, um raio iluminou o céu, mas nem assim Martin desgrudou os olhos do livro. Fixei os olhos no teto, surpreendida com a facilidade com que tinha mentido para ele. E me perguntei se ele podia vê-lo em meus olhos. Um trovão fez a casa estremecer, e pela primeira vez pensei se um divórcio não seria a solução. A ideia me tirou o fôlego.

O disco terminou e, quando o tirei do prato giratório, me perguntei se conhecia alguém que estivesse feliz por se divorciar, mas não conhecia ninguém que estivesse feliz ou infeliz por se divorciar. Em 1947, os divórcios não eram muito frequentes. Dave e Raquel ficariam desapontados e papai, devastado, mas acabariam superando. Eles teriam que superar. Não seria pior levar a farsa adiante e permitir que Billy fosse educado por gente que mal se falava? Não seria melhor se separar como amigos do que continuar juntos como inimigos?

Ali pelas dez horas da noite, nós dois entramos mais ou menos juntos no quarto. Dei-lhe um beijinho de boa-noite, e ele se virou de costas, como sempre.

Esperei que ele entrasse em sono profundo e começasse a roncar; depois, levantei sorrateiramente, peguei a bolsa que estava dependurada na maçaneta da porta do quarto e atravessei a escuridão da casa com as folhas roubadas nas mãos. Fazia frio e enrolei a colcha de crochê de cima do sofá nos ombros. Não podia deixar que a luz chegasse ao nosso quarto, e não queria ser vista do lado de fora da casa. Ironicamente, a culpa nos deixa meio malucos. Então, peguei uma lanterna na gaveta do armário da cozinha, sentei à mesa com minhas anotações e desdobrei as folhas quebradiças com todo o cuidado para não as rasgar. Organizei-as em ordem cronológica, de fevereiro a junho, sob um tênue feixe de luz. Eram peças de um diário, e, na ansiedade para lê-las, me perguntei por que alguém as teria rasgado e enfiado dentro de uma Bíblia.

Fevereiro de 1857
Ela está escarrando sangue e começo a me desesperar. Todos os meus esforços foram em vão. Será que é uma doença diferente? Em Yorkshire, ela ficou esquelética; mas, desta vez, apesar da falta de apetite, o rosto e o corpo incharam. Ela sente náuseas até com cheiro de comida. Tosse como antes, mas tudo mais é diferente.

Coloquei-a na cama e hoje não deixei o indiano passar pela porta. Mas ela ouviu a voz dele e, quando tentei me justificar, virou a cabeça no travesseiro e não olhou para mim. Fiquei magoada. Só quero o melhor para ela.

Os cipaios continuam fazendo protestos por causa da munição. O general Anson declarou que não compactuará com superstições estúpidas. Para mim, o estúpido é ele.

Fevereiro de 1857
Nosso mundo acabou e começou um novo. Felicity está grávida e o pai é o indiano (será que já devo citar o nome dele?). Preciso de tempo para digerir isso e não atendo quando ele chama para me juntar a eles. Ele bate à nossa porta e Felicity sai do quarto mal se aguentando nas pernas, os rubores aparecem e desaparecem no rosto a cada passo que ela dá. Está muito fraca para se manter de pé por muito tempo e se apoia numa bengala de bambu. Fico sozinha na cozinha enquanto os dois conversam na sala de estar.

Com toda a tensão que se propaga por essa terra, às vezes me pergunto se ele não estaria usando Felicity para se autoafirmar com seu próprio povo. Mas, quando insinuo isso, ela diz que sou invejosa. E não está errada. Reconheço que me sinto um pouco ressentida por ele ter aberto uma brecha em nosso fechado e idílico mundo — algo duro e gelado se alojou no meu coração. Nunca deixei de amar Felicity, nem quando me apaixonei por Katie. Tínhamos construído uma vida aqui, Felicity e eu, uma vida platônica, mas de aconchego e companheirismo, só nós duas. Mas ele pôs fim a tudo isso e estou sofrendo. Talvez seja egoísmo e preciso superar isso, mas também sinto medo. As tensões entre britânicos e indianos aumentam cada vez mais e me vejo em meio a sentimentos de medo, inveja, terror e confusão... Queria a nossa vida tranquila de volta, mas agora — um bebê!

O que também me intriga é como a esposa dele reage a tudo isso, se é que ela sabe de alguma coisa. Os maometanos podem ter diversas esposas, mas esse homem é sikh, e um sikh só pode ter uma esposa. Ele é um adúltero e por isso questiono seu caráter. Na Inglaterra, seria um escândalo, mas aqui, raça, classe e política numa estranha miscelânea, tudo é extremamente perigoso. A história vive um momento volátil com a rebelião dos cipaios. Talvez a gente esteja correndo um sério perigo.

Março de 1857

Pela manhã, cavalguei até a aldeia para assistir à celebração nativa de *Holi*, o festival das cores da primavera. *Holi* é um convite ao fim das inibições, e os nativos dançam livremente pelas ruas; jogam pó colorido uns nos outros e até nas cabras e nas vacas — um pó cor-de-rosa, verde, azul, amarelo e outras misturas de cores. As crianças se encharcam com água colorida e terminam ensopadas e pintadas. Comem-se bolinhos de coco misturados com *bhang*, um narcótico brando, e o dia termina com as caras manchadas de verde e rosa e os cabelos negros tingidos de azul e amarelo, com todos rodopiando e cantando ao som de trombetas e tambores.

Conheci um fazendeiro inglês e sua esposa, que também assistiam à celebração de *Holi*. O sujeito tinha rosto vermelho e um ar idiota, talvez tivesse ingerido bolinhos com *bhang*. A esposa era uma coisinha mal-humorada e não estava nem um pouco interessada no festival. Perguntei se estava gostando e ela respondeu:

— Meu bebê morreu por causa de miasmas vindos do chão.

Disse-lhe que lamentava muito, galopei direto para casa e contei a Felicity sobre a pobre esposa do fazendeiro. A história a fez chorar.

— Precisamos cobrir o piso da casa com tábuas corridas — disse ela.

Acho a ideia ótima. As formigas brancas já danificaram o estrado de bambu, e não queremos que nenhum miasma mate o nosso bebê.

Março de 1857
Hoje, o sol brilhava forte, e estendi a colcha coral e turquesa debaixo do sândalo para Felicity tomar ar fresco. Enquanto ela tirava um cochilo, eu escrevia meu diário. O sol esquentou ainda mais e também me fez cochilar, até que fomos acordadas por um barulho alto de perfuração; olhei para cima e um pica-pau de cabeça vermelha investia o bico comprido contra uma árvore. Quis espantá-lo, mas Felicity disse que a árvore era mais dele do que nossa, e só nos restou assistir à operação daquele engenhoso martelo de cabeça vermelha em busca de alimento.

Mais acima, no tronco, avistei um buraco ovoide que um dia servira de ninho para um pássaro e me passou pela cabeça que seria um excelente lugar para esconder algumas partes da minha história. Sei que é uma ideia caprichosa e desprovida de senso prático, mas isso faz parte de um plano. Sei muito bem que na Inglaterra ninguém leria minha narrativa sem me julgar, e acho que seria interessante deixá-la ao sabor do destino. Posso comprar latinhas e bolsas de água quente de borracha vulcanizada na aldeia, itens que poderão proteger as anotações durante um bom número de monções.

Houve um incidente em Barrackpore. Prenderam um cipaio, mas não sei dos detalhes.

Março de 1857
Recebi uma mensagem de mamãe. Ela foi informada de que eu não tinha retornado a Calcutá para participar da temporada e, sem poder esperar, me enviou mensagem por navio. Ela se permitiu a extravagância de um telegrama, que o carteiro entregou esta manhã. Eu o li em voz alta para Felicity.

Volte para casa imediatamente ponto
Chadwick ajudará ponto
Comportamento inaceitável ponto
Obedeça ou lavamos as mãos ponto

— Não se preocupe — disse Felicity. — Minha anuidade dá para nós duas. — Alisou a barriga arredondada e olhou pela janela com olhos plácidos e felizes. Senti um misto perturbador de alegria e medo.

Esta semana, os *punkahs* começam a funcionar.

Abril de 1857
Esta manhã, os criados estavam completamente excitados. Segundo Lalita, chegaram notícias na aldeia de que o cipaio preso era

Mangal Pandey, e o nome dele está na boca de todos. Ele atacou e feriu um oficial britânico. Foi acusado de fazer motim, e sentenciado à morte.

Sei que tudo isso deve ter começado com a tal história da munição, mas os criados garantem que não sabem de mais nada. Eles se mostram chocados e revoltados, mas a tensão em volta se adensa como um pudim, e pude detectar um ar de triunfo nos olhos deles.

Lady Chadwick não virá para as montanhas nesta estação, porque viajar tornou-se muito perigoso. Fico feliz por não ter que lidar com sua interferência desta vez.

Maio de 1857
Enforcaram Pandey no dia 22 de abril. Depois da execução, pipocaram distúrbios e incêndios em Agra e Ambala. O general Anson se mostrou despreocupado vindo para Simla durante o verão, mas acho que ele subestimou a importância da morte de Pandey. Ou muito me engano, ou produzimos um mártir.

Maio de 1857
Felicity não para de enumerar as qualidades do amado, na esperança de elevá-lo a meus olhos. Diz que ele cuida dos pobres (mas ele é rico, e esses são os pobres dele), ressalta que tem um rosto bem marcado (não passa de um rosto escuro com barba de guerreiro, coberto por um turbante azul), e exalta seus modos finos — modos ingleses!

Se esse relacionamento se tornar público, ela cairá em desgraça, mas ele... bem, os homens indianos talvez questionem seu gosto em questão de mulheres, mas nossos companheiros militares o enforcarão sem hesitar. O filho deles será um pária onde quer que esteja. Eles devem estar completamente apaixonados para negligenciar tudo isso, o que não torna as coisas menos problemáticas.

Katie me vem à mente e isso me faz ver que não tenho direito de julgar amores proibidos, mas esse homem traiu a esposa e colocou Felicity em perigo. Como posso confiar nele?

Talvez a vida solitária no *mofussil* seja a forma mais aprazível de se viver na Índia, mas não a mais prudente. Penso nas seguras salas de estar de Calcutá e vejo que optamos por uma vida solitária e perigosa.

Lalita nos contou que oitenta e cinco cipaios foram mandados para a corte marcial em Meerut. Isso ainda não acabou.

Junho de 1857

Motim! Os cipaios se rebelaram em massa e assassinaram centenas de europeus em Délhi. Chegou um mensageiro de Simla com um convite para Felicity e eu nos abrigarmos no clube, mas ela insiste em afirmar que os aldeões são amigos e que estamos seguras aqui. Não discuto porque ela está muito fraca para viajar, e também escandalosamente grávida.

Felicity está pálida e irritadiça, seu cabelo, antes lustroso, agora está ralo e sem vida, e ela reclama de dores de cabeça. Não consigo distinguir os sintomas da tuberculose dos sintomas da gravidez. Minha adorável amiga jaz na cama, tosse debilmente e nem por isso a barriga deixa de crescer com uma nova vida. Acho que a criaturinha sobrevive lá dentro à custa dela.

Certos dias, os piores, Felicity é tomada por delírios e confunde o poste da cama com a ceifeira, a morte. Grita para a criatura afastar-se dela e do bebê e depois não para mais de tossir. Khalid deixa a bandeja de chá no chão, à soleira da porta e o carregador de água passa as bacias de água morna pela janela. Recomendei que Lalita cobrisse o nariz e a boca com o véu quando entrasse no quarto.

Os criados estão intranquilos, mas não é a morte que os deixa perturbados. Na Índia, a morte é comum e transformadora, é promessa de paraíso para maometanos e hindus, um breve interlúdio entre as encarnações. O que os perturba é essa estranha *memsahib* que não é inglesa e nem indiana e que, segundo os rumores, está morrendo no *mofussil* e estaria grávida, sem falar no assassinato de europeus em suas próprias casas, em Délhi, e no combate entre cipaios e britânicos, em Benares e Allahabad. Tudo isso os confunde. Tudo isso também me confunde.

Apaguei a lanterna e me mantive quieta na escuridão da cozinha. Felicity não tinha sido enterrada em Masoorla e devia estar muito doente para retornar à Inglaterra. O que teria acontecido com ela e com o bebê?

Ajeitei a colcha em volta dos ombros, e logo a frase *"estendi a colcha coral e turquesa debaixo do sândalo..."* me veio à mente e me fez estremecer. Deitei o rosto na colcha e senti um cheiro de lã e poeira com um leve toque de cânfora. Ficara guardada durante muito tempo dentro de um baú. Extasiada, passei a mão por cima da colcha, que tinha sido feita pelas mãos de Adela e um dia aquecera Felicity. De repente, tudo me pareceu tão *real*.

Até então não tinha reparado se havia algum buraco no tronco do sândalo, mas também não tinha procurado. Saí furtivamente da casa, desci os degraus da varanda e me coloquei debaixo do sândalo, sob a luz do luar. Apesar da lua, estava escuro e não pude enxergar por entre a folhagem densa e as sombras, de modo que voltei para casa disposta a procurar o buraco na manhã seguinte.

Dobrei novamente as folhas do diário de Adela, e as empilhei com capricho; até parecia que eu era a dona daquilo. Não, guardiã, eu mesma me corrigi. Pensei em amarrar a pilha com uma fita bonita, como faria uma vitoriana, guardando-a junto com as cartas, debaixo das minhas peças de lingerie, mas isso seria reconhecer que eu tinha a intenção de mantê-las comigo. Enfiei as folhas na bolsa, um esconderijo confortavelmente ambíguo. Sabia que me sentiria impelida a devolvê-las da próxima vez que fosse a Simla, mas também sabia que não faria isso. A história de Felicity e Adela ecoava dentro de mim, e eu queria mais.

Meus olhos vagaram pelas retas e curvas escuras da cozinha: o velho fogão onde Adela fazia caldo de carne para Felicity, o velho tijolo da parede — ainda novo em épocas passadas e com pouca fuligem — e o relógio de parede cujo estilo *art déco* indicava que tinha sido pendurado recentemente. A mesa da cozinha que parecia ter pertencido a uma propriedade campestre de Cotswolds era talhada em sólida tora de carvalho inglês, com base tripla e rodeada por cadeiras com encostos em formato de escada, um estilo popular nos anos 1930. Aparentemente, um conjunto trazido da Inglaterra no período entre as duas guerras.

Já não eram apenas os papéis de Adela que me inquietavam. Onde estava o resto da mobília de Felicity? O sofá da sala e a cadeira de brocado com marcas de dentes nos braços eram vitorianos, mas quase todo o resto era mais recente. A cristaleira da sala de jantar apresentava a mesma simplicidade de linhas de meu armário de louças de Chicago. Ainda havia um abajur dos anos 1920 em cima de uma mesinha lateral na sala de estar e um espelho *fin de siècle* na parede, por cima do aparador da lareira.

Talvez tivessem usado as folhas do velho diário para calçar as gavetas do baú e depois levado para alguma loja de Bombaim. As cartas talvez tivessem sido deixadas numa escrivaninha ou num armário, passados para o nosso senhorio indiano quando ele comprou a casa. As mensagens que, segundo Adela, teriam sido trocadas entre Felicity e o amado, talvez não tivessem sido escondidas; poderiam estar simplesmente esquecidas dentro de um armário que, àquela altura, estaria em algum antiquário de Kensington. Talvez a continuação da história das duas garotas tivesse se dispersado entre dois continentes. De qualquer forma, com sorte, o diário, ou parte do diário de Adela, estaria no buraco do tronco do sândalo.

Joguei a colcha no encosto do sofá, pendurei a bolsa na maçaneta do quarto e me enfiei de volta na cama. Martin já não roncava e, com semblante sereno, indicava que dormia sem pesadelos, pelo menos naquela noite. No sono, com as feições descontraídas, ele era o homem que eu tinha amado no começo do nosso casamento. Acordado, aquelas mesmas feições eram um tanto assustadoras, um tanto iradas e quase sempre tensas, mas adormecido... olhei fixamente para ele. O amor da minha vida ainda estava ali. Como poderia me divorciar do Martin pós-guerra, quando o verdadeiro Martin, o meu Martin, ainda estava ali?

CAPÍTULO 21

Na manhã seguinte, dirigi-me ao sândalo e investiguei por entre a folhagem. Com os olhos apertados pelo sol, andei em volta do tronco na tentativa de descobrir alguma coisa na copa, mas a folhagem era muito densa. A árvore crescera muito em cem anos; será que um buraco na árvore fecharia com o tempo? Se não fechasse, qualquer coisa deixada lá dentro por muitos anos poderia ter sido tirada por algum animal. Um animal de pequeno porte que fizesse um ninho no buraco não conseguiria mover uma latinha, mas um macaco, sim.

Levei a mão à testa para proteger os olhos, enquanto assistia à exibição de um macaquinho em um dos galhos. Ele se pendurava com uma das mãos e coçava o pelo do peito com a outra, e abria um sorriso perturbadoramente humano com seus dentes compridos. Começou a pular de galho em galho como um trapezista de circo, guinchando quando um galho vergava sob seu peso; em dado momento, avistei alguma coisa na extremidade mais alta do tronco, uma depressão oval escurecida a uns sete metros de altura. Aquilo *poderia* ser um buraco, mas era muito alto para chegar até lá. O macaquinho pulou para um galho mais firme, e o buraco sumiu em meio à copa de folhas. Nunca subira em árvores, e precisaria de uma escada.

Talvez houvesse alguma à venda na loja de produtos importados, de qualquer forma, planejava passar por lá porque Martin convidara James Walker para jantar. Seria um gesto de consideração lhe servir uma refeição inglesa. Claro que, com aquele corpanzil, nosso amigo devia gostar de carne e batatas. Depois que Rashmi chegasse, eu iria de bicicleta até a aldeia, e lá encontraria o necessário para um jantar inglês; a carne é que seria mais complicado.

Quase todos os açougueiros eram muçulmanos, portanto seria impossível comprar carne de porco. Carne para bife seria um risco porque as vacas eram protegidas e nunca se tinha certeza de que carne se passava por carne de vaca. Carne de bode era terrivelmente comum — mas era necessário admitir que não sabia prepará-la — e carne de galinha geralmente era velha e dura. Peças de carneiro eram vendidas a torto e a direito em pedaços não identificáveis, que tendiam a ser de ovelha. Optei, então, por costeletas de carneiro. Convenci-me de que seria capaz de reconhecer uma costeleta de carneiro, e a geleia de hortelã daria um toque inglês à carne. Na ocasião, ainda não sabia que geleia de hortelã é basicamente um *chutney* anglicizado.

Eu procurava meus óculos escuros quando Rashmi chegou com uma *tikka* nova e me deu uma piscadela de cumplicidade que fingi não ter percebido.

— Farei compras depois da aula — disse.
— A senhora vai comprar leite de búfala?
— Hum... não.
— Mas é bom comprar leite de búfala. É para o patrão.
— Ele não toma leite.
— Eu sabia! Ele precisa beber leite de búfala, sim.
— Não.
— A senhora não gosta de leite de búfala?
— Nunca tomamos leite de búfala.
— Eu sabia! Aí é que está o problema.
— Ok, eu compro o leite de búfala.
— Belisque o pescoço e jure.
— O quê?
— Faça isso!
— Está bem. — Belisquei o pescoço, sentindo-me idiota. — Posso lhe trazer um pouco de leite também?
— Não gosto muito de leite de búfala. — Ela abriu um sorriso lascivo. — Além do mais, não estou precisando.

Pedalei até a escola, que ficava debaixo de um pé de *banyan*, e naquele dia trabalhamos palavras iniciadas com a letra "B". Desenhei uma bola, uma bolsa e uma barriga, e isso me deu a chance de tocar nas crianças e de fazer-lhes cócegas. Coloquei o dedo nas costelas de Timin, e o pobre menino deu um salto como se tivesse levado uma facada — ele virou o rosto, de olhos aterrorizados. Até então, não tinha me dado conta de que eles ainda sentiam medo de mim. Papariquei as crianças durante a maior parte do tempo, e deixei que me abraçassem. No fim, os sorrisos tímidos se transformaram em risadas gostosas, e oito pares de grandes olhos negros cintilaram de alegria. Eles não tinham aprendido palavras com a letra "B", mas nunca a aula foi tão boa quanto naquele dia.

Em seguida, pedalei até a loja de um açougueiro com a barba pintada com *henna*, de vermelho, e fiz minha compra da mesma forma que ensinava inglês — apontando e fazendo mímicas e desenhos. Desenhei um carneirinho felpudo, e disse "méééé". Senti-me idiota e um tanto embaraçada ao fazer o desenho; às vezes, a vida em meio a vegetarianos me fazia hesitar; não foi nada agradável associar uma costeleta apetitosa a um animal adorável. Mas o fato é que mostrei o desenho para o açougueiro e ergui sete dedos com rudeza.

Enquanto o açougueiro embrulhava a carne, passou-me pela cabeça que logo ele teria que se decidir entre ficar naquele país hindu ou atravessar a fronteira para o Paquistão. Olhei ao redor, em busca de algum sinal de mudança, mas tudo parecia normal. As moscas zuniam em torno da peça sangrenta de uma carne pendurada num gancho, patos grasnavam dentro de uma gaiola de bambu, e o açougueiro me saudou com um agradável *salaam* quando assinei a nota de fiado. Como os outros comerciantes, ele mandaria a nota para o meu bangalô no final do mês.

Lá fora, prendi o cesto no guidão da bicicleta e, ao dar uma rápida olhadela para trás, vi que o açougueiro já estava de volta à cadeira de vime, fumando seu *bidi* e rezando num colar de contas. Se, às vésperas da divisão, um muçulmano se sentia tão à vontade em Masoorla, nada me faria permitir que Martin me obrigasse a permanecer dentro de casa.

Pedalei pela ladeira e parei para comprar batatas e ervilhas de uma mulher com sári cor de melancia, sentada à beira do caminho. Apontei para os legumes, e ela os embrulhou numa folha de jornal sem dizer palavra, enquanto balançava um bebê magro no colo. A extremidade do sári estava puxada sobre a cabeça e não se via *tikka* em sua testa morena. Presumi que também era muçulmana, e mesmo assim lá estava ela sentada com seu bebê, vigorosa como o dia.

Coloquei as ervilhas e as batatas por cima das costeletas dentro da cesta, e pedalei com dificuldade pela subida da ladeira, ignorando os olhares que a minha velocidade, a minha calça comprida, os meus óculos escuros e o meu cabelo ruivo provocavam. Estacionei a bicicleta em frente à loja de produtos importados de Manesh Kumar, um empresário indiano que vendia biscoitos, geleias, chá Earl Grey, latas de sardinhas e outros produtos de primeira necessidade da vida colonial. Lá dentro, em meio a uma infinidade de mercadorias, encontrei geleia de hortelã para as costeletas de carneiro e leite enlatado para o chá, uma caixa de caramelos ingleses e uma garrafa empoeirada de vinho francês. Não encontrei uma escada e me perguntei se teria que ir até Simla para comprá-la. No último minuto, acrescentei uísque às compras, porque a garrafa de casa estava quase vazia.

Manesh era um homem de cabeça redonda, cara redonda e corpo redondo, um conjunto arredondado que lhe dava um ar de simpatia. Em vez de usar a habitual *tikka* cor de laranja, três listras brancas feitas com pasta de sândalo cruzavam-lhe a testa, dando-lhe um estranho toque tribal. Coloquei as compras em cima do pequeno balcão, e ele meneou a cabeça.

— Está comprando comida inglesa e vinho francês. A senhora vai dar uma festa?

— Só uma festinha, Manesh. Como vai você?

— Estou ótimo. — Logo o sorriso desvaneceu. — Embora a mãe de minha esposa esteja vindo da cidade pra cá.

— Sei que sua esposa ficará muito feliz por ver a mãe.

Ele balançou a cabeça com tristeza.

— Não. Nem ela está gostando. A velha está vindo de Calcutá porque está uma confusão danada por lá. — Abriu-se um sorriso repentino na cara redonda. — Mas gera um bom carma, não é?

— Um excelente carma. — Refleti a respeito do carma, o grande nivelador que fazia Manesh sorrir. Qual seria o segredo daquele homem? Acrescentei: — O carma acaba trazendo tudo à tona, não é?

Ele fez um movimento alegre de cabeça.

— Talvez sim, talvez não. Mas é inútil querer o que não é. Não é? Querer é sofrer. Aceitar é paz.

— É verdade. — Olhei para aquele filósofo importador de biscoitos com mais intensidade do que as boas maneiras exigiam. Aceitar é paz? Eu teria que pensar a respeito. Mas ainda não estava pronta para

aceitar a impossibilidade de subir no sândalo e perguntei: — Você tem escadas aqui?
— Não tenho, madame, mas posso conseguir.
— Ótimo. E isso pra quando?
E de novo... o terrível meneio de cabeça.
— Rapidinho, madame.
— Hum... em poucos dias ou em poucas semanas?
— Ah, sim. — Outro meneio de cabeça. — Em poucos dias.
Pensei em perguntar o número exato de dias, mas desisti ao me lembrar da mulher de sári cor de damasco que dissera que a igreja ficaria fechada o dia inteiro, mas que abriria em duas horas.
— Ok — concordei. — Por favor, encomende uma escada e mande lá pra casa assim que chegar.
Manesh sorriu, e assinei a nota. Ele gritou da porta da loja quando montei na bicicleta.
— Não corra muito, madame. — Fez uma ligeira reverência, e acenou.
Acenei de volta e pensei como Manesh me lembrava Rashmi. Ele tinha uma casinha perto da loja e um punhado de filhos — ele nunca soube exatamente quantos eram. Mas alimentava a todos e isso lhe bastava. Sorria até mesmo ao saber que a sogra aparentemente desagradável estava prestes a morar em sua casa. Ele esperava pouco e aceitava muito, tal como Rashmi. Talvez eu precisasse aprender a arte de aceitar com aquele povo. Eles aceitavam até os casamentos arranjados. Noventa e cinco por cento dos casamentos na Índia são arranjados, e mesmo assim é o país com a menor taxa de divórcios do mundo. A vida é transitória e o mais sensato é aceitar a transitoriedade de tudo, e aproveitar o máximo possível. Esperar que um amor romântico durasse para sempre talvez fosse demais. Esperar que Martin voltasse da guerra e retomasse a vida anterior sem nenhuma dificuldade talvez fosse irracional. Talvez fôssemos mais felizes se eu conseguisse aceitar que ele tinha mudado.

CAPÍTULO 22

Uma refeição ocidental sem excesso de condimentos me parecia tentação igual à de um oásis no deserto escaldante e, obviamente, uma pausa naqueles molhos picantes, embora autênticos, agradaria a Martin. Arrumei a mesa para o jantar com a louça e os copos que encontráramos na casa — porcelana Rosenthal com motivo floral azul e cristais Waterford, ambos inacessíveis aos meus bolsos nos tempos de Chicago. Ergui um copo contra a luz e admirei os arco-íris que se formaram nas facetas, depois fui colher papoulas vermelhas no quintal para pôr no jarro. Em meio a dois candelabros antigos, as flores deram um toque vibrante e natural à mesa, e esse efeito agradável me fez sorrir. De repente a aceitação me pareceu possível.

Habib chegou quando terminei de arrumar a mesa. Fez uma careta quando viu as costeletas de carneiro e as ervilhas na cozinha. Eu o ajudei a descarregar seu cesto.

— Siga em frente com o jantar — falei. — Só estou fazendo uns extras para um convidado.

Habib contava com a pequena soma de dinheiro que recebia por cada jantar, e privá-lo disso seria mesquinho de minha parte. Ele tirou as costeletas da frente e começou a cortar cebolas — parecia que todo prato indiano começava com cebolas picadas. Observei enquanto ele picava, moía e temperava. Em seguida, alinhou sobre a mesa de corte grão-de-bico, espinafre, sementes de cominho, coentro, brotos e uma pilha das poderosas e indispensáveis pimentas. Decidi que serviria *curry* e *raita* como pratos de acompanhamento, mas quando ele tirou uma berinjela da cesta, falei:

— Oh, o senhor Mitchell não liga para berinjelas — eu disse.

— Claro que não liga, madame. A berinjela é um legume inútil.

— O quê?

— Eu não devia ter trazido berinjela. Vou levá-lo de volta. Por que será que vendem um legume tão imprestável?

— Mas, na noite passada, você disse que a berinjela era o rei dos legumes.

Habib me olhou com pena, como se eu não tivesse compreendido algo tão simples.

— Madame — explicou —, eu trabalho para vocês, não para a berinjela. Que bem faria para *mim* se discordasse de vocês e concordasse com a berinjela? — Ele deixou a berinjela de lado, e eu vi um bambu se vergar sem se quebrar.

❁

James Walker tocou a campainha no momento em que coloquei a panela de batatas no fogo; sequei as mãos no avental para recebê-lo. O homenzarrão que parecia ocupar a porta inteira me deixou surpreendentemente feliz ao vê-lo. A Índia se tornara bastante solitária. Walker me estendeu um pacote de seis cervejas Kingfisher e, automaticamente, olhei para a garrafa de Burgundy aberta no aparador para respirar. Ele me seguiu até a cozinha, e lá coloquei as cervejas na caixa de madeira para gelar e aumentei o fogo das batatas.

— Você está fervendo batatas na terra do arroz perfumado? — perguntou ele, olhando para dentro da panela.

Considerei a surpresa como um cumprimento. Quando destampei a panela com o *curry* preparado por Habib, Walker sorveu a fumaça impregnada de especiarias e fechou os olhos, com um gemido de prazer. Será que me enganara? Ele era inglês. Não era louco por rosbife e peixe com batatas fritas, ervilhas molengas, torta de carne e de fígado, arenque e linguiça? Verna me apresentara a Bíblia da *memsahib*, *The Complete Indian Housekeeper and Cook*, e nesse livro não havia nenhuma receita indiana. Será que James Walker era uma aberração da culinária?

Mas é claro! Fazia quase duas décadas que ele estava na Índia. Graças a Deus eu não havia excluído o *curry* de Habib.

— Que tal um uísque? — perguntei.

Walker olhou para a caixa de gelo e disse:

— Já experimentou a bebida local?

Abri duas garrafas de cerveja, e ele passou a dele pela nuca para se refrescar.

— Não precisa pegar um copo — falou. — Está ótimo assim. — Encostou sua garrafa na minha para brindar, e bebeu a cerveja pelo gargalo. Receosa, arrisquei um gole e o gosto era levemente metálico e surpreendentemente agradável. Cheguei à conclusão de que era o contraponto perfeito para um *curry* condimentado.

Billy deu cabo de uma tigela de *dahl* de lentilha com estardalhaço. E comeu o arroz da maneira que aprendera com Rashmi, fazendo bolinhas que jogava para dentro da boca. Pensei comigo que depois conversaríamos a respeito.

— E então, pequeno *sahib*, já sabe conversar em hindi? — perguntou Walker.

Billy o olhou com um bigode de *dahl*.

— Não é necessário — disse. — Mamãe está ensinando inglês para todos eles.

Desviei os olhos da panela e o olhei com um sorriso.

— Não para todos, docinho.

Walker repousou a mão no pequeno ombro de Billy.

— Que tal nós aprendermos um pouco de hindi?

Billy concordou, com um movimento de cabeça e um ar sério, apesar do bigode de lentilhas.

— Talvez seja bom.

Posicionei as costeletas na grelha, enquanto Walker ensinava para Billy que *kripya* queria dizer "por favor", e *shukriya*, "obrigado". De testa franzida, Billy deu o melhor de si, e Walker o decretou bilíngue.

Quando Martin chegou, abri outra cerveja para Walker, pedi licença e me retirei para o ritual de fazer Billy dormir.

— *Namastê*, senhor Walker — despediu-se Billy.

Eu o levei para o quarto. Enquanto sentava em um dos lados da cama estreita e ajeitava Spike debaixo do braço de Billy, Martin o cobriu até o queixo, do lado oposto. Nós o beijamos.

— *Kripa* — disse Billy para provocar uma reação.

Martin sorriu.

— Malandrinho.

Soprei no pescoço de Billy e o fiz rir.

— Não é *kripa*, BoBo. É *kripya* — eu disse.

— Nuh–uh.

— Uh-huh. Aprendi com meus alunos algumas semanas atrás.

Billy me olhou com um ar de infinita paciência.
— Sei disso, mamãe. Mas aprendi *esta noite*.
Sua seriedade me deixou sem saber se eu queria rir ou chorar, e notei que Martin sentiu o mesmo. O olhar de compreensão que nos uniu me fez pensar outra vez que não seria difícil praticar a aceitação.
Dei outro beijo em Billy.
— Durma agora, meu pêssego — falei.
Repeti o comentário de Billy na sala de jantar para Walker, e ele se limitou a sorrir com indulgência. Eu me dei conta de que Martin era o único que dividia comigo o mesmo sentimento; Walker não fazia ideia do quanto Billy era *especial* para nós dois. Foi uma surpresa comprovar que os outros não viam isso, apenas eu e Martin. Lembrei de como o semblante de Martin ficara descontraído no quarto de Billy, e me passou pela cabeça que nosso filho era sua única razão para sorrir. Será que teríamos ficado tanto tempo juntos se não houvesse nosso filho? Repeli o pensamento e me apressei em servir a comida.
Walker abriu os braços de forma escandalosa.
— Você é o máximo, Evie.
— Bem, Habib... — retruquei sem graça.
— Claro que ela é o máximo — comentou Martin. — Evie estudava astronomia quando nos conhecemos.
— A verdade — continuei —, é que nos conhecemos numa confeitaria alemã. Eu trabalhava atrás do balcão e...
— Não foi assim, não. — Martin verteu o vinho no copo de Walker.
— Claro que foi. Você sempre ia lá comprar pão de centeio.
Martin me serviu o vinho.
— Nos conhecemos no campus. — Ele encheu o próprio copo, fazendo um movimento de cabeça para Walker, como se estivesse prestes a dizer "esta mulherzinha está confusa".
Uma onda de raiva subiu pela minha nuca.
— Não acredito que você não se lembre. — Eu realmente *não* acreditava. Não era possível que ele não se lembrasse da Confeitaria Linz. Por que será que estava mentindo?
Martin ignorou o que eu dissera.
— Ela estudava astronomia, e você nem imagina o que ela falava sobre constelações e galáxias. — Cobriu minha mão com a dele. — Nosso amor era cósmico.

O SÂNDALO 197

Puxei minha mão e ouvi a versão idealizada que Martin fazia de mim, a mulher prodígio que ele amara antes da guerra e que era bem diferente da mulherzinha com péssima memória. Mas *havíamos* nos conhecido na Confeitaria Linz. Senti uma pressão entre as sobrancelhas e me dei conta de que me mostrava mais confusa do que realmente estava.

— Fico feliz pelo fato de terem se conhecido, pois do contrário não estaria desfrutando este maravilhoso jantar — comentou Walker, servindo-se de uma porção do *curry* de legumes de Habib e de uma concha de *raita*. Depois, como se cumprindo uma obrigação, serviu-se de uma costeleta e ignorou a geleia de hortelã. Levou uma garfada de *curry* à boca e soltou um suspiro de prazer. — Este *masala* está excelente. Parabéns, Evie.

Eu e Martin trocamos um rápido olhar.

— Na verdade — falei —, foi nosso cozinheiro que fez o *curry*.

— Ah, você tem um cozinheiro, um bom cozinheiro. Peça-lhe para fazer *aloo aur gobhi ka salan*. É um delícioso prato da região.

— Farei isso.

Ele ainda não havia tocado na costeleta e isso não me passou despercebido. Com horror repentino, me perguntei se vinte anos na Índia o tinham tornado vegetariano. Eu devia ter perguntado.

— Então — falei enquanto cortava a costeleta em meu prato —, você não é casado?

— Não. Não sou do tipo que combina com casamento — respondeu ele, em meio a uma garfada de *curry*. — Ao conhecer garotos como o pequeno Billy, confesso que estaria mentindo se dissesse que não me arrependo. Mas suponho que não se pode ter tudo.

— É verdade. — Tomei um gole de vinho, lembrando que Martin me proibira de ir a Simla. — Mas, se não me engano, é a primeira vez que ouço um *homem* dizer isso.

Martin bufou de um modo mais do que expressivo, como se dissesse "você é esposa e mãe, você quis vir para cá e veio. E agora tem uma linda casa com criados." Em 1947, isso era tudo o que toda mulher podia ter.

— Com licença. — Levantei-me rapidamente. — Acho que esqueci de apagar uma boca do fogão. — Saí apressada da mesa, afastando-me de Martin, e lá na cozinha comecei a andar de um lado para o outro.

Aceitação. Despejei os caramelos ingleses numa travessa; peguei o caramelo que caiu no chão e o enfiei na boca. Eu precisava me acalmar, esperar que a respiração recuperasse o ritmo habitual e as batidas do coração se aquietassem.

Quando retornei à sala de jantar, Martin fazia um comentário sobre a universidade.

— Sei que eles não vão recorrer a um avião de combate para resgatar minha família, mas insisto em afirmar que não é certo que simplesmente nos abandonem na zona de guerra.

Walker ouviu sem dizer nada, chupando os dentes e tamborilando na mesa. Coloquei a travessa de caramelos à mesa, de cara amarrada, e na mesma hora Walker pegou um caramelo e enfiou na boca. Pareceu gostar da sobremesa, e pensei que pelo menos essa escolha tinha sido boa.

— Já experimentou as sobremesas indianas? Eles fazem cremes deliciosos com frutas e especiarias — comentou ele, em seguida.

Suspirei.

— Você é um homem do povo, James. Nem um pouco parecido com alguns conterrâneos seus daqui.

Ele se inclinou sobre a mesa, com um ar divertido.

— Está insinuando que Lydia e Edward são arrogantes?

Fiz um meneio de cabeça para indicar que era ele e não eu que tinha dito aquilo.

— Ah, não são de todo ruins. — Ele se recostou na cadeira. — E devo prevenir que sempre que um americano se torna igualmente arrogante, recebe críticas do inglês sobre os índios e os negros. — Arqueou as sobrancelhas espessas, parecendo desafiador, de repente. — Sem réplicas, está bem? — As sobrancelhas relaxaram, e ele retomou o ar amistoso habitual. — A maioria de nós toca a vida por aqui sem causar muitos danos. E, ao longo do percurso, até que fizemos algumas coisas boas... escolas, estradas, hospitais. Minha filosofia é viver e deixar viver.

— Ouça, ouça — Martin bebeu o resto do vinho e encheu o copo com o que restara na garrafa. Pensei comigo. *"Pelo amor de Deus, Martin"*, e depois pensei... *"aceitação".*

— Também deixamos boas coisas na África. Quando servi em Burma... — continuou Walker.

— Você serviu em Burma? — Martin se aprumou, alerta como um cervo assustado.

Walker assentiu com a cabeça.

— No final da guerra. Primeiro servi aqui na Índia. Tínhamos campos de prisioneiros de guerra italianos em Dharamsala, mas lá não havia muito a fazer... apenas montanhas e selva, e nenhum lugar por onde pudessem fugir. Nós simplesmente os checávamos a cada noite. Quando eles se embebedavam com aguardente de arroz, ou quando dormiam com alguém na varanda, nós os trancafiávamos por uma semana. Mas tudo aquilo parecia sem sentido. Concluí que seria mais útil como correspondente estrangeiro onde a guerra estivesse acontecendo realmente. Foi assim que me apresentei como voluntário para Burma.

— Já eu servi na Europa.

Walker murchou de imediato. Pareceu alquebrado.

— Uma confusão sinistra — murmurou.

— Vou contar. — Martin bebeu o vinho todo de um só gole, o que me fez estremecer. Ele então contou. — Eu estava lá no final. Ajudei a libertar um dos campos.

Olhei-o fixamente.

— Você o quê? — Ele nunca havia me contado.

Walker começou a brincar com um caramelo, e perguntou:

— Qual?

— Que diferença isso faz? — Martin se pôs na defensiva.

— Nenhuma, suponho. É que ouvi algumas histórias sobre essas libertações. Dizem que foi uma baita confusão.

— Você nem imagina.

Walker parou o caramelo no ar.

— Burma não foi exatamente um passeio no parque.

Uma inexplicável hostilidade aflorou entre os dois, deixando-me sem entender por que aquilo não me agradava nem um pouco. Evocar a guerra nunca era uma boa ideia com Martin.

— Oh, por favor — interferi. — A guerra acabou, e certamente não é assunto para um jantar.

— Peço desculpas, Evie. Você sabe, velhos soldados. — Walker fixou os olhos em Martin por um segundo longo demais. — Quer dizer que você foi um herói. Libertador de um campo.

— Eu nunca disse isso.

Tirei um Abdullah do maço e o acendi. O que estava acontecendo?
— Ora, não seja modesto. Todas aquelas pobres almas famintas e torturadas. Você foi um herói para aquela gente.
— Só estava fazendo o meu trabalho.
— Eu soube que eles não cabiam em si de tanta alegria quando os aliados chegaram.

Martin amarrou a cara.
— Que raio de... — comecei a falar.
— Tudo bem, Walker. — Martin serviu-se de uma dose de uísque.
— Tudo bem. Eles estavam semimortos. Foi nojento. Foi realmente uma merda. Nós os salvamos dos alemães e eles ficaram agradecidos. O que mais quer saber?
— O que está havendo, Martin? — De repente tudo pareceu fora de controle, e me vi na ridícula compulsão de tirar a mesa e lavar a louça.
— Fique fora disso, Evie.
— Ficar fora do quê? — O cigarro tremeu entre meus dedos. Ambos sabiam de alguma coisa sobre aqueles campos, mas aparentemente nenhum dos dois queria me contar.

Walker começou a brincar com o copo vazio.
— Vocês, ianques, não desperdiçaram tempo com protocolos naqueles campos em relação aos alemães, não foi? Sobretudo em Dachau. Ouvi histórias sobre Dachau.
— Você não sabe do que está falando.
— Então, me esclareça.

A mão de Martin enlaçou o copo com força e os músculos de seu pescoço saltaram. Levantei-me.
— Chega. Não sei do que se trata, mas graças a Deus a guerra já acabou. Que raio de coisa é essa de campos de concentração? Isso é obsceno.

Eles se encararam, sem se mexer.
— Desculpe-nos, querida — falou Walker. — É claro que você tem razão. — Ele deu a impressão de que estava esgotado; Martin, por sua vez, parecia tomado de fúria e pronto para dar um soco. O copo tremia em sua mão.
— Vamos tomar café na sala de estar — chamei.

❈

Assumi o papel de árbitro em um jogo desconhecido, fazendo-os sentar em lados opostos da sala de estar, colocando um disco para tocar — um Debussy suave como uma bailarina de Degas. Esperaria Walker sair para perguntar a Martin sobre o tal campo. Alisei o avental, sentindo-me uma *memsahib* novata, sem me importar com isso. Fui tomada por uma súbita admiração pelas mulheres que carregavam o fardo de manter a civilidade viva em meio à incerteza e a violência.

— Café ou chá? — perguntei.

— Que tal um uísque? — sugeriu Martin.

Walker assentiu com a cabeça.

— Parece ótimo.

Entrei na cozinha para preparar uma xícara de chá para mim. Enquanto esperava a água da chaleira ferver, me perguntei quantas mulheres naquela casa tinham servido doses de uísque para homens enfurecidos. Não fazia ideia do que havia acontecido, mas, ao voltar para a sala com a minha xícara de chá, eles conversavam sobre política indiana. Sentei-me na poltrona.

— Você fez bem em ficar em Masoorla, James. Manesh me disse que a sogra dele está chegando de Calcutá para fugir da violência. Temos sorte de estarmos aqui. — Lancei um olhar rápido e cortante para Martin. — As coisas não podiam estar mais tranquilas por aqui.

Walker rodopiou o uísque no copo.

— Bem, tem havido alguns distúrbios nos bairros dos nativos, brigas entre trabalhadores braçais... sei que você não colocaria os pés nesses lugares. Mas também houve um incidente na Cart Road. Um pouco de cautela não fará mal a ninguém.

Martin me lançou um olhar fulminante, insuportável, que me deixou tensa.

— Mas aquilo não pode ser chamado propriamente de um distúrbio político. Nem sabemos por que ocorreu — retruquei.

— Você tem razão. Mas este país sai da estagnação para um turbilhão num piscar de olhos.

Sabia que Martin se regozijara com o comentário, e também que me jogaria na cara depois que Walker fosse embora.

— A coisa está feia em Punjab. Na semana passada, uma aldeia hindu inteirinha cometeu suicídio ritual para que ninguém fosse expulso ou convertido. Haverá mais problemas quando os refugiados muçulmanos começarem a se agrupar em Lahore — disse Walker.

— Preciso conversar com os refugiados em Lahore — falou Martin.

— Não o aconselharia a fazer isso. — Walker tomou um gole de sua bebida. — A situação é muito arriscada por lá.

— Não para os brancos.

Walker riu.

— Peço desculpas, meu velho, mas ultimamente você não está nada parecido com um branco. Se estourar uma pancadaria, acha que eles pedirão primeiro para ver seu passaporte?

Martin pôs o copo em cima da mesinha com cuidado.

— Não preciso que você me diga...

— Ok. — Desempenhei outra vez o papel da boa *memsahib*. — Acho que basta de conversa desagradável por hoje. — Não era o que eu tinha em mente quando trouxe o assunto de nossa relativa segurança à baila. Então, acrescentei: — James, parece que você conhece muito a comida indiana. Temos tido problemas com isso. O que nos recomendaria?

Fiquei com minha xícara de chá na mão, enquanto Walker comparava os *kebabs* grelhados, do Norte da Índia, aos *vindaloos* de carne, do Sul. Martin se largou no sofá, bebendo uísque.

Quando ouvimos o *muezzin* fazendo a última chamada para a prece da noite, Walker olhou para o relógio, bebeu o resto de uísque do copo e levantou-se da poltrona.

— Muito obrigado pelo maravilhoso jantar, Evie. O *curry* estava excelente — agradeceu.

— Obrigado por ter vindo — balbuciou Martin. Não se levantou, e tive vontade de esganá-lo. Levei Walker à porta pensando em me desculpar por Martin, mas achei que um sorriso seria mais confortável tanto para ele quanto para mim. Depois que ele saiu, fechei a porta e me encostei nela, com alívio por a noite ter chegado ao fim.

Martin me olhou do sofá com uma sobrancelha arqueada. Parecia doentiamente triunfante e seus olhos turvos me irritaram.

— Posso dizer que lhe avisei? — falou.

— Não, não pode. — *Aceitação?* Tentei injetar gentileza no tom de minha voz. — Ele não disse que eu não devia ir à cidade.

— Bem, mas com toda certeza também não disse que você devia ir. Foi justamente por isso você trouxe o assunto à conversa, não foi? Para fazer de mim um homem mau.

— Ninguém precisa mostrar que é mau, porque você faz isso muito bem sozinho. Além do mais, você está bêbado e me humilhou. E que história é essa de campos de concentração?

— Você está mudando de assunto.

— Quero saber. — A raiva se espalhou por meu peito e aceitação se tornou uma simples noção abstrata. Se a discussão seguisse em frente, começaríamos a gritar e acordaríamos Billy outra vez. Então, acrescentei abruptamente. — Esquece. Você está bêbado. — Afastei-me da porta e me dirigi à sala de jantar para tirar a mesa. — Amanhã a gente conversa.

Martin se ergueu do sofá e me seguiu.

— Pare com isso. Quer dizer que bebi demais. E daí?

Peguei uma pilha de pratos e levei para a cozinha com Martin atrás de mim. Ele falara num tom presunçoso e isso me enfureceu.

Quem você pensa que é?, era o que queria dizer, mas mordi o lábio, coloquei os pratos na pia e repeti: — Amanhã.

Com dentes trincados, abri a torneira e despejei o sabão em pó na pia. Podia sentir músculos da minha mandíbula em plena atividade quando Martin chegou por trás e beijou a minha nuca.

— Vamos lá — murmurou. — Não faz assim.

— Pare com isso. — Eu o empurrei com uma mão cheia de sabão.

— Ora, vamos. Já faz tanto tempo... — Segurou os meus seios, mas eu me virei e o esbofeteei no rosto.

Martin ficou boquiaberto, os óculos penderam, tortos, em seu rosto. Ele assou a mão na mancha vermelha deixada pela minha mão cheia de sabão, e nos encaramos. Eu nunca tinha batido em ninguém em toda a minha vida.

— Martin...

— Vou me deitar. — Ele se afastou de mim. — Você está certa. Estou meio bêbado.

— Martin, escute...

Ele ergueu a mão com a palma aberta para avisar que a conversa estava encerrada, girou o corpo e saiu da cozinha.

Fechei os olhos, mas a imagem de Martin estava impressa por trás de minhas pálpebras. Eu o vi cambaleando, vi a mancha molhada de sabão em seu rosto, vi sua expressão boquiaberta, vi seus óculos tortos no rosto, vi o choque refletido no fundo de seus olhos. Comecei a caminhar em círculos apertados pela cozinha, abraçando meu próprio corpo. Sentia-me ao mesmo tempo deixada de lado, à margem e acuada. Fui à sala de estar e me enrolei na colcha de crochê; imaginei a vida solitária e sem amor de uma mulher divorciada e comecei a chorar com pena de mim mesma, até que adormeci no velho sofá.

CAPÍTULO 23

NA MANHÃ SEGUINTE, Martin curvou-se sobre o meu corpo estendido no sofá, e tocou levemente meu ombro.

— Evie? — sussurrou. — Me desculpe.

Estava virada para o encosto do sofá e acordei tão logo ele me tocou.

— Eu sei que estava bêbado, mas nada desculpa o meu comportamento — disse ele.

A noite anterior me veio à mente e resmunguei:

— Nós dois nos comportamos mal. — Virei-me e olhei para ele. — Por que nunca me contou que participou da libertação de um campo de concentração?

Ele puxou a mão.

— Não quero falar sobre isso. Mas lamento muito por ontem à noite. — Caminhou em direção à porta da frente e fechou-a sem fazer barulho, atrás de si.

Fechei os olhos e me vieram à mente os fragmentos de um sonho em que me debatia para fechar os brincos de opala. Eu os pressionava com força nos lóbulos das orelhas, mas os brincos escorregavam e não prendiam de jeito nenhum. Acordei no meio da noite com os dentes trincados.

❈

Depois do café da manhã, comecei a lavar a louça, a mesa e o chão. Polia o Ganesha de jade que estava em cima do aparador da lareira quando Billy me puxou pela manga.

— Mamãe?

— Humm?

— A senhora e o papai estão zangados de novo?

— Não, BoBo. Está tudo bem.

— A senhora está com cara de zangada.
— Não, docinho. Não precisa se preocupar.
Ele saiu para brincar com Spike na varanda. Sentou na cadeira de balanço e ouvi quando disse:
— Ela está mentindo.

Billy fixou os olhos nas montanhas e começou a se balançar como um velho; corri até a varanda e apertei seu corpinho contra o meu. Queria pedir-lhe desculpas por aquele lugar solitário, por meu casamento malogrado, pelo pai enlouquecido e por meu fracasso como mãe. Mas ele só tinha *cinco anos de idade*. Saí da varanda com ele no colo. Contemplamos o sândalo, abraçados e mudos.

Rashmi entrou pela porta dos fundos com a pedrinha a cintilar no nariz e um pedaço de coco escondido.

— Vem cá, *beta* — chamou ela.

Beijei Billy, peguei a bicicleta e pedalei na direção da aldeia para dar aula. Desenhei no quadro-negro, apertando o giz com tanta força que o quebrei. A pronúncia errada das crianças, que sempre me encantara, naquele dia me irritou. Dei uma aula às pressas, e me contive para ser paciente. Não havia levado a máquina fotográfica e não tive o menor interesse em percorrer a aldeia.

Masoorla parecia desbotada e havia cheiro de lixo queimado no ar. As vacas pareciam largadas e os macacos engraçados me aborreciam. Pedalei de volta a toda a velocidade, empregando toda a força na subida das ladeiras. Ao cruzar com pedestres e riquixás, buzinava como uma louca de cabelos ruivos ardendo em chamas.

De tarde, depois que Rashmi levou o lixo para fora, um mensageiro bateu à porta — um homenzinho de pés descalços, peito nu, dentes vermelhos e turbante. Uniu as mãos como em prece, curvou a cabeça em reverência e me entregou um cilindro de papel. Era uma daquelas folhas de papel granulado, compridas e estreitas, nas quais os indianos escrevem no sentido horizontal e depois enrolam como um rolo. Estendi algumas moedas, retribuí a reverência e desenrolei o papel enquanto ele descia a escada da varanda. A folha não tinha mais do que quinze centímetros de extensão, e continha uma breve mensagem em inglês com uma caligrafia formal e graciosa.

Cara Evie,

Encontrei uma referência às suas damas inglesas em nossos registros. Você pode me encontrar no templo às três horas da tarde de hoje.

Seu amigo,
Harry

A curiosidade brotou com frescor e urgência; enrolei o papel, sentindo-me ansiosa para me encontrar com Harry. A Índia era tão solitária. Mas, àquela altura, não podia levar Billy comigo até Simla. Já eram quase três horas, Habib só chegaria para começar a preparar o jantar por volta das quatro, mas o bilhete era claro: *"às três horas da tarde de hoje"*. Será que ele iria embora? Será que o retiro terminara? Pintei a imagem de Harry olhando para a porta à minha espera, e talvez até saindo à rua para me procurar. Precisava deixar Billy com alguém.

A maioria das *memsahib* de Masoorla fazia carreira na arte de matar o tempo, e entre todas, Verna Drake, a mulher que sorria como um cavalo e servia bolinhos horrorosos, residia em Morningside e, portanto, mais perto de mim. Verna não tinha filhos, mas era bem amistosa. Quando nos encontrávamos na loja de importados, ela me lançava um sorriso ofuscante e repetia o convite para o clube.

Guardei a carta de Felicity dentro da bolsa, coloquei Billy sentado na vagoneta e tomei o rumo de Morningside. Subíamos a escada da varanda quando ele perguntou:

— Não é aqui que mora aquela moça com dentões?

— É sim. — Segurei o riso. — Mas não diga isso na frente dela. A moça pode ficar magoada.

Billy olhou para Spike como se os dois tivessem recebido um insulto.

— Já sabemos disso, mamãe.

— E quero que você e Spike fiquem comportados com a senhora Drake enquanto dou uma saída.

— Por que não podemos ir com a senhora?

— Porque é um passeio de adultos.

— Ah, que chato.

Verna abriu a porta com a surpresa estampada no rosto, mas se recompôs em pouco tempo e sorriu.

— Evie Mitchell! Que bom ver você! Entre! — Seu tom de voz era cortante e imperial, desenvolvido durante os muitos anos de *burra memsahib*, cercada de criados e subalternos. Ela mordia cada palavra e enfatizava as sílabas sibilantes. Não parava de sorrir e juro que nunca tinha visto dentes tão grandes na boca de outro ser humano. — Você e Martin nunca foram vistos no clube. Onde é que vocês se escondem? — perguntou ela.

— Ah, é que estamos sempre muito ocupados...Você sabe. — Virei a cabeça na direção de Billy, como se fosse impossível nos separarmos dele. Como Verna não tinha filhos, achei que era a melhor desculpa.

Billy se acomodou numa poltrona de chintz com Spike, e me sentei à beira de um sofá de brocado cor-de-rosa. Pensei na mobília desaparecida de Felicity e tive que me conter para não abrir a gaveta numa mesinha lateral.

— Que móveis lindos, Verna. São vitorianos? — indaguei.
— Talvez alguns. Quer um chá? Meu copeiro está lá fora.
— Não, muito obrigada. Vim aqui para lhe pedir um favor. — Dei-me conta de que apertava a bolsa com as duas mãos. Mentir para Verna era mais difícil do que mentir para Martin, e por diversas razões isso me parecia errado. — Preciso levar uma coisa a Martin. — Dei uma batidinha na bolsa. — Ele esqueceu. Hoje de manhã. E precisa disso.

Verna se mexeu na poltrona.

— Não pode mandar por um criado?
— É algo importante. Prefiro entregar pessoalmente. — Bati de novo na bolsa.
— Bem, então tome cuidado.
— Farei isso. Mas posso deixar Billy com você?
— Billy? — Verna alisou a saia de seu conjunto floral e fitou-o de boca aberta, como se Billy fosse um marciano de olhos esbugalhados que acabara de aterrissar a nave espacial no meio de sua sala de estar.
— Bem... suponho que...
— Muito obrigada, Verna. Não vou demorar. Estarei de volta num piscar de olhos. Prometo.

Verna fixou os olhos em Billy com um sorriso atrapalhado.

— Já que você precisa...

Enquanto dava um abraço apertado em Billy, reparei no telefone de baquelita preto em cima da mesinha de tampo de mármore ao lado da poltrona onde ele estava.

— Vocês têm telefone? — perguntei.

Verna dedilhava as pérolas de seu colar à porta de entrada, talvez pensando que quanto mais rápido eu saísse, mais rápido retornaria.

— Sim — respondeu ela. — Alguns bangalôs têm telefone.

— E funciona?

Ela deu de ombros.

— Como tudo o mais aqui... só quando quer, e, mesmo assim, não muito bem. Não se pode contar com nada aqui, não é?

Juntei-me a ela à porta.

— Por isso não quero levar Billy comigo. Os distúrbios, você sabe.

— Você está completamente certa, querida.

Eu havia tocado a nota certa sem querer — ocidentais civilizados unidos contra desregradas hordas asiáticas. Verna assentira com convicção, como se naquela fração de segundo lhe passasse pela cabeça a decisão de morrer por uma causa.

— Você é corajosa por não confiar seu filho a uma criada indiana numa hora dessas. Você sabe, alguns deles... — Ela arqueou uma sobrancelha em desaprovação, como se os nativos fossem caçadores de cabeças que limpavam os dentes com ossos humanos.

Olhei para Billy sentado numa poltrona grande demais para seu tamanho, as perninhas curtas e roliças quase não tocavam a extremidade do assento. De repente, me pareceu uma crueldade deixá-lo com Verna Drake — por seu rigor, por suas atitudes e por seus *dentões*. Mas Billy percebeu que estava sendo olhado e não interpretou bem o que se passava em minha cabeça.

— Pode ir, mamãe. A gente vai se comportar. — Ele disse "se comportar" com tanta compenetração que senti um nó na garganta. Coloquei os óculos escuros e saí apressada antes que mudasse de ideia.

CAPÍTULO 24

Entrei na aldeia de cabanas com tetos baixos de ardósia, atenta a qualquer sinal de perturbação: uma tensão na face, um olhar hostil, um cochicho... Mas estava tudo tão calmo e quieto que pude ouvir uma vaca urinando ao lado de uma casa. Sorri para uma mulher de sári cor de morango, e ela me cumprimentou com prazer. Peguei um riquixá e, quando cheguei ao templo budista, já estava convencida de que o linchamento não passara de um caso isolado de violência. Poderia ter ocorrido em qualquer lugar.

Tirei as sandálias à entrada e encontrei Harry sentado lá dentro, em posição de meditação. O tremeluzir da chama dos lampiões pintava um cenário alucinógeno, uma imagem nas ondulações de um vidro âmbar. Tirei os óculos e me coloquei de lado para não o perturbar. Ele estava sentado de pernas cruzadas com os pés por cima e não por baixo das coxas, e suas mãos repousavam nos joelhos com as palmas abertas e viradas para cima — a posição de lótus. A coluna ereta e os ombros aprumados formavam um T, mas, mesmo assim, ele parecia relaxado. Sentava-se tão imóvel que eu nem conseguia perceber sua respiração. Os olhos semicerrados pareciam focados num ponto para além dos joelhos.

Não sei se ele ouviu quando entrei ou se sentiu meus olhos cravados nele. Ele descruzou as pernas e se levantou com uma leveza que desafiou a gravidade. Juntou as palmas das mãos e ergueu-as num cumprimento.

— *Namastê*.

— *Namastê*, Harry. Lamento pelo incômodo.

— Isso não importa. Por dentro estou enfadado, como sempre.

— Você estava sentado ali tão quieto. Nem se percebia sua respiração.

Ele encolheu os ombros.

— É tudo uma questão de prática. — Seu rosto iluminou-se com um sorriso. — Eles realmente chamam isso de... prática.

— Oh? — Sorri, sem realmente entender. — Esta é a carta da qual lhe falei. — Tirei a carta de Felicity da bolsa e continuei. — Parece que, na infância, Felicity teve uma aia que adicionou cinzas de um morto à comida da família. O que me pergunto é se isso era um simples ressentimento ou apenas um costume que desconheço.

Harry leu a carta e me devolveu.

— O ser humano é sempre interessante, não é? — Aquilo me fez lembrar a fugaz referência do reverendo Locke a respeito das inexplicáveis excentricidades da raça humana. — Não faço ideia do que passava pela cabeça da aia quando fez isso — continuou ele —, mas nada inspira mais a imaginação do que a morte. Você já viu um *aghori*? — Harry simulou um arrepio. — São *sadhus* ascetas, obcecados pela morte, que habitam os lugares de cremação e esfregam as cinzas dos mortos no próprio corpo.

— Que macabro.

— O ser humano é muito criativo quando se coloca em busca da vida eterna. *Moksha*, nirvana, iluminação, paraíso... dispomos de muitos nomes para isso, e todos querem vida eterna, ninguém quer morrer.

— Ele sorriu, e as sobrancelhas se curvaram para o canto dos olhos.

— E se não houver vida eterna? — comentei.

Harry refletiu por um momento.

— Não sei se isso importa. Acho que a vida só se torna suportável com a beleza que criamos a partir do caos... Música, arte, poesia e, o mais importante, viver uma vida bela, seja lá como se defina isso.

— Pode ser difícil viver uma vida bela. Os outros podem torná-la difícil.

Ele quase sorriu.

— Só podemos dar conta de nossa própria vida. É como uma sinfonia. Cada músico executa sua parte e, quando todos tocam bem, o resultado é harmonia. Mas só podemos executar a pequena parte que nos cabe. Talvez a reencarnação nos faça executar todas as partes, mas uma de cada vez.

Considerei o comentário uma referência a Felicity, não a mim.

— Talvez, por acreditar na reencarnação, a aia de Felicity tenha sido levada a pensar que podia determinar a parte a ser executada pelos *sahib* na orquestra seguinte. Quer dizer, fazer os patrões nascerem como servos na encarnação seguinte.

— Bem, não sei se é assim que funciona, mas... — A testa alta e redonda de Harry se enrugou com uma nova ideia. — Os hindus acreditam que podem assegurar uma reencarnação humana ao alimentar o Ganges com as próprias cinzas, e os budistas acreditam que podem encurtar o ciclo de renascimento ao girar a roda de orações. Pessoalmente, não vejo qualquer rubrica mágica no ato da aia, mas quem pode saber o que se passava na cabeça dela? Alguns não resistem à necessidade de se misturar à vida alheia.

— É verdade. E me pergunto por que fazemos isso.

Ele fez uma pausa.

— Ainda estamos falando da aia?

De imediato, a luz.

— Saímos por uma tangente, não foi?

— Não me incomodo com isso. É bom encontrar alguém que escute. Segundo os hindus, falar é conhecimento, e ouvir é sabedoria.

— Que lindo! — disse, mas lembrei do meu objetivo. — Encontrou alguma coisa nos registros do *ashram*?

— Encontrei. Os registros mencionam duas jovens inglesas que vieram para Simla e viveram sozinhas no *mofussil*. Aparentemente, não eram convencionais e houve um escândalo.

— Felicity ficou grávida de um indiano.

— Ah, você já sabe! — Ele balançou a cabeça com desalento. — Então, não tive utilidade alguma.

— Acabei de descobrir. Seus registros dizem o que aconteceu com elas ou com a criança?

— Não, mas é sabido que muitas crianças morriam quando bebês. E as mães também. Embora haja uma referência específica a Adela Winfield.

— É mesmo?

— O nome dela aparece em outra passagem, escrita em urdu. Na Índia, existem muitas línguas e uma infinidade de dialetos. Os monges escrevem na língua que lhes é mais familiar. Lamento não falar bem o urdu, mas consigo traduzi-lo.

— O que me intriga é por que haveria outra passagem sobre Adela e não mais sobre Felicity e seu bebê.

— Não faço ideia. Mas vou traduzir e talvez encontre a resposta.

A generosidade de Harry em meio ao meu impasse com Martin me deu um nó na garganta. Engoli em seco e sorri.

— Como posso agradecer-lhe?

— Não precisa. — Ele inclinou a cabeça e sorriu. — Seja gentil com alguém.

Parecia até que ele *sabia*. Fazia tempo que eu não era gentil.

— É claro — respondi.

※

Saí do templo e perambulei pelo mercado, com a fumaça perfumada entrando por meu nariz, o som dos tambores de uma pequena roda de músicos entrando por meus ouvidos e os dedos velozes que dedilhavam flautas entrando por meus olhos. Os sáris giravam e o borrão da multidão fazia um movimento hipnótico.

Uma velha encolhida entre as pregas de um sári cor de banana passou arrastando as sandálias de borracha ao longo da avenida de terra batida. Olhei e ela uniu a palma das mãos, me oferecendo um sorriso aberto e sem dentes. Retribuí o sorriso e nos demos por entendidas, porque todo mundo sorri na mesma língua. Martin e Verna que ficassem em seu mundo paranoico sem mim. Liberdade e esperança despertaram dentro de mim e brilharam sob a luz do sol. O lugar *estava* sereno como um lago.

Passei pela tenda da artista de *henna* com a curiosidade de sempre. As outras barracas e lojas se abriam para a rua, mesmo as cabanas de um único cômodo costumavam ter um lado aberto e era comum ver homens dormindo, crianças comendo e mulheres se arrumando. Na Índia, a vida é pública, mas a artista de *henna* precisava de privacidade para tocar seu comércio. Noivas envergonhadas eram vestidas e ornamentadas em sigilo, preparadas como cordeiros de sacrifício para o dia em que vestiriam o sári vermelho e seriam vistas pela primeira vez pelos maridos. Eu nunca ouvira qualquer ruído saindo do interior da tenda da artista de *henna*, e imaginava um ambiente sombrio com mulheres envoltas em véus a sussurrar segredos tântricos para uma virgem assustada.

Parei na barraca do perfumista para experimentar as amostras, como de costume. Com a cabeça cheia dos aromas de sândalo e patchuli, tive visões de *maharanis* com tatuagens de *henna* iluminadas pelo luar do Himalaia. A Índia era mesmo a fantasia que eu sonhara em Chicago — aquele mercado, aquela gente, aquele dia em Simla, aquele momento de junho. Sentia-me feliz!

Escolhi um perfume com o cheiro da Índia — esfumaçado, sensual e misterioso — e o perfumista extraiu um líquido âmbar de uma garrafa com seringa, e o transferiu para um vidrinho lapidado como um diamante. Não perguntei o preço, na verdade não estava nem um pouco interessada nisso. Provavelmente, pagaria um valor mais alto, mas não liguei. Considerei moralmente repulsiva a prática de barganhar tostões com um povo mais pobre. Lembrei da sugestão de Harry para ser gentil com alguém, e com entusiasmo dei um punhado de rupias ao perfumista. Dispensei o troco e me senti generosa e gentil. Aquele perfume seria minha lembrança pessoal daquele momento perfeito na Índia: o preço era o que menos importava.

Sorvi o perfume enquanto sacolejava em cima de um riquixá de volta para casa e refletia sobre minha ida a Simla. Foi interessante me dar conta de que tinha me divertido de verdade naquele dia. Era o tipo do dia que eu imaginara ao chegar à Índia. Simla estava segura e alegre, e eu me dava por satisfeita e vingada. Seria tão bom se pudesse mostrar meu lindo vidrinho lapidado como um diamante a Martin e contar como o dia havia sido agradável. Mas o mais provável é que ele estivesse à porta, com luvas de boxe. Eu teria que esconder o vidrinho na gaveta de lingerie — com espaço de sobra para guardar mais um segredo — e então decidi que viveria a minha vida e deixaria Martin viver a dele. Se a ternura não era possível, se o romance não era possível, um perfume e uma trégua eram bem-vindos.

O riquixá sacolejou ladeira acima por uma paisagem que irradiava ondas do calor do fim de tarde, vacas sossegadas e abaixadas, sáris flutuando agitados pela brisa e moscas zumbindo. Cheguei à escada da varanda de Verna entorpecida como uma abelha embriagada de pólen, e fui pega de surpresa pela lembrança da bofetada que tinha dado em Martin, na cozinha. Apoiei-me no corrimão da escada e resolvi esperar que aquela dor repentina no meu peito passasse. Tirei o perfume de dentro da bolsa, abri a tampa e apliquei uma gota atrás de cada orelha, como se fosse medicinal. Um aroma denso e complexo me levou de volta à agitação do mercado, ao perfumista agradável e aos rostos sorridentes e morenos. Num piscar de olhos, resolvi que pediria desculpas a Martin e lhe mostraria meu segredo mais bem guardado — a carta e as páginas do diário de Adela. Se queria me reaproximar dele, era a melhor coisa a fazer, algo que já devia ter feito.

Verna estava com expressão de quem tinha machucado os pés. Com o sorriso cavalar estampado no rosto, ela não me convidou a entrar. Surgiu com Billy à porta e o empurrou gentilmente na minha direção.

— Muito obrigada, Verna. Você salvou a pátria — agradeci.

— Não precisa agradecer — retrucou ela. — Adoraríamos se você e Martin fossem ao clube.

— Muito obrigada, não esquecerei do convite.

— É um dos poucos lugares civilizados de Simla. E não se preocupe, querida, os criados sempre usam luvas.

— Entendo. — Senti que não aguentaria manter a polidez por mais tempo. — Bem, outra vez obrigada. — Meu pé ainda não tinha pisado o primeiro degrau da escada quando a porta se fechou atrás de nós.

Com poucas palavras, Verna conseguira abalar meu bom humor.

— Os criados sempre usam luvas — repeti baixinho, imitando-a.

— O quê? — perguntou Billy.

— Nada, docinho.

— Mamãe?

— Humm?

— Da próxima vez, podemos ir com a senhora?

— A senhora Drake não foi boazinha?

— Foi sim. — Billy pendurou Spike no ombro. — Mas seria melhor se a gente tivesse ido com a senhora.

Eu não tinha a menor vontade de defender Verna Drake. "Seja gentil com alguém", a sugestão de Harry fora fácil com o perfumista, mas parecia que eu não estava disposta a ser gentil com ninguém das minhas relações. Bem, tudo isso mudaria depois que pedisse desculpas a Martin e lhe mostrasse meu segredo. Talvez o diário de Adela fosse relevante para sua tese, e me passou pela cabeça que ele se sentiria feliz com isso.

Acariciei o vidrinho de perfume, agora em meu bolso, e me senti imensamente feliz, antes de ser tomada por um tremendo pânico. Eu tinha gastado muito dinheiro. Apertei o vidrinho lapidado com força, e uma das pontas picou a palma da minha mão. Tentei me lembrar da quantia exata de dinheiro que havia dentro da lata de chá na cozinha, já que não era possível devolver o perfume e ter o dinheiro de volta. Não tinha um recibo, e não fazia ideia do quanto havia custado.

— Alguma coisa errada, mamãe?

— Não há nada de errado, docinho. De vez em quando a mamãe faz algumas tolices... — Aquela noite, porém, tudo seria diferente, tudo acabaria bem. Acalentei a doce esperança de que, naquela noite, daria tudo de mim e tudo correria bem.

CAPÍTULO 25

Naquela noite, Billy ganhou uma porção a mais de pudim de arroz e um banho de espuma demorado com direito ao polvo de borracha e bastante xampu para modelar um chifre de unicórnio com a espuma. Contei uma história antes de colocá-lo para dormir — *O galo e a pérola* — e ainda cantei duas baladas irlandesas. O excesso de atenção aliviou minha culpa por tê-lo deixado aos cuidados de Verna, e também me fez ganhar tempo e me encher de coragem para encarar Martin.

Pensara em me desculpar logo que ele atravessasse a porta de entrada, mas, ao vê-lo, um turbilhão de sentimentos conflitantes me envolveu. Acabei dizendo que já tinha comido com Billy e que ele podia jantar sem mim. Saí apressada, com Billy agarrado ao pescoço como um macaquinho.

Quando voltei à sala de estar, Martin estava sem sandálias, com os pés em cima da mesinha de chá, fumando um *bidi,* com a cara enterrada em *Crime e castigo.* Nem se deu ao trabalho de dizer alguma coisa quando passei e toquei seu ombro. Pedir desculpas? Eu queria esganá-lo. Mas... respirei fundo.

— Como foi seu dia?

Ele levou um susto, talvez por achar que estava sozinho na sala.

— Foi bom.

— Estive pensando, Martin.

— O quê? — Ele ajeitou os óculos e ficou à espera.

Lembrei das palavras de Harry.

— Quero viver uma vida bela.

— O que está querendo dizer?

— Sinto muito por tê-lo esbofeteado. Quero que nós...

— Evie, esqueça. Eu mereci.

— Não...

218 Elle Newmark

— Não quero falar sobre isso. Por favor, já tenho muita coisa na cabeça. Semana que vem estarei tomando um trem para Lahore.

— Lahore? Mas Walker disse...

— Sei o que Walker disse. Mas o problema é entre hindus e muçulmanos. Eu sou americano. Um acadêmico. Inofensivo.

Observei a *kurta*, as sandálias, o cabelo negro espesso, a pele mais bronzeada do que nunca e o *bidi* que fumegava entre seus dedos.

— Está querendo se matar? — perguntei.

— Por favor, não seja melodramática.

— Então serei o mais direta possível... Eu não posso ir a Simla, a rainha das estações de veraneio dos ingleses, mas você pode ir a Lahore com um bando de refugiados e essa aparência de indiano.

— É o meu trabalho. — Ele deu uma tragada no *bidi*, e enterrou a cabeça outra vez no livro.

Isso era novo. Era pior do que a fadiga pós-guerra. Era masoquismo ou desejo de morte, e me deixou sem ação. Mas eu não podia encarar outra briga, sobretudo porque não levaria a nada.

Fui para o quarto, despi-me e, apenas com as roupas de baixo, arremessei o resto no cesto de vime. Entrei debaixo dos lençóis e fiquei observando o ventilador girando e girando no teto.

❊

Acordei com os raios de sol se infiltrando pela persiana e notei que o lado de Martin na cama permanecia intocado. Ele não tinha dormido ali. Agucei os ouvidos para ouvir a água no banheiro, mas não ouvi nada. Olhei para o relógio à mesinha de cabeceira e me dei conta de que ele já havia saído para o trabalho.

Arrastei-me até o banheiro e analisei minha imagem refletida no espelho. Vi um rosto tenso, bem mais envelhecido do que três meses antes. Esfreguei-o com um pano áspero e o enxaguei com água gelada, mas aquela senhora envelhecida e irada continuava olhando para mim.

Naquela tarde, após o *tiffin*, Billy me perguntou:

— Hoje nós vamos a Simla?

— Que tal a gente construir um forte com os blocos de montar?

— Não. Vamos a Simla.

— A gente pode fazer outro mercado de mentirinha.

— Não, o de verdade é melhor.

— E se a gente ler um livro?
— Vamos a Simla.
— Não podemos ir a Simla, docinho.
— E vamos fazer o quê?
— O seguinte — respondi. — Você e Spike sobem na vagoneta e nós três damos uma volta ladeira abaixo, mas só até as primeiras casas da aldeia.
— Por que não podemos ir ao mercado em Simla?
Tirei um cachinho dourado de sua testa.
— Só até as primeiras casinhas.
— Que chato — resmungou ele.
— Vamos lá, BoBo. Podemos tirar fotos das galinhas e das vacas e, se tivermos sorte, até de um camelo. Podemos levar uma cenoura para aquele bodinho que você adora. — Cruzei os braços e sentei. — É uma boa proposta. É pegar ou largar.
Billy consultou Spike e disse em seguida:
— Está beeem.
Esperei Rashmi sair, pendurei a câmera no pescoço de Billy e saímos felizes de vida; Billy e Spike, na vagoneta, enquanto eu os puxava e cantarolava uma antiga canção de faroeste. Billy juntou-se ao coro, com Spike dançando em seu colo. Depois da ladeira, com o distrito colonial para trás, avistamos nosso cantinho da Índia — os tetos de ardósia contrastando com colinas de pinheiros verdes e picos dentados tocando as nuvens, e ainda um carro de boi que carregava duas garotas com sáris cor de pêssego e ameixa, que as fazia parecer frutas humanas maduras. Nossas vozes ecoavam pelo ar e os transeuntes nos sorriam. Entramos na conhecida vizinhança de casas himalachi no mesmo instante em que eu incluía um animal local num verso improvisado da música.
— ... na fazenda ele tinha um *iaque*, i-a-i-a-a-ô... Ai, meu Deus!
A pichação agressiva na lateral de uma casa me deteve no meio da frase. A parede havia sido desfigurada por um jato de tinta vermelha, esguichado com violência contra a madeira cinzenta. Enormes letras de um alfabeto que eu não conseguia ler deixavam escorrer a tinta vermelha ainda molhada, como filetes de sangue. Uma pequena multidão se amontoava ao redor da casa, em cochichos irritados, e o ar pesava com antigas queixas. Na aglomeração, nenhuma avó amistosa, apenas umas poucas mulheres e crianças em meio a homens de caras amargamente

fechadas. Um deles sentou-se no chão e apoiou as costas na parede vandalizada. Aturdido, ele estava com as calças da *kurta* salpicadas de manchas vermelhas, que tanto podiam ser tinta como sangue. Não consegui distinguir quem era hindu ou quem era muçulmano, mas isso era o que menos importava.

 Spike parou de dançar.

— Mamãe? — chamou Billy.

— Vamos pra casa. — Puxei a vagoneta a toda pressa.

 Um menino seminu, de pernas magricelas e cabelo emaranhado, afastou-se do grupo e olhou para Billy. Suas costelas quase perfuravam a pele de seu torso esquálido, a boca fazia um contorno duro e seus olhos eram mortalmente negros. O menino retesava os braços ao longo do corpo e fechava as mãos, como se para esmurrar. Eu me perguntei o que teria acontecido com uma criança para deixá-la daquele jeito, mas não era hora de pensar nisso. Subimos a ladeira de volta para casa, mas fomos seguidos pelo menino esfarrapado. Lembrei do registro paroquial a respeito de crianças que brandiam varas. *Oh, não. Por favor.*

 Apressei o passo e, quando olhei para trás, o menino tinha encurtado a distância entre nós e mais três ou quatro diabretes se juntavam a ele. Eles se dispersaram ao longo do caminho e vez ou outra paravam para pegar pedras que pesavam ameaçadoramente na palma das mãos. A certa altura, olhei para trás, na esperança de que algum adulto os tivesse detido com uma reprovação, mas eles ainda nos seguiam. E o maldito menininho assumia a liderança com um beligerante ar de bravata. Pedi para que Billy saísse da vagoneta porque o levaria no colo se tivéssemos que correr.

 Paramos para que Billy saísse da vagoneta, mas o mísero garoto também parou. Colocou-se a poucos passos de distância, com as pernas magricelas abertas, e os outros garotos atrás dele. Foi então que me dei conta de que o menino não olhava para Billy e sim para Spike.

 Tirei a câmera do pescoço de Billy e, quando a dependurei no meu pescoço, me ocorreu o quanto era ridículo carregá-la numa hora daquelas, como uma despreocupada turista. Tentei apressar o passo, segurando a mão de Billy e puxando a vagoneta vazia com a outra mão, mas suas pernas curtas me desaceleraram. Podia ouvir a aproximação dos meninos, os pés raspavam a poeira, cada vez mais próximos de nós. Senti o suor escorrer e as batidas de meu coração ecoarem em meus ouvidos. Enquanto decidia se pegava Billy no colo e corria, uma *tonga* desceu a ladeira e se deteve diante de nós. Edward Worthington pôs a cabeça para o lado de fora. Observou a expressão inamistosa dos meninos, as pedras que tinham nas mãos, e brandiu o chapéu para eles com ar desafiador.

— O que está havendo aqui?

Lydia se debruçou por cima de Edward.

— Podemos ajudar?

Senti-me idiota em reconhecer que estava com medo de um bando de crianças.

— Eu, hum... — As sílabas saíram entrecortadas por pausas até que consegui dizer: — Na verdade, não é nada. São apenas crianças.

Edward olhou para os meninos, sua língua se projetando rapidamente para fora.

— Esses malditos negros — falou.

— Pelo amor de Deus, Edward! — Um arrepio de repulsa fez meus ombros tremerem. Vi no rosto de Billy que ele ouvira o malfadado comentário. Odiei a ideia de subir na *tonga* de um tipo intolerante como ele. Por outro lado, era a única ajuda à vista.

O olhar de Billy alternava da *tonga* para o menino que se aproximava sorrateiro, enquanto eu contava sobre a pichação e o grupo exaltado para Lydia e Edward. Por fim, o menino esticou um braço magricela e tocou no chapéu de caubói de Spike.

— Tira a mão daí — reclamou Billy, fazendo o menino recuar.

— Isso aqui não está nada bom — disse Edward. — Será melhor levá-los para casa. — Olhei de soslaio para a vagoneta de Billy, mas Edward acrescentou: — Deixe essa vagoneta velha pra trás.

Mais um olhar para a expressão dos meninos me fez decidir.

— Está bem — concordei, virando-me para Billy ao mesmo tempo em que o menino esfarrapado agarrava Spike pela cabeça.

— Não! — berrou Billy, mas o menino correu, com Spike na mão.

Fiz um movimento rápido para pegar o braço de Billy, mas ele foi mais rápido. Saiu correndo atrás do garoto, mas os outros meninos se puseram na frente e o derrubaram. Enquanto eles se engalfinhavam, eu corria em sua direção, ouvindo gritos infantis de caras petulantes; então, puxei-os e os afastei como bonecos de trapo. Ajoelhei-me ao lado de Billy, que chorava encolhido no chão; os garotos correram, numa algazarra que me soou como uma gargalhada diabólica. As mãos e o rosto de Billy estavam sujos de terra, sua camisa se rasgara e os cotovelos, arranhados, sangravam.

Tentei pegá-lo no colo, mas ele se debateu.

— Vou atrás deles — gritou. — Vou pegar o Spike. — As lágrimas escorreram em seu rosto sujo de terra; eu o segurei, enquanto a turba de garotos se dispersou na aldeia. Ele fechou as mãozinhas em posição de luta e gritou: — Malditos negros!

Dei um tapa na boca de Billy e o coloquei dentro da *tonga*, enquanto ele se debatia. Seu rosto era uma máscara brilhante de lágrimas e ranho, seus olhos inocentes ardiam de ultraje. Edward enfiou a vagoneta vermelha na *tonga*, com a língua projetando-se furiosamente para fora, e Lydia sentou-se, ereta e silenciosa, olhando para o nada. Seu rosto empalideceu e se fechou de um modo terrivelmente sombrio.

Pedi a Edward que nos levasse até o posto do telégrafo. Apesar da tensão entre mim e Martin, apesar da fúria que ele sentiria quando soubesse de meu passeio com Billy, apesar de tudo, eu precisava de Martin. Naquele momento, só a presença dele poderia me confortar, só sua voz poderia acalmar a mim e a Billy. Nossa união podia estar prejudicada, mas não estava morta. O cavalo relinchou e a *tonga* tomou o rumo de Simla enquanto os gritos irados de Billy se convertiam em soluços frustrados.

No posto do telégrafo, Edward nos ajudou a descer da *tonga*; depois, voltou a se acomodar no assento, passando os braços em torno de Lydia, que continuava imóvel e sem dizer uma palavra. Por um momento, ele pareceu esquecido de mim e de Billy. Amparou Lydia como se ela fosse uma inválida. Enlaçou-a, sussurrou algumas palavras em seu ouvido e ordenou ao condutor que os levasse de volta ao hotel, num tom de estranha urgência. Lembrei as críticas que Lydia me fizera por ter trazido Billy para a Índia. Era como se ela temesse que pudesse acontecer alguma coisa com ele. E agora, que realmente acontecera, ela estava catatônica. Então, me dei conta de que havia algo por trás de Lydia que meus olhos não viam, mas Billy soluçava nos meus braços e não era hora de pensar nisso.

Fiquei parada à entrada do escritório do telégrafo abraçada a Billy, que ainda chorava com o rosto enterrado em meu pescoço. Lá dentro, fervilhava a mesma agitação de sempre — homens conversando, um deles datilografando e um telefone a tocar. Martin estava sentado com a cabeça abaixada sobre um livro aberto, quase no final da sala, uma pilha de anotações espalhada por sobre a escrivaninha. Ele escrevia com um lápis, tinha outro preso atrás da orelha e um terceiro entre os dentes.

Atravessei o umbral de entrada e minha presença chamou a atenção de todos. Martin me viu e surgiu em seu rosto, na mesma hora, a cara de raiva.

— Os malditos negros levaram o Spike! — gritou Billy quando viu o pai.

O datilógrafo parou de datilografar, a conversa emudeceu e o lápis à boca de Martin caiu. Ele caminhou em nossa direção com passos furiosos, olhou para o rosto sujo e encharcado de lágrimas de Billy e o tirou do meu colo sem dizer nada. Examinou o rosto molhado e desolado do filho, mas os cotovelos arranhados o fizeram fraquejar. Olhou para mim e perguntou:

— O que aconteceu?

— Martin, por favor... — murmurei.

— O que aconteceu?

À volta, todos se fingiam surdos, enquanto nos observavam com olhares furtivos.

— Só fomos até a aldeia, mas... — comecei a falar.

As feições de Martin endureceram enquanto ele me ouvia. Quando terminei, ele me olhou de um jeito que fez um buraco no meu estômago. Enxugou o rostinho de Billy e falou:

— Está tudo bem, filhinho. Não precisa chorar. Papai está aqui.

— Pa... pai. Os ma... malditos negros levaram Spike.

— Pare de falar isso.

— Pa... pai, o senhor traz o Spike de volta? — perguntou Billy em meio aos soluços.

— Trataremos disso depois. Mas agora se acalme.

— O senhor ba... bate neles? — Seu rosto se crispou de dor. — O senhor pega o Spike e depois bate naqueles malditos negros por mim?

CAPÍTULO 26

Billy urrou como um demônio rasgado ao meio quando passei mercurocromo nos ferimentos de seus cotovelos.

— Eu quero Spike!

Deu um safanão no vidro em cima da pia e o líquido vermelho se esparramou pela brancura do chão ladrilhado. Tentei limpar com uma toalha, mas a mancha entranhou no piso, deixando outra cicatriz de guerra na velha casa. Pensei que teríamos que ressarcir o proprietário pelo dano, e isso me fez lembrar do dinheiro gasto com o perfume e do aluguel que estava para vencer. Meu Deus, é muito dinheiro.

Esquentei a sopa que Martin levara para casa; ele surgira à porta do banheiro no momento em que eu lutava para passar mercurocromo nos cotovelos de Billy, dizendo que ia jantar no clube. Achei que teria um trabalho a menos, mas Billy se recusou a comer. Fiz *lassi* com pistaches, a sobremesa de que ele mais gostava, mas ele cerrou os lábios quando servi, escorregou da cadeira e engatinhou para debaixo da mesa. Ficou ali, de pernas cruzadas, chorando e esfregando os olhos com as mãos. Engatinhei para debaixo da mesa, e ele continuou berrando quando o arrastei e o carreguei até o quarto. Lá, tirei um pijama da gaveta.

— Eu não quero pijama — disse ele.

— Você não pode dormir com essa roupa.

— Eu não quero pijama!

— Sua roupa está suja.

— Eu não quero pijama.

— Você não pode dormir com essa roupa suja.

— Eu não quero pijama.

Durante o combate para fazê-lo vestir o pijama, me perguntei por que o estava forçando. Ele morreria se dormisse com a roupa suja? Eu morreria se fizesse a vontade dele? Mas, àquela altura, eu já tinha ido longe na estrada da autoridade materna; aquilo se tornara uma briga de poder, e ele teria que vestir o maldito pijama, para não pensar que pirraças funcionavam. De tanto vê-lo se debatendo e berrando na tentativa de arrancar o pijama, me deu vontade de lhe dar uma palmada. Nunca tinha batido em meu filho, isso nunca me havia passado pela cabeça. Eu o agarrei pelos ombros.

— Billy, pelo amor de Deus, pare de chorar. *Pare já com isso!* — gritei.

— Ok — disse ele com um fiapo de voz. — Não vou chorar mais.

— Docinho, me desculpe. Eu não devia ter gritado com você.

Ele tombou sobre a cama, seus braços me enlaçando os quadris. Senti a pressão dos soluços sacudindo seu corpo abraçado ao meu ao deitar sua cabeça sobre o travesseiro. Ele cobriu a cabeça com o lençol para se esconder. Seu peito pulsava de maneira ritmada, sem que ele emitisse um único som.

— Eu te amo, Billy. — Até para mim a frase soou débil.

— Não estou chorando — disse ele por baixo do lençol, com um fiapo de voz.

Sentei à beira da cama e acariciei a cabecinha escondida debaixo do lençol. Passado algum tempo, os tremores silenciosos cessaram, seu corpo se imobilizou e, quando puxei o lençol, seus olhos inchados de tanto chorar estavam fechados, num sono agitado. Um último soluço mudo fez seu peito trepidar, e isso partiu meu coração.

Coloquei o *curry* de Habib dentro da caixa de gelo, e me servi de uma xícara de chá. Sentei-me à mesa, fixei os olhos nas cortinas amarelas e o chá acabou esfriando. Despejei o chá frio na pia, e fui dar uma olhada em Billy. Ele tinha coberto a cabeça outra vez, mas pelo menos dormia.

Despi-me das roupas sujas e suadas no banheiro. Como não estava disposta a esperar até que a banheira se enchesse, peguei uma esponja de banho na pia e esfreguei o corpo para me limpar daquele dia terrível. Lavei a sujeira dos pés na banheira, me enxuguei com uma toalha limpa, e vesti um roupão azul de *chenille*.

Peguei um copo de vinho e um livro na estante, e me sentei na poltrona de frente para a porta de entrada. Nem olhara o título do livro; só precisava me ocupar com alguma coisa, enquanto esperava por Martin. Era um livro de poesias de Rumi e, quando o abri ao acaso, deparei com dois versos:

Você não pode deixar de beber a bebida sombria da terra?
Mas como não beber dessa outra fonte?

Por que tudo na Índia era tão enigmático? Li os versos mais uma vez e mais outra, mas não conseguia me concentrar. Fiquei lendo os dois versos repetidamente, mas, logo, nem as palavras isoladas faziam sentido. Mesmo assim, continuei lendo.

Eu me perguntei se Martin estava fazendo o mesmo com *Crime e castigo*, lendo palavras sem sentido, com a mente em outro lugar. Talvez aquele livro fosse uma forma de passar o tempo e esperar a morte. Fiquei sentada naquela poltrona com o livro no colo, sem entender uma palavra.

Lá pelas dez e meia, Martin entrou pela porta da frente. Fechei o livro e me levantei. Comecei a falar com todo cuidado.

— Por favor, deixe-me explicar...

Parei de falar porque ele tropeçou na ponta do tapete e se chocou contra o batente da porta. Olhou para mim com um ar tão estúpido que minha garganta se apertou e as orelhas ferveram. Calculara que ele beberia uma ou duas cervejas, uma vez que o dia tinha sido duro e eu também estava com um copo de vinho na mão, mas não esperava que ele se *embebedasse*. Nunca o tinha visto tão bêbado, e isso fez meu estômago revolver-se. O dia fora terrível para todos nós, não apenas para ele. Aproximei-me dele e nos encaramos à soleira da porta. Martin oscilava sobre os pés, completamente tonto, agarrando-se ao batente da porta para não cair.

— Você está bêbado! — disse, mandíbula trincada.

— Oh, sim — murmurou ele, a fala enrolada.

Seu hálito fedia a aguardente, o que me fez ver que ele bebera no bairro dos nativos e não no clube; pensei comigo, *você não pode deixar de beber a sombria bebida da terra? Mas como não beber dessa outra fonte?*

— Onde esteve? — Flagrei-me fazendo o interrogatório em voz alta.

— Não comece — retrucou ele.

— Nós precisávamos de você.

— Oh, é mesmo? — Ele fixou os olhos turvos nos meus. E gritou com um sorriso sarcástico nos lábios: — Você precisa de mim quando

Spike é roubado. Você precisa de mim quando o Billy está histérico. Mas *você*... — Colocou um dedo na minha cara. — *Você* não precisa de *mim*. Empurrei seu dedo e subi o tom de voz para me igualar ao dele.

— Não consigo falar quando você está assim.

— Então, não fale.

— Você devia estar aqui. Sabe muito bem o quanto Spike significa para Billy. Você mesmo viu.

— Claro que vi. Mas não fui eu que o levei para a rua.

— Mamãe? Papai? — De pé, atrás do sofá, Billy esfregava os olhos.

— Vocês estão brigando por causa do Spike?

— Ai, céus. — Martin tentou se apoiar na maçaneta; não conseguiu e tombou de encontro a ela.

— O que há de errado com papai?

— Docinho. — Peguei-o no colo.

— Sinto muito — disse Martin, de cabeça pendida. — Realmente, sinto muito. — Olhou para mim com olhos suplicantes, mas não entendi.

Ele precisava de mais do que perdão pela bebedeira e pelos gritos, mas não me dei conta disso. Olhamos um para o outro, tristes, apenas tristes; ele então se virou e saiu pela varanda em direção à rua.

Ainda com Billy no colo, apoiei-lhe a cabeça com a mão.

— Vou levá-lo de volta pra cama, ervilha.

— Papai está doente?

— Papai está bem. Só está um pouco cansado. — Levei-o para a cama e o deitei com todo carinho, cobrindo-o com o lençol.

O queixo dele tremeu.

— Papai está zangado por causa do Spike. Se a gente pegar Spike de volta, vocês param de brigar? — indagou ele.

Cerrei os lábios para me controlar.

— Sinto muito por termos acordado você, docinho. Às vezes, os adultos discutem, mas não tem nada a ver nem com você nem com Spike, e você não precisa se preocupar com nada.

— Papai vai voltar para casa?

— Oh, meu amor! — Estreitei meu filho nos braços. — Claro que papai vai voltar para casa. Claro que papai vai voltar. E agora volte a dormir.

Ninei-o durante meia hora, depois saí de mansinho do quarto, deitei em minha cama branca e fixei os olhos no ventilador de teto.

Às duas da madrugada, a porta da frente se abriu e me ergui na cama. Martin esbarrou num móvel da sala de estar.

— Filho da puta — murmurou. Entrou cambaleante no quarto e deitou-se sem tirar as roupas. Fedia a suor e aguardente, e alguns segundos depois roncava tanto que tive vontade de asfixiá-lo com o travesseiro. Puxei a coberta, ergui uma lateral do mosquiteiro e levantei da cama para dormir no sofá da sala.

❖

De manhã, ouvi quando ele puxou a descarga da privada e se pôs debaixo do chuveiro. O aroma do sabonete de sândalo exalou pela sala de estar em partículas de vapor. As gavetas do quarto se abriram e se fecharam, a porta do armário rangeu e, por fim, uma escova de cabelo fez um baque surdo de volta ao aparador.

Continuei deitada no sofá como um caramujo. Martin atravessou a sala, passou por mim e saiu de casa sem dizer uma palavra. Olhei para o ventilador no teto — girando e girando. E girando seguíamos nós.

Um barulho de blocos de madeira jogados na janela me revelou que Billy não estava disposto a se atirar em meus braços e a me encher de beijos. Levantei do sofá e me dirigi ao quarto dele. De pé sob o umbral da porta, meu angelical garotinho pegou um bloco de madeira, mantendo-o firme com as duas mãos, flexionou uma das pernas, como um lançador de beisebol, e o arremessou contra a persiana azul fechada. O bloco caiu com estrondo, junto a uma pilha de outros que jaziam no assoalho. Peguei-o no colo quando ele fez menção de arremessar outro bloco. Ele enrijeceu o corpo por um segundo, mas logo me enlaçou com os braços e as pernas.

Billy não quis tirar o pijama que teimara em não vestir na noite anterior, e não seria nada bom forçá-lo outra vez. Eu o fiz calçar mocassins e o deixei ficar de pijama. Preparei o *roti*, escaldei o ovo e o coloquei no oveiro de cerâmica com formato de galinha de que ele tanto gostava. Quebrei a casca com uma faca.

— Humpty Dumpty — recitei de faca erguida, mas Billy desviou os olhos para o nada. Estendi-lhe uma colherada da gema mole que ele tanto apreciava.

— Não estou com fome — disse, com o rosto manchado e os olhos inchados.

— Mas ontem à noite você não jantou.
— Não estou com fome.
Abaixei a colher.
— Você vai ganhar outro boneco de presente, BoBo.
Ele apoiou os cotovelos arranhados sobre a mesa e o queixo sobre as juntas dos dedos.
— Spike não é um boneco. Eu quero Spike — falou, com os lábios tremendo. — Não vou chorar.
— Meu amor, pode chorar. — Mas ele não chorou. Eu o enlacei com o braço e observei a gema que escorria pela casca. Mas Billy começou a chutar o pé da mesa. Tentei ignorar, mas o angustiante *tuc, tuc, tuc* impediu. — Pare de chutar a mesa, franguinho.
Tuc, tuc, tuc.
— Billy, por favor, pare com isso.
Tuc, tuc, tuc.
— Está bem, já que não quer comer, vá para seu quarto.
Ele saiu da mesa em direção ao quarto e olhei para minha xícara de chá, na expectativa de ouvir a barulheira dos blocos arremessados, mas nada ecoou do quarto. Sem barulho de blocos e sem choro, fui até o quarto e o encontrei sentado na cama com o peito colado nos joelhos dobrados.
— Billy, está tudo bem? — perguntei.
— Ahnn.
Encostei a mão em sua testa. Sem febre.
— Tem certeza?
Tentei esticar suas pernas, mas percebi que os músculos estavam retesados e tremiam.
— Billy, docinho...
— Estou tentando não chorar.
Ai, meu Deus. Os tremores aumentaram e falei a única coisa que não podia falar.
— Meu amor, vou trazer o Spike de volta.
— Verdade? — Seu rosto se iluminou de esperança. — Promete?
— Vou tentar.
Ele ponderou um pouco e retrucou.
— A senhora não vai trazer Spike de volta.
— Oh, docinho, daremos um jeito. De alguma maneira. Prometo.

Billy se levantou e me enlaçou pelos quadris. Apertou o rosto e minha barriga, sem chorar. Eu o deitei na cama e na mesma hora ele se colocou em posição fetal. Sentei-me a seu lado e comecei a fazer-lhe cafuné. Depois de algum tempo, a respiração normalizou e ele caiu no sono. Imaginei que devia estar emocionalmente exausto, como todo mundo nesse nosso mundo nojento.

Olhei para seu corpinho enroscado parecendo um embrião, e acariciei os nós da espinha de suas costas rechonchudas. Fazia tempo que não o via sem Spike, era como se lhe faltasse um membro essencial — uma das mãos ou um dos pés. Pensei em encomendar outro cachorro de pelúcia e calculei quanto tempo levaria para chegar dos Estados Unidos de navio, e me perguntei se Billy aceitaria um substituto para Spike. Mas, mesmo se conseguisse fazer tudo isso, seria a parte menos importante para Billy. Seus cotovelos estavam cicatrizando e com o tempo ele se esqueceria de Spike, porém... *malditos negros?*

❊

Rashmi entrou em casa com uma sobrancelha arqueada de modo sugestivo, e simplesmente não aguentei mais. Contei que Billy não tinha dormido bem, e pedi para que o deixasse cochilar.

— Tenho que dar um pulo até Simla. Talvez demore um pouco — disse.

Rashmi balançou a cabeça em caloroso entendimento, e saí de casa. Pedalei morro abaixo e, ao passar pelas casas himalachi, reparei que a pichação continuava no mesmo lugar, embora tudo o mais parecesse normal. Lembrei das palavras de Walker: "Num piscar de olhos, este país sai da estagnação para um turbilhão." Olhei ao redor à procura do menino que levara Spike, mas obviamente ele não estava pelos arredores.

Crianças conversavam em hindi debaixo de um pé de *banyan*, e se calaram respeitosamente quando me aproximei. Apressei a lição do dia, deixando de lado os erros de pronúncia. Não exigi muito... elas mereciam mais, mas, naquele dia, mesmo que pareça estranho, minha única preocupação era conversar sobre Billy com o reverendo Locke na Igreja de Cristo. Eu precisava conversar com alguém treinado na arte de oferecer sabedoria e simpatia.

❈

O reverendo Locke abriu a porta sem o sorriso desdentado e sem falar "esplêndido".

— Já soube o que aconteceu com seu filho ontem. Ele está bem? — indagou.

— Ficou um pouco machucado, mas... na verdade, ele não está nem um pouco bem.

O reverendo Locke me conduziu até o estúdio, e lá nos sentamos em confortáveis poltronas.

— O incidente de ontem apresentou a intolerância a Billy, e isso é exatamente o oposto do que queríamos que ele aprendesse aqui. Não sei como fazê-lo entender que a pobreza pode afetar as pessoas. Não que a pobreza justifique o roubo, mas... bem, o senhor entende, me sinto confusa até para conversar — desabafei.

— Entendo. — O bom reverendo alinhou as mãos no colo com uma expressão de simpatia aparentemente estudada e profissional, uma máscara, e pela primeira vez me perguntei quem ele realmente era.

— O senhor tem filhos? — perguntei.

Ele assentiu vagarosamente com a cabeça.

— Eu tive uma filha.

— Teve?

— Ela morreu.

— Oh. Sinto muito.

— Tudo bem. A guerra, a senhora sabe. — Sorriu com melancolia.

— Mas estávamos falando de seu filho.

À luz de uma filha morta, um brinquedo roubado era embaraçosamente trivial.

— Não quero que ele aprenda a odiar. Ele está terrivelmente furioso — contei.

— Sem dúvida. Mas não será a última vez que ele ficará furioso. Talvez seja uma oportunidade para lhe ensinar a lidar com a raiva.

Ele estava certo, é claro, mas como poderia ensinar Billy a lidar com a raiva se nem eu sabia lidar com minha própria raiva?

— Como o senhor faria isso? — perguntei.

Ele fixou o olhar nas próprias mãos por um momento e me deu a impressão de que estava pensando na filha que havia perdido.

— Um bom ponto de partida é o perdão — disse, por fim.

— Perdão? Pensei no bando de moleques que havia derrubado Billy no chão com muitas risadas, e no rosto manchado de lágrimas e nos cotovelos machucados do meu filho. Spike tinha sido roubado, e era compreensível que eles o quisessem. Mas também havia Billy, o meu Billy. Era muito cedo para perdoar.

O reverendo Locke sorriu.

— Gostaria de poder ajudar mais, mas realmente é a melhor resposta que posso dar. As pessoas fazem coisas horríveis por diversas razões... pobreza, paixão, poder, ideologia... a lista é longa. Ensine o perdão a seu filho. — Ele se levantou com uma expressão de pesar. — Realmente, lamento muito, mas tenho um compromisso.

— Não se preocupe. — Levantei-me e peguei a bolsa com nervosismo. — O senhor não me esperava e não avisei que vinha. Mesmo assim, muito obrigada pelo tempo que me deu.

Ele pegou a minha mão, tentando sorrir.

— Mesmo se tivesse mais tempo, senhora Mitchell, ainda afirmaria que o perdão é a melhor resposta. — O rosto comprido e desolado do reverendo mostrou que ele realmente lamentava a saída inesperada, mas ainda assim apontou para as estantes e acrescentou: — Estou terrivelmente mortificado por ter que sair dessa maneira. Que tal a senhora dar outra olhada nos registros para aproveitar sua vinda até aqui? — Abriu as mãos como se desculpando por não ter mais nada a oferecer.

Agradeci e ele saiu pela porta parecendo repentinamente menor do que era. Eu me arrependi de o haver induzido a se lembrar da filha, mas claro que ele nunca a esqueceria. Ele simplesmente sabia levar a vida adiante, apesar de toda a dor que sentia. Seria tão bom que pudesse me ensinar a fazer isso.

Peguei um volume desbotado e abri na página referente a janeiro de 1858, o ano da morte de Adela. Folheei algumas páginas com detalhes banais de assuntos paroquiais, e me deparei com uma página que parecia ter sido retirada de outro livro. Estava dobrada em meio às páginas referentes a outubro de 1858.

8 de outubro de 1857
Batizado de Charles William

O nome parecia incompleto. Eu sabia que as crianças inglesas sempre apresentavam um nome do meio antes do sobrenome. Mas, pelo visto, aquela criança, além de não ter nome do meio, também não tinha sobrenome. Fui à estante e folheei o volume anterior até encontrar o espaço onde faltava uma página, em outubro de 1857. Encaixei a página que havia sido retirada no espaço rasgado e ela se encaixou perfeitamente. Retornei ao primeiro volume e vi que a página rasgada fora inserida ao longo de notícias usuais da igreja, incluindo um óbito.

14 de dezembro de 1858
Adela Winfield descansou após longa doença.

Alguém havia colocado um registro de batismo junto com o óbito de Adela, mas era Felicity quem estava grávida. Uma mulher com tuberculose podia ter um filho saudável e aquele bebê devia ser o dela. Mas por que colocar o registro de batismo junto ao óbito de Adela? Felicity não teria retornado à Inglaterra deixando seu filho com Adela. E caso Felicity tivesse morrido, por que não havia um registro de falecimento e nem de onde fora enterrada? Se ambas tivessem morrido, o que tinha acontecido com o bebê?

Peguei uma *tonga* e tomei o rumo de casa, intrigada com o que teria acontecido com elas. Cheguei em casa ainda absorta em divagações, e Rashmi me esperava à varanda com uma cara assustada e torcendo as mãos. Sua costumeira recepção calorosa havia desaparecido. Quando ela me viu, contraiu o rosto de angústia e o *bindi* vermelho da testa sumiu na fenda que se fez entre as sobrancelhas. Aturdida demais para falar em inglês, balbuciou histericamente algumas sentenças em hindi. Não consegui entender, mas as lágrimas que escorriam pelo rosto de Rashmi me fizeram gelar de pavor porque todo mundo chora na mesma língua. Ela me empurrou para dentro de casa e depois para o quarto de Billy. A cama estava vazia. As persianas azuis e a janela estavam abertas. Billy havia sumido.

CAPÍTULO 27

Larguei a bolsa e saí de casa quase voando. Disparei pela calçada como uma louca, primeiro para um lado e depois para o outro; subi e desci a rua, desvairada.

— Billy! — gritava o nome dele. Gritava outra vez e bem mais alto — Bii-llyy!

Eu parecia uma mulher insana, correndo pela rua — não, não, não, não. Na corrida, o chapéu escapuliu da cabeça e meus cabelos eram como asas ao sabor do vento.

— Biillyy! — Não parava de gritar. Minha blusa saíra para fora da cintura da calça e o suor me escorria do rosto, das axilas e pelas costas. Cruzei a Morningside a toda a velocidade, e, de repente, percebi Verna à janela, por trás de uma das cortinas, curiosa e alarmada.

— BILLY! — berrei. Verna abriu a janela, mas, por seu ar confuso, ela não sabia de nada.

Desci o morro, chamando pelo nome de Billy e esquadrinhando os dois lados da estrada. Cheguei a casa com a pichação de tinta vermelha e a rodeei. Haviam tentado limpar a tinta da parede, mas a emenda ficara pior — era como se tivessem tentado limpar a sujeira depois de uma matança. A mulher de olhos amendoados que preparava *chapatis* em cima de uma pedra quente se deteve para me observar, mexeu a cabeça em desaprovação por minha aparência desgrenhada e histérica e voltou a seus afazeres. Homens passaram em carros de bois barulhentos, vira-latas dormiam ao sol e mulheres caminhavam graciosamente ao longo da estrada com jarros de água à cabeça. A serenidade, antes tão reconfortante para mim, agora me enfurecia. Meu filho havia desaparecido. Alguém precisava *fazer* alguma coisa.

Corri, esquivando-me de vacas, crianças e bodes em meio à confusão de cabanas himalachi. Uma mulher com um sári cor de maçã verde me parou e disse:

— Madame, vi seu garotinho lá na estrada.
— Onde? — Girei a cabeça pelos arredores.
— Não foi agora, madame. Ele estava indo na direção de Simla.

Pareceu improvável que ele pudesse percorrer a distância de quase dez quilômetros até Simla, mas será que alguém o havia levado? Gelei diante de minha própria pergunta e me apressei a pegar uma *tonga* na estrada. Pedi ao condutor para ir bem devagar e continuei gritando o nome de Billy e esquadrinhando com o olhar cada lado da estrada. Meu pânico aumentava à medida que os quilômetros passavam.

Cheguei a Simla, paguei ao condutor da *tonga* e me dirigi ao mercado Lakkar, o lugar predileto de Billy. As ruas, literalmente coladas umas nas outras, estavam superlotadas como sempre, e a cabecinha de Billy só alcançaria a altura da cintura das pessoas. Apertei os olhos para enxergar em meio à multidão maciça, mas tudo pareceu insuportavelmente normal, o que me enlouqueceu ainda mais. O mundo estava acabando; por que aquela gente estava tão tranquila?

Billy não tinha tomado café da manhã nem tinha jantado na noite anterior. Claro que estava com fome e... oh, Deus, provavelmente ainda de pijama e com aqueles frágeis mocassins. Eu o imaginei perambulando pelo mercado em seus passinhos de criança. Quando crianças depauperadas se aproximaram de mim com as mãos estendidas, lembrei do tráfico de escravos.

Um garoto de cachos louros e pijama de ursinhos chamaria atenção na mesma hora, e era óbvio o que os traficantes de escravos fariam com um garotinho branco de cinco anos de idade. Eu me curvei e quase tombei abraçada ao meu próprio corpo — *Oh, Deus; oh, Deus; oh, Deus.*

As pessoas olhavam para mim, sem parar. Passavam por mim sem olhar, da mesma forma como eu evitava os leprosos e as favelas miseráveis. Martin já me havia dito o que eles pensavam sobre mulheres brancas — moralmente suspeitas. E uma palavra errada dita a uma mulher branca poderia levar à prisão. A melhor coisa que poderiam fazer a respeito era ignorá-las e cuidar da própria vida. Sáris e *kurtas* passavam à minha volta, deixando-me atordoada.

Minha respiração disparou e engoli em seco, os pulmões se recusando a expandir. Respirei fundo, mas um torno apertou meu peito. *Oh, Deus; oh, Deus; oh Deus.* Completamente zonza, lutei para respirar e o torno pareceu apertar ainda mais. Ergui os braços, mas de nada adiantou. Feixes de luz cintilaram em minha visão periférica e senti as batidas de meu coração irregulares como uma chama ao vento. Com a visão turva, cores e sons a se fundir, suguei o ar como um peixe fora d'água. Entrei ofegante e aos prantos no posto do telégrafo.

※

Martin não perdeu tempo. Em poucos minutos já tinha chamado a polícia e meio batalhão já estava nas ruas. Fomos juntos com Walker até um *kotwali* — posto policial — de Simla para preencher a ocorrência, e saímos os três ladeados por um policial baixote, de turbante preto e uniforme cáqui, que interrogaria possíveis testemunhas. Ele fez perguntas a comerciantes, fregueses, condutores de riquixás e donas de casa, além de vasculhar templos, cabanas, lojas e barracas. Ninguém tinha visto Billy.

— Como isso é possível? — perguntei, duvidando. — Um garoto louro de pijama? Como é possível que ninguém o tenha visto?

— É uma questão delicada, Evie. — Walker coçou a barba. — Ninguém apanharia o menino por medo, e ninguém admitiria tê-lo visto e não o ter recolhido. Se alguém lhe deu abrigo, a essa altura deve estar morrendo de medo de ser acusado de sequestro.

— Não! Sem acusações! Oferecemos uma recompensa... diga a eles.

— Isso mesmo! — concordou Martin. — Sem acusações. E com uma boa recompensa.

— Está certo. — Walker coçou a barba.

Na Índia, as coisas não eram feitas en troca de recompensas; a situação exigia dinheiro adiantado, gorjetas. Como Martin tinha pouco dinheiro na carteira, voltamos às pressas para casa e lá esvaziei a lata de chá, enquanto Martin esperava no velho Packard. Retornamos a Simla e distribuímos gorjetas a torto e a direito; molhamos a mão de muita gente com rupias. Os primeiros a estender as mãos foram os policiais, uma surpresa para mim, mas só para mim. Paramos transeuntes, *tongas* e riquixás nas ruas, e Martin distribuiu rupias a todos. Colocava notas nas mãos e nos bolsos das pessoas, mas ninguém sabia de nada. Nem precisávamos de fotografia: um garoto louro, de cinco anos, vestindo pijama ocidental, já era uma descrição mais do que suficiente.

Se dependesse de mim, as lojas seriam fechadas e as ruas, esvaziadas. Seria mais fácil encontrar uma criança sem aquela massa em frenético movimento. Mas na Índia as ruas nunca ficam inteiramente vazias. De repente, senti raiva daquela multidão. Se dependesse de mim, todos sairiam das ruas em silêncio; que fossem embora, que fossem para casa, que *fizessem* alguma coisa.

Martin e Walker se reuniram com alguns policiais, e abri caminho em meio a eles.

— Vocês não podem falar sem a minha presença. É o meu filho.

Martin me pegou pelas mãos.

— Querida, há um lugar que precisa ser investigado, mas não sei se você devia ir até lá.

— Se Billy pode estar lá, eu irei.

Martin pôs a mão em meu ombro.

— É o mercado de escravos.

— Vamos lá — falei, de joelhos bambos.

Seguimos o policial por escadarias de pedra que terminavam em becos estreitos, descemos e subimos por uma trilha de labirintos e me dei conta de que nunca saberia sair sozinha daquele lugar. Por fim, surgiu à frente um beco imundo, cheio de lixo apodrecido, repleto de vermes.

— Por aqui — disse o policial, detendo-se à entrada de outro beco, tão estreito que, mesmo àquela hora do dia, desaparecia entre as sombras.

Martin olhou para a escuridão.

— Evie, tem certeza de que quer entrar aí? Walker pode esperar aqui com você — disse.

— Tenho, sim. — Dei um passo à frente.

O policial baixote me olhou com ar sinistro.

— Lamento muito — disse com um gesto desanimado de cabeça. Parecia desesperado e senti desgosto por ele. Ele não me queria naquele lugar, mas também não sabia como recusar a insistência de uma *memsahib*. — Não é um bom lugar para a madame.

De um jeito cavalheiresco, ele se sentia desconfortável em lidar com uma mulher branca. Mas talvez Billy estivesse por perto, em algum canto daquele lugar tenebroso, e isso me encheu de um sentimento de urgência.

— Diga-lhe para parar com as desculpas e seguir em frente. Cada minuto é precioso — falei para Martin.

Martin assentiu com a cabeça e o policial suspirou.

— Por favor, caminhem com cuidado. — O policial apontou para baixo e pude ver o canal estreito e escuro de esgoto que serpenteava a céu aberto pelo beco. — Lamento muito — repetiu —, mas a madame precisa caminhar assim. — Pôs um pé de cada lado do veio daquela água imunda, e começou a caminhar e a se equilibrar devagar em meio ao esgoto e à escuridão.

Eu o segui com cuidado para não pisar na imundice que escoava por entre meus pés, um fedor insuportável entrando por minhas narinas. Martin e Walker escorregaram na lama atrás de mim e me passou pela cabeça que devíamos jogar os sapatos fora quando voltássemos para casa. Na mesma hora me senti culpada pelo pensamento prosaico em meio ao desaparecimento de Billy. Eu me punia pela leviandade quando, repentinamente, o policial se deteve diante de uma porta de madeira que caía aos pedaços, e a escuridão me fez tropeçar nele.

— Aqui nesse mercado de gente não se permitem turistas. É melhor fingir que vocês vieram comprar. Ok?

Senti náuseas, mas Martin respondeu prontamente.

— Sim, com certeza.

Depois de uma série de batidas cifradas do policial, ouviram-se rangidos e xingamentos, e alguém ergueu um trinco de madeira do outro lado. Uma mulher toda de preto abriu a porta, apenas uma fresta, e nos olhou com suspeita. Um odor de alho e óleo de mostarda fervente saiu pela fresta da porta.

O policial cochichou alguma coisa, e ela me fitou com olhos delineados de *kohl*. Gesticulou de modo insolente, um movimento de mãos prestes a matar uma mosca.

— Não — falou ela.

O policial tentou persuadi-la com bajulações, até que ela permitiu que Martin passasse a frente do policial e lhe estendesse um punhado de rupias. Ela contou o dinheiro, lançou-me um olhar cortante e abriu a porta. Guiou-nos ao longo de um corredor estreito que fedia a alho, com uma esteira imunda sobre o piso, e nos fez chegar a um pátio cercado. A mulher se arrastou à nossa frente como um cavalo cansado e me perguntei se ela também não seria uma escrava.

Sua casa (se é que era dela) ficava sobre uma fenda lateral da montanha e só era acessível pelo corredor que fedia a alho. No final do pátio, a um canto, havia a entrada de uma caverna, onde seis crianças sentavam-se imóveis no chão e em completo silêncio. A luz do dia era bloqueada por um toldo — sem dúvida, para descartar olhos curiosos — produzindo um efeito fantasmagórico de penumbra artificial. As lamparinas criavam uma luminosidade doentia e amarelada, e um grupo de homens de *djellabas* e *kurtas* conversavam tranquilamente a um dos cantos. Quando entramos pelo pátio, eles nos olharam e começaram a cochichar. Ouvi com nitidez quando disseram "mulher branca", não sei se o que mais os incomodava era minha cor ou minha condição feminina. Continuamos juntos e um minuto depois eles retomaram a conversa.

Um dos homens caminhou até a caverna e se abaixou para inspecionar uma menina. Ele a fez levantar do chão e girar lentamente. Repartiu seu cabelo emaranhado e observou o couro cabeludo com um olhar de nojo. Examinou as pálpebras inferiores dos dois olhos e o interior da boca com o dedo mindinho. Por fim, levantou-lhe a túnica esfarrapada e observou longamente o corpo magro despido. Ela não tinha mais de seis anos, mas não demostrou qualquer emoção. Fazia o que lhe mandavam. Depois, voltou a sentar-se. Comecei a tremer e Martin me abraçou pelos ombros com força.

O policial conversou com os mercadores de escravos — pareciam conhecê-lo —, que demonstraram claramente seu desagrado por nossa presença naquele lugar. Fingimos não perceber os olhares mal-humorados e gestos que nos dirigiram. Passado algum tempo, o policial retornou abanando a cabeça.

— Ofereci dez vezes mais do que se costuma pagar. Sinto muito. Eles não estão com o menino.

Saímos pelo mesmo caminho que entramos, o único que havia, equilibrando-nos ao longo do beco fétido. Quando chegamos ao bazar, minha cabeça girava. Tudo aquilo havia sido demais — os mercadores de escravos, o fedor, o calorão, o rufar invisível de tambores. Minha respiração acelerou, meus pulmões se contraíram e meu coração bateu descompassado. Apertei o peito, angustiada.

— Martin, Martin, é preciso checar os carros. Os carros! Traficantes de escravos também têm carros. Talvez o estejam levando embora agora. Martin?

Walker olhou furtivamente para Martin, e virei-me para ele como um chicote.

— Qual é o problema? — Fechei os punhos. O calor subiu por meu rosto e mal pude respirar, mas a minha voz soou com frieza. — Meu filho está desaparecido. Não *ousem* me subestimar.

— Sinto muito, Evie.

O policial me pediu que voltasse para casa. Recusei. O único policial no comando, um homenzinho parrudo de olhar gentil, dirigiu-se a mim.

— O povo tem estado intranquilo nesses dias. Asseguro-lhe que somos os mais capazes para encontrar seu filho.

Martin tirou os óculos e esfregou os olhos.

— Acho que ele tem razão.

— De jeito nenhum. — Cruzei os braços sobre o peito. — Não posso ficar em casa sem fazer nada.

Walker se aproximou de mim e tirou um vidro marrom de dentro do bolso.

— Já que insiste em ficar, tome isso. — Tirou uma pílula amarela de dentro do vidro.

— O que é isso?

— É uma ajuda. — Estendeu a pílula e um frasco com água.

Engoli a pílula com alguns goles de água do frasco, e uma hora depois, zonza demais para me manter de pé, deixei que Martin me levasse para casa.

❊

Martin me deitou sobre a cama branca.

— Não foi culpa sua — disse.

— Se o encontrarmos... — Minha voz soou pastosa e anasalada.

— Não diga isso. — Ele colocou o dedo sobre meus lábios. — Vamos encontrá-lo.

— Billy — gemi. — Oh, Deus.

Ele me abraçou debaixo do *mala* murcho de Rashmi; e chorei, chorei, chorei.

O SÂNDALO 241

CAPÍTULO 28

Quando Verna e Lydia chegaram, Martin saiu para se juntar às buscas. Logo que vi as duas tive vontade de mandá-las embora. Elas não tinham filhos. Nunca entenderiam. Chegaram à soleira da porta e disseram.

— Pobre querida.

Eu sabia que tinham vindo a minha casa para não me deixar sair, e estava drogada demais para discutir com elas.

Fui tomar um banho — a única maneira de escapar daquelas mulheres. Enquanto o banheiro se enchia de vapor, despi-me das roupas amarrotadas e manchadas de um suor que ainda retinha o fedor azedo do medo. Nua e com as roupas espalhadas no piso manchado de mercurocromo, acariciei minha barriga enquanto a banheira enchia. A pele um tanto flácida mostrava as marcas da gravidez em estrias translúcidas como linhas prateadas. Lembrei da alegria secreta que sentira quando Billy se mexia, quente e seguro dentro de mim, bem debaixo de meu coração. Mas, naquela hora, ele vagava faminto, desagasalhado e sozinho, sabe-se lá por onde, e tudo por minha culpa. Como pude levá-lo àquele lugar terrível? Lydia estava certa. Eu não devia ter levado meu filho para a Índia. Coloquei um pé dentro da banheira e o calor da água quente subiu por meu tornozelo, mas resisti e não puxei o pé. Entrei na banheira e me deixei escaldar. Penitência. A monção de dor espraiou-se como uma queimadura dilacerante pelo meu corpo, e me senti aliviada por experimentar outra coisa que não o medo.

Mesmo depois que a água esfriou, fiquei na banheira, abraçada aos joelhos, ouvindo as vozes abafadas das mulheres que cochichavam no cômodo vizinho, como nos funerais. Como teria sido bom se tivesse saído totalmente nua do banheiro e dito: "Vocês não sabem de *nada*." Joguei água no rosto, saí da banheira e deixei a porta entreaberta para ouvi-las. Não falavam de mim nem de Billy. Comentaram que os fios de comunicação haviam sido cortados em Pathankot, e seu tom circunspecto me deixou irritada. Quem se importaria com fios cortados numa hora daquelas? Entrei em meu quarto com uma toalha enrolada ao corpo, e me enfiei debaixo do lençol e do mosquiteiro.

De quando em quando me flagrava chorando, mas não me lembrava de quando tinha começado a chorar. A certa altura, o efeito do sedativo passou e me ergui dos travesseiros, disposta a me vestir e a tentar encontrar meu filho, deixando Verna e Lydia para trás. Já me levantava quando Verna entrou com uma xícara de chá.

— Sente-se, minha querida — falou, colocando a xícara na mesinha de cabeceira. Obedeci sem discutir. Só queria que ela saísse logo do quarto.

Sem o sorriso, os lábios de Verna eram amassados como um lencinho usado. Seu batom sangrava em raios ao redor da boca e me passou pela cabeça que, sem o sorriso escancarado, o rosto de Verna despencava sobre o pescoço como cera de vela derretida. Talvez ela tivesse filhos. Talvez os filhos já tivessem crescido e lhe dado netos. Mas isso não importava. Ela fez um carinho na minha mão e saiu do quarto.

Tomei o chá rapidamente, achando que ajudaria a terminar de vez o efeito do sedativo de Walker, mas só lembro de me sentir submergindo na água e me perguntando sobre o que teriam colocado no chá. Estava quase dormindo, quando Verna retornou.

— Chegou uma mensagem para você, querida. — Ela pôs alguma coisa na mesinha de cabeceira e recolheu a xícara vazia. Olhei de esguelha e lá estava um papel indiano enrolado... provavelmente de Harry. Ignorei.

— Quer que leia para você? — ofereceu Verna.

Já ia dizer que não era importante quando me ocorreu que poderia ser o bilhete de algum morador local que tivesse visto Billy. Levantei-me e desenrolei a folha. A caligrafia me pareceu um borrão que ora aparecia, ora desaparecia, e tive que piscar os olhos para clarear a visão.

Cara Evie,
  Fiz aquela tradução do urdu sobre senhorita Winfield, e é muito interessante. Por favor, apareça no templo quando puder. Estarei lá toda tarde a partir de hoje. O *ashram* está me enlouquecendo.
Seu amigo,
Harry

Recoloquei o bilhete em cima da mesinha e voltei a deitar.
— Nada importante — falei.
Ela assentiu com a cabeça e saiu do quarto. Depois, Lydia entrou e continuei virada de costas. Ela disse alguma coisa, mas sua voz parecia tão longínqua que as palavras não se juntavam de modo a fazer sentido. Ergueu meu torso nu e fez o sutiã escorregar pelos ombros abaixo. Notou que eu não me movia e gentilmente acomodou os bojos do sutiã em meus seios e o fechou. Obediente como uma criança, vesti a calcinha e deixei que ela a puxasse até a minha cintura. Em seguida, ela colocou o roupão de *chenille* em meus ombros, enfiou os meus braços pelas mangas e o amarrou à cintura.

Verna havia feito chá e sanduíches de pepino, mas, apesar da chaleira no fogo e da presença das mulheres à mesa, a cozinha parecia fria, sem a panela de *curry* borbulhando no fogão.
— Cadê o Habib? — perguntei.
— Nós o mandamos para casa, querida.
— Oh!
— Não se preocupe, fizemos o pagamento.
— Obrigada.

Observei o sanduíche colocado à minha frente, enquanto Lydia elogiava a sobremesa que Verna servira no último jantar que oferecera. Verna explicou a melhor maneira de preparar um *trifle* de morangos e, depois que esgotaram todos os pormenores da receita da popular sobremesa inglesa, comentaram o espantoso resultado de uma recente partida de críquete. Só então me dei conta de que elas realmente não me conheciam e simplesmente não sabiam o que dizer, mas... *trifle e críquete*? Martin chegou por volta das três da manhã e as *memsahib* se foram.
— Alguma informação nova? — perguntei.
— Na verdade, não.
— O que quer dizer?
— Quero dizer que ainda não o encontramos. Mas tem muita gente procurando. Muita gente mesmo. Vamos encontrá-lo. Simla não é Délhi. Só vim ver como você está.
— Estou bem.
— Vamos encontrá-lo.

Ele entrou no banheiro para lavar o rosto e despenquei no sofá, atordoada e desorientada. Passado algum tempo, deitei-me, odiando a mim mesma pela sonolência. Instintivamente, puxei o fio na costura de uma almofada. Olhei para o fio solto e pensei como as coisas se separam com facilidade. Aquilo me parecia errado: as coisas deviam permanecer firmemente atadas. Metade daquele fio pendurado, frouxo e desmembrado, estava pronto para se soltar por inteiro. Apertei aquela almofada com as penas de suas entranhas quase expostas, como eu própria me sentia.

Martin saiu do banheiro e se curvou por trás do sofá.

— Vou trazê-lo pra casa — afirmou.

— Traga-o — retruquei enquanto ele saía. — Encontre-o.

Depois que Martin saiu, fui até o quarto de Billy e lá fiquei, de olhos perdidos sobre a cama vazia. O móbile de camelos debaixo da rede do mosquiteiro, os blocos de madeira jogados no assoalho em frente à janela. Peguei um bloco, ajeitei na mão e o arremessei na parede com toda a força, depois caí de joelhos. Solucei e, aos prantos, comecei a esmurrar o assoalho quando, de repente, um taco se soltou com um estampido. Puxei-o para recolocá-lo no lugar e uma caixa de latão que estava escondida por baixo do assoalho surgiu diante dos meus olhos.

Retirei a caixa do esconderijo, limpei a crosta de poeira por cima e abri a tampa. Dentro, havia dois sacos térmicos de borracha com as extremidades cortadas, fazendo-os parecer uma espécie de bolsa. Guardavam um pequeno livro artesanal com capa cor de malva habilmente costurada em linha prateada. Os pontos eram pequenos e regulares, como dentinhos de prata cravados ao redor das bordas, e ao pé do canto direito da capa se viam as iniciais: A.W. Era o diário de Adela.

Justo agora? Justo agora que já não me importo mais? Quase ri. Folheei as páginas com desinteresse, mas não me passou despercebido que diversas páginas haviam sido retiradas — de fevereiro a junho de 1857. Eram as páginas que eu havia encontrado dentro da Bíblia. Abri a contracapa com displicência e uma palavra sublinhada no último trecho do diário chamou a minha atenção: *lamenta*?

Agosto de 1857
 Será que este pesadelo não terá fim? Quando voltei para casa, Lalita chorava e o corpo de Felicity não estava mais aqui. Ele deixou um cartão creme em cima de sua cama com um recado. "Eu a levei. Lamento."
 <u>Ele</u> lamenta?
 Ele <u>lamenta</u>?
 Para onde a terá levado? E por quê?

Havia vários outros trechos, mas naquele momento nada daquilo tinha importância. Fechei o diário e o recoloquei na caixa de latão. Em seguida, deitei-me na cama de Billy, debaixo do móbile de camelos pendurado no centro do mosquiteiro, e me encolhi como uma lesma recolhida em sua concha.

CAPÍTULO 29

A CAMPAINHA TOCOU E ACORDEI com latidos e rosnados ferozes de cachorros. Verna e Lydia deviam estar esperando pacientemente na varanda, sem dúvida com mais sedativos nas bolsas. Por que não me deixavam em paz? Eu havia dormido com a mão por baixo do quadril e meu braço estava dormente, mas continuei imóvel. A campainha tocou novamente; depois, começaram a bater na porta, mas continuei imóvel. Eu me vestiria depois que elas fossem embora e ficaria fora de casa até encontrar o meu filho.

Elas esmurraram a porta com tanta força que a parede estremeceu. Meu Deus! O que havia de errado com aquelas mulheres? Eu teria que ir até a porta e despachá-las. E as empurraria varanda abaixo se fosse preciso. Levantei da cama descalça e, quando abri a porta, mal pude acreditar no que vi. James Walker estava na varanda, com meu filho no colo. Billy estava de pijamas, coberto de lama, o cabelo cheio de palha e batia os dentes.

— Mamãe? — chamou.

Ele esticou os braços abertos para mim. Minha garganta se apertou e meus olhos se acenderam. Eu o agarrei e o apertei nos braços, cheirando meu garotinho sujo e suado. Ele aninhou o rostinho em meu pescoço e assim ficou enquanto o carregava para dentro de casa. Minha garganta estava apertada e as lágrimas não me deixavam enxergar direito, mas nunca me senti tão feliz na vida. Sentei no sofá com Billy no colo e comecei a examiná-lo: seu rosto estava imundo, cheirava a esterco e tinha perdido os mocassins. Aparentemente, estava bem, mas não parava de bater os dentes.

— Está com frio, Billy?

— Hum... Hum. A senhora está zangada comigo?

— Não, meu amor.

— Eu queria encontrar Spike.
— Eu sei, docinho. — Eu o abracei.
— A senhora e o papai estavam brigando por causa do Spike. Estremeci.
— Está tudo bem. Está tudo bem agora.
— Achei que parariam de brigar se Spike voltasse para casa.
— Oh, Deus.

Walker enfiou as mãos nos bolsos e desviou os olhos por um instante.

— Nosso camaradinha pode estar um pouco assustado, mas não sofreu dano algum. Não há nada que não possa ser curado com um banho quente e uma refeição — falou, pigarreando.

— Martin já sabe?

— Ah, sim. O pobre homem quase desmaiou, mas lhe demos uma dose de uísque. Na verdade, todos nós tomamos. Ele agora está preenchendo o último registro no posto policial. — Acariciou os cabelos de Billy. — Nosso pequeno *sahib* teve sorte. Edward o encontrou na estrada esta manhã. Cometemos um erro ao pensar que ele seria levado para Simla; esteve o tempo todo a menos de um quilômetro daqui, em Masoorla.

— Foi Edward quem o encontrou? — Billy se pendurou em meu colo e o embalei.

— Worthington passou a noite inteira com uma lanterna; batia de porta em porta e vagava pelo campo como um fantasma medieval. Disse que os policiais eram imprestáveis e resolveu procurar por conta própria.

— Edward fez isso?

— Suponho que não tenha desistido por causa do filho que eles próprios perderam.

— O quê?

— Você não sabia? Eles perderam o filho em Blitz. Lydia teve um colapso nervoso. Edward tem sido sua salvação. Ele pode ser um cara irritante, mas trata a esposa como se fosse um passarinho ferido. Ele tem um lado que você nunca suspeitaria.

— Edward? — Lembrei como ele confortara Lydia no posto do telégrafo. Oh, e a pobre Lydia, acomodando meus seios nos bojos do sutiã, me vestindo a calcinha. Que lembranças dilacerantes o desaparecimento de Billy lhe trouxe?

— Ele teve uma sorte danada, de verdade. Fizemos um alarde público em torno de seu desaparecimento. Receio que até os tipos repugnantes o procuraram com tanta diligência quanto nós — contou Walker.

Meu estômago revirou.

— Repugnantes? Você quer dizer...

— Bem, o importante é que agora ele está aqui, isso é o que interessa.

— Mamãe?

— Sim, BoBo.

— O senhor Worthington comprou um *roti* pra mim e falei *kripya*.

Cobri seu rosto de beijos.

Rashmi chegou aos gritos:

— Biilii! — Entrou correndo e lhe afagou os cabelos.

— Oi, Rashmi. — Billy ergueu os braços e ela o pegou no colo, com os olhos faiscando, segurando-o como a uma boneca.

— Você quer coco? — perguntou ela. Ele assentiu com a cabeça e logo as lágrimas verteram.

❈

Depois de pular a janela, Billy caminhara pela estrada arborizada sem um pingo de medo. Já tinha feito isso diversas vezes, antes.

— Me lembrei de ficar do lado da estrada, como a gente faz com a vagoneta — contou.

— Isso foi muito bom, docinho.

— Vi alguns garotos, mas não vi o garoto mau que levou Spike. — Ele olhou de soslaio. — Os mocassins ficaram muito sujos e pensei que a senhora ia ficar zangada. — Encolheu-se. — Agora não tenho mais eles.

— Vamos conseguir outros mocassins, amor. Alguém tentou parar você?

— Um daqueles homens de chapéu redondo tentou falar comigo. Mas ele tinha cara de mau e fugi dele. Depois uma moça de sári verde colocou o dedo na minha cara e disse que eu tinha que voltar para casa. Mas eu não falo com estranhos e mostrei a língua para ela. — Billy repetiu a careta, fazendo-me rir.

Ele batera à porta da casa pichada de vermelho.

— Perguntei à moça sentada no chão se ela sabia onde estava Spike. — Fez uma pausa e disse com timidez: — Eu tinha que perguntar para alguém.

— Eu sei.
— Mas ela não quis falar.
Depois, ele havia vagado por fora da estrada, com medo de ser parado por Kamal, e então se perdera.
— Onde dormiu na noite passada?
— Num estábulo. Um bode bonzinho me aqueceu. Mas quando acordei os mocassins tinham sumido.
— Oh, amor.
Ele esfregou os olhos.
— Mamãe, estou com muita fome.

❈

Queria ficar sozinha com Billy, então mandei Rashmi para casa. Ela o beijou dezenas de vezes, e mais outra dezena de vezes, antes de pegar o lixo e sair sorrindo.

Primeiro, alimentei meu filho pródigo com iogurte e rodelas de banana, depois lhe dei um banho demorado. Seu corpo macio deslizava pela banheira de água morna e por entre minhas mãos ensaboadas. Lavei-o como se estivesse lavando pétalas de rosas. Billy tinha voltado inteirinho para mim, são e salvo — um verdadeiro milagre. Passei xampu em seu cabelo louro e, depois de apoiá-lo debaixo da torneira e enxaguá-lo, ele estava com a cabeça lisinha como a de um filhote de foca. Ainda estava com fome e então cozinhei um ovo e espalhei uma porção abundante de geleia de morango por cima de um *roti*, agradecida por poder alimentar o meu filho e por poder vê-lo a minha frente. Em seguida, coloquei-o na cama, abracei-o e o fiz dormir. O aroma do sabonete e da geleia em sua pele entrava pelo meu nariz.

Fazia vinte e quatro horas que não comia e, tão logo Billy adormeceu, senti uma fisgada forte na boca do estômago. Saí de mansinho, não sem antes lhe dar outro beijo, e fui até a cozinha.

Comi um ovo cozido e preparei uma xícara de chá para tomar na sala de estar, mas, quando entrei na sala, parei e olhei para a almofada destroçada, aberta sobre o sofá, as penas à mostra. Penas brancas, leves e bem pequenas, cujas extremidades minúsculas perfuravam o estofamento como se fossem alfinetes. O senhorio não podia ver aquela almofada. O piso do banheiro já sofrera um estrago considerável, mas aquela almofada devia ser uma antiguidade valiosa. Teria que comprar um jogo de costura e tentar repará-la, embora não fosse lá muito boa com a agulha. Se não conseguisse costurá-la, poderia contratar uma *durzi* e ela levaria uma máquina de costura para minha varanda e faria o trabalho direito. Quanto custaria?

Com todas as gorjetas que distribuímos e o gasto às escondidas com o perfume, não sobraria dinheiro suficiente nem para cobrir o aluguel. Graças a Deus Martin não sabia. Decidi então que escreveria um bilhete convidando o senhorio para um chá, encarregando o *wallah* mensageiro, que todo dia aparecia antes do *tiffin,* de entregá-lo. O rapaz entregaria o bilhete e, cara a cara com o senhorio, eu lhe pediria que ampliasse o prazo para o pagamento do aluguel. Tinha esperança de que ele não cobrasse multa nem juros.

Acabara de entregar o bilhete ao mensageiro quando me lembrei do diário escondido sob os tacos do assoalho. Caminhei até o quarto de Billy com uma faca de manteiga, ergui o taco solto com muito jeito, peguei a caixa de latão e fui para a sala de estar. Retirei o pequeno livro de dentro do saco térmico de borracha e o abri na parte das páginas que haviam sido cortadas e que funcionava como um marcador natural. Voltei ao começo e passei a ler o diário do início.

CAPÍTULO 30

Julho de 1857
Faz sete dias que o indiano não vem aqui e estou aliviada. Segundo Felicity, ele está fora, em sua fazenda de seda perto de Pragpur. Parece que isso não a deixa intranquila. Enfim, talvez o tenhamos deixado para trás. Ou talvez não, mas não quero pensar nisso agora. Já tenho muita coisa com que lidar aqui: a doença de Felicity e sua gravidez e o espanto dos criados.

O novo assoalho de madeira parece soberbo e deixei um taco solto no chão do meu quarto. Parte da minha história estará guardada debaixo da casa, para ser encontrada por quem o destino escolher.

Ouvimos relatos de outras rebeliões dos cipaios e de derramamento de sangue em Haryana e Bihar.

Julho de 1857
Mais uma vez, a monção chegou tarde. Durante uma semana as plantações de manga arderam em chamas ao longo da estrada e os agricultores jogaram água nas chamas. Segundo Felicity, chamam esse ritual de "havan" e acreditam que isso traz a chuva.

Finalmente, as primeiras gotas da monção chegaram com timidez, mas, alguns segundos depois, o chuvisco se transformou em torrente e produziu uma penumbra verde de água, que cai como um lençol e dificulta a respiração. Mas as pessoas saem das casas e caem de joelhos sobre a lama, dançando descalças nas poças, exatamente como no ano passado. Isso ocorre até que todos simplesmente se sentam e observam a contínua descarga de raios que rasgam o céu e iluminam as faces morenas, abrigadas na área de serviço. Faz uma semana que chove e, se continuar a chover, os agricultores repetirão o *havan* para fazer a chuva parar.

As tropas britânicas foram oficialmente deslocadas de Simla e de outros lugares para abafar a rebelião dos cipaios.

Julho de 1857
Kanpur! Durante duas semanas os cipaios mantiveram 206 de nossas mulheres e crianças como reféns em Bibighar. Segundo os rumores, os rebeldes ouviram relatos sobre aldeias indianas completamente massacradas por tropas britânicas e contrataram um punhado de aldeões e bandidos para assassinar mulheres e crianças a faca e machadinha. Disseram que as paredes de Bibighar estão cobertas de pichações escritas a sangue e que os pisos das casas estão cobertos de membros esquartejados. Também disseram que jogaram os mortos e os moribundos dentro de um poço e que, depois que o poço estava cheio, o restante foi jogado nas águas do Ganges. Não contei nem contarei para Felicity.

Julho de 1857
Temo que tenha havido distúrbios perto de Masoorla. Ninguém fala nada, pelo menos para mim. Os criados se mostram com um semblante impassível, mas há um odor diferente no ar, um fedor enjoativo de decadência. Kanpur desencadeou uma sede furiosa de vingança e os aldeões cochicham que talvez as forças britânicas varram o país inteiro, vingando-se não apenas dos insurgentes, mas também de todos os que encontrarem pelo caminho. É o que estão chamando de "o vento do Diabo".

Aqui em Masoorla só temos agricultores e criados e pequenos comerciantes, mas há rumores de que a revanche será irrestrita e indiscriminada. É difícil acreditar. Claro que nenhum soldado britânico mataria inocentes.

Para piorar a situação, o cheiro é mais opressor à noite e as moscas se tornaram insuportáveis. É impossível tomar chá na varanda sem que a xícara seja coberta por um amontoado de moscas negras.

Julho de 1857
Descobri por que Felicity não se mostrou desanimada quando seu amado interrompeu as visitas. Ele não foi para a fazenda de seda perto de Pragpur; ele tem entrado aqui às escondidas no meio da noite. Quando a lua está alta no céu e já estou dormindo, ele pula a janela de seu quarto. O *punkah-wallah* confessou que o havia visto.

Felicity disse que ela mesma quis que ele a visitasse dessa maneira, porque não consegue aguentar meu olhar de desagrado. Frisou que nem consigo pronunciar o nome dele, o que é verdade. Para mim, ele sempre será "o indiano", ou "aquele homem" ou "o seu amado". Mesmo assim, tenho me empenhado a fundo para deixar o ciúme de lado, e sei que estão perdidamente apaixonados. Lembro muito bem de como foi com Katie. Realmente tenho feito de tudo para aceitá-lo, sem me dar conta de que minhas reservas transparecem muito claramente em meu rosto.

Contudo, grande parte do que Felicity vê como resistência da minha parte é, em verdade, preocupação e até mesmo medo. Indianos e britânicos nunca estiveram em oposição tão violenta como agora. Essa ligação é perigosa!

Mas não posso mandar no coração deles, então me desculpei com ela e pedi para que ele viesse durante o dia e que entrasse pela porta da frente. Pelo bem de Felicity, tentarei ser cordial, apesar de toda a minha apreensão.

Ela se refere a ele como seu amado — eu o chamaria de Jonathan. A família dele é anglicizada e seu nome é Jonathan. Jonathan também começou a tossir. Não sabemos se tem apenas uma gripe forte que passará logo ou se contraiu a tuberculose de Felicity.

Agosto de 1857

Quando as primeiras contrações de Felicity começaram, pela tarde, mandei um mensageiro a Simla chamar o médico, e torci para que ele chegasse a tempo de encontrar o doutor ainda sóbrio. Caminhei pela casa, entrei na cozinha nova e ali fiquei a olhar para o vazio e a tremer. Depois me recompus e voltei para o lado de Felicity. Ela sorriu para mim.

— Até amanhã, teremos um bebê na casa.

Dei um salto da poltrona para sua cama.

— O médico já vai chegar — assegurei-lhe.

— Aquele beberrão? — Ela fez uma careta. — Mande Lalita trazer uma parteira da aldeia. Ela saberá quem trazer.

— Uma parteira nativa?

— E por que não?

Olhei para Lalita.

— Minha irmã teve um bebê no ano passado. O primeiro bebê, *memsahib*, só nasce depois de muitas, muitas horas. Esse bebê não nasce antes de amanhã de manhã — disse ela.

Felicity assentiu com a cabeça.

— As contrações estão brandas.

Contando uma hora para que o mensageiro chegasse a Simla e mais uma hora para que o médico chegasse aqui em casa, era provável que tivéssemos tempo suficiente. E, se o médico chegasse bêbado, teria tempo para curar a bebedeira. Mas era enervante ficar parada sem fazer nada.

De pé, ao lado da porta, Lalita parecia uma criança assustada com o véu à boca. Pedi que enchesse o lavatório e pegasse lençóis limpos no armário — estava certa quando imaginei que seriam necessários muitos lençóis.

Sentei-me outra vez à beira da cama e Felicity apertou minha mão enquanto gemia. Começou a chover e agora o trabalho de parto de Felicity era acompanhado pela água caindo no telhado. Logo a lama nas ruas dificultaria a jornada de Simla até nossa casa, principalmente para um bêbado. Lalita trouxe um lampião aceso e lhe pedi para ver se o médico estava chegando pela estrada. Ela voltou sacudindo a cabeça em negativa e mordendo o lábio.

— Está chovendo muito, *memsahib*. Será que é melhor buscar a mulher na aldeia? — sussurrou.

Será que teria sido diferente se eu tivesse dito sim? Acontece que eu respondi outra coisa.

— O médico vai chegar logo.

No intervalo entre as contrações, fazia Felicity beber uns poucos goles d'água e ouvia a chuva a castigar o telhado. Os raios rasgavam o céu e os trovões faziam a terra estremecer. Mas o que eu sabia sobre partos? Como poderia saber se tudo transcorria normalmente? Pouco antes do amanhecer, fui à varanda e vi o atoleiro que cercava a casa. Era simplesmente impossível avistar a estrada e a chuva caía como um lençol. Até mesmo um homem sóbrio teria dificuldade para se locomover com um tempo daquele.

Entrei em pânico e gritei para Lalita ir buscar a parteira. Ela saiu em disparada pela varanda e desceu o morro escorregando e patinando na lama. Caiu, levantou e correu, com lama quase à altura dos joelhos. Voltei para dentro de casa, ouvindo o canto fantasmagórico que ecoava da ala de serviço; eram os criados que faziam *puja* para a *memsahib* e seu bebê.

Sentei-me ao lado de Felicity.

— Tudo acabará bem — disse ela. Foi muito gentil pela mentira que todos gostam de ouvir em situações como aquela.

Ao cabo de uma hora, nascia um menininho por minhas mãos. A parteira chegou, meio sonolenta, a tempo de cortar o cordão umbilical. Apesar da tuberculose de Felicity, é um bebê gorducho e rosado. Tem um tufo de cabelos negros e um choro vigoroso; acredito que vai sobreviver.

Limpei o bebê e o coloquei nos braços de Felicity, mas ela estava muito enfraquecida e não pôde segurá-lo. A parteira me devolveu o bebê e me empurrou para o lado com grosseria. Felicity sangrava copiosamente e, para mim, aquilo era normal. Mas a parteira gritou alguma coisa e Lalita saiu correndo como louca, retornando com uma cuia e um soquete. A mulher socou uma mistura de folhas e bagas, e despejou o sumo num copo d'água. Despejou o líquido entre os lábios de Felicity enquanto eu ficava ali parada, segurando no colo um bebê que não parava de chorar.

Felicity ficava cada vez mais fraca e mais pálida. Quando a parteira lhe massageou a barriga, houve um jorro de sangue. Senti-me atingida por um raio quando me dei conta de que ela realmente corria perigo. Ao perceber que não havia mais nada a fazer, me acalmei, deitando-me a seu lado.

Agosto de 1857

A criança está dormindo e os criados estão em algum lugar onde não podem ser vistos, embora possa ouvir o som das *tablas na área de serviço*. Eu me pergunto se o espírito de Felicity já partiu deste lugar que ela tanto amava, ou se sua alma entrou no corpo de uma libélula para poder ficar perto do recém-nascido.

Depois que o corpo esfriou, dei um banho em Felicity e a vesti com o sári cor de lavanda de que ela tanto gostava. Escovei seus cabelos e fechei o cortinado que circunda a cama. A pele de Felicity parecia alabastro, e tolamente esperei que o peito se movesse com a respiração. Não sei por quê. Preciso me recompor e deixar o bebê com Lalita para providenciar o funeral em Simla. O clima daqui nos obriga a enterrá-la em vinte e quatro horas. Pedi a Khalid para conseguir uma *tonga*.

Agosto de 1957

Será que este pesadelo não terá fim? Quando voltei para casa, Lalita chorava e o corpo de Felicity não estava mais aqui. Ele deixou um cartão creme em cima da cama dela com um recado: "Eu a levei. Lamento."

Ele lamenta?
Ele *lamenta*?
Para onde a terá levado? E por quê?

Martin chegou em casa abatido e aliviado, com barba de dois dias e olhos avermelhados, mas, pela primeira vez em muitos anos, parecia vivo e feliz. Foi direto para o quarto do nosso filho, pegou-o nos braços e o fez acordar com um abraço apertado.

— Oi, papai — disse Billy.

— Billy, meu garoto. — Martin passou as mãos e os olhos pelo rosto de Billy em busca de ferimentos.

— Estou bem, papai.

— Você não pode sair por aí sozinho — falou Martin. — Tem muita gente ruim lá fora. Podia ter se ferido.

— Eu sei. Os malditos negros estão lá fora.

Martin pôs o dedo nos lábios de Billy com delicadeza.

— Nunca mais quero ouvir você dizer isso. É muito feio de se dizer. Aqueles meninos foram malvados, mas eles são muito pobres. Nunca tinham visto nada tão bonito quanto Spike. Eles erraram quando o pegaram, mas... eles não têm nada, Billy. Devíamos sentir pena deles. — Billy fez beicinho e o pai lhe acariciou os cabelos. — Só um pouquinho de pena? Afinal, eles não sabiam que você gostava tanto do Spike.

Billy olhou para as próprias mãozinhas, acabrunhado e ressabiado.

— Que tal pensar nisso? — sugeriu Martin. Billy assentiu com a cabeça e o pai continuou. — E já que insultou os meninos porque eles são diferentes, saiba que muitos indianos procuraram por você e torceram para que você estivesse a salvo.

— Eu não odeio aqueles meninos malvados porque eles são diferentes. Eu odeio porque eles levaram Spike — disse Billy.

— Eu sei. Eles erraram quando levaram Spike. Mas às vezes as pessoas fazem coisas erradas, e odiá-las e insultá-las não adianta nada. Só faz você ficar igual a elas.

— Não consigo evitar. — Billy encolheu-se. — E o senhor e a mamãe brigaram porque roubaram Spike.

— Não brigamos porque roubaram Spike.

— Hum... hum. Eu ouvi.

Martin passou a mão pelos cabelos.

— Sinto muito por você ter ouvido, mas está tudo bem agora.

— Ainda quero Spike de volta.

— Eu sei. — Martin abraçou um Billy ainda descontente, mas como uma criança de cinco anos poderia compreender que a natureza humana é complicada e que a vida nem sempre é justa? Ele tinha o direito de estar com raiva. E se Martin fosse realmente honesto, teria que reconhecer que também estava com vontade de bater no moleque que roubara nosso garotinho. Tinha certeza disso.

❈

Depois que Billy adormeceu, verifiquei o trinco da janela do quarto. Eu tinha sido uma tola! Queria colocar um trinco na janela para manter os macacos afastados, e acabei colocando um trinco simples. Decidi que daria uma passada na loja de produtos importados para providenciar uma tranca sólida. Deixei a porta do quarto de Billy escancarada para ouvi-lo, caso ele acordasse.

Encontrei Martin sentado à mesa da cozinha, com as mãos à cabeça.

— Estúpido — murmurou ele.

— O quê?

Ergueu os olhos com fúria, o que me deixou confusa.

— Fui um verdadeiro estúpido. Distribuí dinheiro a torto e a direito e agi como um desesperado — disse.

— Mas nós *estávamos* desesperados. — Sentei na cadeira a seu lado.

— Todos os criminosos de Simla procuraram por ele. Na semana seguinte, o teriam vendido no leilão de Peshawar pelo lance mais alto. Fui um verdadeiro idiota.

— Nós estávamos apavorados — falei.

— Achei que lhe fariam mal. Por minha causa.

Tomei suas mãos entre as minhas.

— E o que quer dizer com isso? — perguntei.

Ele parecia tão histérico como depois dos pesadelos.

— Você não tem a menor ideia do que as pessoas são capazes de fazer e do que podia ter acontecido.

— Não aconteceu nada. Billy está bem. — Apertei-lhe as mãos.

Martin continuou:

— Achei que ele sofreria por minha culpa. Pelos pecados do pai e aquelas coisas todas...

— Querido, era a guerra. Você tinha que fazer o que fez.

— Você não entende. — Ele balançou a cabeça lentamente, a emoção esgotada de seu rosto. — Eu não fiz nada.

Algo fez meu peito gelar — seus olhos subitamente petrificados e a frieza em sua voz.

— Está se referindo ao campo de concentração? — perguntei.

Ele concordou com a cabeça.

— Quando disse a Billy que odiar as pessoas faz você ficar igual a elas, falei por experiência própria.

Fechei as mãos sobre as dele. Depois de todas as súplicas que lhe fizera para que se abrisse comigo, sentia-me inesperadamente assustada.

— Martin, talvez seja melhor...

— Não. Você precisa entender. Vou lhe contar tudo.

CAPÍTULO 31

— Passamos as semanas do mês de março acampando nos bosques da Baviera e ocupando cidadezinhas. A última que ocupamos estava mais ou menos destruída, com uma ou outra loja de produtos de primeira necessidade ainda funcionando; algumas cidadezinhas não tinham sido tão atingidas quanto outras, porque não produziam nada para o esforço de guerra. Essa, em particular, ainda tinha uma loja que fabricava salsichas e um fazendeiro que, de um jeito e de outro, extraía batatas e repolhos da terra ressequida. Restava também uma pequena padaria com a vitrine quebrada. É engraçado lembrar disso, a padaria só abria dois dias por semana porque não era todo dia que Elsa conseguia suprimentos suficientes para assar pão, mas ela se empenhava a fundo para alimentar os poucos moradores que restavam na cidade. Elsa era uma boa moça. Eu a via por trás do balcão, loura e bonita, o cheirinho de pão assando no forno... e me lembrava de você na Linz's.

— Eu sabia que você se lembrava da Linz's.

— Pois é. — Martin tirou um Abdullah do maço. Para a minha surpresa, sempre que lhe oferecera antes, ele o dispensara dizendo que era cigarro de efeminado. Observei, num silêncio paralisado, enquanto o acendia. Era um momento que não podia ser interrompido. Martin soltou duas baforadas de fumaça pelo nariz e continuou: — Elsa reclamava que não tinha farinha de trigo o bastante, mas sempre arranjava um jeito de ter pão de centeio para mim e para os meus camaradas. Eu gostava de ir àquela padaria; as prateleiras sempre estavam praticamente vazias, mas o cheirinho de pão fresco era inebriante. Um cheiro que me fazia lembrar de você e da nossa casa. Eu era o único sinal de guerra ali, mas, como não podia me ver a mim mesmo, me sentia muito bem por lá.

"Eu sempre pagava. Tinha que pagar. Agradecia e pagava pelo que consumia." Bateu a cinza do cigarro no cinzeiro. "Não fazíamos como os alemães na França, que pilhavam os estoques de comida, de galinhas e de qualquer merda que encontravam pela frente, deixando os agricultores famintos. Eu pagava e ela agradecia. Alguns dos rapazes diziam que era uma loucura comprar pão de uma alemã. Argumentavam que ela podia envená-los. Bem, ela podia mesmo fazer isso, mas não fez. Os rapazes só comiam depois de dar um pedaço de pão a um cachorro, mas eu sabia que isso era bobagem porque não havia veneno na comida.

"Elsa tinha um filho, um menino de cinco ou seis anos de idade. Era um menino tímido, que passava quase o tempo todo atrás da saia da mãe. Eu sorria e ele escondia o rosto atrás de Elsa. Jesus, crianças no meio da guerra."

Martin bateu as cinzas no cinzeiro outra vez.

— Eu sempre deixava um chocolate em cima do balcão para o menino. Às vezes, a mãe de Elsa também estava por lá, reclamando de dores nas costas; parecia muito mais velha, enrugada e curvada. Ela não falava comigo. Não falava porque ficava assustada. Todos estavam assustados. — Deu outra tragada. — Elsa não precisava me dar o pão com tanta boa vontade, mas dava. Sempre dizia que todos estávamos tentando apenas sobreviver.

— Martin, não sei aonde você quer chegar.

— Um dia, fui pegar pão e Elsa havia desaparecido. Bem, era a guerra, as pessoas desapareciam o tempo todo. Cerca de uma semana depois, saímos da região, e algumas semanas mais tarde chegamos àquele maldito campo de concentração. A primeira coisa que vimos foi uma fileira de vagões de trem abertos e cheios de cadáveres. Quase todos estavam nus e assustadoramente esqueléticos. As pernas eram praticamente ossos. É uma loucura, mas lembro de ter me perguntado se Elsa e o filho estariam ali. Pensei que ela poderia ter sido denunciada à Gestapo por causa dos pães. Sei que era um pensamento estranho, mas se você tivesse visto... — Deu uma longa tragada e soltou a fumaça bem devagar. — Ninguém ousou dizer qualquer palavra. Passamos pelos vagões em silêncio, olhando sem poder acreditar. Já havíamos visto muitas coisas horríveis, mas aquilo... Bem, seguimos em silêncio pelo campo.

Fez uma pausa e continuou: — De repente, um alemão atravessou um enorme portão... um perfeito espécime da tal raça superior, com mais de um metro e oitenta de altura, ombros largos e cabelos louros; tinha uma insígnia da Cruz Vermelha e acenava uma bandeira branca. Cruz Vermelha! Fiquei intrigado com o que aquele bastardo teria andado. Porque com certeza não deu qualquer assistência às pessoas nos vagões. Um companheiro a meu lado sussurrou: "Vamos lá, bastardo, faz um movimento, só um." Ele apontava a arma com fúria.

Martin não parava mais de falar: — Atravessamos o portão e todo aquele... bando de gente surgiu de todas as direções. Eram milhares, imundos, famintos e doentes. Um grupo sentou-se debaixo de uma árvore e acenou. Outros despencaram no chão, enfraquecidos demais para se locomover. Outros invadiram o pátio, rindo e chorando, e até achei que um deles se parecia um pouco com o tio Herb. — Martin sorriu, e fez uma careta quando esmagou o cigarro dentro do cinzeiro.

— Eles tentavam nos agarrar, beijar nossas mãos e nossos pés. Era como se esqueletos nos agarrassem.

— Seus pesadelos.
— Pois é.
— Querido, talvez...
— Um dos nazistas deu alguns passos à frente para se render, achando que o protocolo seria respeitado. O sujeito ostentava todas aquelas insígnias ridículas. — A voz de Martin era clara e forte, seu rosto havia enrijecido. Ele me olhou assustado.

— Querido... — falei.
— O idiota gritou "*Heil* Hitler"; nosso comandante olhou à volta, para os cadáveres putrefatos, os prisioneiros famintos, e cuspiu na cara do nazista, chamando-o de *Schweinhund*, um tremendo palavrão para os alemães.

— Fez bem.
Martin estremeceu.
— Sei. Sentimos a mesma coisa. Mas então... alguns companheiros pegaram o nazista e poucos minutos depois ouvi dois tiros. Quando os rapazes voltaram, um deles disse: "Que se foda o protocolo" e outro concordou: "Apoiado."

Uma faísca de raiva cintilou nos olhos de Martin e senti um arrepio nos braços.

— Aquilo não era guerra — continuou ele. — Aquilo não era como jogar bombas de um claro céu azul ou como o combate das tropas para ganhar terreno. E certamente não era um ato de autodefesa. A Alemanha havia se rendido; aqueles homens estavam desarmados. Mas aquele lugar era a própria boca do inferno, com gente torturada, cadáveres apodrecidos, sapatos; meu Deus, os sapatos. Milhares de sapatos empilhados nos arredores do crematório. Uma montanha de sapatos. E o cheiro... — Ele esfregou o nariz com o dorso da mão. — Nunca vou me livrar daquele cheiro. — Ajeitou os óculos, e me encarou. — Não era um campo de guerra; era um assunto pessoal. Lá só havia ódio, e queríamos vingança.

Ele desviou os olhos, e respirei aliviada.

— Um grupo de alemães estúpidos e arrogantes começou a gritar insultos — continuou Martin. — Você pode imaginar? Acenando uma bandeira branca e gritando insultos. Um deles gritou "a Convenção de Genebra nos dá direito a julgamento". Willie gritou de volta "eis seu julgamento, bastardo! Você é culpado!", e atirou na cara do sujeito.

— Mas ele *era* mesmo culpado.

— Tem certeza disso?

— Ele não estava lá?

— Havia centenas de alemães por lá. Por volta de 1944, os nazistas tiveram baixas de contingente e passaram a arregimentar mulheres, crianças e velhos. Ninguém podia recusar; se a SS convocasse alguém, a única opção seria de guarda ou prisioneiro.

Martin fez uma pausa e respirou fundo.

— Depois, as coisas se acalmaram e o coronel alinhou uns cinquenta alemães contra um muro. Determinou ao jovem ajudante de ordens que mantivesse a arma apontada. Mas, quando se afastou, o rapaz começou a atirar. O coronel berrou: "Que diabo você está fazendo?" O rapaz se justificou aos prantos: "Eles estavam tentando escapar." Bem, na verdade, eles não estavam tentando escapar, mas a nossa tropa estava tão enojada que ninguém ligou. E aí um rapaz acrescentou choramingando: "Eles não são soldados; são criminosos. Eles não tiveram interesse em cair fora e ficar longe disso." O coronel não argumentou, e o médico se recusou a prestar socorro aos que ainda estavam vivos, deixando-os sangrar até morrer. Sabe, isso me atormenta até hoje.

— Entendo.

— Então, tudo começou. Não foi nada organizado, só uma confusão de tiros, gritos, correrias e corpos espalhados por todos os lados.

Lembro-me de que um nazista correu em minha direção agitando uma bandeira branca e um dos nossos rapazes, um cabo, investiu contra ele, gritando "Seu filho da puta", antes de atirar. Os prisioneiros mataram alguns alemães com pás.

— Você...?

Martin balançou a cabeça em negativa.

— Não matei ninguém naquele dia.

— Bem, então? O que você podia fazer? Martin, posso entender os outros, posso entender de verdade.

— Eu sei. Também entendi até que vi Elsa.

— A moça da padaria?

— Eu havia imaginado que Elsa poderia estar em um dos vagões. Neles, havia dezenove guardas femininas. Não sei como ela foi parar entre essas mulheres, mas sei que não deve ter tido escolha e também sei que não aguentaria aquele lugar por muito tempo. Não sei o que aconteceu com seu filho nem com a mãe, mas Elsa estava ali, empurrada contra um depósito de carvão por um soldado armado. Ela me reconheceu. Gritou qualquer coisa e estendeu a mão para mim. Ou talvez só tenha gritado. Mas eu não fiz nada. Eu era um oficial; podia tê-la feito prisioneira. Era só dizer uma palavra: *pare*. Mas eu não disse nada.

— Você estava traumatizado.

— Eu era um oficial e também um ser humano. Ela me pediu ajuda, mas me limitei a olhar enquanto o rapaz estourava seus miolos com um tiro. Aquilo não era guerra; era assassinato. E fiquei lá parado. Uma parte de mim está, até hoje, naquele lugar.

— Oh, Deus.

— Depois da guerra, houve uma corte marcial. Acusaram os rapazes, mas Patton deixou as acusações de lado. As testemunhas não foram ouvidas e ninguém foi declarado culpado. Sempre se questiona o número exato de alemães desarmados mortos naquele dia. Cinquenta? Cem? Quinhentos? Ninguém sabe ao certo. Aquilo foi um caos. Mas sei que Elsa merecia um julgamento. Sei disso hoje e também sabia na ocasião.

— Oh, Martin. — Deixei as mãos caírem no colo. — Você não tinha como acabar com aquilo.

— Ainda não entendeu? — Ele abriu um sorriso grotesco. — Eu *não* quis acabar com aquilo. Ela vestia aquele uniforme. Aquele *uniforme.*

E lá nos vagões, esqueletos em andrajos, cadáveres nus, fedor, sapatos e aqueles uniformes nazistas. Eu vinha atirando naqueles malditos uniformes por dois anos seguidos. Elsa não combinava com aquele lugar, mas ela estava com aquele maldito uniforme e eu não fiz nada. Agora, tenho que pagar por isso.

— Isso é loucura — eu disse. Mas logo entendi a estranha combinação de paranoia e inquietação de Martin. Se a vida não o fizesse pagar, ele mesmo arrumaria um jeito para isso. — Martin? Querido? — Ele já não estava mais presente. Fixava a mente na terrível lembrança e olhava para a mesa como se a cena estivesse acontecendo ali. Toquei levemente seu braço. — Querido?

Ele tirou os olhos da mesa.

— Sei que nos conhecemos numa confeitaria alemã — disse. — Só queria que não tivesse sido assim. Não me agrada pensar em confeitarias e padarias alemãs. — Levantou-se em silêncio e foi para a cama. Fiquei sentada por um tempo enquanto tentava processar tudo aquilo dentro de mim. De repente todos os meus recortes, retalhos e segredos pareceram insignificantes.

Não sei por quanto tempo fiquei sentada ali, mas, a certa altura, não conseguia manter os olhos abertos. Queria descansar a cabeça na mesa e dormir ali mesmo, mas não queria que Martin dormisse sozinho, não naquela noite. Não queria que ele pensasse que eu estava enojada da mesma maneira como ele estava enojado de si mesmo.

Arrastei-me até o quarto e, para minha surpresa, Martin dormia tranquilamente. Suas roupas jaziam no encosto da poltrona como coisas mortas, e a rede do mosquiteiro irradiava o luar pela cama. Suas feições eram brandas e plácidas, como nunca tinha visto. Agonizara durante dois anos e, finalmente, se aliviara da carga naquela noite. Depois daquela noite, Elsa pertencia a nós dois.

CAPÍTULO 32

Acordei cedo, com o coração aos pulos e o estômago doendo e roncando de fome. Vesti-me rápido e me encaminhei para a cozinha, a fim de preparar um farto café da manhã para Martin. Enquanto Billy comia *roti* com geleia, preparei café com torradas e ovos fritos, com clara firme e gema amolecida, do jeito que Martin gostava. Coloquei a mesa completa, com talheres, xícara e pires. Fiquei atrapalhada e com tremores nas mãos quando Billy me olhou, e tentei sorrir. Planejava um cenário de serenidade doméstica para que Martin sentisse que tudo estava bem entre nós, que tudo estava bem com ele e que tudo estava bem. Àquela altura, o que mais queria na vida era um avental branco e engomado. Se conseguisse fazer tudo parecer bem, talvez tudo ficasse bem. Mas Martin entrou na cozinha com tensão em volta dos lábios, aquelas imagens terríveis e o jorro irracional de culpa e piedade (mas por quem?) me fizeram virar de costas. Salpiquei pó de bórax na mancha da pia de porcelana e esfreguei com toda a força.

— Quer tomar café? — perguntei.

— Claro — respondeu Martin.

Ele beijou o cocuruto da cabeça de Billy e sentou-se à mesa. Tomei coragem e me sentei a seu lado.

— A que devo tudo isso? — perguntou ele, enquanto passava a torrada na gema.

— Agora que tudo está esclarecido, talvez a gente possa deixar os problemas para trás e voltar a ser uma família — respondi. Em vez de olhar para ele ou de tocá-lo, tirei um Abdullah do maço e o acendi.

Ele parou de mastigar.

— Ai, meu Deus. — Pôs o garfo no prato. — Já entendi.

— O quê? — Dei uma longa tragada no cigarro e soltei a fumaça para longe dele.

— Era o que eu temia. Você não sabe como conviver com aquilo.
Bati o cigarro sem cinzas.
— E você sabe?
— Não, mas um de nós é o bastante. Não devia ter-lhe contado.
— Não...
— Não devia mesmo. Foi um baita erro.
— Nada disso. Eu...
— Sinto muito, Evie. Essa carga não é sua; é minha. Não era preciso que você... sinto muito, de verdade... — disse, com a voz embargada, antes de sair da mesa e da cozinha.

Ouvi a porta da frente se fechar, pensando comigo mesma que ele tinha razão. Eu não sabia como conviver com aquilo. Uma parte de mim queria confortá-lo, argumentar que ele estava perdoado, mas a outra parte se perguntava se conseguiria olhar para ele novamente sem ver Elsa. Joguei o café da manhã de Martin no lixo, e esfreguei a louça até fazê-la ranger.

Esfregava restos de gema ressequida quando um mensageiro bateu à porta. Enxuguei as mãos e li o bilhete do nosso senhorio: ele recebera o meu convite e chegaria lá pelas onze horas da manhã. Guardei a almofada rasgada no armário do quarto, catei as penas de cima do sofá e voltei à cozinha para terminar de lavar a louça.

Estava lavando uma pilha de pratos, travessas e panelas quando Rashmi chegou, tirou as sandálias e correu até a pia, balançando a cabeça em negativa.

— *Arey Ram!* O que madame está fazendo?
— Está tudo bem. — Estou limpando a nódoa de café de uma xícara.
— Eu mesma faço isso. E você varre a casa.

Ela chegou mais perto de mim com um sorriso traquinas.

— Eu trouxe uma coisa boa para a madame. — Vasculhou a sacola de pano que usava como bolsa e tirou de dentro um tubo dourado de batom. Ela o destampou, girou a base do tubo e fez aparecer um batom vermelho obviamente usado, que estendeu para mim. — O patrão *vai adorar* isso.

Larguei a esponja de louça.

— Muito obrigada, mas não uso batom — falei.

Ela pareceu desanimada.

— Mas o problema existe, não existe? A madame tem que tentar.
— Ela estava me matando.
— Lógico — respondi.
— Que boooom! — Um sorriso renovado ameaçou rachar a doce face de Rashmi. — Passe o batom agora pra me deixar radiante.

Nada a fazia parar. Passei aquela coisa oleosa pelos lábios, me perguntando quem o teria usado antes.

Rashmi apertou o próprio peito, como se estivesse sofrendo um ataque cardíaco.

— Está lindooo, madame. — Chegou ainda mais perto de mim. — Agora a madame só está precisando de algumas joias. Por que será que as mulheres brancas usam tão poucas joias? Isso é um baita erro.

— Eu tenho brincos.

— Joia nas orelhas é bom, mas também há os braços, o nariz e os dedos dos pés. — Ela apontou para a pedrinha em seu nariz, para o anel no dedão do pé e sacudiu os braceletes. — Viu só, senhora?

— Vi sim, muito bonito. — Enxuguei as mãos e saí de fininho para a sala de estar.

— Madame, me desculpe por dizer isso, mas seu cabelo está muito curto.

— Vou deixar crescer — disse, dirigindo-me para a varanda, enquanto passava a língua por meus lábios encerados. — Prepare um bule de *masala chai*. Ok? O senhorio já deve estar chegando — pedi.

Rashmi entrou na sala de estar e me tirou da porta de entrada. Passou o dedo nos meus lábios, reclamando:

— Isso não é pra ele. É só para o patrão.

— Claro. — Tirei a esponja de sua mão e limpei os lábios. — Será que agora você pode preparar o chá?

Ela saiu resmungando em hindi; mesmo sem entender uma única palavra, seu tom indignado era claramente compreensível para mim. No mundo de Rashmi, homens não visitavam damas casadas no meio do dia.

Sentei na cadeira de balanço e olhei para o relógio. Quando escrevi o convite, eu temia o encontro, mas a minha felicidade naquela manhã era tanta que nada afastava Martin da minha cabeça.

Exatamente às onze horas, um chofer saltou de uma Mercedes preta e abriu a porta do passageiro. O senhor Singh, nosso senhorio, sempre vestia um terno ocidental de corte impecável e um turbante que combinava com a gravata. Naquele dia ele estava de terno cinza com turbante e gravata azuis. Subiu a minha escada — sua escada — e atravessou a varanda com ares de proprietário.

Nosso senhorio tinha maneiras de aristocrata inglês e reputação de empresário astuto, do tipo que, em Chicago, seria chamado de tubarão. Não esperava que ele nos fosse atirar na rua, mas poderia cobrar juros ou aplicar multas, e ficaríamos apertados, mesmo depois que Martin recebesse o salário.

Planejara convidá-lo a entrar e servir o chá na sala de estar, mas ele poderia notar a ausência da almofada e, se usasse o banheiro, certamente perceberia a mancha alaranjada no assoalho de ladrilhos. Nenhuma das alternativas despertaria o lado generoso do senhor Singh. Sentia-me como uma bárbara que havia vandalizado a linda casa do senhorio, mas me lembrei de que pelo menos as marcas de dentes no braço de madeira da poltrona de brocado não haviam sido feitas por mim.

O senhorio me estendeu a mão e abriu um sorriso branco ofuscante, em contraste com sua pele cor de caramelo. Passou pela minha cabeça o pensamento repentino de que ele escovava os dentes com galhinhos de *neem*, para deixá-los brancos, mas me dei conta de que a ideia era ridícula. Galhinhos de *neem* eram para aldeões, e o homem rico à minha frente era tão europeu quanto indiano. Ao apertarmos as mãos, ele curvou levemente a cabeça.

— Bom-dia, senhora Mitchell — disse, num inglês britânico sem o menor traço de sotaque indiano.

— Muito obrigada por vir. — Apontei para as cadeiras de vime.

— O prazer é todo meu. — Ele se dirigiu a uma das cadeiras desbotadas e sentou-se como se todo seu corpo estivesse engomado; removeu um fiapo quase invisível de uma perna da calça quando pedi para Rashmi servir o chá. Na história da Índia, jamais aconteceu uma negociação sem chá.

Rashmi trouxe o chá e olhou para o senhorio com desconfiança enquanto colocava a bandeja em cima da mesinha entre as duas cadeiras de vime. Serviu o chá e saiu balançando a cabeça para mim. O senhorio pegou a xícara e aspirou o vapor aromático. Em seguida, tomou um gole.

— O chá está muito bom, senhora Mitchell — disse, repousando a xícara à mesa sem o menor ruído. — O que posso fazer pela senhora?

Fiquei confusa e sem saber por onde começar.
— Talvez o senhor tenha sabido que nosso filho esteve desaparecido — disse por fim.
— Soube, sim. E foi um alívio quando soube que ele voltou são e salvo.
— Pois é, mas o fato é que pagamos muito dinheiro para... para que nos ajudassem a encontrá-lo.
— Claro que distribuíram gorjetas, senhora Mitchell. Sei como as coisas funcionam.
— Pois é, bem, talvez não estejamos em condições de pagar o aluguel. E espero que cheguemos a um acordo. Um acordo que seja justo para as duas partes.
Ele amarrou a cara.
— Seria ótimo se a vida fosse justa, não é mesmo?
Inclinei o corpo para a frente.
— Senhor Singh, certamente o senhor sabe que nunca passou pela nossa cabeça deixar de pagar. Até porque nunca atrasamos o aluguel, não é mesmo? Só quero lhe pedir que a multa ou a taxa de juros seja razoável. Nós realmente estamos bem apertados.
Ele ergueu a mão de unhas impecavelmente cuidadas.
— Senhora Mitchell, a senhora não entendeu bem. Eu jamais cobraria multas ou juros. Fiquei triste quando soube do que aconteceu com seu filho.
— Oh! — Recostei-me novamente. — É muita generosidade de sua parte.
Ele ergueu a xícara de chá.
— Isso não é nada; garanto para a senhora.
— Nem sei o que dizer. — Minha voz embargou, mas ficaria mortificada se chorasse na frente de um homem tão refinado. Tomei um gole de chá para dissolver o nó da garganta. Mesmo assim, soei emocionada. — Achei que o senhor ficaria zangado. Ultimamente as pessoas andam muito zangadas...
Ele assentiu com a cabeça.
— Os tempos andam confusos... decisões ruins e comportamentos piores ainda. Com a partida dos britânicos, deveríamos seguir em frente e em paz.
— O senhor não é a favor da divisão?

Ele balançou a cabeça em solene negativa.

— A meu ver é um completo desastre. — Tirou mais alguns fiapos inexistentes das pernas das calças. — Meu querido avô foi meu primeiro mentor, e, se estivesse vivo, certamente estaria bastante aborrecido com a divisão. E ele jamais a penalizaria por seu infortúnio. Por isso, em memória de meu avô, não a incomodarei com o aluguel até que a senhora se restabeleça.

— É muita gentileza sua!

Quis contar a Martin, mas lembrei que não podia.

❄

Durante uma semana, o fantasma de Elsa nos fez andar pela casa como se um fosse contaminar o outro; o fantasma de Elsa exalava no ar um fedor que nem eu nem ele percebíamos. Martin saía de manhã, antes que eu tivesse acordado, e, ao voltar para casa, reservava uma hora e meia para Billy e saía para jantar no clube. Alegava que não aguentava mais a comida de Habib, mas ambos sabíamos que não conseguia mais olhar para mim. Geralmente retornava tarde da noite, tirava a roupa e desmaiava na cama, fedendo a uísque. Eu fingia que estava dormindo e me mantinha de costas voltadas para ele. Minha vontade era me virar e dizer "ainda o amo". Mas a lembrança de Elsa e de seu filho me emudecia. Ele era Martin, era um bom homem e eu ainda o amava, mas não conseguia me libertar das imagens que ele próprio me passara — a mulher embrulhando pão de centeio atrás de um balcão e, mais tarde, pedindo-lhe ajuda.

Certa manhã, levantei da cama depois que ele saiu e disse para mim mesma: "Basta."

Martin cometia um erro ao se deixar arruinar pelo passado e eu estava prestes a cometer o mesmo erro. Mas, se tivesse que perdê-lo, isso não se daria sem luta. Conversar não ajudaria muito — palavras não apagariam a culpa que ele sentia, mas eu poderia *mostrar-lhe* que ainda o amava. Precisava fazer algo grandioso que o tirasse daquele limbo sombrio.

Naquela tarde, deixei Billy com Rashmi — que não tirava mais os olhos de cima dele — e peguei uma *tonga* para ir ao mercado de Lakkar. Fazia tempo que não carregava a câmera comigo — a Índia simplesmente estava para além das lentes de qualquer câmera —, mas eu havia iniciado um diário. Fui à tenda da artista de *henna* e, com o coração aos pulos, puxei a cortina de entrada e adentrei a penumbra perfumada. Vestida de sári cor de maracujá, a artista de *henna* posicionou as mãos em prece e fez uma reverência.

— Namastê, *memsahib*.

Uni as mãos na mesma posição.

— Namastê — disse, e respirei fundo. — Gostaria de fazer uma tatuagem de *henna*.

Ela me olhou de cima abaixo, e perguntou:

— Nas mãos ou nos pés?

— Aqui. — Coloquei as mãos nos seios e na barriga.

Ela me olhou fixamente, e sorriu.

— É claro, *memsahib*.

Deitei apenas de calcinha sobre um lençol branco estendido no chão, e ela me cobriu com outro lençol. Sumiu atrás de uma cortina de fios de contas para misturar os pós e as tintas, e pensei como era estranho estar deitada quase nua naquela tenda, ouvindo o burburinho do mercado lá fora, com uma única parede de pano a me separar de milhares de pessoas que passavam apressadas, conversavam, riam, compravam e vendiam. Era um tipo de sensação inusitada para mim, mas me senti bem. Martin não conseguiria ignorar aquilo. Os versos de Rumi vieram à minha mente.

> Você não pode deixar de beber a sombria bebida da terra?
> Mas como não beber dessa outra fonte?

A artista de *henna* voltou com um potinho preto bojudo contendo uma espessa tinta vermelha de brilho metálico. Continuei deitada em silêncio, sentindo o toque de um fino pincel que me adornava com videiras e flores. Meu corpo se metamorfoseou em uma cintilante selva sensual, que me cobria os seios e se estendia até o umbigo, esparramando-se pela barriga, numa teia de ramos entrelaçados sem começo nem fim.

Após terminar a obra, a artista de *henna* me recomendou que ficasse deitada em silêncio durante uma hora, para esperar a tinta secar. Fiquei deitada no chão da tenda sentindo o coração pulsar no vão da base do meu pescoço. Logo me vi tomada pela certeza de que tudo acabaria bem; eu tinha feito aquilo por Martin, somente por ele, para que ele soubesse que tinha sido perdoado e que ele era realmente perdoável.

❦

Naquela noite, esperei na cama que Martin chegasse do clube. Quando ele se deitou a meu lado, me virei e disse:

— Já é hora de parar com isso. — Sem resposta, sussurrei: — Eu te perdoo. Ainda o amo.

— Mas eu não me perdoo — disse ele.

— Vou ajudá-lo a fazer isso. — Abaixei a camisola pelos ombros. — Olhe para mim.

Ele emitiu um grunhido rouco.

— Evie, o que você fez?

Alisei os seios e a barriga.

— É um desenho que representa nós dois, Martin. Entrelaçados. Firmes. Para sempre.

— Oh, céus! — A voz dele soou rouca.

— Toque em mim — falei.

Ele tocou em meu pescoço com a ponta do dedo, e ali o deixou enquanto observava o desenho em meu corpo. De repente, puxou a mão.

— Cubra-se — disse.

— O quê?

Martin puxou minha camisola para cima e me afastou com delicadeza; a humilhação aguda, como um osso quebrado, sufocou meu pranto.

— Desculpe, não consigo. — Ele se levantou, batendo a cabeça no *mala* de calêndulas que Rashmi havia feito para nós. Vestiu a calça e, na pressa de sair, pisou o *mala* ao deixar o quarto.

❦

Na manhã seguinte, Martin estava esticado no sofá, com os olhos grudados no teto.

— Tive um sonho maravilhoso — disse.

A declaração de felicidade deflagrou de imediato minha raiva.

— Que ótimo, para você. — Virei de costas, mas ele agarrou a bainha da minha camisola e me fez parar de costas para ele.

— Evie, por favor.

Olhei por cima do ombro; seu semblante estava radiante como o de uma criança à espera de respostas.

O SÂNDALO 273

— Não lembro do sonho todo, mas havia luz, muita luz. Eu tocava piano e me senti... é piegas, mas... me senti em êxtase — contou.

— Êxtase. — Lembrei do *mala* destruído e ainda no chão, da humilhação dilacerante que senti e da recente e vibrante tatuagem de *henna* sobre minha pele alva. Eu teria que conviver com a tatuagem por meses a fio. — Fico contente por você. — Puxei a camisola e entrei na cozinha para fazer o café.

❄

Rashmi chegou com as contas do açougueiro e da loja de artigos importados, e notou que as enfiei dentro de uma lata vazia de chá.

— Não se preocupe, madame — disse. — Estou fazendo *puja* para Lakshmi, a deusa da riqueza. — Balançou a cabeça com recato, como se me tivesse dado uma dica, e gritou: — Venha cá, *beta*. — E saiu atrás de Billy.

Naquele dia, um ímpeto irresistível me fez limpar tudo que vi pela frente. Peguei as roupas sujas no cesto e coloquei sabão em pó na banheira de água quente. Ajoelhei sobre os ladrilhos duros e frios, e, com o meu cabelo preso por um coque, como as mães à moda antiga, me debrucei sobre a tábua de lavar roupa. O trabalho acabou com minha coluna, e o vapor fez o banheiro parecer uma selva abafada. Esfreguei, suei e arranhei as juntas dos dedos na tábua, para lavar e fazer tudo desaparecer. *Pow!* Isso é pela rejeição de Martin. *Plaft!* Esse é por Billy e pelo Spike. *Pow!* Isso é pelas coisas que aqueles homens fedorentos fizeram na guerra. Bati e esfreguei na tábua de lavar as camisas e calças de Martin, minhas blusas, os pijamas de Billy...

— *Arey Ram!* — Rashmi surgiu à porta do banheiro com o rosto entre as mãos.

— Está tudo bem, Rashmi. — Enxuguei o rosto com o punho.

— Nããão! — Ela correu e se ajoelhou a meu lado. — Madame está sangrando!

As juntas dos meus dedos estavam cortadas e esfoladas; em alguns pontos, a pele pendia solta, e a tábua de lavar exibia uma água de sabão de coloração rosada. A blusa azul que eu lavava freneticamente estava toda manchada de sangue.

Rashmi arrancou a blusa de minhas mãos e na mesma hora me senti impelida a agarrar outra, mas ela imobilizou minhas mãos e fitou meus olhos com ar interrogativo.

— Biilii está cem por cento bem — disse.
— Eu sei. — Abri um sorriso tímido, e ganhei um abraço. Ela não tinha entendido, mas não seria por isso que deixaria de me abrigar em seus braços.

Mais tarde, já com band-aid nos dedos e com ajuda de Rashmi, carreguei o cesto de roupas lavadas e as estendemos sobre os arbustos do quintal, para secá-las ao sol. O adorável cheiro de sabão carbólico impregnado na roupa limpa entrou por minhas narinas. Fiquei olhando a blusinha amarela de Billy agitando-se no ar, como uma bandeirola de preces para o céu, com meus olhos admirados. Billy observava a cena, sentado no degrau da escada.

Eu e Rashmi sabíamos que Billy não estava bem. Sem Spike, vagava pela casa com passos desajeitados que deixavam o meu coração partido. Quando o chamava para brincar, ele brincava. Quando o chamava para comer, ele comia. Na hora de dormir, submetia-se ao banho e depois ia direto para a cama. Eu construía fortalezas com blocos de montar, e ele olhava com paciência. Eu lia as fábulas de Esopo, e ele ouvia com polidez. Eu o puxava na vagoneta vermelha pelo quintal, e ele se aninhava no travesseiro e dormia. Ele se transformara num pequeno Gandhi desafiando-me pela vida pacífica. Mas, se o Império Britânico não fizera frente a Gandhi, que chance eu teria com Billy?

Enquanto estendíamos as roupas sobre as moitas das mimosas, lembrei de um momento mágico de cura que papai me propiciara na minha infância. Entrei em casa e abri o armário de meu quarto à procura de uma caixa que guardava um par de sapatos altos pretos, vazados nas pontas dos dedos. Eu os havia comprado pela sensualidade dos saltos altos e a aparência de sandálias, mas os deixei de lado porque as ruas empoeiradas de Masoorla e a pavimentação precária de Simla me faziam parecer uma chinesa calçada em sapatinhos apertados. Não os calçava desde que chegáramos à Índia. Esvaziei a caixa de papelão resistente, desenhei um arco-íris na tampa e o colori com os lápis de cera de Billy. Prendi a tampa na caixa de modo que fizesse um ângulo agudo, depois espalhei algumas moedas de cobre brilhante no final do arco-íris e, *voilà*, eis uma armadilha de *leprechaun*.

Depois que mamãe morrera, papai fizera a mesma armadilha para mim. Na ocasião, ele me dissera que um *leprechaun* ganancioso escorregaria do arco-íris para pegar o ouro dentro da caixa e não conseguiria sair. Um *leprechaun* é muito pequeno, tão pequeno quanto os dedos rosados de Billy, e papai me dissera que eu poderia fechar a caixa depois que pegasse o meu duende, porque ele viveria feliz com uma pilha de ouro lá dentro. Lembro que todo dia, durante um mês inteiro, eu dava uma olhada na armadilha, até que enjoei e a caixa desapareceu. Mas com isso fiquei um mês mais perto da cura.

Mostrei a armadilha de *leprechaun* a Billy.

— Um *leprechaun* de verdade? — perguntou ele.

— Bem, isso eu não sei. — Arqueei a sobrancelha. — Não sei se existem tantos *leprechauns* na Índia como em Chicago, mas podemos tentar.

Ele assentiu como um pequenino sábio.

— Ok.

Aninhei a armadilha de *leprechaun* no canteiro de begônias.

— Um *leprechaun* esperto não seria atraído por um arco-íris dentro de casa, não é? — eu disse, imaginando que poderíamos pegar um besouro, uma lagarta ou qualquer coisa que o distraísse.

Mas, no dia seguinte, Billy entrou em casa com a caixa de sapatos debaixo do braço.

— Peguei um — disse.

— O quê?

— Um *leprechaun*.

— Verdade? Como? Posso ver?

— Hum... hum. Ele é envergonhado. — Billy correu para o quarto e fechou a porta.

Eu não sabia se me alegrava ou se me preocupava. Por fim, concluí que um *leprechaun* imaginário não seria pior do que um cachorro de mentira, mas o *leprechaun* de Billy não era propriamente um desses amigos imaginários infantis. Ele passou a carregar a caixa de sapatos para todos os lados; abria uma frestinha da tampa e cochichava para dentro da caixa com um sorriso sorrateiro, como se tramando algum plano sinistro com o *leprechaun*. Às vezes eu o olhava e ele parava abruptamente, mas voltava a cochichar quando me via de costas.

— Você sabe que os *leprechauns* são bonzinhos, não sabe? — perguntei.

— Hum... hum.

— Nenhum *leprechaun* faria uma coisa malvada.

— Hum... hum.

Nem assim os cochichos terminaram. Na mesa de jantar, ele deslizava migalhas de comida para dentro da caixa, e eu pensava comigo que podiam apodrecer ali. Será que ele acharia que o *leprechaun* tinha comido as migalhas se as tirasse lá de dentro? Claro que Billy também levava a caixa para a cama, e uma noite, enquanto dormia, a caixa caiu no chão. Na manhã seguinte ouvi gritos desesperados e corri. Ele estava sentado na cama e soluçava enrolado ao lençol, da mesma forma que Martin fazia durante os pesadelos. Eu o abracei e ele tombou como uma marionete. Peguei a caixa de sapato meio encoberta debaixo da cama, e tive que pressioná-la contra seu peito, para fazê-lo entender que não tinha perdido o *leprechaun*. Billy estava quase sem fôlego. Abraçou a caixa e aos poucos suas lágrimas se transformaram em soluços convulsivos. Olhei para ele me repreendendo pela tentativa de substituir Spike. Não devia ter feito isso. Mas àquela altura era simplesmente impossível pensar em sumir com a caixa de sapato.

Então, fiz alguns passeios curtos com Billy dentro da vagoneta vermelha pelo distrito colonial. Eu o puxava e cantava a velha canção de faroeste "Old McDonald", mas ele não cantava comigo. Quando fomos de *tonga* à loja de artigos importados, ele se arrastou pelas galerias congestionadas de gente, inalando o cheiro das iguarias, sempre com a caixa de sapato bem segura debaixo do braço. Ofereci-lhe doces e brinquedos, mesmo com a lata de chá vazia e o aluguel em atraso. Eu lhe teria comprado qualquer coisa, mas ele parecia desinteressado.

— Não. Não queremos — disse.

Como de costume, o piso da loja de artigos importados estava abarrotado de sacos de arroz e cebola; havia latas e garrafas alinhadas nas prateleiras, e esfregões e produtos de limpeza arrumados em um dos cantos. Namorei as maçãs e jacas dispostas em cima de uma das mesas e, por fim, escolhi seis maçãs do Himalaia e coloquei-as no balcão, junto com um pote de geleia de morango, para o *roti* de Billy.

— Como vai, Manesh? — cumprimentei.

O homenzinho gorducho olhou para os dois lados.

— Procuro me manter feliz, embora alguns dos meus tios e tias estejam dormindo na minha varanda. De manhã, sempre tropeço neles.

— Manesh se encolheu com um sorriso.

— Sua família chegou para algum evento especial?

— Isso mesmo. — Ele riu. — O evento da divisão.

— Perdão, não entendi.

Ele explicou que a violência nas cidades obrigara milhares de pessoas a fugirem para o campo. Além dos parentes, ele também abrigara uma família muçulmana que não queria imigrar.

— São velhos amigos meus. Estão dormindo no estábulo — acrescentou.

Algumas famílias estavam abrigando um bom número de parentes. Espremidos em suas casinhas, dividiam tudo o que tinham e sempre encontravam uma batata a mais para acrescentar à panela de *curry*, e um punhado a mais de arroz. Pareciam satisfeitos, tudo aceitando com invejável dignidade.

Enquanto ouvia Manesh, desejei poder juntar-me a eles. Eu me vi deixando meu confortável bangalô e toda sua bagagem emocional para trás, vestindo um suave sári de algodão — verde-claro ou cor de lavanda combinariam bem com meu cabelo — e sentando no chão de uma casinha apinhada de gente. Billy poderia brincar com outras crianças enquanto eu estivesse picando cebolas e moendo grãos de coentro com outras mulheres e, ao deitar, ouviríamos as mães acalentando os filhos e o mugido das vacas. Com a solidez da terra debaixo dos pés, poderíamos desfrutar a intimidade daquelas pessoas que se preocupavam umas com as outras. Mas, em minha fantasia, não encontrei lugar para Martin. Mesmo com a pele bronzeada, as *kurtas* e os *bidis*, ele não se encaixava, simplesmente porque não o queria por perto. A Índia não era solitária; eu era.

Comprei um ioiô azul para Billy, assinei a nota de fiado e o levei para casa, para os braços de Rashmi, que, para minha surpresa, era mestra em ioiô e se mostrou ansiosa em demonstrar. Falei que ficaria fora pelo resto da tarde.

— Aonde a senhora vai, mamãe? — perguntou Billy.

— Vou ao clube, docinho. — Estava cansada de ficar sozinha. Era terça-feira, dia de bridge, e todas as pessoas conhecidas estariam por lá.

CAPÍTULO 33

O CLUBE LEMBRAVA UMA ANTIGA CASA de campo inglesa, onde os convidados se conheciam uns aos outros; clubinho e templo, com regras referentes a roupas e ao comportamento social, e muito lubrificante alcoólico para relaxar os lábios superiores. Atravessei a espaçosa varanda e uma pequena antecâmara e entrei no confortável aposento com poltronas de couro e sofás de chintz agrupados para os bate-papos. Apenas dois homens conversavam tranquilamente em meio a espirais de fumaça dos cigarros. Aquele aposento vazio podia acomodar no mínimo umas cinquenta pessoas, mas no marasmo da tarde parecia um lugar abandonado, uma recordação do agonizante Raj.

Passei para outro recinto conhecido como estúdio — assim denominado por conta da parede tomada por estantes de livros e antiguidades vitorianas — e onde, no centro, despontava uma grande mesa de sinuca com ótima iluminação. Naquela tarde, dois homens disputavam uma partida. Um deles se debruçava sobre o pano verde para calcular o percurso de uma das bolas até a caçapa. Ouvi o estalido das bolas seguido pela risada de um deles e o muxoxo de desagrado do outro. As paredes eram cobertas por telas de sombrios vice-reis, cabeças de animais com olhos de vidro e fotografias esmaecidas em sépia.

O principal e mais arejado recinto do clube tinha teto alto, onde dezenas de ventiladores giravam bem devagar. O sol entrava pela varanda, infiltrava-se pelas portas francesas e se refletia no assoalho encerado. Avistei Verna e Lydia jogando cartas em uma das mesas quadradas ali distribuídas. Quatro mulheres em vestidos de estampa floral e pérolas jogavam bridge, batiam as cinzas dos Abdullahs em cinzeiros de vidro e bebericavam gim com o ar emblemático de *memsahibs* enfadadas. A encantadora clausura do Raj britânico era segura, mas também isolada e limitada, de modo que, passado um primeiro ano de previsíveis enfados e saudades da terra natal, nada restava senão entregar-se rigorosamente aos jogos e ao álcool.

Um bar se estendia por um dos lados do recinto com um balcão de carvalho comprido e polido, acompanhado de bancos de junco. Vacilei, quando de lá ecoou uma voz esganiçada.

— Dickie, seu patife!

Uma gorducha maquiada à Bette Davis, empoleirada com as pernas lindamente cruzadas num banco do bar, segurou o braço de um jovem oficial, que sem dúvida a cortejava. Ela ergueu o copo com a outra mão, cujas unhas tinham sido pintadas de vermelho fogo, e gritou para o *barman* servir outra dose. O decote do vestido escarlate não se adequava ao uso de um sutiã, e seus pequenos seios balançaram sob o tecido fino. Ela gritou novamente e sua voz soou como raspas de cenoura.

A mulher fazia um outro tipo de *memsahib*: a dama cansada que se hospedava nas montanhas por alguns meses sem o marido, ouvindo piadas idiotas das mesmas pessoas, ouvindo as mesmas fofocas — geralmente a respeito dela mesma —, lendo as mesmas velhas revistas, perguntando-se sobre o que estava acontecendo no cenário social londrino e flertando, enquanto não voltava para Calcutá, Bombaim ou Délhi com a chegada do inverno. A risada da mulher soava como vidro se quebrando.

Passei pelo bar e me aproximei da mesa de bridge a tempo de ouvir fragmentos de comentários sobre o campeonato de Liverpool. De calça comprida, sandálias e uma túnica de cor pastel, eu destoava das jogadoras e também daquela *memsahib* que enchia a cara no bar. Mesmo assim, se precisasse ficar sozinha, não conseguiria, porque não havia tentado. Verna me viu e acenou para mim.

— Evie, que bom ver você!

Puxei uma cadeira, e coloquei a bolsa no chão.

— Não sou boa jogadora de bridge, mas quis passar por aqui para dar um alô.

Pedi uma dose de gim tônica, e Verna me passou um prato com petiscos picantes de Bombaim. Peguei um amendoim apimentado.

— Nós também não somos. Só estamos passando o tempo até voltarmos para casa — comentou ela, com ar despreocupado.

As mulheres riram de modo letárgico.

— Vocês só têm isso por aqui? Bridge? — perguntei.

— Ora, não — retrucou Verna alegremente. — Também temos dança e teatro amador, tênis, críquete... — Observou as cartas que tinha às mãos.

Lydia descartou uma carta e disse:
— Temos muita diversão, mas nenhuma cultura.

Uma mulher chamada Petal Armbruster, que eu conhecia de vista, se pronunciou.
— Isso não é completamente justo, Lydia. Também temos a Sociedade Asiática, embora reconheça que quase todas as mulheres de lá são metidas a sabichonas. — Imitou a cara de uma das tais sabichonas, e a quarta mulher à mesa riu, sem tirar os olhos das cartas que tinha às mãos. Fiz de tudo para me lembrar seu nome, em vão. Mas consegui lembrar que havia sido apresentada a ela no chá de boas-vindas que Verna me havia oferecido quando cheguei à cidade. Mas seu nome não era tão memorável quanto o de Petal Armbruster. Petal então acrescentou: — Elas costumam ler uns documentos assustadores sobre monolitos e antigas dinastias. — Fez uma expressão de horror.

Verna descartou uma carta.
— Algumas damas se envolvem com instituições de caridade... O Instituto Lady Blebbin das Viúvas Hindus e a Sociedade de Autoajuda da Índia Oriental, mas são entediantes.
— Claro — concordou Petal. — Preferimos tipos mais mimados.
— Como eu? — A mulher de vestido escarlate decotado deixara o bar e fumava em pé, ao lado de uma das portas francesas. Observei-a enquanto cambaleava em cima dos saltos altos em nossa direção. Verna tomou um gole da sua bebida e fez uma careta, como se estivesse amarga.
— Evie Mitchell, esta é Betty Carlisle — disse Verna.
— Conheço o seu marido — disse Betty, com um olhar malicioso para mim; imaginei o tímido e letrado Martin tentando se desvencilhar daquela mulher afogueada. — Ele não dança. Deve ser um tédio para você.

Fez-se silêncio na mesa e todas se voltaram para as próprias cartas. Passado algum tempo, Betty deu uma longa tragada no cigarro e disse:
— Também é sempre bom ver vocês. — Voltou em seguida para o bar.
— Olhem só — disse Verna. — A torta de melaço já está fumegando.

— Ela só veio aqui pra nos aborrecer. — Lydia fez uma pilha impecável com as cartas e abriu-as como um leque nas mãos.
— Ela não aborreceu ninguém. — Verna descartou uma carta. — Betty-cama-e-mesa está mais para as antiguidades do estúdio.
— A sala com a mesa de sinuca? — perguntei, acendendo um Abdullah.
Lydia assentiu com a cabeça.
— Eu a chamo de sala de miscelânea de taxidermia e tralhas. O comitê histórico sempre se sente lisonjeado quando você doa alguma velharia.
— Por que não doar tudo aquilo? — perguntou Verna. — Ninguém liga mesmo.
— É verdade. — Petal tomou um gole de gim. — Ninguém sabe quem são as pessoas naquelas fotografias horrorosas, e ninguém se interessa pelas façanhas tediosas que realizaram. Desculpe-me, querida. Só agora lembrei que seu marido é historiador. Suponho que ele adoraria todas aquelas tralhas velhas.

Lancei-lhe um sorriso gelado, enquanto o garçom servia a minha bebida.

— Martin está documentando a divisão e o fim do Raj.

O garçom alargou ligeiramente o sorriso, e o silêncio tomou a mesa de bridge. A alegria daquelas mulheres pelo retorno à terra natal foi temperada por uma sensação de derrota, e nenhuma delas sabia ao certo se devia celebrar ou lamentar.

— Bem, com a nova data para a retirada, estou certa de que ele terá muita documentação disponível — disse Petal, pigarreando.

— Não sei o que se passa na cabeça de Mountbatten — disse a quarta mulher à mesa.

— E tenho minhas dúvidas se um dia saberemos — retrucou Verna. — O vice-rei tem o direito divino de não dar satisfação a ninguém.

A clarineta de Benny Goodman espiralou de um gramofone, para sobressalto de todas, enquanto Betty languidamente retornava à mesa, com um novo drinque e um cigarro entre os dedos.

— Fui eu que pedi ao rapaz para pôr um pouco de música. Este lugar está um tédio; parece uma tumba... aliás, como sempre — comentou.

— Você não está um tanto alta? Ainda estamos jogando bridge aqui — resmungou Verna.

— Ora, francamente! — Betty apagou o cigarro no cinzeiro. — Já estou farta de bridge. Farta de tudo isso. — Ela encarou Verna. — E você também está. Só não admite. — Ela quase perdeu o equilíbrio ao se virar, e caminhou em direção à varanda com o drinque na mão. O jovem oficial deixou o banco do bar e a seguiu.

Verna observou-a por um momento.

— Ela e essa roupa inadequada... — cochichou, revirando os olhos, e se voltou novamente para a mesa com um sorriso presunçoso. — Soube que ela bateu à porta de Cecil, quase ao amanhecer, só para dizer à pobre coitada para voltar para a cama. — Recostou-se à cadeira, feliz e enojada.

Eu substituíra a imagem da mulher tatibitate com dentões de cavalo pela imagem da uma senhora gentil e prestativa, que me levara chá na cama. E Lydia também se mostrara tão solícita que cheguei até a pensar na possibilidade de uma verdadeira amizade, mas... Verna ergueu o copo vazio e gritou:

— Garçom, vê se faz alguma coisa e traz gim com tônica. Rápido.

Apaguei o cigarro no cinzeiro e empurrei a cadeira para trás.

— Eu queria agradecer a você, Verna, e a você, Lydia, pela gentileza quando... — A imagem de Billy dormindo num estábulo me veio à cabeça e quase não consegui dizer isso. — Quando mais precisei.

Lydia fez um gesto de indiferença.

— Num lugar como esse, todas somos unidas. Se não nos ajudarmos umas às outras, quem mais nos ajudará?

— Vocês foram excepcionalmente gentis. — Peguei a bolsa. — E fui muito rude. Eu estava arrasada.

— Claro que estava arrasada — concordou Verna. — Com seu filho misturado *lá fora com eles*.

— Você tem filhos, Verna? — perguntei.

Ela exibiu um sorriso em toda a sua glória.

— Dois rapazes crescidos e estabelecidos na Inglaterra.

— Eles vêm aqui para vê-la?

— Aqui? Com tudo isso acontecendo?

— Bem, não agora, mas antes?

Verna esticou o pescoço para mais perto de mim, como se eu fosse surda.

— Eles estão na *Inglaterra*. Não trabalham para a companhia. Eu é que *vou* até lá, mas nem sempre. — Ela se recostou na cadeira e fechou o sorriso. — De qualquer forma, logo poderei vê-los à hora que quiser.

— Isso será ótimo para você — disse, pensando comigo se Verna sofria de alguma forma branda de transtorno de identidade. Uma hora era gentil, outra hora, uma fofoqueira maliciosa, maltratando os serviçais. Lembrei do reverendo Locke dizendo "as pessoas..." e girando o dedo quase encostado na têmpora.

Verna olhou para algo atrás de mim, com o rosto iluminado.

— Querido! — disse. Eu me virei e um homem alto e grisalho, vestindo jaqueta militar e cinto Sam Brown, caminhava em nossa direção.

— Desculpe interromper — disse ele, enquanto dava um beliscãozinho na face de Verna. — Só passei para tomar um drinque.

— Evie. — Verna sorriu, subitamente animada. — Acho que você ainda não conhece o meu marido, Henry.

Ele tinha um olhar afável e um sorriso genuíno, e exibia no ombro as estrelas de coronel.

— Muito prazer — cumprimentou ele, parecendo sincero.

— Vai se juntar a nós, querido? — perguntou Verna.

— Hoje não, amor. — Afagou-lhe a mão, e os dois se entreolharam, como namorados. — Não quero perturbar vocês. Estava tomando um drinque com os rapazes na mesa de sinuca, mas não resisti à tentação de beijar minha dama.

Os dois trocaram um olhar apaixonado e me perguntei como aquilo podia acontecer. Como conseguiam sustentar um carinho como aquele depois de décadas de casamento? Verna não era uma mulher particularmente agradável e certamente não era bonita, e o trabalho do marido a mantinha afastada de sua adorada terra natal e de seus adorados filhos. Mesmo assim, lá estavam eles, como passarinhos apaixonados. A inesperada exibição de duradouro afeto acentuou ainda mais a solidão que eu sentia quando entrei naquele lugar em busca de companhia.

— Bem — eu disse. — Já é hora de ir. Só tenho uma criada em casa e muita coisa a fazer.

Os lábios de Verna se encolheram contra os dentões quando ela perguntou:

— Por acaso a sua aia é aquela mulherzinha gorda?

— O nome dela é Rashmi.

Os lábios de Verna se encresparam e as outras mulheres se voltaram para as próprias cartas.

— O fato, minha cara, é que ela está vendendo seu lixo.

— Como? Quem se interessaria em comprar o meu lixo?

— Ora, você é tão inocente. — Verna olhou para o marido. — Ela não é inocente?

Henry sorriu afetuosamente.

— Este lugar não é fácil de entender.

— O ponto — continuou Verna —, é que ela está vendendo, em vez de colocá-lo onde deve.

Fiquei ruborizada, e me *detestei* por isso.

— Na verdade, Verna, pouco me importa o que Rashmi faz ou deixa de fazer com meu lixo. E se ela faz o que você diz é porque precisa de dinheiro — falei.

Verna amarrou a cara.

— Suponho que esse seja o único jeito de consegui-lo.

Levantei abruptamente da cadeira.

— Só passei aqui para agradecer a vocês. Muito prazer em conhecê-lo, Henry.

❈

Martin recebeu o salário no dia seguinte, e à noite, enquanto ele jantava no Clube, preparei os envelopes de pagamento para o açougueiro, para a loja de artigos importados e para o senhorio. O senhorio havia sido muito gentil e achei que seria elegante entregar o envelope pessoalmente em sua casa, em vez de enviá-lo por um mensageiro. Na manhã seguinte, Rashmi sorriu quando lhe perguntei se sabia onde ele morava.

— A família mora num lugar tão alto que todo mundo conhece. É só dizer ao condutor da *tonga* que quer ir à casa do "grande Singh". — Ela deu um risinho. — O condutor saberá.

❈

A *tonga* serpenteou por entre a vegetação tropical de um caminho alto e encoberto, e me levou a um portão de ferro flanqueado por dois elefantes de trombas erguidas, um magnífico trabalho de topiaria. Na Índia, espaço é a comodidade mais preciosa que se pode ter, e o senhor Singh residia numa casa de dois andares, circundada por um vasto gramado e um bom número de pés de carvalho. Pedi ao condutor que me esperasse no portão e subi por uma alameda de piso de tijolos, sombreada por pés de toranja com folhas lustrosas e pés de jacarandá com floração lilás. A mansão se erguia sobre colunas brancas e, quando me aproximei, vi o chofer polindo uma Mercedes preta ao lado do pórtico.

Subi os degraus de mármore até uma varanda bem mais ampla que a da minha casa. Era decorada com poltronas de vime estofadas com seda vermelha. Ergui uma pesada argola à porta e soou um gongo.

Um copeiro de turbante e túnica cor de vinho, com um *sash* dourado ao redor da cintura, abriu a porta e deixou à vista um saguão que dava para uma escada. Ele me fez entrar, com um ar que o fazia parecer mais um paxá do que um criado, e me conduziu até a sala espaçosa, decorada ao estilo indoeuropeu.

Sentei num divã baixinho com almofadas de seda e esquadrinhei a sala: paredes cobertas de seda, um biombo de madeira entalhada, trabalhado em pátina, e amplas janelas abertas para um bosque de pés de caqui. Um tapete persa azul cobria quase todo o piso de mármore, e duas cadeiras que pareciam tronos, com braços de madeira esculpidos em forma de patas de leão, voltavam-se para o divã. À minha frente, em cima de uma mesinha, um *rangoli* com flores de lótus brancas com pontinhas cor-de-rosa flutuava dentro de uma tigela de cristal. Curvei-me por cima de um dos grandes lírios leitosos, que pareciam ter um pequenino frasco de perfume na extremidade de cada estame, e alisei a superfície fria e encerada de uma pétala.

— Não são lindas? — soou uma voz grave.

Elegante como sempre, à soleira da porta, o senhor Singh vestia um terno de linho branco, e me perguntei como alguém conseguia manter uma aparência refrescante mesmo com roupas amarrotadas. Naquele dia, ele usava um turbante cor de jade que obviamente combinava com a gravata.

— Sim, sem dúvida alguma, são lindas — respondi.

Ele atravessou a sala em passos firmes e descontraídos.

— A flor de lótus representa a pureza da mente e do corpo. — Sentou-se em uma das cadeiras com patas de leão, e apoiou confortavelmente o próprio peso sobre um cotovelo. — Não sou religioso, mas a senhora não acha que a beleza da flor de lótus emana algo espiritual?

De repente me passou pela cabeça que o toque na flor de lótus poderia ter sido um passo em falso; o senhor Singh parecia um tanto indiferente, mas é claro que estaria assim. Tirei o envelope de dentro da bolsa e o estendi por cima do *rangoli*.

— Não tenho palavras para agradecer sua paciência com o nosso aluguel.

— Fico feliz por ter ajudado. — Ele colocou o envelope em cima de uma mesinha lateral, como se não lhe dissesse respeito. — Um pequeno gesto de gratidão pela vida tranquila que levo neste lugar. — Acenou para um copeiro e uma bandeja se materializou de imediato.

Quando o copeiro serviu o chá, o vento balançou os galhos dos pés de caqui, uma libélula entrou pela janela e saiu em seguida.

— Não é um lugar *tranquilo*? — comentei. Durante o trajeto de *tonga*, tinha visto alguns homens conversando nas barracas de chá e mulheres que caminhavam com jarros de estanho à cabeça, ao longo da estrada. Apesar da violência nas cidades e da explosão demográfica, Masoorla continuava bucólica. — É um lugar tranquilo, embora a população daqui esteja recebendo muitos refugiados.

O senhor Singh sorriu com paciência.

— Os refugiados são os que *menos* querem problemas. Por isso fogem para cá.

Senti com toda clareza que ele sabia que a multidão incendiara o carro e linchara o motorista.

— Mas houve um incidente na Cart Road — comentei.

— O tal muçulmano. — Ele assentiu com a cabeça. — Era um professor *mudarris* que tinha o infortunado hábito de levar garotos hindus até a *madrassa*, a escola. Como pode ver, o proselitismo não é uma boa ideia por aqui. Ele tinha sido avisado, mas não se importou; um dos garotos acabou se convertendo e isso foi como riscar um fósforo perto da gasolina. — O senhor Singh mexeu os ombros com ar desconsolado.

— Ele está...?

— Morto? Ora, bem morto.

— Mas não havia muitos outros lá...

Ele me fez calar com um olhar.

— Nos guetos... — concluiu a frase. — Nas favelas onde vivem lado a lado hindus e muçulmanos houve muitos incidentes e haverá mais. Calcutá e Punjab se tornarão cidades bem violentas. Aqui, a senhora vive entre europeus. — Girou a mão em volta de si. — Aqui, só tem hindus e sikhs. A violência não nos atingiu e provavelmente não nos atingirá. Mesmo assim — olhou fixamente para o *rangoli* —, nós nos sentimos indefesos, não é mesmo?

— Lahore não fica em Punjab?

— Sim, e lá os problemas já começaram.

Imaginei Martin tomando o trem para Lahore com sua pele bronzeada — escura como uma castanha —, suas *kurtas* e seus *bidis*, detalhes que o tornavam indistinguível dos refugiados. Engoli um gole de chá com nervosismo.

❊

O condutor da *tonga* havia caído no sono. Descansava o queixo no peito e um fiozinho vermelho de saliva lhe escorria de um canto da boca; até o cavalo parecia prostrado e sonolento, espantando as moscas com um rabo preguiçoso. Olhei para a estrada lá embaixo, ouvindo os bufos e os roncos do condutor. O silencioso movimento dos transeuntes era por vezes cortado pelo rangido dos carros de bois. O senhor Singh havia dito que a região era povoada por hindus e sikhs; se o distrito colonial e seus arredores eram os únicos lugares seguros, eu não perderia a oportunidade de me aventurar livremente. Poderia caminhar um pouco antes de pegar outra *tonga* até o templo budista. Paguei ao condutor, coloquei os óculos escuros e decidi caminhar.

CAPÍTULO 34

A ESTRADA PAVIMENTADA TERMINAVA nos limites da propriedade do senhor Singh, e ali começava uma estrada de terra que dava num templo hindu. Um bando de mendigos escuros e esquálidos se amontoava nos degraus da escada do templo. Enquanto procurava algumas moedas dentro da bolsa, ouvi o toque grave e sobrenatural do sopro em um búzio chamando pelos deuses no interior do templo. Seguiram-se a batida dos címbalos e um canto baixo. O senhor Singh dissera que não era religioso, mas parecia ter um lado espiritual, e me perguntei se um dia necessitaria de conforto espiritual.

Coloquei as moedas na mão de um mendigo e, pela porta aberta do templo, avistei uma estátua de Hanuman, o deus macaco, com a face de símio a sorrir. Os fiéis se inclinavam em reverência diante do deus, que exibia colares de calêndula no pescoço. Alguns encostavam a testa no piso, enquanto um homem se prostrara, deitado, com incenso em uma das mãos estendidas. A fumaça aromatizada enchia o ar, e uma mulher ajoelhou-se para receber uma *tikka* de um monge magro. De repente, me ocorreu que nunca tinha visto um templo hindu vazio, independentemente da hora do dia. O ato da prece pode não ser eficaz, mas parece satisfazer plenamente pequenas necessidades humanas.

Continuei caminhando por entre ruas residenciais; desfrutei a visão de mulheres que penduravam magníficas e bizarras roupas nos varais, e de um homem que escovava os dentes com um galhinho de *neem* à entrada de uma casa.

Em dado momento, avistei o cadáver de uma mulher. O corpo jazia no chão de uma cabana sem paredes, com telhado de palha, uma cabana funerária. Algumas pessoas vestidas de branco ajoelhavam-se ao lado de um amontoado de flores, enquanto um homem de cabeça recém-raspada movia o corpo da falecida, para que o rosto mudasse de posição. Segundo Martin, os hindus posicionam o rosto dos mortos voltado para o sul, direção da morte, antes de orar sobre o cadáver. Não queria parecer intrusa e recuei, mas alguma coisa me prendeu àquele lugar. A morte exerce um estranho fascínio...

Envolta em amarelo, a falecida tinha o rosto borrifado de água por um enlutado que se destacava, de joelhos a seu lado. Ele molhou-lhe a testa e as faces com carinho e, cuidadosamente, usou a extremidade da manga para enxugar uma das orelhas, para onde a água provavelmente escorria. Ele devia ter amado demais aquela mulher. Ou então era um filho. Mergulhou a ponta de dois dedos num potinho e aplicou pasta de sândalo na testa da falecida; depois, familiares o ajudaram a transferi-la para um estrado de bambu. Cobriram-lhe o corpo com rosas, jasmins e calêndulas, exceto o rosto.

Depois, os enlutados ergueram e colocaram o estrado sobre os ombros, enquanto um homem começava a bater tambor no ritmo lento dos funerais, à medida que o cortejo se dirigia ao lugar da cremação. Fiquei surpresa quando passaram por mim e reparei que era uma mulher jovem. Claro que o principal enlutado não era filho e sim marido da mulher; automaticamente imaginei Martin preparando meu corpo da mesma maneira — ou vice-versa.

Quando o cortejo se afastou, meu peito apertou-se.

— Morremos — disse para mim mesma. As palavras me atropelaram como um trem. O conhecimento corriqueiro assumia uma realidade emocional, e então enumerei o que era realmente importante para mim... Billy e Martin. Só eles.

Enquanto pensava sobre a realidade da morte, algo grande e pesado me golpeou por trás da cabeça e quase me nocauteou. Virei-me, sem entender, e vi um macaco no chão a poucos passos de mim, segurando meus óculos. Nem me lembrava que estava de óculos. Sentado, ele manuseava os óculos com curiosidade, passando-os de uma mão para a outra, como se fosse um brinquedo. O ladrãozinho devia estar à espreita na copa de uma árvore. Olhei fixamente para o símio, o próprio Hanuman encarnado, e naquele momento, sem meus óculos, percebi a profunda futilidade da culpa e do arrependimento. Não temos tempo para esse tipo de coisa.

Sem me importar com a perda dos óculos, corri para o templo budista com uma sensação de urgência, mas sem atinar por quê. Encontrei Harry de joelhos diante de oferendas sujas e dispersas a Buda; enquanto cantava, recolhia fatias marrons de maçãs e flores murchas para dentro de um saco de papel.

— Saímos para ver o mágico... — a voz soou límpida, sem qualquer constrangimento — ... o maravilhoso mágico de Oz. — Aquele homem era realmente curioso.

— Oi, Harry.

Ele se virou, interrompendo o canto, de boca aberta.

— Evie! Que bom vê-la.

— Espero não estar incomodando.

— Que nada. — Seu semblante compacto se abriu num sorriso gentil. — O que a traz aqui?

Queria lhe perguntar por que todos morremos, e o que se deve fazer enquanto isso não acontece. Mas disse outra coisa.

— Vim para saber como está a tradução do urdu.

— Está bem. Foi interessante. — Ele largou o saco de papel e sacudiu a poeira das mãos. — Há o relato de um *sati* em 1858.

— Sati?

— O costume de queimar uma viúva viva junto com o marido, na pira.

Estremeci.

— Pensei que isso tinha sido proibido.

— E foi; em 1848, acho eu. Mas... bem, o fato é que até hoje isso acontece.

Os pelos de meus braços eriçaram. A imagem do corpo de Martin incinerado e retorcido dentro de uma pira alta me veio à cabeça. Eu me convenci de que nunca me juntaria a ele nas chamas, e de que ele nunca desejaria que fizesse tal coisa.

— Por que uma mulher faria isso? — perguntei.

Harry hesitou.

— Tradição e senso de fatalismo. As viúvas que se oferecem em sacrifício para honrar a memória do marido são consideradas mártires. — Ele refletiu por um momento. — Mulheres de todas as castas cometem *sati*, embora, estritamente falando, ninguém cometa *sati*. Entra-se em *sati*, como se entra em estado de graça. Claro que nem sempre os motivos são tão elevados. Às vezes a viúva está levando uma vida de mendicância, bem... Gandhi diz que a pobreza é a pior forma de violência.

Eu me perguntei se a viúva escalava a pira ou se insensatamente mergulhava dentro das chamas. Era forçada ou era drogada? Será que sucumbia asfixiada pela fumaça, ou berrava quando era alcançada pelas chamas? Não queria ficar pensando nisso e perguntei.

— O que isso tem a ver com Adela Winfield?

— Pelo que parece, a senhorita Winfield testemunhou um *sati*.

— Por quê? Na cremação de quem?

— O registro só diz que a senhorita Winfield estava presente. O que é muito estranho. As mulheres indianas são proibidas de ficar perto da pira. Portanto, uma inglesa testemunhando um *sati* deve ter sido algo realmente extraordinário.

— Não consigo entender isso. Queimar deliberadamente até morrer?

— Há coisas bem piores do que a morte.

De repente, me tornei consciente da presença de Buda.

— Por causa da reencarnação?

— Não. — Ele balançou a cabeça com veemência. — O objetivo da reencarnação é evoluir até que não se precise mais reencarnar.

— Aspira-se, então, ao esquecimento?

— Eu diria que é mais correto dizer à paz. — Ele hesitou. — Ora, mas estou muito chato. — Seu rosto pequeno abriu um sorriso. — Posso fazer mais alguma coisa por você?

Ele estava me despachando? Balancei a cabeça em negativa.

— Você já foi muito gentil.

— Então, é hora de me despedir. Já ocupei tempo demais do pessoal do *ashram* na tentativa de ser o que não sou. Parto na próxima semana e me junto a Gandhi em Calcutá. Já é tempo de me envolver.

Meu coração se apertou.

— Mas Calcutá não é perigosa?

— A vida é perigosa. — Ele inclinou a cabeça como uma criança desajeitada. — E que mundo construiríamos, se pensássemos apenas em nossa própria segurança?

CAPÍTULO 35

Martin retornou do Clube quando acabava de colocar Billy e a caixa de sapato na cama. Observei da varanda quando ele estacionava o Packard no velho estábulo. Começou a chover enquanto ele atravessava o pátio. Martin sacudiu a cabeça como um cachorro molhado ao entrar na varanda e, ao vê-lo arrumando os óculos em cima do nariz, me arrependi de tê-lo interrompido na hora em que tentara contar-me seu sonho. Caminhei e beijei-lhe o rosto; ele se encolheu, aparentemente confuso.

Entrou em casa, trocou as roupas molhadas e pôs a faixa "Stormy Weather" do disco da Ethel Waters para tocar. O som do lamento triste sobre um amor perdido e uma chuva interminável me atingiu como uma bofetada.

Martin se esticou no sofá, mas quando me deitei no lado oposto, entrelaçando nossas pernas, ele se levantou e sentou-se na poltrona. A casa estava impregnada do calor úmido do dia. Ouvimos a chuva caindo no telhado, enquanto Ethel chorava pelo seu homem e torrentes de água em cinza esverdeado nos cercavam por todos os lados, prendendo a mim e a Martin numa quente armadilha dentro de casa. Música e chuva terminaram ao mesmo tempo em que uma voz feminina soava persistente, lá fora. Preferi a *raga* sagrada que a mulher entoava do que o lamento de Ethel.

— Adoro esse lugar — eu disse.
— Eu também — disse ele. — Penetra na pele da gente.
— Conte agora o sonho — pedi. — O sonho bom...
Ele se levantou e pôs outro disco — o de Duke Ellington, em que a primeira faixa é "Things Ain't What They Used to Be".
— Já não me lembro, só lembro da *sensação* que tive. Estava tocando piano, e me sentia... como me sentia antes de ter conhecido Elsa.

— Isso quer dizer que você ainda consegue sentir alegria.
Ele virou a cabeça para o outro lado.
— Bem, pelo menos posso sonhar com isso.
— Não, você ainda consegue sentir. Se conseguir se perdoar, a alegria volta.
Ele me olhou com curiosidade.
— Andou lendo Robert Collier? Ha, ha; você consegue. E tudo mais?
— Não deboche.
Ele notou que eu falava sério e ficamos em silêncio até o disco acabar. A agulha começou a arranhar o vinil.
— Não aguento isso.
— Vou colocar outro disco — disse ele.
— Não estou falando do disco.
Mesmo assim, ele se levantou e foi até a vitrola.
— Já lhe contei sobre a guerra. Não era isso que queria? — Martin ergueu a agulha, recolocou-a com cuidado no lugar e tirou o disco do prato.
— Gostaria que você parasse de se punir — eu disse.
— Você está imaginando coisas. — Ele deixou o disco escorregar para dentro da capa, observando a foto de Duke ao piano.
Sentei no sofá e o encarei.
— Está querendo se punir, mas está punindo a nós todos. Precisa parar com essa raiva.
— Você fala como se fosse simples.
— Talvez *seja*.
— Não é, não.
— Mas...
— Está bem, chega. — Ele largou o álbum. — Acho que sei onde Spike está.
— O quê? — Sabia que ele estava tentando mudar de assunto, mas não me incomodei. — Spike?
— Passei a perguntar às famílias entrevistadas se sabiam do incidente. Uma delas conhece o menino que fez aquilo.
— E onde está Spike?
Ele acendeu um *bidi* e sentou-se.
— O nome da família é Matar. Mas vivem numa área perigosa.

— Não brinca. — Minha voz soou sarcástica.

— É um lugar traiçoeiro, uma favela onde hindus e muçulmanos se amontoam em péssimas condições. Você não pode ir lá.

— Você está querendo dizer que *não quer* que eu vá.

A velha animosidade estava de volta, à flor da pele, pronta para irromper, esperando apenas por um pretexto. Mas lembrei do cadáver que vira... *não temos tempo*. Ele apoiou os óculos no nariz, um gesto prosaico e familiar que deteve minha raiva e me comoveu.

— Isso mesmo. Posso resolver isso sozinho — retrucou ele, erguendo a palma da mão para impedir qualquer objeção de minha parte e nos fazendo perder a oportunidade de realizar alguma coisa juntos.

— Me deixe ir com você, por favor. É importante para mim. Juro que ficarei calada; farei tudo o que você disser, mas me deixe ir junto — pedi.

Martin puxou uma longa tragada do *bidi* e soltou a fumaça como se fosse uma chaminé.

— O pai do garoto é um bêbado e a mãe opera no mercado negro. É catadora de *bidis,* fios e tudo o que aparece pela frente, que ela vende de porta em porta, como ambulante. Às vezes, consegue levantar dinheiro para negociar xales e outras coisas interessantes do Norte, mas nunca deslancha, porque o marido gasta tudo com bebida, tão rápido quanto ela ganha. São paupérrimos e a vizinhança é tão pobre quanto eles. Não se pode chegar lá exigindo coisas.

— Não faremos isso. Seremos bonzinhos. Eles são pobres? Então pagaremos. — Tentei segurá-lo, mas ele se afastou e se recostou à poltrona. — Não é preciso exigir nada. — Pensei na mulher morta coberta de flores e numa citação de Rumi sobre a escolha entre a escuridão e a luz. Pensei em Felicity e Adela escolhendo viver por conta própria, escolhendo a alegria. — Martin, nós podemos escolher.

— Escolher o quê?

— Podemos escolher como passar cada dia, um dia de cada vez, e essas escolhas, esses dias, acrescentam e *são a nossa vida*. E chegará o dia em que morreremos. Não temos tempo para viver... *dessa maneira*. — Tentei chegar mais perto novamente e dessa vez ele me deixou tocar-lhe o rosto. Quis contar-lhe sobre o cadáver, o senhor Singh, o macaco... quis lhe falar de Felicity e Adela, que haviam morrido há tanto tempo e da história que deixaram para trás. Mas isso seria demais. Quis beijá-lo, mas fiquei com medo de ser repelida. — Se continuarmos vivendo dessa maneira, perderemos um ao outro — concluí.

Ele pôs a mão em cima da minha.

— Se eu perdesse você, minha vida perderia o sentido.

Cravei o olhar nos olhos castanhos de Martin e vi neles o meu Martin — um homem *bom*.

— Não podemos continuar com isso. — Levantei-me do sofá, ajoelhei-me e me senti aliviada quando ele me acariciou os cabelos com suas mãos longas e macias. — Posso perdoá-lo porque você é um homem bom — disse. — E você está se matando porque sabe que *é* bom.

— Ele ficou em silêncio e cheguei mais perto. — Não me afaste de você, Martin. Vamos recomeçar; vamos juntos nesse lugar.

Ele acariciou meu rosto com o dorso da mão, tal como fazia antes, e, em seguida, concordou.

— Está bem.

❈

O dia seguinte estava quente e abafado; no céu, as nuvens escuras da monção aguardavam a hora para desaguar. Rashmi esticava um lençol no varal debaixo do sândalo, e eu tomava um suco, sentada à sombra com Billy. Escrevia em meu diário, enquanto um pequeno cuco fazia um barulho aborrecido na parte mais densa da árvore, onde não se podia vê-lo nem espantá-lo. Um cachorro vira-lata aproximou-se da cerca e ganiu por comida. Avisei a Billy para não tocar no animal. Nas colinas, onde se pastoreavam cabras e iaques, os cachorros eram adestrados para o pastoreio; em Masoorla e Simla, eles apenas propagavam doenças.

Sentado à sombra comigo, Billy cochichou com a caixa de sapatos e lembrei que Martin estava fazendo os arranjos para a missão de resgate de Spike; investigava o lugar exato onde morava a família Matar e calculava quanto pagaríamos pelo resgate. Levaríamos frutas frescas para a família e brinquedos para o garotinho. Imaginei que devolveríamos Spike a Billy e que ele se libertaria da sinistra caixa de sapatos. Entorpecida pelo calor, fechei os olhos, me recostei no tronco da árvore, ouvi o zumbido dos insetos e senti que tudo daria certo.

O vendedor de doces passou gritando pela estrada.

— Caramelos! Caramelos!

Billy deu um salto e Rashmi correu para dentro de casa, com pulseiras, argolas e correntinhas balançando. O vendedor de doces entrou pelo pátio com o tabuleiro à cabeça coberto por um pano. Com uma das mãos carregava o tripé onde apoiava o tabuleiro e, com a outra, uma balança de vime com seixos de rio como pesos. Era um homenzinho com grandes olhos castanhos e barba rala e branca cuja aparência lembrava um ganso.

Ele armou o tabuleiro e Billy e Rashmi escolheram entre caramelos de coco cortados em formato de diamantes, doces feitos com açúcar de cevada e balas vermelhas que grudavam nos dentes. Depois que os dois escolheram tudo o que queriam, paguei ao vendedor, enquanto eles carregavam os doces para debaixo do sândalo, lambendo os dedos.

Quando o vendedor saiu com sua parafernália, um homem de pés descalços, com o corpo arqueado pelo peso que trazia às costas, surgiu a passos lentos pela estrada. Coloquei a mão sobre a testa para enxergá-lo e, à distância, vi outro entregador, em meio ao calor e à poeira, carregando uma comprida escada enorme à cabeça. Tanta coisa havia acontecido depois que fiz a encomenda que nem me lembrava mais da escada. Fiquei observando a chegada do entregador, enquanto Adela e Felicity, com o amado e o bebê ao lado, passeavam na minha cabeça. Olhei para o sândalo e meu coração bateu como um tambor indiano.

CAPÍTULO 36

Rashmi segurou a escada e subi os degraus com a assistência de Billy, que mastigava um caramelo. Alcancei o buraco quando faltavam três degraus para o topo da escada, mas hesitei. Lá dentro podia haver um esquilo ou um macaco hidrófobo. Subi outro degrau para espiar e a escada bambeou.

— Arey Ram! — gritou Rashmi.

Apoiei-me no tronco e olhei para o interior do buraco.

As bordas da cavidade haviam apodrecido com o tempo e o buraco estava cheio de teias de aranha, ninhos de passarinhos envelhecidos e folhas mortas. Enfiei a mão, morrendo de medo, agarrei um punhado de detritos úmidos e os joguei para baixo sem ver o que era. Lá embaixo soou um grito.

— Arey Ram!

Billy riu às gargalhadas. Fui retirando as folhas até que toquei em algo duro, que tateei com os dedos. Era uma urna de argila; tirei-a e a equilibrei na borda do buraco, para inspecioná-la. Estava coberta de poeira e mofo e tinha a tampa selada com parafina. Apertei a urna contra o peito com uma das mãos e com a outra segurei a escada e fui descendo devagar.

— É um tesouro enterrado? — perguntou Billy ao pé da escada.

— Mais ou menos, docinho. — Sacudi a poeira de cima da urna para examiná-la. O selo de cera estava velho e seco e achei que a tampa sairia com algumas batidas. Peguei uma pedra e forcei levemente um lado da borda da tampa e depois o outro. Na terceira tentativa, o selo se quebrou com um estalo. Levantei a tampa e três cabeças — uma ruiva, outra loura e outra morena — inclinaram-se para espiar.

Era uma lata comum, enferrujada e coberta de camadas de teias de aranhas. Quando a puxei, um dos lados se desprendeu e um saco térmico de borracha caiu no chão. Sentamos debaixo do sândalo para investigá-lo. Uma das extremidades do saco térmico fora cortada, de modo a proteger um livro — outro diário escrito por Adela.

— Que chato. É só um livro velho — disse Billy.

Rashmi não sabia ler em inglês e pareceu desapontada.

— *Beta*, vamos — chamou, dando um beijo em Billy. — Vamos deixar a mamãe ler.

Agosto de 1857

Chegou uma mensagem escrita à mão. Ele levou o corpo de Felicity para ser cremado de acordo com o costume de sua raça. Na verdade, esse "ele" é o Jonathan. Mas não basta um nome anglicizado para tornar um homem civilizado. Não consigo imaginar minha amiga consumida pelas labaredas de uma pira hindu. Até entendo que ele era importante para ela, mas ela não era uma propriedade de que ele pudesse dispor como bem quisesse. No entanto, tudo já foi feito e não pode ser desfeito. Mas nunca mais deixarei que ele pise nesta casa.

O bebê chora e chora, como se soubesse do ato hediondo cometido contra sua mãe. É uma criança desagradável, chorona e descontente. Seu cabelo é escuro e sua pele vai do rosado ao marrom. Do jeito que berra, parece que sabe que jamais se encaixará em qualquer lugar nesse mundo. Mas é filho dela e vou cuidar dele.

Agosto de 1857

Estou um trapo, pelas noites maldormidas, mas tenho medo de contratar uma ama de leite. Soube de muitas histórias sobre amas de leite que alimentam os próprios filhos e deixam o bebê da *memsahib* morrer de fome. Eu lhe dou leite de cabra toda vez que ele exige, mas na maioria das vezes nada parece aquietá-lo. É capaz de berrar por horas a fio, e nada o tranquiliza.

Passo praticamente todas as noites acordada por causa dos berros incessantes do bebê. Lalita sempre foge quando lhe peço para fazer alguma coisa por ele, e chora como uma criança, traumatizada pela morte de sua *memsahib*.

As exigências do bebê são tão constantes que mal tenho tempo de guardar um luto. Às vezes me imagino sufocando o bebê com um travesseiro ou jogando-o contra a parede. Essas ideias me apavoram.

Setembro de 1857
Graças a Deus, encontrei um sonífero para a pequena fera. Lembrei do estoque de xarope Mother Bailey da mãe de Felicity e despejei uma colher de sopa num pouco de leite de cabra e dei ao bebê. Ele sugou o leite com avidez e fechou os olhinhos em questão de minutos. Suponho que o ópio seja um dos ingredientes e preciso tomar cuidado com a dosagem, mas o silêncio me trouxe um alívio tão profundo que finalmente chorei. Olhei para a trouxinha adormecida em meu colo e reconheci que parecia quase angelical enquanto dormia.

Um dia Felicity me disse que, se tivesse um filho homem, o chamaria de Charles. Ela achava que o nome tinha nobreza. Então, dei-lhe o nome de Charles, de acordo com o desejo da mãe, e acrescentei William, porque é o nome do pai dela. Acredito que ela aprovaria, embora não tenha certeza se esse bebê chorão mereça um nome nobre.

Jonathan deseja visitar o bebê. Suponho que tenha direito a isso, mas simplesmente não consigo olhar para o homem que lhe causou a morte e depois roubou seu cadáver de mim. Pelo menos por enquanto.

Setembro de 1857
Controlaram o motim. Chegou mensagem de Simla dizendo que já é seguro viajar. Estou livre para ir a Calcutá ou mesmo para retornar à Inglaterra, mas por quê? Não há nada para mim em nenhum desses lugares, muito menos com essa criança mestiça. Sento-me debaixo do sândalo com ele no colo e seus olhos tentam seguir a calêndula que balanço por cima do seu rosto.

Agora que encontrei um meio para fazê-lo dormir, o mundo começa a entrar nos eixos. Quando ele dorme, curvado sobre si mesmo, parece tão indefeso que algo mexe comigo. Não tenho palavras para descrever, só sei que é algo tão grande e inefável quanto as montanhas do Himalaia, mas bem mais aconchegante.

Decidi que ele é muito pequenino para suportar o peso de um nome como Charles, e por isso o chamo de Charlie. Ele agarra o meu dedo com uma força incrível. É um menino saudável, e Felicity ficaria feliz em saber que ele não contraiu sua doença. A tuberculose é contraída pelo ar e ele deve ter sido poupado com a morte dela. Sento-me debaixo do sândalo, observo suas perninhas rechonchudas e suas mãozinhas agarrando o nada, e me pergunto como iremos nos virar, quando for preciso mais do que leite de cabra e xarope Mother Bailey.

A mesada anual de Felicity será interrompida tão logo a notícia de sua morte chegue a Calcutá. Não sei o que farei quando isso acontecer. Só sei que, mais dia menos dia, vai acontecer. Não tenho como nos sustentar e não me comunico com meus pais desde que me recusei a ir a Calcutá para a temporada. Meu instinto diz que devo rezar, mas para que deus e para quê?

Setembro de 1857
Jonathan pediu de novo para ver o filho, mas ainda não estou pronta para encará-lo. Sei que devo perdoar. Sei que devo deixar a raiva de lado. Cultivá-la é como tomar veneno e esperar que ele mate a pessoa que o deixou enraivecido. Preciso deixar de lado esses sentimentos venenosos, mas também preciso de tempo.

Finalmente, consegui força suficiente para lidar com as coisas deixadas por Felicity. Doarei suas roupas à missão, mas manterei o broche de marfim e âmbar negro como recordação. Às vezes ela o usava para prender as pregas do sári e ríamos da incongruência. Eu a chamava de *memsahib* hindu e ainda a vejo irradiando alegria quando o prendia no sári.

Encontrei no armário de Felicity algumas mensagens de Jonathan em forma de poesia — bilhetes soltos, escritos em tipos diferentes de papel. Seus bilhetes foram escritos em papel de carta, e os rascunhos dos bilhetes dela para ele foram escritos em folhas arrancadas do bloco de desenho. Todos estavam dobrados e enfiados entre seus pertences.

Setembro de 1857
Jonathan enviou uma generosa quantia de dinheiro, e me senti desconfortável em aceitá-lo, mas estou em desvantagem e na expectativa de que a mesada de Felicity cesse a qualquer momento. Fui obrigada a aceitar a caridade, mas alguma coisa diminuiu dentro de mim.

Ele pediu mais uma vez para ver o filho e para mim isso foi o cúmulo, e mesmo lutando contra seu pedido, ouvi o doce conselho de Felicity de além-túmulo — sem julgamentos.

Charlie já consegue focar as calêndulas e estica as mãozinhas para agarrá-las. Estou fascinada com a perfeita articulação de seus dedinhos e com as espirais e fendas de suas orelhas perfeitas. Acho que hoje ele sorriu para mim.

Outubro de 1857

Batizei-o como Charles William. Enrolei-o num xale de *cashemere* verde macio e o levei de *tonga* até a Igreja de Cristo. Já havia enviado uma mensagem e o ministro se encontrou comigo na pia batismal. Foi uma cerimônia simples, sem pompas, com ninguém além de mim e Lalita; algumas gotas de água benta, algumas palavras monótonas e um nome escrito no livro de registros da igreja.

Não consegui pensar num sobrenome para ele. Se colocasse Chadwick, isso implicaria pai desconhecido, mas, por outro lado, não ousei citar um nome indiano. Sinto que ele pertence a Felicity e a mim. Talvez seja um erro, mas ele é simplesmente Charles William. Para mim, ele é Charlie.

O dinheiro continua chegando regularmente, junto com repetidos pedidos para ver Charlie, e sinto que estou amolecendo. Na verdade, seria um alívio. Gostaria de exibir Charlie, de mostrar seus olhos cintilantes e seu sorriso maroto. Lalita o carrega no colo, cantando baixinho, e Hakim cozinha papa de arroz doce para ele e vive apertando suas bochechas gorduchas.

Tenho certeza de que Charlie sorri para mim, cada vez com um sorriso mais encantador. Ele é uma criança linda.

Novembro de 1857

Jonathan me enviou uma carta longa e sincera. Implorava, de forma comovente e com linguagem respeitosa, para ver o filho, e estou numa encruzilhada. Preciso deixar de lado o julgamento e a raiva, preciso entender que esquecer é o preço para se ter um coração tranquilo. Resolvi convidá-lo para um chá e posso imaginar o sorriso de Felicity por essa decisão.

O problema é que Jonathan contraiu a tuberculose de Felicity. Agora, preciso encontrar um jeito de colocar Charlie e o pai juntos, sem deixar de proteger Charlie. É bem provável que uma criança cujos pais sejam tuberculosos não tenha um sistema imunológico forte. Preciso encontrar a melhor solução para esse dilema, porque resolvi deixar Jonathan visitar o filho.

Estamos outra vez na época de *Diwali*, o triunfo da luz sobre as trevas, e quando acendi as lanternas, Charlie assistiu a tudo com os olhos arregalados. Aproveitei que Charlie e Lalita assistiam à queima de fogos e escrevi um gracioso convite para Jonathan vir tomar chá conosco, com a condição de que cubra a boca e o nariz e não toque no filho.

Novembro de 1857

Não consigo entender como uma criatura tão pequena possa me manter tão ocupada. Quando ele está dormindo, verifico sua dieta com Hakim e as roupas e fraldas com Lalita. Ordeno (repetidamente!) para que a *dholi* use apenas sabão neutro nas roupas, e relembro ao varredor para ficar atento aos escorpiões e às cobras. Pessoalmente inspeciono os pés do berço, que se apoiam em pratos que devem estar sempre cheios de água para impedir a subida de insetos. Também alerto os criados para ferver não apenas a água de beber, mas também a do banho de Charlie porque ele pode engolir algumas gotas. Depois, vou à ala de serviço para ver se o leite de cabra está fresco e os cavalos, alimentados. Tudo isso deve ser feito enquanto Charlie dorme para que eu possa estar a seu lado quando ele acorda. Negligenciei o meu diário e sinto que esse pequeno patife usurpou minha vida.

Mas não resta a menor dúvida de que Charlie sorri para mim — agora abre um sorriso lindo — e às vezes me alegro por ver algo de Felicity em seu rosto, mas certamente deve ser só imaginação. Ele tem os traços do pai, o cabelo preto típico dos indianos e os olhos escuros, muito escuros.

Fico muito feliz quando ele fica quietinho em meus braços. Deve achar que sou a mãe dele. Será que os bebês pensam? De um jeito ou de outro, sou a mãe dele. É um garotinho lindo, e começo a entender por que os poetas cantam o amor materno.

Novembro de 1857

Jonathan veio ontem. Sentamos na varanda e Lalita trouxe Charlie. Jonathan desprendeu a ponta do turbante e cobriu a parte inferior do rosto. Peguei Charlie no colo a certa distância, e Jonathan me surpreendeu, ao observar:

— Ele se parece com ela — disse.

Olhei a pele cor de cacau e os cabelos negros de Charlie e só então notei algo de Felicity em seu rosto. Seus olhos têm a mesma intensa alegria.

Dezembro de 1857

O Natal se aproxima e penso na Inglaterra: o ganso assado e as canções natalinas cantadas na neve, os brindes e a bola de beijos. Canto "Hark the Herald Angels" para Charlie e ele me olha fixo e com uma expressão tão pura que me deixa com a voz embargada.

Na noite passada, Charlie dormia, a lenha estalava na lareira e a casa estava silenciosa como neve. Olhei para a lua cheia no céu e a solidão me pegou e me fez cair de joelhos. Desejei que Jonathan estivesse comigo; compartilharíamos lembranças de Felicity e elogiaríamos a perfeição de Charlie. Lágrimas inundaram meus olhos quando peguei meu bloco e escrevi apressadamente para Jonathan, convidando-o para outro chá.

Dezembro de 1857
Peguei um serrote e cortei os ramos do pinheiro atrás da casa. Confeccionei um rude arranjo, de modo que ficasse o mais parecido possível com a elegante bola de beijos que Martha confeccionava; não ficou igual, mas não é de se jogar fora. Levei as mãos ao rosto, senti o odor da resina impregnado em meus dedos e comecei a chorar. Chorei por algum tempo, depois lavei o rosto e decorei a bola com cravos e bolotas de pinheiro. Dependurei-a na sala de estar e tricotei um presente para Charlie — um suéter amarelo.

Na manhã de Natal, agraciei Charlie com uma poesia da minha infância, e sorri com os últimos dois versos, porque pareciam ter sido escritos para mim e para o menino:

Ele era rechonchudo e gorducho — um elfo com muita alegria
E apesar da minha figura, eu ria quando o via.

Charlie não entendeu uma palavra sequer, mas a musicalidade da poesia o fez sossegar em meus braços e me olhar fixamente. Eu o ergui debaixo da bola de beijos, peguei-o pelas tenras bochechas, e ele agarrou meu cabelo e aproximou meu rosto do seu. Foi o melhor presente de Natal que já ganhei na vida.

Naquela noite, Charlie dormiu nos meus braços e tudo estava em silêncio, a não ser a própria casa, rangendo nos cantos para acentuar o silêncio, e isso bastava.

Janeiro de 1858
O dinheiro anual de Felicity parou de ser enviado, e agora me encontro totalmente dependente de Jonathan.

Ele aceitou o meu segundo convite e virá amanhã, mas vejo sua caligrafia tremida e me pergunto como pode estar definhando com tanta rapidez. Claro, eu tenho Charlie, e ele não tem ninguém. Será que a dor pode acabar com alguém?

Janeiro de 1858

Recebi Jonathan na varanda com Charlie no colo, mas o meu sorriso desapareceu quando vi o esforço que ele fez para subir os degraus. Está esquálido e pálido e agora se apoia numa bengala. Mesmo assim, abriu um sorriso e seus olhos brilharam ao ver o filho. Não pude colocar Charlie em seu colo, mas seu olhar devorou a perfeição do rosto do filho, os pequenos braços e os dedos rechonchudos. O pobre homem quase desmaiou de fraqueza ao se sentar na poltrona, enquanto eu colocava Charlie no cesto e Khalid servia o chá.

Convidei para vir sempre que tivesse vontade e quantas vezes quisesse.

Fevereiro de 1858

Esta manhã, recebi um envelope de Jonathan com dinheiro e desculpas por não poder nos visitar novamente. Ele só pode estar muito doente. Mas tão cedo!

Março de 1858

Finalmente, a notícia chegou. A mãe escreveu uma breve mensagem para informar o falecimento do seu filho Jonathan Singh. Fez isso com uma caligrafia linda e um inglês impecável. Incluiu o montante habitual de rupias e de repente me dei conta de que ela é avó de Charlie.

Escrevi um bilhete de agradecimento. Também apelei para sua boa vontade e perguntei se o filho tinha guardado um pouco das cinzas de Felicity, como é costume por aqui. Perguntei se poderia entregá-las a mim, caso isso tivesse acontecido. Até agora não entendo esse desejo, mas os restos mortais de Felicity por perto me trariam conforto.

Março de 1858

Oh, Deus! E eu que achava aquela gente civilizada! Compareci à cremação de Jonathan Singh, decidida a implorar a sua mãe pelas cinzas de Felicity, caso estivessem com ela. Eu me convenci de que ela entenderia meu desejo, quando visse o filho reduzido a cinzas.

Fiquei à parte, junto às outras mulheres; não queria atrapalhar o ritual de forma alguma. Mas, antes que pudesse descobrir a quem abordar entre aquelas mulheres vestidas de branco, a viúva de Jonathan irrompeu na multidão com um sári nupcial vermelho e escalou a pira. Deitou-se com o cadáver como se em transe, e eles a cobriram com madeira. Uma família rica pode arcar com gasto de madeira suficiente para queimar até dois cadáveres ao mesmo tempo.

Assisti horrorizada enquanto aquela família rica empilhava toras de madeira por cima da mulher viva e ateava fogo nos quatro lados da pira. Ela não fez um movimento sequer, não emitiu um balbucio sequer quando dois homens seguraram as extremidades de dois longos mastros de bambu que a manteriam presa debaixo da madeira. As chamas se elevaram ao redor e pensei que ela estava inconsciente, vencida pela fumaça, mas ela soltou um grito. Um grito seco, penetrante, como o de um animal. Um dos braços se projetou para fora da madeira. Mas o peso por cima não a deixaria escapar, e os que estavam mais próximos da pira pareciam prontos a mantê-la no lugar, caso quisesse fugir. Os corpos incinerados e retorcidos se misturaram e se fundiram. Será que os músculos da mulher se contorceram e se contraíram com o fogo, ou ela é que se contorceu e lutou por um bom tempo?

Trata-se de uma antiga tradição, chamada *sati*, uma abominação, e não consigo tirá-la da cabeça. A Coroa proibiu esse costume, mas não há como impedir os casos isolados. Não estamos habituados a monitorar ritos bárbaros. Fiquei paralisada com o rugido das labaredas, e o ar carbonizado queimou a minha garganta. A carne queimada tinha um fedor acre e enlouquecedor. Um grito escapou da minha garganta quando, ao final da cerimônia, o líder dos enlutados, com os cabelos tosquiados, quebrou as caveiras incineradas para libertar as duas almas. Será que fizeram isso com Felicity?

Minha cabeça explodiu e não consegui mais reter um pensamento sequer. E agora, no início da estação quente, os *punkahs* se elevam e meus dentes batem, meu corpo treme e nada me aquece. Charlie grita e grita, e não consigo confortá-lo.

Abril de 1858

Não consigo me livrar daquelas imagens. Sonho com o *sati* e acordo com o coração martelando pesado em meu peito. Agora, ter que pedir dinheiro àquela família me aborrece, e não quero criar Charlie nesta terra selvagem. Devo deixar de lado o orgulho e escrever à minha mãe.

Abril de 1858

Confessei tudo! Felicity, Jonathan, Charlie, *sati* — tudo. Humildemente, pedi desculpas pelo mau comportamento que tive. Implorei com o arrependimento mais sincero que pude para que me deixassem retornar a Rose Hall com Charlie. Firmei um compromisso — comprometi-me a casar com qualquer homem que mamãe escolhesse e jurei jamais emitir uma única palavra de reclamação.

    Contratei um fotógrafo para tirar uma foto de Charlie, que enviarei junto com a carta. Eu o vesti com a bata bordada do batizado e coloquei por cima o suéter amarelo que tricotei. Ele sorriu para a câmera. E quem não se encantaria com aquele rostinho? Fiquei com uma cópia da foto para mim. Às vezes, o coloco à noite para dormir e me flagro a olhar e a acariciar a foto, passeando pelo sorriso, pelos olhos cintilantes e pelas mãozinhas rechonchudas de Charlie. Beijo a foto, mas só nas pontinhas, para não danificá-la.

    Presumo que levará três ou quatro meses para a carta chegar à Inglaterra e o mesmo tempo para a resposta, embora mamãe possa responder imediatamente via telegrama. Talvez seja melhor lhe dar um tempo para que considere meu pedido. Ela terá o que sempre quis — uma filha obediente e devidamente casada. Mas antes terá que se convencer de que está sendo magnânima. Ainda tenho um pouco de dinheiro guardado, e em setembro terei o suficiente para comprar passagens para a Inglaterra.

    Felicity e Jonathan estão mortos, e agora Charlie é meu filho. Farei dele um cavalheiro inglês e lhe direi o quão corajosos e bons eram seus pais. Nunca deixarei que ninguém o magoe.

Maio de 1858
Ele já está com os dentinhos da frente, que contrastam com sua suave pele achocolatada. Come por três bebês. É o que presumo, embora não tenha nada com que comparar. Hakim já usa a cozinha nova; prepara almôndegas de carne de carneiro e *chutney* de tamarindo, que Charlie adora, enquanto meu filho brinca com os próprios pezinhos.

    O apetite de Charlie me surpreende. Tenho que racionar sua porção de arroz doce quando Hakim o prepara com açafrão e uvas sultanas; posso jurar que ele comeria a panela inteirinha se pudesse.

    Ele engatinha com rapidez e cai na risada quando saio atrás para pegá-lo. Hoje, apoiou-se sozinho na poltrona e ficou de pé; logo estará andando. Imagino a surpresa que mamãe terá quando me vir saindo do navio com essa criança tão linda!

Junho de 1858
Na semana passada, senti-me incomensuravelmente letárgica. Talvez o calor esteja exaurindo minhas forças. As telas já estão penduradas nas janelas, foram regadas, e o *punkah* trabalha dia e noite, mas mesmo assim me sinto exaurida. Talvez seja melhor contratar uma nova aia, mas não tenho ânimo para conduzir uma entrevista. Brincar com Charlie se tornou especialmente fatigante. Ontem, fui muito rígida quando ele foi malcriado. Mas a pobre criança também está sofrendo com o calor e preciso me esforçar para ser paciente.

Tive um dia particularmente difícil e me flagrei fantasiando cenários aterrorizadores — tomada por uma doença grave, moribunda e deixando Charlie sozinho. Deus me livre! Mas, no dia seguinte, me senti muito melhor. Talvez essas aflições efêmeras tenham sido provocadas pelos ventos asiáticos. Mudanças de humor e doenças vêm e vão, mas não posso ser impaciente com meu querido Charlie, e preciso afastar essas visões mórbidas da mente.

Charlie parou de brincar com as calêndulas para ouvir o sino dos ventos de bambu na varanda. É um garoto muito atento! Tenho certeza de que tem uma inteligência acima da média. Sei que toda mãe acha isso, mas com Charlie não há dúvida alguma.

Julho de 1858
Estou num redemoinho. A viagem requer muitos preparativos. Tenho sido econômica e já juntei quase o suficiente para nossas passagens, mas há outros detalhes que preciso considerar. As roupas necessárias para manter Charlie limpo e seco exigem três baús. E também há as mamadeiras de vidro e os brinquedos. Será que devo levar arroz e açúcar, caso as porções das refeições no navio sejam pequenas? Talvez deva pensar em manter uma cabra à disposição para assegurar leite fresco. Mas, para isso, vou precisar de um pastor de cabras e de provisões para a cabra. E depois, o que farei com um pastor de cabras em plena Yorkshire? Teria que pagar para mandá-lo de volta.

Será que encontrarei Katie? Será que devo tentar encontrá-la? Preciso mandar alguém a Simla para comprar mais xarope Mother Bailey. Ah, e preciso de bastante sabão e gengibre jamaicano para o enjoo no mar. Será que devo levar Lalita? Será que ela concordaria em viajar? Sei que devo estar me esquecendo de alguma coisa...

Não importa. Todos os problemas serão resolvidos quando chegarmos à Inglaterra, e os tempos difíceis serão esquecidos.

Agosto de 1858
Preciso tomar algumas providências para fechar a casa. O senhorio é escocês e quer que tudo esteja em bom estado. Isso é mais fácil de dizer do que fazer. Na agonia da dentição, Charlie roeu o braço de madeira daquela adorável poltrona de brocado. E também vomitou no tapete *dhurrie*, e não houve jeito de remover a mancha. A parede de tijolinhos da cozinha escureceu com a fumaça, mas acredito que isso era esperado e a mim não cabe resolver, sobretudo porque construímos a cozinha por conta própria. Eu me pergunto quando terei que avisar ao senhorio sobre a partida. Não posso dar uma data exata antes de receber a carta de mamãe.

Ah, ver as charnecas novamente. Vestirei Charlie com um casaco quentinho e o levarei a pé pelo bosque. Mal posso esperar para ver seu rosto quando tiver seu primeiro Natal tradicional, numa casa toda decorada e uma longa mesa com velas acesas e ganso assado e ameixas carameladas. Faremos anjos de neve, comeremos rosbife e pudim de Yorkshire, e lhe darei um lindo quebra-nozes pintado. Por quanto tempo ele acreditará no Papai Noel...?

Setembro de 1858
A casa está em ordem, mas definitivamente não há nada que se possa fazer com as marcas de dentes no braço da poltrona. Talvez passem despercebidas. Lalita e Khalid começaram a embalar minhas coisas e estou organizando as de Charlie. Ele troca de roupa tantas vezes por dia que é preciso mandar fazer mais, de modo que haja roupas e fraldas suficientes para a viagem toda. O *durzi* senta à varanda com seu material de costura e confecciona roupinhas e fraldas. Ouvimos o barulho da nova máquina de costura da qual o *durzi* tanto se orgulha o dia inteiro.

Eu me pergunto quais brinquedos devo levar para manter Charlie ocupado durante a viagem de *dhoolie*. Afinal, serão seis dias!

Estou adiando o momento de escrever sobre nossa partida à senhora Singh; tenho medo de que ela me impeça de levar o neto embora. Sei que é um medo sem sentido. A mulher nunca quis vê-lo, e dou graças a Deus por isso. Se ela tivesse visto o quão maravilhoso e quão lindo o neto é, talvez quisesse ficar com ele e isso seria um horror.

Não faço a menor ideia das leis referentes às crianças deste país, se é que existem. Mas ele parece indiano e não sou sua mãe biológica. Mas ela ainda não o conhece, e isso é muito bom. Em

Yorkshire, darei uma boa vida a Charlie. Vou prepará-lo para enfrentar os preconceitos que possa encontrar pela frente. Uma boa educação compensa qualquer coisa, e farei de tudo para que a tenha. Será que ele vai gostar de críquete? Ele tem um temperamento adorável e certamente terá muitos amigos.

Quanto à senhora Singh, vou esperar até o último minuto para lhe escrever. Não sei se vai lamentar minha partida, mas espero estar longe quando ela receber a notícia.

Setembro de 1858

Nossas histórias são tudo o que temos, e embalarei este diário para protegê-lo das intempéries, antes de partir, colocando-o no buraco do tronco do sândalo. Guarda a minha história, ou pelo menos parte dela, e acredito que o destino escolherá a pessoa certa para recebê-la. Se a minha história servir para alguma coisa, espero que quem a leia se beneficie de algum modo, da mesma forma que as histórias de Fanny Parks e Honoria Lawrence fizeram com que eu e Felicity encontrássemos nossos caminhos.

CAPÍTULO 37

1947

Deixei de lado a pergunta de como o diário de Adela poderia me beneficiar. Deixei de lado a pergunta de como ela poderia estar enterrada em Masoorla, se havia partido para a Inglaterra. E caso não houvesse partido, deixei de lado a pergunta de como conseguiu criar sozinha uma criança mestiça na Índia, e o que teria acontecido com o menino. Deixei tudo isso de lado e me devotei apenas à busca de Spike.

Martin me assegurara de que todo dia o garoto carregava Spike de um lado para o outro, e que sua família morava numa das piores favelas dos arredores de Simla. Iríamos na hora do jantar, quando provavelmente a família estaria em casa, mas não chegaríamos de carro para não parecer que éramos ricos, nem de riquixá tradicional puxado por um homem, para não parecer que éramos colonizadores. Uma *tonga* não se adequaria às vielas estreitas da favela, portanto, optamos por um riquixá bicicleta. Eu teria que usar saia e cobrir a cabeça com um lenço. Disporíamos da quantia equivalente a um dia do nosso trabalho, ou a um mês do salário de um trabalhador — e agradeceríamos respeitosamente, bem como diríamos *namastês* e *salaams* e tudo mais que quisessem. Se víssemos o garoto, sorriríamos para o ladrãozinho e lhe daríamos o ioiô, as balas e as pipas que compramos no mercado de Lakkar.

Não contamos nada a Billy, mas a expedição de recuperação do Spike foi comentada no clube e Lydia se ofereceu para tomar conta dele. A princípio, resistimos à ideia de deixá-lo com ela, mas tínhamos uma enorme dívida com Edward pela noite que ele passara à procura de Billy e, além do mais, ficamos arrasados quando soubemos que o casal tinha perdido o filho na guerra.

— Não acho que em uma hora Lydia fará de Billy um imperialista. E, mesmo que ele se aborreça, esquecerá, na hora em que lhe devolvermos Spike — disse Martin.

Lydia e Edward nos aguardavam em uma das suítes do Hotel Cecil. Não via Edward desde o dia em que Spike foi roubado; na verdade, deixamos de conversar desde que mencionei Amritsar, naquele desagradável encontro no mercado. Martin mandou uma garrafa de uísque depois que Edward encontrou Billy, mas eu lhe devia um agradecimento pessoal e um pedido de desculpas. Quando entramos no aposento, Edward esticou o braço para me cumprimentar. Apertei a mão dele e disse:

— Como posso agradecer-lhe? Depois que eu...

— Besteira. — Aquela língua idiota se projetou para fora com a mesma rapidez com que se recolheu. — Foi um alívio encontrar nosso amiguinho.

Martin cumprimentou Edward com um aperto de mão firme e honesto, e uma espécie de compreensão masculina pareceu se estabelecer entre ambos.

Lydia estava com os lábios e as faces rosados, e alguma coisa a fazia parecer mais jovem do que eu me lembrava. Ela nos cumprimentou distraída e abriu um enorme sorriso para Billy. Colocara sobre a mesa de chá um jarro de limonada, uma bandeja de biscoitos de gengibre e livros infantis. Havia no aposento uma pequena estante quase repleta de revistas fora de época e uma antiga edição da *Enciclopédia Britânica*. Lydia vasculhara toda a estante e tirara tudo o que supunha que Billy gostava.

Martin agachou-se e disse:

— Mamãe e eu vamos dar uma saída, amigão. Você vai ficar aqui com a senhora Worthington, tudo bem?

Billy olhou para Lydia.

— Tudo bem.

— Quer uma limonada, rapazinho? — Lydia sorriu como uma menina.

Ele olhou para o jarro gelado.

— *Nimbu pani?* Claro que quero!

— Achei que você ia gostar. — Ela nos fez um sinal. — Podem ir — disse. — Vamos nos divertir muito.

❊

Nosso riquixá sacolejou por entre as vielas de barracos miseráveis da periferia de Simla. Eu costumava passar com frequência por lá, mas nunca me aventurara a entrar pelo labirinto de barracos e tendas erguidos com trapos, papelão e zinco enferrujado. A fumaça de estrume dos fogareiros moldava uma névoa sobre a favela, e o ar fedia a lixo queimado. Mulheres de cócoras mexiam arroz nas panelas, homens desempregados e mal-encarados espiavam o cesto de maçãs e os brinquedos em meu colo. E outros fumavam ou dormiam; sem trabalho, sem dinheiro e sem esperança, por que não fumar ou dormir?

Uma criança encardida, sentada seminua sobre a sujeira, soltou um berro de pirraça e obrigou o riquixá a contorná-la para seguir adiante.

— Onde mora a família Matar? — perguntava de vez em quando o condutor do riquixá e alguém apontava uma direção.

Cruzamos com uma mulher de véu negro sentada no chão, tostando *kebab* sobre o fogo de estrume. O condutor gritou algo e ela se voltou, feições alongadas e amargas, sacudindo um *kebab* tostado para que ele visse. O condutor virou-se para trás e nos olhou com um sorriso sem graça, exibindo os lábios manchados de *paan*.

— Eles comem carne de vaca — disse. Então, inclinou-se para o lado da viela e cuspiu um jato de saliva vermelha.

Paramos diante de um aglomerado de trapos rasgados e imundos, equilibrados sobre postes de bambu, e fogueiras de estrume acesas à entrada. Eu e Martin descemos do riquixá e observamos a casa da família Matar. Pareciam ruínas de uma tenda de pano atingida por uma tempestade, não uma casa. A entrada ficava aberta às intempéries, e me perguntei como a família se arranjava para se aquecer no inverno. Passamos pela pequena fogueira e Martin bateu palmas e disse alto *"ram ram"* — era a versão rural de *namastê*. A mulher sentada no chão de terra da casa apertou os olhos de um modo furtivo e desconfiado. Uma de suas faces apresentava um hematoma amarelado. Seu rosto era rude e sem vida, e seu pescoço, fibroso como carne seca. Fatiava uma maçã dentro de uma tigela de barro e, quando nos viu, puxou automaticamente a tigela como se fôssemos roubá-la a qualquer momento.

Um homem de *dhoti* surrado e encardido surgiu cambaleando da penumbra. Seu braço direito pendia torto e sem vida, e seus olhos pareciam desfocados. Ele disse algo em uma fala arrastada que soou ininteligível para Martin.

— Ele perguntou o que vocês querem — explicou o condutor do riquixá.

Eu que pensara que entraria numa cabana humilde e encontraria Spike em cima de uma estante de madeira rústica ou até sobre uma *charpoy*. Mas aquela gente não tinha nada. Uma panela de estanho amassada, um cesto com tampa ao lado e um amontoado de cobertas. Nada mais. O lugar fedia a estrume, aguardente e fumaça. Coloquei o cesto de presentes no chão.

Martin disse alguma coisa em hindi com sotaque carregado e, como o homem não respondeu, dirigiu-se ao condutor.

— Diga-lhe que queremos comprar o boneco americano. O cachorrinho de brinquedo.

O condutor do riquixá retransmitiu a informação e o bêbado pareceu confuso com o filete de saliva que escorria de seu lábio inferior. A mulher levantou-se pesadamente e caminhou sorrindo até o amontoado de cobertas. Só então percebi o menino que assediara Billy. Estava ao canto, sentado de cabeça baixa, com os braços esquálidos em volta dos joelhos ossudos. Lembrei que sentara na banheira, assustada, nessa mesma posição, quando Billy desaparecra.

A mulher bateu na cabeça do menino, mas ele não se moveu. Ela lhe deu um pontapé no lado do corpo, e o menino levou as mãos às costelas para se proteger; só então percebi de relance algo vestido de xadrez vermelho e brim azul no colo do garoto. A mulher agachou-se e puxou-o do colo do menino, desfechando-lhe outro pontapé. Ele apenas enfiou a cabeça entre os joelhos, de ombros caídos. Ela sorriu vitoriosa quando jogou Spike aos pés de Martin; sem o chapéu de caubói, sem as botas e imundo. Faltava um dos olhos e uma das pernas havia sido arrancada; o menino devia ter brigado com os outros garotos para manter a posse do brinquedo. A mulher esticou a mão.

— Rupias — pediu.

— Não podemos entregar essa coisa para o Billy. — Peguei o que restara de Spike e olhei para o menino, no canto. Tão pequeno e digno de pena, mas mantinha uma das mãos enfiada no cesto ao lado. Mexia o braço esquelético como se brincasse com alguma coisa lá dentro.

Os olhos da mãe seguiram meu olhar e, quando ela viu que ele estava com a mão enfiada no cesto, chutou-o para longe. O menino virou o rosto para a parede com as mãos na cabeça. Mas o cesto começou a balançar para a frente e para trás e a tampa caiu. Ouviu-se um ruído e uma cabecinha castanha de focinho preto se espichou por um dos lados. O cãozinho tinha orelhas caídas e olhos castanhos brilhantes muito grandes para um focinho tão pequeno. Peguei Martin pelo braço.

— Também vi — disse e voltou-se para a mulher.

— Não, não. — Ela grasnou e sacudiu os braços. Resmungou raivosa enquanto empurrava o filhote para dentro do cesto e recolocava a tampa.

— Ela adquire cobertas e xales no Norte, mas de vez em quando consegue um cão pastor da Cashemira. É um bom negócio. Vende esses cães para os mercadores que vão a Délhi. São ótimos cães, adestráveis e imunes à sarna. Mas só os ricos podem ter cachorro como bicho de estimação; não há mercado em Masoorla para um bicho assim — explicou Martin.

— Será que nós...

— Ela disse que já tem um comprador.

— Ofereça mais.

Ele a chamou e os dois ficaram conversando; reconheci o ritual de barganha que estava cansada de presenciar no mercado.

— Ela já entendeu que realmente queremos o filhote. Pode vendê-lo, mas custará caro — disse Martin, por fim.

— E podemos comprá-lo?

Martin mordeu o lábio.

— Talvez. Quanto temos nos bolsos?

Catei as rupias que tirara da lata de chá para o resgate de Spike e juntei com o que tinha dentro da bolsa enquanto Martin esvaziava os bolsos. Ele contou o dinheiro e o colocou na mão calejada da mulher, que o conferiu. O dinheiro sumiu debaixo de um *kameez* encardido e ela apontou com o queixo para o cesto. Martin deu um passo à frente para pegar o cesto, mas ela puxou o cachorro pelo pescoço e o manteve suspenso no ar com as patas agitando-se e pedindo por chão. O cesto não fazia parte da negociação.

Martin me entregou o filhote, e aquela coisinha fofa e peluda se aconchegou em meu peito como um bebê feliz.

— Oh, ele é perfeito — comentei.

Um soluço longo e sentido soou no canto do barraco. Peguei o que restara de Spike e dei ao menino. Ele só pareceu surpreso por um instante. Logo agarrou Spike e o abraçou, olhando-me com medo de que eu estivesse fazendo uma brincadeira cruel.

Quando subimos no riquixá, o filhote se acomodou em meu colo e caiu no sono. Martin fez-lhe um afago atrás da orelha e comentou:

— Talvez esse camaradinha estivesse destinado a uma vida de nababo em Délhi, dormindo em almofadas de cetim e comendo figos.

— Bem, em Masoorla, ou muito me engano ou ele terá que se contentar com um tapete *dhurrie* e um osso.

Subimos as escadas do Hotel Cecil com o filhote escondido às minhas costas — era tão pequeno. Encontramos Lydia e Billy brincando de esconde-esconde na suíte. O jarro de limonada estava vazio e os biscoitos de gengibre tinham acabado. As ondas dos cabelos caprichosamente penteados de Lydia estavam desfeitas e despenteadas, mas ela tinha brilho nos olhos. Caminhou de um lado para o outro, espiou debaixo das mesas e atrás das cortinas, perguntando:

— Ele está aqui? Não? Ele está aqui? — Uma risadinha soou atrás de um sofá, mas ela se fez de surda e ergueu uma almofada do assento de uma poltrona. — Ele está aqui? — Por fim, ela moveu o sofá e os dois se depararam aos gritos.

— Estou ferrado — disse Martin.

— Mamãe! — Billy correu em nossa direção. — Papai!

— Você se divertiu, BoBo?

— A senhora Worthington faz a melhor *nimbu pani* do mundo. Leu uma história incrível para mim sobre o Grande Menino Puffington.

Lydia abriu-lhe um terno sorriso.

— O Grande Menino Puffington é forte e corajoso como você, Billy.

Eles trocaram sorrisos abertos.

— Caramba! Que bárbaro. — Olhei em volta, à procura da caixa de sapato que estava largada a um canto. — Billy? Olhe só o que encontramos. — Puxei o filhote escondido às minhas costas.

Billy arregalou os olhos.

— Quem é esse?

— Não tem nome, ainda. — Entreguei-lhe o cachorrinho. — É melhor dar um nome a ele.

Billy pegou o filhote com muito carinho e sussurrou:

— Uau! — O cachorrinho apoiou as patinhas no peito de Billy, lambeu-lhe o queixo e o deixou acanhado. E abanou o rabo quando Billy beijou seu focinho preto e molhado. — Oba, ele gosta de mim! Vou chamá-lo de Amigo.

— Meu menino também tinha um cachorro. — Lydia acariciou o filhote. — Foi tão divertido treiná-lo.

Olhei para Martin, e ele assentiu com a cabeça; ainda nos entendíamos sem palavras quando era preciso.

— Lydia, adoraria que você ajudasse Billy a treinar o cãozinho. Claro que você sabe fazer isso melhor que nós — pedi.

Billy e Lydia riram como duas crianças que acabavam de receber permissão para viajar num tapete voador até um reino proibido. A alegria era tão visível que embaraçava.

— Terei um enorme prazer em fazer isso — disse ela.

Billy apontou para alguns livros que estavam sobre a mesa.

— A senhora Worthington disse que posso levar aqueles para casa.

— Nossa, muito obrigada, Lydia.

Recolhi os livros enquanto ela afagava o cabelo de Billy.

— Que menino adorável — elogiou ela. — Podem trazê-lo sempre que quiserem.

Um dos livros era contemporâneo e ilustrado — *O grande menino Puffington*. O outro parecia antigo. Abri-o e olhei o *copyright*.

— Nossa, Lydia, é a primeira edição do *Tio Remus*.

— É? Eles têm tão poucos livros aqui, e menos ainda para crianças. Bem, na verdade, há pouquíssimas crianças aqui, não é? Fique com esse para ele. E pegue um pra você, se quiser. Não serão perdidos.

— Muito obrigada. — Aproximei-me da estante e corri a mão pelo couro macio da velha *Enciclopédia Britânica*. — Já não se fazem encadernações como essa — disse.

— São muito caras — retrucou Lydia, distraída. Ela não conseguia tirar os olhos de Billy.

— Temos que voltar pra casa. Mais uma vez, muito obrigado, Lydia — agradeceu Martin.

— Que bobagem! — Lydia afagou os cabelos de Billy.

Martin pegou Billy no colo.

— Quer seu *leprechaun*?

— Não. — Billy aproximou Amigo até o rosto e recebeu uma lambida na bochecha. — Amigo pode comer ele. Pode ficar com meu *leprechaun*, senhora Worthington?

Os olhos e a boca de Lydia se suavizaram e mostraram a mulher que devia ter sido antes de ser atingida pela dor do luto.

— Eu adoraria — respondeu ela.

O dia havia trazido muitas boas surpresas. Embora naquela suíte confortável e sóbria, eu não me irritara nem com a decoração inglesa nem com Lydia e Edward. Corri a mão por uma fileira de lombadas de couro e outro título estampado em letras douradas atraiu meus olhos:

— *Coletânea de poesias de uma dama e um cavalheiro, 1857*. Ultimamente, estava tão imersa no ano de 1857 que automaticamente puxei o livro da estante e o folheei. Logo no início, vi o poema diagramado em formato de carta. Endereçado para "Meu querido" e assinado por "Felicity".

— Por favor, fique à vontade e pegue emprestado o livro que quiser — ofereceu Lydia.

Fechei o livro.

— Muito obrigada, Lydia. Vou pegar este aqui — disse.

CAPÍTULO 38

No dia seguinte, Rashmi chegou estranhamente azeda.
— Esses motoristas malucos estão sempre buzinando. A barulheira é tanta que Masoorla está parecendo Délhi.
— Você já esteve em Délhi?
— Não. Aquele lugar é imundo.
— Então, como pode saber como é?
— Eu sei. Lá está cheio de muçulmanos que comem vaca.
— Há muçulmanos em Masoorla.
— E todos eles buzinam.
— Tenho certeza de que também há motoristas hindus que fazem isso.
— Hindus não buzinam.
— Hum...
— Não buzinam, não.
— Ok.
Ela mexeu a cabeça ligeiramente satisfeita, e o sorriso malicioso apareceu.
— Trouxe um *mala* muito especial para a senhora.
— Oh, que maravilha.
Rashmi enfiou a mão na bolsa de pano e tirou de dentro uma guirlanda com três voltas de fios de calêndula.
— Esse *mala* triplo é de primeira qualidade.
— É muito bonito. Muito obrigada, Rashmi.
— Vou pendurar esse *mala* maravilhoso na sua cama.
— Ok.
— Dinheiro de volta se não for cem por cento.
— Ótimo.

O sorriso se desfez no rosto de Rashmi.

— Estou falando de verdade, madame. Se o *mala* não funcionar, ficarei muiiito triste pela senhora.

— Não se preocupe.

Era claramente nossa última chance e achei por bem desarrumar ao máximo a cama, como se dois orangotangos tivessem acasalado nela. Cheguei até a deixar uma mancha úmida no centro; enfim, tratei de fazer alguma coisa para silenciá-la.

Rashmi balançou a cabeça com um ar solene.

— Estou fazendo um *puja* forte por esse *mala*.

❀

Levei o livro de poesias para a varanda, mas, depois que o abri, fiquei desapontada. A cada página que folheava, apenas a baboseira vitoriana que me irritava desde os tempos do colégio.

— Xaropada romântica — resmunguei.

Uma mocinha vitoriana estava apaixonada. E daí? Qualquer um fica apaixonado por algum tempo, mas como se manter assim depois que a vida apresenta suas primeiras curvas? Lembrei de Verna e Henry e me senti mais confusa.

Continuei folheando aquele livro de poesias, que me parecia sem inspiração e insípido, e por fim coloquei-o no colo e ergui as pernas, apoiando os pés na balaustrada. Billy cantava com Rashmi, na cozinha; sua voz infantil se mesclava à voz adulta, numa singular versão da música "A Bushel and a Peck" que chegava até a varanda. Pensei na armadilha do *leprechaun* esquecida na suíte de Lydia e sorri. Não tinha sido apenas pelo cachorro; Billy e Lydia eram bons um para o outro. Lá estava uma curva que eu não enxergara no caminho.

Comecei a tamborilar os dedos no livro e a a mover a cadeira de balanço. A cantoria de Billy e Rashmi passou para uma canção folclórica hindi, com os braceletes nos tornozelos de Rashmi marcando o ritmo. Ela devia estar rodopiando na cozinha com Billy no colo. Reabri o livro, folheei algumas páginas e bati os olhos numa poesia com uma saudação e uma assinatura.

> Meu querido,
> Seu rosto
> Banhado de luz ao luar,
> meu sombrio amado,
> Da vida, meu deleite.
> Sob a lua,
> nós dois a brilhar.
> Nenhuma cor macula
> à noite, nosso amor.
> Sua,
> Felicity

A poética de Felicity era sentimental, mas por que não? Era uma jovem apaixonada. Claro que não poderia colocar o nome na capa. Escrever não era de bom tom para as damas, e a publicação do livro seria um embaraço para ela. As atividades intelectuais deflagravam o estigma de sabichona. Mulheres tipicamente vitorianas que publicavam suas próprias obras o faziam de forma anônima, mas Felicity não era uma vitoriana típica e me surpreendia que houvesse aderido a tal convenção. Mas logo me dei conta de que não era o caso. Ela já havia morrido. Outra pessoa publicara a coletânea.

> O rio brilha sob a luz do sol como
> uma corrente de ouro
> lançada a esmo pela terra.
> Beleza toda inefável
> e ainda assim
> Nada
> de luz do sol
> nos cabelos cacheados da minha dama

Minha dama? Por que Felicity escreveria um poema de amor para uma mulher? Logo lembrei do título do livro: *Coletânea de poesias de uma dama e um cavalheiro, 1857*. Li outra poesia:

> Amo enigmas, então pergunto
> Que milagre nos fez ligar
> o futuro invisível ao passado?
> Que antigo mistério
> fará
> o meu e o teu coração baterem além-túmulo?

E depois a seguinte:

> O único mistério que sei,
> jovem e antigo como a primavera,
> é aquele pelo qual tanto rezo,
> o presente que um rei tanto espera.

Felicity e seu amado tinham escrito as poesias para trocar mensagens entre si. Lembrei da reclamação de Adela: "*As mensagens vêm e vão e ela não as mostra para mim.*" Segundo Adela, o amado de Felicity tinha vivido na Inglaterra e dominava o inglês da rainha, o que o tornava tão vitoriano quanto ela. Felicity comentara a gravidez para ele com um enigma vitoriano, e ele respondera da mesma maneira. Apesar do escândalo, ambos se sentiram felizes com a gravidez. Mas, como tudo aquilo tinha parado num livro? Retornei à primeira página e li do início.

> Você é um cavalheiro
> e então
> quando nossas mãos se tocaram pela primeira vez ao acaso
> você se afastou de mim
> como se a carne ardesse em chamas.
> Mas por que nos culparmos, sir?
> Não vejo culpa no amor.

Ele respondera:

> Não sou livre
> nos termos que os homens respeitam.
> Há um contrato a restringir
> meus atos
> mas não meu coração.
> Sua amizade é singela
> aceito-a com gratidão,
> e cuidado, caso os homens não absolvam o ágape.
> Mas confesso
> Minha dama C
> você me tira o fôlego
> e me faz pensar em Eros.
> Pode ser?

Para os vitorianos, a menção a Eros seria arriscada até na Inglaterra. Mas na Índia, com problemas de raça e castas, além da rebelião dos cipaios e do fato de ele ser casado, a menção era insanamente perigosa. No entanto, o livro parecia ser a narração completa do romance secreto entre os dois. Como foram corajosos!

> Amado senhor,
> Quando vi seu rosto audaz
> — em nosso jardim alado —
> a lua estava cheia e generosa
> mas não tão cheia quanto o meu coração,
> acelerado
> pelo seu toque.

Ele escrevia a última poesia:

> Minha dama partiu,
> afundo
> afogo.
> Meu corpo
> e
> meu espírito
> ambos
> descendem
> pelo
> escuro
> abismo.
> Desesperado estaria
> se não houvesse algo —
> nosso filho
> vive!
> Assim
> então
> enganaremos
> a morte.

Mas enganaram a morte? O filho deles sobreviveu? Fechei o livro e examinei a luxuosa encadernação em couro de excelente qualidade. Um trabalho de profissional, mas quem o teria feito?

As duas falecidas ainda me instigavam a descobrir o resto da história, e as estantes do recinto do clube conhecido como estúdio foi o primeiro lugar que pensei em explorar.

Naquela noite, deixei Billy na suíte de Lydia no Cecil, e fui junto com Martin ao Clube.

CAPÍTULO 39

Walker bebia cerveja indiana no bar e conversava sobre política com um militar cujos tufos de cabelos grisalhos saíam pelos ouvidos.

— Não me surpreenderia se houvesse um milhão de mortos antes de tudo terminar — disse Walker quando nos aproximamos.

Martin tocou nas costas de Walker, que se virou de imediato.

— Cá está meu companheiro de drinques — falou. — Com sua adorável esposa.

O militar pareceu aliviado por poder se retirar, e fiquei imaginando se Walker teria enchido os ouvidos do homem por muito tempo. Sentamos diante do balcão do bar e pedimos nossos drinques.

— Acabei de dizer ao velho Cromley que serão deslocadas mais de doze milhões de pessoas. Imagine só. Milhares de famílias desabrigadas carregando tudo o que possuem pelas estradas poeirentas... muçulmanos para um lado, hindus para o outro. Alguém lança um insulto ou uma pedra, e que Deus nos ajude — disse Walker

— Coisa de agitadores... — Martin acendeu meu Adbullah e um *bidi* para ele. — Acho que esse número cairia pela metade se os extremistas deixassem de provocar.

Walker assentiu com a cabeça.

— São brigas provocadas entre vizinhos, que depois passam a noite inteira remoendo o rancor. No dia seguinte, uma vaca é morta. E no outro dia, o que matou a vaca encontra a filha estuprada dentro de casa. Um ou dois dias depois, a filha do estuprador é encontrada com a garganta cortada. E uma semana mais tarde, a cidade inteira está ardendo em chamas, alimentadas por velhos ódios tribais.

Martin apoiou os cotovelos no balcão, enlaçando os dedos com ar erudito.

— É como disse Confúcio: "Antes de iniciar uma jornada de vingança, cave dois túmulos." — E me olhou de um modo significativo enquanto o garçom servia nossos drinques.

Engoli rapidamente um gole de gim e apaguei o cigarro.

— Vou dar uma olhada nos livros do estúdio.

— Receio que não haja nada de novo lá — adiantou Walker. — Alguns volumes limitados de *Punch* e *Tatler*, uns poucos romances de Rider Haggard, e jornais antigos dos anos que você quiser.

— Adoro livros antigos. — Lembrei do diário no sândalo e acrescentei: — Afinal, nossas histórias são tudo o que temos.

Martin me olhou de um modo cortante, e achei que tinha dito alguma coisa errada. Ele me olhou como se eu tivesse dito alguma coisa profunda ou profundamente estúpida e se voltou para o uísque.

— Vocês dois que fiquem aqui matutando uma forma de trazer paz ao mundo — disse e saí da bancada. — Volto já.

❉

Abri as portas do estúdio e senti o odor de fumaça de cigarros e couro velho. Telas a óleo, cabeças de animais assustados com olhos de vidro e fotos esmaecidas em molduras desgastadas pelo uso e pelo tempo cobriam as paredes do recinto. Livros caindo aos pedaços, vasos empoeirados, bordados sem cor, joias antigas e utilidades de todo tipo enchiam as estantes. Atravessei a porta daquele ambiente com ranço vitoriano como uma espeleologista que entra numa caverna em busca de um tesouro enterrado.

A sala era mais ampla e mais ornamentada do que quando vista do saguão; muitas mesas de jogos, cadeiras de couro e banquetas para os pés; ao centro, uma mesa de sinuca. Tudo ali era trançado, franjado e delimitado; uma pesada cortina de veludo azul cobria uma janela alta. De costas para os homens que estavam à mesa de sinuca, comecei a investigar as coleções de bugigangas antigas dispostas nas prateleiras da estante. Nma das prateleiras havia um aviso: POR FAVOR, NÃO TOQUE NOS ARTEFATOS. Cruzei os braços enquanto passava os olhos pelas peças envelhecidas, cujo marrom aconchegante me pareceu monótono, comparado a uma capa de almofada bordada em tons de framboesa, amarelo e azul. Lembrei da menção de Adela sobre um bordado de capas de almofadas, e passei a ponta do dedo por cima da pétala fúcsia, me perguntando se o bordado havia sido feito na minha varanda.

Um broche de marfim e âmbar negro, com o perfil de uma mulher entalhado, jazia sobre uma almofadinha de sachê que ainda retinha um pálido aroma de lavanda. Observei o perfil da miniatura — nariz e queixo fortes; ângulos bem marcados e cinzelados na pedra fria — e me veio à cabeça o desenho da mulher montada a cavalo de frente, com saia-calça. Outra prateleira exibia uma fileira de fotografias em tom sépia com molduras de prata; poses formais de pessoas que pareciam rígidas e desconfortáveis. A voz de Petal me veio à cabeça: *"Ninguém sabe quem são essas pessoas nessas fotografias horrorosas..."* Peguei uma moldura de prata ornada com a foto de um bebê num suéter por cima de uma longa bata branca bordada na gola e na bainha. Mas não era um bebê careca de olhos azuis. Parecia um bebê indiano, com cabelos e olhos pretos e um sorriso sapeca e estonteante.

— Charlie? — sussurrei.

Uma caixa fechada com tampa de vidro exibia borboletas douradas e verdes, pregadas no forro de veludo negro, como se para imortalizá-las — para sempre, fabulosas; a caixa estava em cima de um livro deitado, o que lhe dava uma altura maior e um tratamento escultural. Inclinei a cabeça para ler o título na lombada do livro — *Coletânea de poesias de uma dama e um cavalheiro, 1857*. O volume era igual ao que estava lá em casa e parecia intacto, como se ainda não tivesse sido aberto. Novamente me vieram à cabeça as palavras de Petal: *"Ninguém se interessa pelas façanhas tediosas que realizaram..."*

Uma pilha de paninhos de crochê tristemente amarelecidos pelo tempo espalhava-se em cima de uma prateleira baixa e ao redor de um pequeno livro artesanal com capa de camurça cor de malva arrematado nas bordas por pequeninos pontos prateados. Tive que colocar as próprias mãos para trás para não agarrá-lo.

POR FAVOR, NÃO TOQUE NOS ARTEFATOS

Olhei com o rabo do olho para o saguão. Um serviçal indiano me observava do umbral da porta, mas desviou o olhar rapidamente quando se viu flagrado. Os homens que jogavam sinuca se moveram ao redor da mesa e ficaram de costas para mim. Abri a bolsa e, numa fração de segundos, peguei o livro. Fechei a bolsa, ajeitei os paninhos de crochê de modo a ocupar o espaço vazio e voltei para o bar.

Walker continuava falando.

— Deus me livre se Gandhi esticar as canelas em algum jejum desses que ele faz. Cada lado culpará o outro. Tudo o que eles precisam fazer para deter um trem é pôr uma vaca no meio dos trilhos; depois é só embarcá-la à vontade e fazer picadinhos do "inimigo", e eles o farão.

— Fitou os olhos em Martin e continuou: — Meu camarada, preste atenção no que digo, não é uma boa hora para ir a Lahore. — Apontou para o *bidi* e para as roupas de Martin. — Pelo menos não desse jeito.

❊

Quando voltamos ao Hotel Cecil, encontramos Billy dormindo com a cabeça no colo de Lydia e enroscado em Amigo. Ela lhe afagava o cabelo, com olhos vermelhos e vítreos. Retirei o filhote daquele abraço enquanto Martin deslizou os braços por baixo dos joelhos e dos ombros de Billy. Lydia o deixou escorregar para os braços de Martin com relutância e zelo, como se entregasse algo precioso e frágil. Depois nos deu um relato detalhado de tudo que haviam feito; quantos biscoitos de gengibre tinham comido, do chocolate que haviam bebido, das histórias, das coisas adoráveis que Billy dissera.

— Isto é para a picada de mosquito na perna esquerda dele — disse, por fim, estendendo-me um vidro de loção de calamina.

Eu tinha um vidro de loção de calamina em casa, mas aceitei e agradeci. Ela fez outro cafuné quando Billy se aninhou sonolento no ombro de Martin, e perguntou com displicência:

— Vocês se divertiram?

— Sim, foi uma noite ótima.

— Que bom. Podem trazer Billy quando quiserem. A qualquer hora.

Eu e Martin nos dirigimos para a porta.

— É muita gentileza sua, Lydia. — Queria dizer que sentia muito pela perda do filho dela, mas me reprimi e agradeci. — Mais uma vez, muito obrigada.

Lydia nos seguiu até a porta.

— Quando será que terão outra noite como a de hoje?

Eu e Martin trocamos um olhar cifrado.

— Logo. Telefonamos para você — respondeu ele.

— Por favor, façam isso. — Ela nos acompanhou até o lado de fora da suíte e nos observou enquanto descemos a escada. — Saibam que podem deixá-lo comigo a noite inteira, se quiserem.

— Não hoje, Lydia.

— Fica então para uma outra noite.

— Sim. Boa-noite.

— Não se esqueçam — disse ela, do topo da escada. — A qualquer hora.

❉

Colocamos Billy e Amigo na cama.

— Reparou que ele está sorrindo? — comentou Martin.

— Ainda está pensando em ir a Lahore amanhã? — perguntei, enquanto escolhia alguns discos.

— Por favor, não comece. Estou exausto. — Ele tirou os óculos e apertou o ponto entre as sobrancelhas. — É o meu trabalho.

Larguei os discos.

— Pelo que sei, você não é nem soldado nem jornalista. Colocar sua vida em perigo não faz parte do trabalho. E Billy, e eu?

Martin recolocou os óculos.

— Não seja histérica.

— Por que você não pode ir a outro lugar? Por que não se veste com roupas ocidentais? Por que não fuma Lucky Strike ou Camel? Quer magoar a si mesmo e não está nem ligando se também vai magoar a mim e a Billy.

— Claro que ligo! — Ele massageou a testa. — Por Deus, Evie, amo você e Billy.

Joguei-me no sofá e encostei a cabeça no encosto.

— Então, por quê?

Ele me olhou por um segundo e tive a impressão de que alguma coisa acontecia por trás daqueles olhos. Mas ele apenas resmungou.

— Você está fazendo muito barulho por nada — disse, esfregando a nuca. — Já é tarde. Amanhã a gente conversa.

Ele estava certo. Era mais tarde do que ele pensava.

— Ótimo — retruquei. — Vá dormir. Ficarei aqui; vou ler um pouco.

Ele ficou de braços caídos ao longo do corpo por algum tempo, mas o silêncio se tornou sufocante e ele se retirou. Ouvi a porta do quarto se fechar. Tirei os sapatos, estiquei os pés em cima do sofá, abri a bolsa e puxei o diário roubado do clube.

CAPÍTULO 40

Setembro de 1858
Ontem chegou a carta de mamãe. Ela diz que está feliz em saber que coloquei a cabeça no lugar quanto ao casamento e que já escolheu um par para mim: um contador de cinquenta anos. Anexou a foto de um homem gordo, careca e com olhos de porco. Meu coração deu um nó quando o vi: ele deve ter um temperamento tão desagradável quanto a aparência, porque nunca se casou. Ele tem renda modesta, mas, com o casamento, ela me tira de casa e se livra do embaraço de ter uma filha solteirona, que provavelmente é motivo de muitos boatos odiosos. Mesmo assim, abracei Charlie e disse:

— Vamos para casa!

Mas, então, li, "certamente, você compreende que não pode trazer o bastardo mestiço de uma prostituta para esta casa". Li a frase umas três vezes e cheguei a me perguntar se teria esquecido de incluir a fotografia de Charlie em minha carta. Mas não esqueci. Ela terminava a carta dizendo: "Deve haver muitos orfanatos nessa terra esquecida por Deus."

Nunca mais verei meus pais nem a Inglaterra.

Outubro de 1858
Charlie começou a dar os primeiros passinhos. A cada dia que passa, fica mais levado, e tenho me sentido estranhamente fatigada. Volto para a cama depois do *chota hazri*, e me arrasto pela casa durante o dia. Cochilo enquanto Charlie tira sua soneca e mesmo assim, à noite, caio na cama e durmo tão logo coloco a cabeça no travesseiro. Mas o sono não me revigora. A cada manhã acordo mais dolorida e exausta.

O médico veio aqui em casa, quase sóbrio dessa vez, e me examinou. Diagnosticou um abscesso no fígado.

— Uma doença feia, mas não contagiosa — diagnosticou, para em seguida acrescentar: — Mil perdões.

— Mas o que pode ser feito? — perguntei.
— Bem, faremos uma sangria em você, claro, e depois veremos. — Revirou a maleta preta e tirou de dentro uma lanceta de bronze e um recipiente para recolher o sangue. — Podemos ver esse braço. — Aproximou-se com uma faca. Lembro que senti uma dor aguda no antebraço e vi o sangue se acumulando numa bacia branca. Depois, só lembro de ter acordado com um cheiro de água de rosas sob o nariz. O médico tinha ido embora e Lalita banhava o meu braço.
— É melhor trazer uma curandeira, memsahib. Esse negócio de sangria não é nada bom — sugeriu ela.
Sorri e disse para a adorável Lalita que podia seguir em frente e trazer a bruxa médica.

Outubro de 1858
A tal bruxa médica era Anasuya, mãe de Lalita. É uma mulher muito bonita, com um brinco de ouro espetado no nariz e uma voz melodiosa que me acalma. Ela enfiou uma colher com um líquido alaranjado horroroso em minha boca, e depois colocou Charlie no meu colo. Eu estava muito cansada para segurá-lo por muito tempo e o entreguei de volta para que ela o confortasse, mas ele chorou. Agora, ela e Lalita dormem na varanda e, juntas, cuidam de Charlie e de mim.
Minha pele ficou amarelada, minha urina ficou amarronzada e sinto muita coceira. Uma coceira implacável, um tormento que não parece ter alívio. Uma doença bizarra que não reage aos remédios que trouxe comigo. Para aliviar a coceira, Anasuya me banha com um chá de *nilgiri* frio. Isso ajuda, mas não por muito tempo. Preciso resistir.

Outubro de 1858
A febre aumenta e diminui, e passei a sentir uma dor no lado direito. Anasuya continua ministrando tisanas amargas e estranhas misturas de ervas, mas nada disso tem ajudado.
Ela e Lalita se dividem o dia todo entre mim e Charlie, que Deus as abençoe. Mas a preocupação enfraquece meu espírito, da mesma forma como a doença consome meu corpo. O que será de Charlie se eu morrer? Será que Anasuya vai cuidar dele? Mas, se ela mal consegue alimentar a filha, e a fez trabalhar tão cedo...
Sem falar que Charlie é mestiço. O que será dele?

Outubro de 1858
Já não consigo me levantar da cama. Faço muito esforço até para segurar a caneta. Fico deitada aqui, e penso nas sórdidas ruas indianas, apinhadas de pivetes famintos, maltrapilhos e mendigos que dormem nas sarjetas e comem o que catam nas latas de lixo. Felicity dizia que, em Peshawar, uma menina de quatro anos vale dois cavalos. Suponho que o levarão para o orfanato, mas nunca vi lá uma criança com mais de nove ou dez anos de idade. O que fazem com essas crianças?
Anasuya coloca Charlie no meu colo duas vezes por dia e choro quando ela o leva embora.

O resto do diário estava em branco. Fechei-o e continuei sentada, em silêncio, na sala iluminada pelo luar, com uma pontada de dor a me fisgar. As duas garotas morreram tão jovens. O que será que aconteceu com o bebê?

Singh era um sobrenome comum na Índia, porém a riqueza era rara. Era improvável que em Massorla houvesse outra família rica com o mesmo sobrenome. A probabilidade de que meu senhorio tivesse algum parentesco com Jonathan Singh, o amado de Felicity, fez meu coração disparar.

Martin planejava partir para Lahore no trem das três horas do dia seguinte. Eu não podia impedi-lo, mas talvez pudesse tirar o fato da cabeça fazendo outra visita ao senhor Singh.

CAPÍTULO 41

Foi o próprio senhor Singh que me recebeu à porta. Ele vestia um refinado e bem-talhado terno bege acetinado, com gravata cor de vinho combinando com o turbante.

— É sempre um prazer recebê-la, senhora Mitchell — disse, depois de um cumprimento.

Enquanto caminhava pelo saguão de entrada, reparei no penetrante aroma de um *rangoli* que flutuava numa rasa tigela Meissen. Pensei comigo que, para o senhor Singh, meu pequeno bangalô era quase igual à ala dos empregados daquela casa.

— Muito obrigada por me receber.

— Entre. — O senhor Singh apontou para a mesma sala onde estivéramos na última vez, e novamente me sentei no divã baixo com almofadas estofadas de seda em tons de creme. Ele fez um sinal sutil para o mordomo e disse. — Chá, Daksha — pediu e sentou-se de pernas cruzadas à maneira europeia. — Espero que não haja problemas com o bangalô.

— Oh, não. O bangalô está ótimo.

O senhor Singh me olhou, em expectativa.

— A não ser um tijolo solto na parede da cozinha — falei.

— Mandarei consertá-lo imediatamente.

— Não. Quer dizer... não é por isso que estou aqui.

Ele esticou a cabeça e se pôs à espera.

— É por isso aqui. — Abri a bolsa. — Estava escondido atrás do tijolo solto. — Puxei o pacote de cartas e coloquei-as em cima da mesinha que nos separava.

O senhor Singh olhou para as cartas, sem tocá-las. Parecia ligeiramente divertido.

— Que interessante — comentou.

— São as cartas de uma mulher chamada Felicity Chadwick. Ela...
— comecei a falar.
— Sei quem era Felicity Chadwick. — O ar divertido do senhor Singh desapareceu como o sol por trás de uma nuvem súbita.
— O senhor sabe?
Ele descruzou as pernas, curvou-se para a frente, apoiou os cotovelos nos joelhos e trançou as mãos.
— Por que a senhora veio aqui?
Daksha chegou com a bandeja de chá e interrompeu o diálogo enquanto enchia uma xícara e a estendia para mim.
— Muito obrigada — falei e, quando ele encheu a segunda xícara, tive sensação de que andava sobre o fio de uma navalha. Se um dos ancestrais do senhor Singh era mesmo o amado de Felicity, isso certamente teria sido um escândalo na família e ainda se mantinha como um tabu. Depois que Daksha saiu da sala, continuei: — Posso lhe perguntar o que o senhor sabe sobre ela?
— Meu bisavô a conheceu.
A tensão subjacente se tornou subitamente tangível.
— Posso perguntar o nome dele?
— Jonathan Singh.
Assenti com a cabeça.
— Seu bisavô e a senhorita Chadwick...
— Foram amantes... — O senhor Singh colocou a xícara na mesinha que nos separava. — Mas tenho a impressão de que a senhora já sabia disso — disse. — O que exatamente a senhora quer saber?
— Desculpe-me, senhor Singh. Sei que é pessoal, mas encontrei as cartas de Felicity e também os diários de sua amiga. A história de ambas mexeu muito comigo. A *joie de vivre* arrojada com que as duas encararam a vida me fez pensar em dar um passo sério e muito doloroso em minha própria vida. Meu casamento... posso até... — Coloquei minha xícara ao lado da xícara dele. — Isso se tornou importante para mim.
— Entendo. — Ele tirou do bolso uma cigarreira de couro com monograma. — A senhora sabe — abriu a cigarreira, antes de prosseguir —, Jonathan era casado.
— Sim. E a viúva dele cometeu *sati*.
Ele assentiu a contragosto.

— Foi um episódio lamentável e meus pais se recusavam a comentá-lo. — O senhor Singh me ofereceu um cigarro; notei que eram ingleses. Recusei e ele acendeu um, com um isqueiro Ronson de prata que estava em cima da mesa.

— Seus pais se envergonhavam do caso ou do *sati*? — perguntei.

— Do caso, é claro. — Ele soltou a fumaça que espiralou pelo ar e, quando voltou a cruzar as pernas, hove um sutil farfalhar de seda. — O *sati* é visto como ato honroso de uma casta e de uma esposa leal. Mas um caso com uma mulher branca... bem, desculpe, mas isso foi repugnante. Vovô era o único que sabia que Jonathan a tinha conhecido.

— O que seu avô contou para o senhor?

O senhor Singh acomodou-se em sua poltrona imponente, com uma expressão indecifrável.

— Eu era uma criança, senhora Mitchell. Ouvia cochichos e tinha a sensação de que eram segredos, como todas as crianças. Vovô me contou que um dia o pai dele havia sido amigo de uma inglesa. Às vezes, parecia que queria dizer mais alguma coisa, mas nunca disse. Bem, eu era muito jovem. Só depois que vovô morreu é que entendi o que ele queria dizer quando disse "amigo" e por que meus pais se recusavam a tocar no assunto.

— Quer dizer que seu avô nunca mencionou o filho de Felicity e Jonathan?

— Filho? — Ele sorriu. — Nunca houve filho.

— Ora, *houve* sim.

O cigarro do senhor Singh pairou no ar.

— Tenho certeza de que a senhora está enganada.

Mas a expressão estava longe de se mostrar segura; ele sabia que o avô tinha guardado um segredo.

— Felicity morreu ao dar à luz, e Adela cuidou de seu bebê, um menino, por mais de um ano, até que ela também morreu — contei.

— Se isso é verdade, essa criança seria meio-irmão do vovô, meu tio-avô. — O senhor Singh descruzou as pernas e curvou-se para a frente outra vez. — Mas um órfão mestiço... bem, o mais provável é que tenha sido colocado num orfanato, caso contrário... — Ele balançou a cabeça.

— Sei que crianças são vendidas como escravas — disse.

O senhor Singh puxou uma longa tragada do cigarro e soltou lentamente a fumaça.

— Às vezes são mutiladas, para se tornarem mendigos mais convincentes.

— Oh, meu Deus! — Peguei o maço de Abdullah da bolsa e tirei um cigarro com mãos trêmulas. O senhor Singh se debruçou sobre a mesa e o acendeu com o isqueiro Ronson. A imagem de Charlie me veio à mente, comendo arroz doce, engatinhando ao redor das pernas do cozinheiro, brincando com as calêndulas. Depois, imaginei-o no meio dos pivetes maltrapilhos das ruas, talvez cego ou sem uma perna ou um braço, terminando cada dia com um punhado de arroz ou uma surra. — Mas a criança não era segredo. A mãe de Jonathan sabia de sua existência — continuei.

O senhor Singh encolheu-se, desconsolado.

— Eu era muito chegado ao vovô, mas ele nunca mencionou uma criança.

— Mas a mãe de Jonathan sabia. Talvez tenha providenciado recursos para que a criança sobrevivesse. Afinal, o menino era seu neto.

O senhor Singh gesticulou as mãos como se pedindo clemência.

— Senhora Mitchell, a senhora está falando da minha trisavó. Faz muitos anos que ela morreu, levando seus segredos.

Eu não podia deixar que Charlie fosse esquecido.

— A mãe de Jonathan ajudou Adela. Mandava dinheiro para sustentar Adela e o menino — contei.

— Não estou entendendo.

— Li os diários de Adela e ela conta que escreveu para a mãe de Jonathan. Elas podem ter feito algum acordo para o menino, caso Adela viesse a morrer. — Dei uma tragada, esperando que a curiosidade vencesse a relutância do senhor Singh em remexer o escândalo familiar.

Ele apertou os lábios e não consegui discernir se estava pensativo ou aborrecido.

— Não vejo como poderíamos investigar isso — disse.

— Os vitorianos mantinham *todo tipo de coisa*. — Animada, dei batidinhas nas cartas em cima da mesa. — As cartas trocadas entre Adela e a mãe de Jonathan talvez ainda estejam aqui.

— Aqui?

— A mãe de Jonathan não morava aqui?

O senhor Singh rodou o dedo pela sala com desinteresse.

— Nossa família tem muitas propriedades... Délhi, Jaipur, Londres. Mas... — Bateu a cinza do cigarro no pesado cinzeiro de cristal. — Mas se ela escreveu de Masoorla, suponho que possa ter vivido em alguma ala antiga da casa. Como não há eletricidade, atualmente não tem ninguém lá.

— Senhor Singh, talvez sua sensação de que seu avô queria dizer mais alguma coisa se devesse ao fato de que ele queria mesmo contar algo sobre seu meio-irmão. Se o senhor, na época, fosse mais velho, ou se ele tivesse vivido mais... Se fosse hoje, acha que ele lhe contaria?

O desinteresse do senhor Singh se desfez.

— Meu avô era um homem honesto. Ele me faria conhecer a verdade.

— Então, que tal tentarmos encontrá-la?

Os olhos enfumaçados do senhor Singh se suavizaram.

— Isso não é interessante? Segredos de família que sobrevivem como fantasmas, mesmo depois que todos que o conheciam já se foram...

— Nossos segredos são partes de nossa história. É nossa história que sobrevive.

— Bem, se um menino abandonado faz parte da história da minha família, sem dúvida vovô gostaria que eu soubesse. — Ele esmagou o cigarro no cinzeiro de cristal. — A suíte de meu avô fica na ala antiga. Está fechada desde sua morte.

— Será que poderíamos...?

— Claro. — Ele se levantou abruptamente. — Vamos dar uma olhada.

Atravessamos sonolento saguão de entrada e subimos por uma escada espiralada. O corrimão de mogno escorregava macio como manteiga sob a minha mão, polido por muitas gerações de serviçais, com panos e óleo. Segui o senhor Singh por um corredor comprido com um tapete estampado em tons de cobre e verde, cujo desgaste lhe conferia um brilho pálido, e atravessamos uma sequência de umbrais. Quantos quartos teria aquela casa — uma dezena? Duas dezenas?

Chegamos a um canto, viramos e entramos em outro corredor, de paredes envelhecidas e um pouco mofadas, e paramos em frente a uma porta finamente entalhada. Depois de abri-la, ele me fez entrar em um enorme e sufocante aposento, mantido fechado durante muitas monções.

— Os criados não limpam aqui, o que, por um lado, é bom, porque o quarto se mantém intocado desde a morte de meu avô — disse.

Pesadas cortinas de seda cobriam a ampla janela da sacada e, quando ele a abriu, partículas de poeira giraram no ar iluminadas pela luz do sol. Na sacada, duas poltronas forradas de seda cinza flanqueavam uma mesinha em formato octogonal com tampo de mármore. Dominando o quarto, uma grande cama de casal com quatro postes era envolvida por um antigo mosquiteiro e estantes ladeavam uma lareira inativa.

— Vovô morreu neste quarto — comentou o senhor Singh.

Sem saber o que dizer, balancei a cabeça e me dirigi às estantes. Cravei os olhos no teto abobadado, cuja pintura em tom índigo profundo era salpicada por cacos de espelhos colados a esmo e limitada por um papel de parede em tom mate. No topo da cúpula, um translúcido disco de alabastro branco brilhava debilmente. Parecia uma tentativa de simular o céu noturno com a lua cheia ao centro; era uma concepção muito caprichosa e infantil para aquele quarto.

Havia um baú de vime ao pé da cama e, na penumbra da alcova, percebi uma escrivaninha de ébano entalhada com criaturas míticas e uma cadeira rococó de estilo *chippendale*. O senhor Singh caminhou até a cadeira e acariciou o assento.

— Passei grande parte da infância neste quarto. Esta cadeira é bem antiga — disse, dando uma pancadinha na cadeira. — Era aqui que vovô sempre se sentava quando lia para mim, e eu sempre me sentava aos pés dele.

Fui até o baú de vime.

— Posso?

— Fique à vontade.

Ergui a tampa, pensando encontrar pilhas de diários e cartas atadas com fitas, mas meu coração murchou quando vi apenas cobertores e roupas de cama.

— Podemos procurar nas estantes? — perguntei.

Examinamos prateleira por prateleira. Puxávamos os livros e sacudíamos as folhas para ver se havia algo dentro. Espiamos dentro de um vaso de porcelana próprio para guardar gengibre, tiramos a tampa de outro vaso e abrimos uma caixa de joias em madeira entalhada, cujo fecho de ouro fez um pequeno estalo, mas em seu interior havia somente uma camada de pó cinzento que me trouxe à mente o pó das asas das borboletas. Por fim, tratamos de vasculhar todos os livros de todas as prateleiras.

— Que estranho... — falei.

— Bem, na verdade não achei que encontraríamos alguma coisa.

— O que acho estranho é que não haja uma cópia do livro de poesias de Felicity e Jonathan aqui. Alguém imprimiu as poesias deles. Encontrei um volume no Hotel Cecil e outro no clube.

Ele balançou a cabeça.

— Nunca vi esse livro.

— E a escrivaninha? — Apontei para a alcova e ele assentiu com a cabeça.

Abrimos as pequenas gavetas e encontramos penas antigas com tinta seca nas pontas, convites amarelecidos para chás e jantares, algumas moedas, folhas de papel em branco e o livro de poesias, bastante folheado. Mas sem carta alguma.

O senhor Singh enfiou as mãos nos bolsos, e seus ombros, sempre eretos, se encolheram.

— Bem, nós tentamos.

— Me desculpe por havê-lo envolvido nisso. Muito obrigada por ter me mostrado este quarto.

— É encantador, não é? Reparou no teto?

Olhamos para o alto e busquei um elogio convincente para aquele fac-símile desajeitado da lua e das estrelas. Antes que pudesse achar as palavras certas, o senhor Singh exclamou.

— Claro! — Parecia estranhamente satisfeito, como se a última peça de um quebra-cabeça acabasse de se encaixar. — Foi vovô quem instalou o teto; usava-o para me ensinar as constelações, as *Rasis*. Passei boa parte da infância olhando para esse teto. Foi só depois de sua morte que reparei naquela falha. — Apontou para uma fina linha branca entre a cornija azul-escura e o teto abobadado. Parecia que o pintor havia deixado ali uma listra longa e fina. — Vi essa falha pela primeira vez depois da morte de meu avô, e pensei que não tinha reparado antes porque em criança estava muito ocupado em estudar as estrelas. Mas talvez não estivesse ali na ocasião.

Fiquei surpresa quando o senhor Singh subiu na cama de sapatos, e dali passou para a mesinha de cabeceira mais alta. Só entendi quando ele se esticou e puxou uma folha de papel de detrás da cornija, desdobrando-a.

— Que esperto você era, hein, vovô! — exclamou, enquanto puxava uma folha atrás da outra, até que aquela linha fina branca, que não era falha alguma do pintor, desapareceu.

Eram sete cartas, a primeira, datada de setembro de 1858. Sem pronunciarmos uma palavra sequer, levamos as cartas para a mesinha octogonal próxima à grande janela e colocamos as poltronas de seda cinza uma ao lado da outra.

CAPÍTULO 42

Setembro de 1858

Querida senhora Singh,

Agradeço de todo coração pela ajuda que nos tem dado nesses últimos meses, mas agora preciso lhe pedir algo mais. Fui acometida por uma doença grave de fígado e receio que não viverei muito tempo. O menino, seu neto, não terá um lar depois que eu morrer. Posso lhe fazer um último pedido? Será que a senhora poderia encontrar um espaço em seu coração e tomar algumas providências em benefício dele? A senhora conhece alguma família que possa ficar com ele e tratá-lo com amor?

Respeitosamente,
Adela Winfield

— Eu sabia! — falei.

O senhor Singh desdobrou a carta seguinte.

Setembro de 1858

Querida senhorita Winfield,

Meu filho me recomendou, antes de falecer, que sustentasse o filho dele. A mim não cabe julgar nem Jonathan nem a senhorita Chadwick. Lamento saber de sua doença, mas esteja certa, senhorita Winfield, que tomarei providências em relação ao menino.

Também gostaria que a senhorita soubesse que, se não lhe cedi os restos mortais de sua amiga, isso não se deveu a qualquer ressentimento. Meu filho lançou as cinzas da senhorita Chadwick no sagrado Ganges. Depois que meu filho morreu, fiz o mesmo com os restos mortais dele e os de sua esposa, Makali. Os três se mesclaram para sempre nas águas sagradas.

Gentilmente,
Charumati Singh

Setembro de 1858

Querida senhora Singh,
Fiquei horrorizada com o *sati* de sua nora. Não fingiria o contrário nem vou fingir que compreendo um costume como esse. Mas concordo que julgar não cabe a nenhum de nós.
Lalita, a aia do menino, o levará até a senhora logo após a minha morte. Eu não aguentaria se ele saísse daqui agora. Seria demais pedir que sua gentileza também se estendesse a ela? Talvez possa providenciar para que ela vá junto com o menino para o lugar que a senhora arranjar. Ele tem verdadeira adoração por ela e já perdeu duas mães.
Anasuya lhe devolverá suas cartas assim que a hora chegar, talvez a senhora queira guardá-las para seu neto.
Respeitosamente,
Adela Winfield

Outubro de 1858

Querida senhorita Winfield,
Pode ficar despreocupada em relação à aia do menino. Não serão separados.
A senhorita não deve julgar Makali com tanta severidade. Ela não pôde conceber um filho e se tornou amarga por achar que falhara no mais importante dever feminino. Sem filhos, Makali não tinha por que viver após a morte de Jonathan. Segundo o costume, ela não poderia se casar novamente e teria que raspar a cabeça, vestir branco pelo resto da vida e se alimentar apenas de alimentos frugais. Mas isso não era nada comparado a sua natureza melancólica e a sua decepção com a vida. Ela era uma boa mulher hindu e viu no *sati* uma escolha honrosa. Acreditava que o martírio daria um significado a sua vida. Eu tentei dissuadi-la. Espero que a senhorita não tenha desprezo pela memória dela.
Gentilmente,
Charumati Singh

O senhor Singh colocou a carta sobre a mesa com um ar intrigado em seu belo rosto.
— Mas a minha bisavó teve um filho. Ela teve o vovô. Oh, meu Deus. A senhora acha...? — Ele pegou a carta seguinte.

Outubro de 1858

Querida senhora Singh,
Não nutro desprezo por ninguém. Só desejo morrer em paz. Envio-lhe as poesias que seu filho escreveu para Felicity na esperança de que a criança possa conhecer os pais por meio delas. Imploro que a senhora o faça aprender inglês para que possa lê-las. Sem dúvida, as poesias irão convencê-lo de que os pais se amavam profundamente e que se sentiram felizes com seu nascimento.
Respeitosamente,
Adela Winfield

Querida senhorita Winfield,
Muito obrigada pelas poesias que reviveram meu filho para mim. Encontrei os papéis de Felicity entre os pertences de meu filho e mandarei imprimir todas as poesias que trocaram entre si, que ficarão para a posteridade.
Quanto à criança, terá o sobrenome Singh. Aprenderá inglês e saberá que Felicity Chadwick era sua mãe.
Gentilmente,
Charumati Singh

Outubro de 1858

Querida senhora Singh,
Tenho um último pedido. Dei ao menino o nome de Charles William, um nome que a mãe certamente aprovaria, e peço-lhe para mantê-lo. Chamo-o de Charlie, e é por esse nome que ele atende.
Respeitosamente,
Adela Winfield

O senhor Singh emitiu um ganido estranho.
— Charlie? A senhora não me contou que o nome da criança era Charlie. Charles William Singh? Era o nome do meu avô! — Sentou-se na poltrona como se tivesse levado um empurrão. — Costumávamos fazer piadas dizendo que Charlie não era nome adequado a um homem adulto, mas ele preferia ser chamado dessa maneira.
— Isso significa... — Deixei a conclusão da frase para ele.
O senhor Singh pôs a mão no peito do terno impecável.
— Que Felicity Chadwick era minha bisavó.

Fitamo-nos, intrigados com a forma inesperada como as vidas das pessoas se interligam e se tocam através do tempo e do espaço. Isso é até capaz de fazer com que se acabe acreditando... em alguma coisa.

— O que me pergunto é por que seu avô não lhe contou — falei.

— Tenho certeza de que meus pais lhe pediram para que não me contasse. Eles sempre se referiam a Makali como minha bisavó. — Ele olhou para o teto abobadado. — Mas isso explica a obsessão que vovô tinha por esse teto e o tempo que dedicou me fazendo observá-lo. Se soubesse quantas horas passamos aqui... horas bem felizes para nós dois. Vovô deixou as cartas aqui para que só eu pudesse encontrá-las. — Ele levantou-se. — Quero lhe mostrar uma coisa.

Puxou a pesada cortina, fechou a ampla janela da sacada e deixou o quarto na escuridão. Foi até a mesinha de cabeceira, pegou uma caixa de fósforos na gaveta, acendeu uma lamparina e levou-a para o meio do quarto.

— Olhe para o alto — disse.

Olhei para o teto e quase perdi o fôlego. A abóbada ganhara vida. O fundo índigo desaparecera e milhares de espelhinhos cintilavam e piscavam com o tremeluzir da chama, refletindo a luz da lamparina. Reconheci a Ursa Maior e a constelação de Órion enquanto o disco de alabastro brilhava como uma lua ao centro. Era como se tivessem retirado o telhado da casa para exibir o cosmos; aquilo era fantástico demais para ser obra de mãos humanas.

A voz do senhor Singh ecoou:

— Nós, sikhs, cultuamos um deus cujo nome é Verdade. Vovô costumava dizer: "Olhe o céu da noite e veja a verdade." Ele apontou o tempo todo para onde eu descobriria a verdade.

Não sei por quanto tempo ficamos assim... perdidos no espaço. Talvez tenham passado um ou dez minutos antes que ele apagasse a chama da lamparina. Depois, abriu a cortina e disse:

— É uma recriação do teto do palácio de Jaipur.

— É de tirar o fôlego. Muito obrigada.

O espetáculo me evocara a noite ridiculamente romântica de anos antes, quando eu e Martin ficáramos sob as estrelas, diante do relógio lunar do parque Pulaski. Na ocasião, havia cosmos de verdade, mas nem por isso desabrochamos para a realidade com paixão. O cosmos de tinta e espelhos daquele teto era uma ilusão, mas fazia desabrochar uma realidade mais duradoura que a do nosso parque iluminado pela lua. Minhas investigações me traziam então de volta ao começo, a um novo começo. Nosso casamento não poderia se sustentar como um conto de fadas de jovens enamorados; ou resistia e sobrevivia às realidades da vida, ou acabava de uma vez, antes de nos arrastar para a amargura.

O senhor Singh alisou o nó da gravata. Compartilháramos um momento de intimidade, e era visível que ele também sentia isso. Desviou os olhos para a ampla janela, provavelmente para evitar o meu olhar.

— É casado, senhor Singh? — perguntei.

Ele ruborizou intensamente.

— Sim, senhora Mitchell. Espero que a senhora não pense...

— De maneira alguma. Foi uma pergunta muito pessoal. Desculpe-me.

Ele se encolheu e o rubor desvaneceu.

— Hoje, compartilhamos mais do que apenas fatos. Fui feliz no casamento durante muitos anos.

— Seu casamento foi arranjado?

— Claro que foi. Na cerimônia do casamento sikh oramos para sermos amigos para sempre. Fui um afortunado. Eu e minha esposa nos tornamos bons amigos.

— Entendo. — Aquilo era tipicamente indiano, enfrentar a realidade de frente e reconhecer o desafio desde o início. — Então, os casamentos na Índia são simples amizades?

Ele sorriu.

— Só os bons.

❈

Em casa, tentei recapturar o assombro que sentira na escuridão daquele quarto, mas tudo desvanecera. A natureza da emoção é assim. Mas agora já sabia o que devia ser feito: moldaria com Martin uma amizade que sobreviveria ao passado e geraria um futuro digno de ser vivido. Agora era a minha vez de seguir adiante, como Harry. Não dividiria um inferno suicida com Martin, e não educaria Billy nesse inferno.

A palavra "divórcio" se formou na minha cabeça em negras letras maiúsculas, como um apocalipse anunciado. Amava Martin e o amaria sempre, mas não deixaria que minha vida se tornasse um monumento à sua culpa. Escolheria a alegria, como Felicity e Adela, e Martin que escolhesse se juntar ou não a mim.

Olhei para o relógio e ainda faltava uma hora para a partida do trem para Lahore. Fiz sinal para o condutor de uma *tonga*, e ele puxou as rédeas do cavalo.

— Leve-me à estação de trem — pedi.

CAPÍTULO 43

MARTIN AINDA NÃO HAVIA CHEGADO, e fiquei à espera na estação. Os freios de um trem chiaram e uma maré efêmera de gente agitada inundou a plataforma. Rapazes de cabelo tingido de *henna* anunciaram a venda de *paan* e chá; um sujeito vestido apenas com uma tanga, atada à cintura por uma tira de pano, passou com os braços esticados cheios de pulseiras; uma vaca de olhos bonitos abriu caminho com paciência por entre a multidão.

Petiscos e chá eram comprados e vendidos em grande alvoroço; hindus desabrigados desembarcavam ao mesmo tempo em que muçulmanos igualmente desabrigados embarcavam, passando baús pelas janelas e gritando para as famílias se apressarem. Passado algum tempo, o trem apitou e deixou a estação com um chiado de vapor raivoso; os vendedores se colocaram de cócoras à espera do próximo trem. Eu teria reconhecido Martin, mesmo de costas e mesmo com o *bidi* e a *kurta*. Ele simplesmente não tinha vindo, e não sabia se me preocupava ou se mantinha a esperança. Peguei um riquixá e pedi ao condutor que me levasse ao posto telegráfico.

— Ele pegou o trem para Lahore — informou Walker quando cheguei lá.

— Não pegou, não.

— Bem, aqui ele não está.

Sem saber o que fazer, voltei para casa e o encontrei sentado na cadeira de balanço da varanda, olhando para Billy, que brincava com Amigo. O cãozinho rosnou com uma ferocidade jovial e cravou os dentinhos pontudos no galho que Billy sacudia; Rashmi cochilava encolhida a um canto. Billy me viu, do topo da escada.

— Mamãe! Papai está esperando a senhora.

— É? — Beijei o cocuruto da cabeça de Billy e Rashmi se levantou bocejando.

Continuei no mesmo lugar, um tanto insegura, e Martin sorriu para mim. Ajeitou os óculos no alto do nariz e meu coração se partiu. Fiz força para me manter firme e dizer o que tinha que dizer — seria a primeira vez que ele ouviria de mim a palavra "divórcio" — e um segundo depois reparei que ele vestia roupas ocidentais.

— Não foi para Lahore? — perguntei.

— Não.

— Mas... e a sua tese...?

— Não preciso de Lahore para escrever minha tese. Ora bolas, posso entrevistar as pessoas que partem e chegam à estação sem precisar sair daqui. — Estendeu a mão e a segurei. Continuou: — Fui à estação e me dei por satisfeito. Observei os refugiados, e finalmente *entendi*. Havia famílias que se esforçavam em se manter unidas em meio a uma guerra civil, e lá estava eu, um estúpido mártir, sentado sozinho e pronto para sacrificar a própria família por conta de uma culpa. Que idiotice! — Apertou a minha mão com um brilho nos olhos.

Rashmi presenciou a cena e entendeu tudo. Retirou-se, arrastando os pés.

— Vem, *beta*. — Os dois foram para o quintal, seguidos pelo saltitante Amigo.

Fiquei surpresa quando Martin me puxou para seu colo e me enlaçou com os braços.

— Lembra daquela noite em que fomos ao clube? Fiquei paralisado com algo que você disse: "Nossas histórias são tudo o que temos."

Eu reproduzira a frase de Adela, mas ele não sabia nada de Adela e me limitei a balançar a cabeça, surpreendida por sua lembrança de uma frase minha.

— Não parei mais de pensar nisso — falou. — Pensei: claro, por isso faço o que faço e sou historiador. Vou contar a história da virada da Índia, e essa história será útil. Talvez seja até importante. Mas algo ainda me incomodava. — Ele fez uma pausa em busca de palavras. — Hoje, fui comprar cigarros no mercado e, enquanto caminhava por lá, o sol incidiu sobre mim.

Abri a boca com uma observação sarcástica na ponta da língua, mas ele me deteve.

— Ok; admito. Às vezes sinto que meu cérebro está fritando. Mas odeio esses chapéus que os colonizadores usam. Então, comprei um xale e o enrolei na cabeça.

— Ora, pelo amor de Deus!

Ele me apertou com tanta força que não consegui sair de seu colo.

— Eu sei. Parei para acender um *bidi* e me olhei na vitrine de uma loja. Não me reconheci. Então, me juntei à multidão e pensei com meus botões que você estava certa; eu estou procurando encrenca — admitiu.

— Bem, graças a Deus que você reconheceu.

— Mesmo assim, fui à estação. Era cedo e me sentei com a cabeça enrolada no xale, fumando um *bidi* e pensando em nada, apenas observando as famílias que passavam de um lado para o outro. Algumas muito ansiosas e outras menos ansiosas, mas com algo em comum: todas se esforçavam para se manter unidas. Se alguém fosse ferido ou morto ao longo do caminho, eles seriam solidários. Chorariam seus mortos juntos e confortariam uns aos outros.

Martin fez outra pausa, antes de continuar:

— E eu lá, sentado, sozinho; parecia um idiota naquela roupa. De repente, me passou a imagem de alguém lhe dizendo que eu havia sido morto em Lahore, e você querendo recuperar meu corpo, sem conseguir, e querendo dizer alguma coisa a Billy, sem saber o quê. Fiquei revoltado com meu próprio egoísmo. Só então compreendi por que aquela frase sua me incomodava tanto. A história da Índia não é a minha história. *Eu* sou a minha história. *Nós* somos a minha história. Desenrolei o xale da cabeça, como se desenrolasse a bandagem de um ferimento, e voltei para casa.

Martin cravou os olhos em mim. Era um olhar sério, sem sofreguidão e sem histeria. *Aquele* era o meu Martin, disposto a proteger a família com coragem e honestidade. Fui mesmo muito arrogante quando pensei que tudo o que tinha a fazer era perdoá-lo, e que, se o ajudasse, ele se curaria. A iniciativa teria que partir *dele*, e obviamente partiu. Revi o papel que havia desempenhado nos últimos dois anos — descartando os medos de Martin, guardando segredos, provocando, alimentando rancores. E no fim das contas... Adela... Adela é que o tinha tocado fundo.

— Nunca deixei de amar você — falei.

Ele estendeu os braços.

— Sem mais acusações, prometo. É autoindulgência. — Martin me puxou para mais perto dele. — O passado não importa, o futuro é que tem importância, e o presente é mais importante do que ambos.

Lembrei da tatuagem de *henna* ainda visível em meu corpo, e me envergonhei profundamente dessa tentativa de reconciliação. Ambos tínhamos desempenhado nossos papéis de forma desastrada, mas agora finalmente podíamos compartilhar a graça.

— Prometo que nossa história não acaba com essa guerra. Já existe miséria demais no mundo. Não quero perpetuá-la — disse ele.

Encostei a minha testa na dele.

— Martin — sussurrei.

— Evie, você está tremendo.

— Eu quase desisti. Você não faz ideia do quanto estive perto de desistir.

Ele estremeceu.

— Desejo...

— Não. — Pousei o dedo em seus lábios. — Basta! — Busquei seu rosto. — Mas a cada dia você terá que deixar o passado ir embora. A cada dia, Martin.

Ele sorriu amavelmente.

— Eu sei.

O muro invisível que se interpunha entre nós dissolveu-se e me abandonei nos braços de Martin. Billy saltou com a agilidade de um papagaio a pousar no arbusto de um hibisco e, numa fração de segundo, pensei que, quando se é jovem e apaixonado, sempre se é feliz sob a lua cheia; mas *aquilo... aquilo* era sólido. Ficamos abraçados, nossos egos partidos, sem luar, sem música, apenas o abrasador sol indiano sobre nossas cabeças, macacos fazendo rebuliço nos galhos das árvores, Rashmi repreendendo Amigo e nosso garotinho rolando na terra.

— Ainda tem uma coisa que quero fazer. — Martin abaixou-se, tateou debaixo da cadeira e pegou o vaso de argila retirado do pé de sândalo. Eu o havia descartado.

— O que está fazendo com isso? — perguntei.

— Encontrei no velho estábulo quando estacionei o carro. Engraçado, nunca reparei nisso antes. — Ele passou a mão pela superfície fria e redonda. — É uma urna funerária hindu.

— Para cinzas?

— Não. Depois que o corpo é cremado, o líder dos enlutados afasta-se da pira e joga uma urna de barro por cima dos ombros. A urna se quebra e ele não olha para trás; é o desapego final.

Martin me fez levantar de seu colo, e levou a urna até a escada da varanda. Olhou para mim e jogou a urna para trás, por cima do ombro. Ouvimos quando ela se quebrou lá embaixo. Aproximei-me dele com os olhos ardendo e ele me acolheu em seus braços.

Billy e Rashmi começaram a correr atrás de Amigo ao redor do sândalo. Sentei-me na varanda com Martin, para lhe contar meus segredos. Comecei pelo tijolinho solto na parede da cozinha e terminei com o quarto estrelado de Charlie Singh. Ele quis olhar a papelada de Felicity e Adela, e juntos nos debruçamos sobre os velhos diários, lendo uma e outra frase em voz alta.

— Elas viveram pela alegria — disse Martin.

— Isso não é lindo?

Ele assentiu com a cabeça, e nós dois sorrimos.

— Vou doar o material de Felicity e Adela para a Sociedade Histórica, mas também comecei a escrever um diário depois que chegamos aqui. Vou colocá-lo no pé do sândalo. Será sentimentalismo? — perguntei.

Ele abriu o sorriso que eu tanto amava.

— É sentimentalismo sim, mas eu gosto — respondeu.

Rashmi saiu e Habib chegou, e o céu já se mostrava vermelho fogo quando o vendedor de água passou pela estrada gritando *"Pani! Pani!"* Juntos, colocamos nosso filho na cama para dormir — a pele de Billy cheirava a sabão de sândalo e seu hálito, a salsa — e acomodamos Amigo numa colcha ao pé da cama, sabendo que pularia para junto de Billy antes do amanhecer. Jantamos e voltamos para a varanda. Havia tanto a dizer, como fazem os velhos amigos depois de uma longa ausência.

Enquanto conversávamos, os macacos sossegaram e a lua irrompeu iluminando de azul as nuvens da monção. O rufar das tablas ecoou das áreas de serviço das redondezas, um *muezzin* chamou os fiéis para as preces e nada interrompeu nossa conversa. Só paramos para ouvir a chuva que começou a cair. Martin acendeu dois Abdullah e fumamos, enquanto a chuva pingava na calha e soava com um tamborilar ininterrupto. Mesmo com sono, continuamos conversando.

A chuva parou e fomos pegos de surpresa pela luz do amanhecer banhando o Himalaia e cintilando sobre o sândalo. O sol iluminou um pico nevado atrás do outro, e o céu clareou. Era um novo dia, magnífico e generoso, e, quando Martin me pegou pela mão, me perguntei por que haveria de querer mais, quando um momento raro como aquele era tudo o que meu coração podia aguentar.

AGRADECIMENTOS

A existência desse livro só foi possível por causa de muita gente boa do mundo inteiro.

Na Índia: eu gostaria de agradecer a Ramesh Kumar, que percorreu comigo algumas das estradas mais espantosas do mundo enquanto respondia com delicadeza as minhas perguntas e cuidava da minha segurança. Em Délhi: muito obrigada ao diretor da Mysteries of India, que agendou viagens de última hora, mesmo quando minhas demandas foram irracionais. Em Dharamsala: devo agradecer ao coronel Naresh Chand, que gentilmente me cedeu uma rara entrevista e compartilhou comigo suas memórias da Índia durante o Raj Britânico e suas experiências no exército indiano. Em Varanasi: muito obrigada a Narottam Kumar, que explicou as crenças hindus e os ritos funerários enquanto balançávamos num bote nas águas do Ganges. Em Amritsar: muito obrigada a Mandeep Singh, que me guiou pelo Templo Dourado e me deu valiosas explicações sobre os costumes sikh. Em Agra: muito obrigada a Muddassar Khan pelo delicioso almoço e a fascinante conversa a respeito dos casamentos arranjados. Em Shimla: muito obrigada a Manish Patwal, que generosamente compartilhou comigo as histórias de sua família. Ainda em Shimla: muito obrigada a Apoorv Chanan por ter me guiado numa visita ao Paterhof Hotel, um hotel remanescente do período colonial.

Em Nova York: muito obrigada a Emily Bestler, cuja brilhante edição aperfeiçoou o livro, e também a Isolde Sauer, minha meticulosa editora de produção. Ainda em Nova York: muito obrigada ao meu inigualável agente Dorian Karchmar, que sempre está ao meu lado. Em Londres: agradeço a Sarah Turner por me apontar a direção certa, e também a Kate Samano pela soberba edição de texto que ultrapassou os chamados do seu ofício. Em Santa Barbara: agradeço a Ginny Crane por detalhes sobre a mobília da sua casa durante o seu período de *memsahib* americana nos anos 1960.

No Novo México: agradeço a minha filha Tess Light, por ter me ajudado nas anotações finais e ter me ajudado a despachar esse livro de um leito de hospital, e também ao meu filho Michael Lavezzi, que providenciou para que o livro chegasse a tempo em Nova York.

Agradeço do fundo do meu coração aos meus amigos escritores de San Diego, San Francisco e Denver, que pacientemente leram e releram os originais e me presentearam com suas habilidades e sabedoria. São eles: Seré Halverson, Peggy Lang, Eleanor Bluestein, Chelo Ludden, Laurie Richards, Walter Carlin, Susanne Delzio, Al Christman, Judy Grear, James Jones e Felice Valen.

Também devo agradecimentos às intrépidas emigrantes vitorianas, Fanny Parks, Honoria Lawrence, Sara Jeanette Duncan, Julia Curtis e senhora Meer Hassan Ali, cujos diários e anotações forneceram um quadro vibrante da vida da mulher inglesa na Índia do século XIX. Agradeço também a Margaret MacMillan, cujo livro *Women of the Raj* me serviu como valiosa fonte de pesquisa. Muito obrigada também a William Dalrymple, cujos livros *The Last Mughhal* e *White Mughals* forneceram um rico contexto histórico para os meus personagens.

Agradeço ao meu marido Frank por ter permitido que eu me ausentasse de casa por alguns meses. E muito obrigada a você, papai, pelos jantares que preparou enquanto eu escrevia dez horas por dia.

GLOSSÁRIO

Aghori — seita tântrica do período medieval indiano.
Arey Ram! — expressão similar a "Oh, meu Deus".
Ashram — centro espiritual.
Aia — ama, babá.

Baksheesh — gorjeta.
Beta — filho.
Bidi — cigarro artesanal.
Bindi — sinal.
Budgero — balsa.

Chador — véu.
Chai — chá.
Charpoy — cama de cordas.
Chota hazri — café da manhã.

Deodara — árvore da família do cedro.
Dervixe — monge tibetano
Dhobi — lavadeira.
Dhoti — calça usada pelos hindus no Sul da Ásia.
Dupatta — véu.

Guava chaat — creme de goiaba.

Hanuman — deus macaco, filho de Vayu, o deus do vento.
Hindustâni — língua falada no Norte da Índia.
Hookah — narguilé.

Iaque — búfalo, boi tibetano.

Jainista — adepto do jainismo, a religião mais antiga da Índia.

Kameez — túnica longa.
Kikuyus — tribo africana.
Kotwali — estação de polícia, delegacia.
Kurta — conjunto masculino composto de camisa de mangas longas e calça.

Lascarim — soldado indiano ou mouro.

Maharani — esposa do marajá.
Mala — cordões de contas usados em meditações e orações.
Memsahib — feminino de sahib, senhora da casa.
Mitteleuropa — Europa Central.
Mofussil — localidade rural.
Moghul (ou **Mughal**) — dinastia indiana.
Moksha — libertação do ciclo do renascimento e da morte.
Moorghi — ave aquática.
Muezzin — religioso que anuncia a hora das preces do alto do minarete.
Mufti — erudito muçulmano.

Nawab — pessoa importante.

Paan — folha de mascar.
Pakoras — bolinhos condimentados, usualmente recheados de vegetais.
Pandit — monge.
Pani — água.
Parsi — grupo étnico nativo da Índia e do Paquistão.
Pice — moeda de centavo.
Puja — ritual de prece.
Punkah — grande leque manobrado por um criado.
Purdahs — cortina usada para separar as mulheres de homens e de estranhos.

Ragas — músicas.
Raita — molho indiano à base de iogurte.
Roti — pão parecido com o pão árabe, também chamado de *chapati*.

Sadhus — místicos; ascetas.
Sahib — senhor da casa, patrão.
Salaam — saudação usada pelos árabes.
Sash — faixa de pano usada como cinto.
Sikh — seguidor do siquismo, no sentido literal, "discípulo".
Syce — cocheiro.

Tablas — instrumento musical de percussão.
Tasbi — colar de contas.
Tiffin — lanche.
Tikka — acessório de cabeça.
Tonga — charrete.

Uíste — um tipo de jogo de cartas.

**Impressão e Acabamento:
GRÁFICA STAMPPA LTDA.
Rua João Santana, 44 - Ramos - RJ**